Brüder der Erde

Sci-Fi-Roman aus der Reihe »*Hanan-Rebellion*« von

C.J.Cherryh

(1976: »Brothers of Earth« / deutsch 1979: »Brüder der
Erde«) Übersetzer: Hans Maeter

Neu überarbeitet und verbessert

Bildnachweis:

Cover, S. 3: Screenshot / »Assassins Creed Odyssey« (M & A)

S. 30: Karte – eigener Entwurf

S. 205: Screenshot / »Morrowind« (Music & Ambience)

S. 429 und 431: Screenshot / »Skyrim« (Music & Ambience)

»›'‹« V-081225

Impressum:

© der vorliegenden Fassung: 2025 Uwe Laubach

Verlag: BoD · Books on Demand GmbH, Überseering 33,
22297 Hamburg, bod@bod.de
Druck: Libri Plureos GmbH, Friedensallee 273, 22763
Hamburg

ISBN: 978-3-7568-1889-1

Für meine Schwester Bettina (1964 - 2018)

- durch sie habe ich, 1979, »Brüder der Erde«
kennengelernt...

ooo

Die Autorin, **Carolyn Janice Cherryh**,

wurde am 1. September 1942 in St. Louis
(Missouri, USA) geboren.

U.a. für nachstehenden Roman, wurde sie 1977 mit dem
** John-W.-Campbell-Award **
ausgezeichnet.

Zur kurzen Einleitung...

Schade eigentlich, dass exzellente, fünfzig Jahre alte Werke irgendwann nur noch in Antiquariaten zu finden, oder überhaupt nicht mehr zu bekommen sind... Auch das Ansinnen zur Kreation einer parallelen Story, ließ es geboten erscheinen - abrundend - dieses Remake zu erstellen.

Die im Heyne-Verlag 1979 erschienene deutsche Übersetzung von Hans Maeter habe ich noch einmal gründlich bearbeitet und mit viel Empathie sorgfältig verbessert; dazu gehörte auch, den Inhalt des Romans, als Ganzes, tief zu erfassen, mitzuschwingen und sich, selektiv, in eine jeweils beschriebene Situation hineinzudenken, bzw. -zufühlen, sodass, teils unter Hinzuziehung des amerikanischen Originals, gegebenenfalls der vorgefundene Text darauf (neu) abgestimmt werden konnte.

Uwe Laubach

Altmorschen, im Mai 2023

6

Inhaltsverzeichnis

1 - Landung und Hoffnung

Die *Endymion* starb lautlos; ein künstlicher Stern, der aufglühte und erlosch.

Kurt Morgan beobachtete dieses Vergehen, die Augen auf den Scanner seiner Überlebenskapsel gerichtet - bis es nichts mehr zu sehen gab. Als es vorbei war, schaltete er das Gerät auf Vorwärtssicht um und konzentrierte sich auf sein Überleben.

Achtzig Männer und Frauen hatten auf der *Endymion* gedient. Neunundsiebzig von ihnen hatten sich soeben in Materiepartikel, Staub und Dampf aufgelöst - genau wie ihr Raumschiff, das mit ihnen untergegangen war.

Zwei Winkel-Grad sonnenwärts stand eine weitere rauchende Trümmerwolke. Das war der Gegner gewesen - weitere hundert Leben, die mit ihrem Schiff ausgelöscht worden waren. Elemente von Dutzenden von Welten, Zerstörer und Zerstörte, welche sich noch immer auf Kollisionskurs befanden...

Die Zentrale würde von diesem Zusammenstoß niemals erfahren. Es gab keine Möglichkeit, eine Nachricht abzusetzen. Einer der Hauptplaneten der Hanan, Aeolus, mehrere Lichtjahre entfernt, wurde, durch ihren kriegerischen Zugriff, nahebei in eine ausgebrannte Schlacke verwandelt - und die *Endymion*, Kurts Schiff, das den Kreuzer der Hanan verfolgt und angegriffen hatte, ließ dem Oberkommando keinerlei Bericht über diese Aktion zugehen. Sie hatten das Unternehmen spontan, den überraschend aufgetretenen Umständen Rechnung tragend, auf eigene Faust durchgeführt - das andere Schiff, wie ein Bluthund, gejagt, aufgespürt, unter Feuer genommen und vernichtet - und waren dabei selbst vernichtet worden.

Er hatte als einziger überlebt - noch..! Die Rettungskapsel hatte keinen Starantrieb - weit würde er mit ihr nicht kommen...

Ein namenloser Stern und sechs unbekannte Planeten lagen unter seinem Scanner. Der zweite ließ berechtigte Hoffnung aufkeimen, dass ein Mensch dort vielleicht günstige Umweltbedingungen antreffen könnte...

ooo

Im Verlaufe von sieben Tagen rückte der verheißungsvolle Globus näher - sein Bild wurde immer deutlicher und detaillierter: Ein blauer Himmelskörper, dessen Atmosphäre von Wolkenzirren durchzogen war. Zwischen wirbelnden Wolken wurden rostbraune Flecken trockenen Landes sichtbar. Der Planet besaß einen riesigen Mond; im Übrigen stellten die Sensoren in allen Einzelheiten erdähnliche Verhältnisse fest. Es war ein Planet, für dessen Eroberung die Allianz einhundert Schiffe geopfert haben würde - und den sie schon längst besetzt haben würde, wenn sie von seiner Existenz gewusst hätte.

Der befürchtete Gegenschlag der Hanan blieb aus... Nirgends konnte er ein Raumschiff entdecken, das ihn bedrohte. Die verheißungsvolle Welt füllte den Bildschirm des Scanners mittlerweile völlig aus. Kurts Stimmung schwankte zwischen euphorischer Hoffnung, gepaart mit Neugierde, und hoffnungsloser Angst.

»Hoffnung«, weil er eigentlich mit seinem Leben schon abgeschlossen hatte und es nun so aussah, als solle er doch noch eine Chance bekommen; und »Angst«, weil ihm erst jetzt wirklich bewusst wurde, wie allein er war... Bis vor Kurzem hatte er sich an die Möglichkeit geklammert, die bloße Existenz des Feindes als imaginäre Gesellschaft betrachten zu können.

Aber die *Endymion* war über die Grenzen des bekannten Raums hinausgeschossen, bevor sie unterging. Wenn keine

Hanan hier waren, dann gab es auch keine anderen menschlichen Wesen, so weit vom Zentrum der wichtigen Sonnen und Siedlungskolonien entfernt.
Das bedeutete vollkommene, absolute Einsamkeit..!

*

Die keilförmige Kapsel setzte hart auf. Sie war glühend heiß geworden. Metallplatten verwarfen sich, platzten an den Schweißnähten auseinander. Der plötzliche Druckanstieg lastete wie ein tonnenschweres Gewicht auf Kurts Körper. Vor seinen Augen tanzten wilde Ringe - graue und rote und schwarze...
Er hing seitlich in den Gurten, die ihn davor bewahrten, in den Stauraum zu fallen und brauchte einige Zeit, um sich von ihnen zu befreien. Seine Nerven lagen blank. Als er die ihn, wegen des Aufpralls, stramm fesselnden Gurte endlich gelöst hatte, öffnete er das Luk, ohne sich zuvor vergewissert zu haben, ob er in der Atmosphäre des unbekannten Planeten überleben konnte - es gab sowieso keine andere Wahl..!
Atembar.
Nachdem er die Rettungskapsel verlassen hatte, stand er einige Zeit nur da und blickte sich um - von einem Horizont zum anderen. Niemals hatte er auf seinen Reisen zu diversen Planeten bisher Ähnliches gesehen! Soweit die Sichtgrenze reichte, erstreckten sich Wälder; unzerstörte Natur, welche von vielfältigem Leben zu wimmeln schien. Kurt lachte zur Sonne hinauf; Tränen strömten über sein Gesicht. Er ließ sie einfach vom Wind trocknen. Die klare, würzig riechende Luft erlöste ihn von der erstickenden Hitze, welche sich in seine Kleidung eingenistet hatte.

Als Kurt den Wald verließ, senkte sich das Niveau des Terrains merklich - eine Bergflanke, ein felsiger Abhang, ein schmaler Strand und dahinter die Unendlichkeit eines Ozeans. Die

Sonne stand schon tief am westlichen Firmament, als er einen Weg durch die zerklüfteten Felsen zum Ufer gefunden hatte. Dort warf er seine mitgenommene Ausrüstung in den pulverfeinen, trockenen Sand und blickte verzückt auf die See hinaus, die blauer war, als er sie jemals gesehen hatte. Dicht vor der Horizontlinie lag eine kleine, verstreute Inselgruppe. Der elfenbeinweiße Sand war mit den »Abfällen« des Meeres bedeckt: Treibholz, Tang und Muschelschalen von pastellfarbenem Gelb und Rosa. Ausgelassen, wie ein Kind, bückte er sich und tauchte die Hände ins Wasser, das seine Stiefel umspülte, kostete ein paar Tropfen des salzigen Nass' und spuckte sie wieder aus. Er hätte wissen müssen, wie Meerwasser schmeckt, aber er hatte es noch nie *wirklich* probiert; er hatte noch nie den Geruch der See in der Nase gehabt, noch nie einen Ozean - *wirklich* - gesehen...

Kurt klaubte einen Brocken Treibholz auf, schleuderte ihn weit hinaus in Richtung der sanft heranrollenden Wellenkämme, die sein verdrehtes Stück Wurzel, peu à peu, gemächlich wieder zum Ufer zurücktrugen. Irgendetwas in seinem Inneren kam zur Ruhe, als er erkannte, dass all die Legenden seiner raumwandernden Vorfahren auf Wahrheit und Realität basierten - selbst auf einem so abgelegenen Planeten wie diesem sich bestätigten, den noch nie eines Menschen Fuß betreten hatte.

Er watete eine Weile durch das flache Uferwasser, barfuß und mit vorsichtigen Schritten, um nicht versehentlich auf etwas Giftiges zu treten. Mit einem Stock stocherte er auf Flächen am Grund, die ihm verdächtig erschienen, bevor er den nächsten Schritt machte - besonders unter Steinen, um dort gegebenenfalls hausendes Kleingetier aufzustöbern.

Allerdings wurde es rasch dunkel und der Wind frischte kühl auf.

Kurt dachte daran, dass er sich auf die heranrückende Nacht vorbereiten musste, sammelte eine größere Menge trockenen Holzes und entfachte ein Feuer. Es war die Finsternis, die ihm am meisten zu schaffen machte; in der er sich so einsam fühlte, wie in der Weite des Raumes zwischen den Sternen.

Er hatte Vögel gesehen - aber sie flogen zu hoch, um sie genauer erkennen zu können; er hatte die Schalen von Mollusken am Strand gefunden und im flachen Uferwasser eine Unzahl kleiner Fische und andere Meerestiere aufgescheucht. Einige Male waren auch Landtiere von eher geringer Größe vor ihm geflohen, als er durch das hohe Gras gestrolcht war. Nichts indes hatte ihn bisher bedroht, und keine alarmierenden animalischen Laute störten die Stille der Nacht...

Allein - seine Phantasie erschuf Gefahrenbilder und -szenarien von einem Dutzend anderer Welten, sodass er angespannt blieb und bei jedem Geräusch zusammenzuckte.

Die Wellen der heranrollenden See klatschten im leisen Rhythmus auf den Strand, während sich zuweilen kaum handtellergroße Raubkrebse, auf ihrer Suche nach Nahrung, neugierig bis an die Grenze des Lichtscheins seines Lagerfeuers vorwagten.

Schließlich stand er auf, warf eine gehörige Ladung Holz in die gierig züngelnden Flammen und legte sich so nahe wie möglich ans wärmende, knisternde Feuer, bevor er, in seine Decke geschlungen, einschlief...

*

Halme des Strandhafers raschelten; der mit kiesigen Steinchen durchsetzte Sand knirschte. Kurt hob prüfend den Kopf, kniff die Augenlider zusammen, um über die Glut des halb niedergebrannten Feuers hinauszublicken. Einige Meter hinter dem Ufersaum, im schon tieferen Wasser, reckte sich ein »Drachenkopf« in den sternübersäten Nachthimmel; hob und senkte sich behäbig schaukelnd, synchron zum Gleichmaß der Wellenbögen.

Was war das denn..?!

Noch im Halbschlaf und völlig konsterniert fuhr er erschrocken in die Höhe, griff automatisch nach seiner Strahlenpistole, wurde jedoch, schon im Ansatz seines Vorhabens, von mehreren Körpern zu Boden gerissen. Die unbekannten Angreifer, welche Größe und Gestalt von Menschen hatten, waren äußerst kräftig und agil. Kurt spuckte Sand, schlug um sich, rang darum, sich wieder zu befreien. Seiner vehementen Gegenwehr folgte indes ein harter Schlag, der ihn an der rechten Schläfe traf - es wurde dunkel um ihn.

Nur am Rande registrierte sein Bewusstsein, dass er mit strammen Seilen gefesselt und wie ein menschliches Paket durch das Wasser geschleift wurde. Er schluckte etwas von der salzigen Brühe, bekam einen Erstickungsanfall und wurde gänzlich ohnmächtig...

Als er wieder zu sich kam, lag Kurt durchnässt auf harten, schwankenden Holzplanken. Intuitiv sprang er hoch - und wurde sofort wieder zu Boden gerissen; seine gefesselten Füße waren an ein senkrechtes, dickes Rundholz gekettet. Als er an diesem »Rundholz« emporblickte, wurde ihm klar, dass es sich um nichts anderes, als einen Schiffsmast handelte. Durch ein Gewirr von Tauwerk, unter einem gerafften Segel, erkannte er auch den Drachenkopf wieder, der den Bug des Schiffes zierte und sich als scharfe Silhouette gegen die fahl leuchtende Viertelmondsichel abzeichnete. Er war offensichtlich auf einem absolut archaisch anmutenden, schwimmenden und knarzenden Vehikel gelandet..!

Kurt hörte männlich klingende Stimmen und das rhythmische Eintauchen von Ruderblättern ins Wasser. Die Bewegung des Schiffes änderte sich, wurde geschmeidiger - und dann wurde ein großes quadratisches Segel in die Höhe gezurrt. Er starrte in die riesige, vom Wind geblähte Leinwand, welche ihm die Sicht auf das Sternenzelt raubte. Die Decksplanken fühlten sich, jetzt, da der Wind ihr Boot vorwärtstrieb, irgendwie subtil anders an.

Jemand stieß im Dunkeln gegen ihn. Kurt stemmte sich mühsam auf die Beine, die, an den Fußgelenken, mit einer Metallkette an den zentral gelegenen, einzelnen Mast gebunden waren. Noch andere Männer kamen in seiner unmittelbaren Nähe vorbei. Im diffusen Sternenlicht sah er, dass die Gesichter, welche ihn neugierig musterten, allesamt ähnlich geschnitten waren: Breite Wangenknochen, flache, edel geformte Nasen mit negroid wirkenden, weiten Nüstern; dunkle, große Augen, breite Stirnen - die Physiognomie von altklugen Kindern, scheinbar in einem Anflug arroganter Neugier fixiert... Der Körperbau war absolut menschlich: Groß, schlank und sehnig.

Sie berührten ihn nicht mit böser Absicht - seine Person wurde nur ausgiebig inspiziert. Schließlich gebot einer von ihnen etwas mit autoritärer Stimme und sie ließen Kurt allein. Er hockte sich wieder auf die Planken, zitternd vor Angst, Übelkeit und der Kühle der Nacht, denn seine Klamotten waren noch recht feucht und klamm.

Man hatte seine Lage indes erkannt - einer der Männer kehrte zu ihm zurück, um ihm einen dicken Mantel zuzuwerfen. Nachdem er an dem Stoff gerochen hatte, schlang er sich in das wärmende, raue Kleidungsstück, fand aber dennoch keinen Schlaf.

Niemand kümmerte sich weiter um ihn, bis das Licht des neuen Tages den Dingen wieder Farben und scharfe Kontur verlieh.

An diesem Morgen trat einer der Matrosen auf ihn zu, um eine große Schale und eine Tasse neben ihm abzustellen. Dankbar trank Kurt die warme Suppe und schlürfte den heißen, gesüßten Tee.

Es wurde zunehmend heller und Kurt stellte fest, dass die Besatzung des Schiffes durchaus nicht unsympathisch wirkte! Alle hatten eine bräunliche, bis goldfarbene Hauttönung und zumeist blauschwarzes Haar. Sie bewegten sich in der Enge des Bootes mit Geschick und gegenseitiger Rücksichtnahme.

Oft wurde gelacht und der Umgangston war durchweg freundlich, positiv und kameradschaftlich. Kurt konnte schon ein paar von ihnen unterscheiden: Den Mann, der ihm das Essen gebracht hatte, den stämmigen Älteren, welcher der Schiffsbesatzung die Befehle des jungen, schlitzäugigen Offiziers übermittelte und den Bub, der überall herumschwirrte und irgendwie von allen Instruktionen zu erhalten schien. Letzterer hieß offensichtlich »Punj«, denn das war das Wort, das immer wieder gerufen wurde, wenn sie etwas von ihm wollten.

Sie waren eine saubere, stolze Rasse, die ihr Schiff in erstklassigem Zustand hielt. Er wusste nicht, ob er sie als »Menschen« bezeichnen sollte, aber auf jeden Fall waren sie eine bessere Crew als so manche Gruppe *Homo sapiens*, die er befehligt gehabt hatte.

Gesättigt und von den Strahlen der Morgensonne durchwärmt, begann Kurt sich mit seiner Situation abzufinden. Der junge Offizier trat auf ihn zu und ließ die Kette lösen, die ihn an den Mast fesselte. Kurt erhob sich bewusst langsam, um jedes Anzeichen, welches man als Feindseligkeit interpretieren könnte, zu vermeiden. Der Offizier mit den schmalen Augen deutete mit einem Kopfnicken auf den niedrigen Kajütenaufbau am Heck.

Kurt stieg die wenigen Tritte eines kurzen Niederganges hinab und der junge Offizier öffnete die vor ihnen liegende Tür.

Ein Mann, Kurt schätzte ihn um die Dreißig, welcher ihm bisher noch nicht aufgefallen war, saß an einem gedrungen wirkenden Schreibtisch. Der dahinter platzierte Hocker befand sich in einer dazu passenden »Größe«, sodass der Sitzende seine Beine kreuzen musste. Er sagte etwas zu Kurts Geleit, der daraufhin die Kajüte verließ und die Tür hinter sich schloss.

Der Mann hinter dem Schreibtisch gab Kurt, vermittels einer einladenden Geste, zu verstehen, dass er sich setzen solle.

Weil in dem kleinen Raum kein zweiter Stuhl oder Sitzgelegenheit existierte, hockte sich Kurt, im Schneidersitz, auf die gewebte, rote Matte, auf welcher er gerade stand.

»Ich bin der Kapitän dieses Schiffes«, eröffnete der vor ihm Sitzende und Kurt spürte im selben Augenblick einen Schauer über seinen Rücken rieseln, denn sein Gegenüber hatte in Hanan gesprochen - der Sprache seiner Feinde!
»Mein Name ist Qta t'Elas u Nym. [1] Der Mann, der Dich an Bord brachte, ist mein ›Zweiter‹ - er heißt Bel t'Osanef.«
Er sprach mit starkem Akzent; der Klang seiner Muttersprache, welcher dahinter herauszuhören war, folgte einem eher archaischen Sprachmuster. Als Kommunikations-Offizier der *Endymion* verstand Kurt, trotz des unidentifizierbaren Dialektes, indes genügend, um zu begreifen, was der Kapitän ihm vermitteln wollte.
»Wie heißt Du?«, fragte ihn Qta t'Elas.

»Kurt..., Kurt Morgan. Wer..., **was** bist Du?«, setzte er rasch hinzu, bevor der Kapitän weitere Fragen stellen konnte. »Und..., was wollt ihr von mir..?«

»Ich bin ein Nemet«, antwortete Qta. Bevor er weitersprach blickte er sinnierend auf seine im Schoß gefalteten Hände hinab. »*Wolltest* Du, dass wir Dich finden? War das Feuer ein Notsignal, das Hilfe herbeiholen sollte?«

Kurt erinnerte sich an sein Lagerfeuer und verfluchte seinen Leichtsinn! »Nein, das war damit eigentlich nicht beabsichtigt...«

»Die Tamurlin sind Menschen - genau, wie Du einer bist. Du hast Dich auf ihrem Land herumgetrieben, als seist Du in Deinem eigenen Hause. Das war eine unüberlegte, sorglose Fahrlässigkeit, die übel hätte enden können..!«

»Davon wusste ich nichts!« Neue Hoffnung erfüllte ihn. Qtas Kenntnisse der menschlichen Hanan-Sprache hatten damit ihre Erklärung gefunden - es gab eine Basis der Hanan auf diesem Planeten und etwas im Tonfall des Kapitäns beim Wort »Tamurlin«, ließ Kurt mutmaßen, dass die Beziehungen zwischen dieser Hanan-Basis und den Nemet, alles andere als erquicklich waren.

»Wo sind Deine Freunde?«, fragte Qta, wie nebenbei, im Versuch ihn zu überrumpeln.

»Tot..., alle tot... Ich bin alleine gekommen.«

»Von woher..?«

Kurt fürchtete sich, die Wahrheit zu sagen, wollte aber auch nicht lügen.

Auf sein Schweigen hin, zuckte Qta mit den Achseln, nahm die Karaffe, welche vor ihm auf der Tischplatte stand, und schenkte einen Teil seines Inhaltes in zwei schnörkellose Porzellan-Tässchen ein.

Kurt traute diesem plötzlichen Anflug von Gastfreundschaft nicht und zeigte kein Interesse auf dieses Angebot einzuschwenken. Erst als der Kapitän seine Tasse leergetrunken hatte, folgte er seinem Beispiel. Das alkoholische Getränk war glasklar, schmeckte irgendwie fruchtig und brannte feurig auf der Zunge.

»Es ist Telise«, erklärte Qta. Ich hätte Dir auch Tee anbieten können, aber Telise wärmt besser...«

»Ich danke Dir... Doch, würdest Du mir sagen, wohin wir segeln?«

Der Kapitän erhob nur die Tasse, als wolle er mit dieser Geste zum Ausdruck bringen, dass sie darüber reden würden, wenn *er* das, was er in Erfahrung bringen wollte, für ausreichend beantwortet hielt.

»Wohin fahren wir?«, insistierte Kurt allerdings hartnäckig.

Die Brauen des Nemet zogen sich grüblerisch zusammen: »Zu meinem Hafen. Aber Du willst sicher eher wissen, was Dich in meinem Hafen erwartet, nicht wahr..? Das verstehe ich! Wir Nemet sind zivilisiert. Du bist dies ebenfalls - im Gegensatz zu den Tamurlin. Das habe ich sofort erkannt! Darum brauchst Du Dich nicht zu fürchten..! Aber beantworte mir doch eine Frage: *Warum* bist Du hierher gekommen?«

»Mein Schiff ist..., ähhm..., vernichtet worden. Ich habe am Strand Rettung und Sicherheit gesucht.«

»Deine Wortwahl ist klug. Aber ich nehme dennoch an, Du sprichst von einem **Himmels**-Schiff! Ich weiß von solchen Dingen. Wir haben viele menschliche Errungenschaften, die sie ›Technik‹ nennen, gesehen.«

»Ihr kämpft gegen die Tamurlin?«, wechselte Kurt das ihm unangenehme Thema.

»Es ist ein uralter Krieg. Sie kamen vor langer, langer Zeit. Wir konnten sie von ihren Maschinen vertreiben, die ihnen Macht über uns verliehen. Daraufhin verrohten sie alsbald in den Zustand wilder Tiere.«

»Wann war das genauer..?«

»Vor ungefähr dreihundert Jahren eurer Terra-Standard-Zeitrechnung.«

Kurt bemühte sich, seine Freude über diese Auskunft nicht unverhohlen zu zeigen. »Ich versichere Dir, dass ich nicht gekommen bin, um irgendjemand etwas Böses zu tun..!«

»Dann werden wir Dir gegenüber ebenso handeln...«

»Also bin ich frei?«

19

»Tagsüber, ja... Entschuldige, aber meine Männer brauchen sicheren Schlaf. Bitte versuche diese Notwendigkeit zu verstehen.«

»Gerne - ich vermag das nachzuvollziehen.«

»Hei Yth!« Qta legte die Fingerspitzen in einer Geste vor seiner Brust zusammen, die Dankbarkeit auszudrücken schien. »Deine Weisheit hebt Dich in meiner Achtung, Kurt Morgan.«

Mit diesen Worten entließ der Kapitän ihn an Deck und in die Freiheit. Keiner der Männer zeigte irgendwelche Animositäten - selbst, wenn er ihnen aus Unkenntnis, betreffs an Bord zu verrichtende Tätigkeiten, im Wege stand. In solchen Fällen gab ihm nur jemand - ohne ihn unangemessen oder gar rüpelhaft zu berühren - einen Wink beiseitezutreten oder rief: »Umanu, o'eh«, was Kurt als Bezeichnung seiner Spezies, verbunden mit der Bitte Platz zu machen, auffasste.

Nachdem ein Teil des Tages verstrichen war, beschloss er die Höflichkeitsgesten der Crew, ihre Verbeugungen und den, darauf folgend, zu Boden gerichteten Blick zu imitieren, wodurch sich sein Status erheblich erhöhte, denn jetzt verneigten sich die Männer auch vor ihm und nannten ihn, in einem respektvolleren Ton, »Umanu-Ifhan«.

Indes, als es dunkel wurde, kam der junge Offizier, Bel t'Osanef, und bedeutete ihm, dass er seinen Platz am Mast wieder einzunehmen habe. Der Matrose, der Bels Befehl ausführte und Kurt erneut mit der Metallkette fesselte, tat dies überaus behutsam und rücksichtsvoll; später kam er zurück, um ihm eine dicke Decke und eine große Tasse Tee zu bringen.
Die Situation erschien närrisch, sodass Kurt verhalten darüber lachen musste. Dem Nemet war die Groteske der getroffenen

Vorsichtsmaßnahme ebenfalls nicht entgangen, denn er grinste Kurt an:»Tosa, Umanu-Ifhan...«
Trotzdem - er hätte an ihrer Stelle ebenso gehandelt! Man kannte ihn noch nicht gut genug - er hätte ja auch ein listiger, sich verstellender Meuchelmörder sein können.
Da seine Hände ungebunden geblieben waren, trank er den wärmenden Tee und streckte sich dann dicht am Mast aus, damit niemand im Dunkeln über ihn stolperte. In dieser Nacht fühlte er sich bedeutend ruhiger, obwohl ihn der Gedanke schaudern ließ, vor welchem möglichen, schrecklichen Schicksal ihn die Nemet bewahrt hatten. Wenn die Tamurlin, von denen der Kapitän ihm berichtet hatte, tatsächlich hananitischen Ursprungs waren, war er nur mit knapper Not einem entsetzlichen Tod entronnen.
Er würde alle Bedingungen, welche die Nemet ihm stellen mochten, akzeptieren, bevor er sich in die Hände sittlich und moralisch verrohter Hanan begeben würde! Wenn die Worte des Kapitäns der Wahrheit entsprachen - die Hanan wirklich machtlos geworden und in die Barbarei abgerutscht waren -, dann war er in Sicherheit..! Es gab keinen Krieg mehr; zum ersten Mal in seinem Leben gab es keinen Krieg mehr...
Nur ein Zweifel nagte noch in seinem Hirn: Warum war ein modernes Hanan-Raumschiff von der zerstörten Welt Aeolus zu diesem, von degenerierten Menschen bewohnten, Planeten geflogen, beziehungsweise gar entsandt worden? Er verspürte einen inneren Unwillen, darüber genauer nachzugrübeln; ließ die Dinge - zunächst - auf sich beruhen...
Er wollte nicht glauben, dass Qta ihn belogen hatte oder dass die Freundlichkeit dieser Leute einer Nebenabsicht, einem Hintergedanken, einem berechnenden Kalkül folgten. Es musste eine andere Erklärung dafür geben. Seine Zukunftsaussichten, sein Überleben, hing davon ab.

ooo

21

Während der folgenden zwei Tage überprüfte er das komplette Schiff auf irgendwelche Hinweise von, auch versteckter, Hanan-Technologie und kam zu dem Schluss, dass es keine gab.

Ihr Wasserfahrzeug war vom Bug bis zum Heck aus Holz gebaut, die Planken handgefertigt - es wurde einzig per Segel und gegebenenfalls mit Rudern angetrieben.

Die Geschicklichkeit, mit der die Seemänner das Schiff bedienten und ihr Handwerk verstanden beeindruckte und faszinierte ihn. Bel t'Osanef konnte seinen Durst nach Informationen nicht im Entferntesten stillen, da er nur ein Dutzend Worte der menschlichen Sprache beherrschte. Aber sobald Qta an Deck auftauchte, versäumte Kurt es nicht, ihn nach selbst dem kleinsten Detail zu befragen, welches seine Neugier erweckte. Als der Nemet-Kapitän die Ernsthaftigkeit seines Interesses erkannte, bemühte er sich, ihm alles zu erklären - wobei er zuweilen nach den passenden Worten suchen musste, welche seit langem aus der menschlichen Umgangssprache verschwunden waren. So entwickelten beide untereinander ihr ganz eigenes Patois von Hanan-Nechai, der Sprache der Nemet.

Qta hingegen zögerte nicht, Kurt nach menschlichen Dingen zu befragen, die Kurt nicht immer in Ausdrücke zu kleiden wusste, die jener verstand. Manchmal verwirrten ihn Kurts Erläuterungen, und oft schockierten sie ihn wohl geradezu. Als Kurt begriff, wie sehr seine Äußerungen Qta verstörten, ließ er davon ab, von kosmologischen Dingen eingehender zu berichten. Die Nemet waren erdverbunden - sie begriffen außerplanetarische Dinge nicht wirklich, weil solche sich mit ihrem Glauben stießen. Und Kurt wollte unbedingt vermeiden, dass in Qta Misstrauen gegenüber seinem Ursprung aufkeimte.

Ein dritter Tag verging mit diesen zum Teil intensiven Diskussionen; und bei Morgendämmerung des vierten Tages rief der Kapitän Kurt zu sich, als er aus seiner Kajüte an Deck kam. Er wirkte wie ein Mann, der einen Entschluss gefasst hatte. Kurt näherte sich ihm abwartend und deutete eine Verneigung an.

»Zwischen uns herrscht Vertrauen, ja..?«, fragte ihn Qta, mehr wie eine Feststellung.

»Gewiss..., davon gehe ich doch aus!«, stimmte Kurt zu, auch wenn ihm schleierhaft war, auf was der Kapitän hinauswollte.

»Heute laufen wir in den Hafen ein. Ich möchte Dich nicht erniedrigen, indem ich Dich in Ketten an Land führe. Aber wenn ich Dich als freien Mann heimbringe und Du unschuldigen Nemet Schaden zufügen solltest, bin ich dafür verantwortlich... Was soll ich tun, Kurt Morgan?«

»Ich habe nicht die entfernteste Absicht, irgendjemandem zu schaden. Hmm..., aber was ist mit Deinen Leuten? Wie werden *sie* mich behandeln? Gib mir eine Antwort darauf, damit ich klar sehe und entscheiden kann.«

Qta öffnete die Hände. »Glaubst Du, ich würde Dich in dieser Sache anlügen?«

»Woher soll ich das wissen? Ich weiß nichts, als das, was Du mir sagst. Darum erkläre mir, in kurzen, eindeutigen Worten, warum ich Dir rückhaltlos vertrauen darf...«

»Ich bin von Elas!«, runzelte Qta die Stirn, als ob dies reichlich belegender Beweis genug wäre; aber als Kurt ihn weiter fragend anblickte, setzte er hinzu: »Ich schwöre es Dir, beim Lichte des Himmels - und das ist ein heiliger Schwur! Es ist die Wahrheit!«

»In Ordnung«, nickte Kurt. »Dann werde ich alles tun, was Du mir sagst und Dir keine Ungelegenheiten bereiten. Sage mir nur noch, wo dieser Hafen liegt - ich habe keine Orientierung in eurer Welt...«

»Wir segeln nach Nephane.«

»Ist das eine Stadt..?«

Wieder zog der Kapitän nachdenklich die Stirne kraus. »Ja, es ist eine Stadt; die Stadt des Ostens, welche vom Tamur-Mouth bis zum Yvorst Ome, am Rande des Eismeeres, herrscht.«

»Folglich gibt es auch eine ›Stadt des Westens‹..?«

Die Falten auf Qtas Stirn vertieften sich. »In der Tat - sie heißt ›Indresul‹.« Damit wandte er sich um und ging.

Kurt verstand nicht so recht, was er getan haben mochte, den Nemet zu verärgern...

*

Gegen Mittag kam der Hafen in Sicht. Eine weite, langestreckte Bucht lag vor einem riesigen, steil aufragenden Felsen. Zu Füßen des Bergkegels, sowie an seinen flacheren Flanken, befanden sich zahlreiche Gebäude und Mauern, welche sich bis zum Gipfel hinaufzogen.

»Bel-Ifhan«, rief Kurt den Stellvertreter des Kapitäns.

Der Offizier trat sofort herzu und verbeugte sich leicht, obwohl er offensichtlich gerade etwas anderes hatte tun wollen.

»Bel-Ifhan, ta'en Nephane?«

»Lus!«, bestätigte Bel und deutete auf den Felskegel. »Jaen Afen s'thages Methine.«

Kurt blickte zur Bergspitze hinauf, die Bel den »Afen« bezeichnet hatte und verstand nicht, was er damit gemeint haben könnte.

»Methi«, wiederholte Bel, und als Kurt immer noch nicht begriff, zuckte der junge Offizier hilflos mit den Achseln. »Qtas unnetha... Hmm... Qtas uleh..?«

Mit diesen Worten wandte er sich um und ging. Irgendwo im Heck hörte Kurt ihn einen Befehl erteilen und Männer liefen auf ihre Posten, um das Segel einzuholen. Die langen Riemen wurden ausgelegt und begannen im moderaten Takt ins Wasser zu klatschen. Ihr Schiff glitt auf das jetzt deutlich erkennbare Dock am Fuß der Klippen zu.

»Kurt...«

Überrascht wandte er den Kopf und blickte Qta an, der neben ihn getreten war.

»Bel sagte mir, Du hättest eine Frage.«

»Entschuldige, dass ich Dich damit behellige. Ich habe versucht mit ihm zu kommunizieren, aber er konnte mich nicht genügend verstehen - und ich ihn nicht...«

»Macht nichts... Wie gefällt Dir Nephane?«

»Ein schönes Städtchen«, antwortete er ganz wahrheitsgemäß. »Der Gebäudekomplex auf der Bergspitze - den ›Afen‹ hat Bel ihn genannt...«

»Der Afen ist eine Art Burg. Die Festung von Nephane.«

»Eine Festung..? Gegen welche Feinde? Menschen..?«

Wieder erschien die Falte zwischen Qtas Brauen. »Dein Status verwirrt mich... Du bist kein Tamurlin. Dein Schiff ist zerstört, Deine Freunde tot, wie Du sagst. Aber..., was willst Du bei uns? Was trieb euch..., Dich hierher?«

25

»Ich weiß nichts. Ich vertraue Dir. Wenn ich Deinem Wort nicht trauen könnte, hätte ich jede zuverlässige Basis verloren.«

»Du lügst nicht, Kurt Morgan. Aber Du weichst jeder für Dich kritischen Antwort geschickt aus. *Warum* bist Du zu uns gekommen?«

An der Pier hatte sich eine große »Menschen«-Menge versammelt. Fröhlich bunte Kleider in teils sprühender Farbenpracht leuchteten im Licht der Sonne. Die Riemen wurden eingezogen, als ihr Boot an die Pier glitt. Punj stand in Kurts unmittelbarer Nähe, das Bugtau wurfbereit in beiden Händen.

»Wieso kommst Du immer darauf zurück, dass ich mich in dieser Welt auskennen sollte«, fragte Kurt.

»Die anderen kannten sich aus...«

»Die... anderen? Welche **anderen**..?«

»Die neuen Menschen. Die...« Qtas Stimme erstarb und Kurt wich ein paar Schritte zurück.
Der Kapitän spürte, dass irgendetwas gar nicht gut lief. »Kurt«, bat er, »warte..! Nein. Wir werden...«

Kurt boxte ihm seine Faust unters Kinn und flankte über die Reling, als die Backbordseite des Schiffes gegen die Landungsbrücke scheuerte.
Hart knallte er auf die Wasserfläche - und kaum eine Sekunde später traf ein zweiter brutaler Schlag seinen Schädel, als das Heck des Bootes über ihn hinwegglitt. Er gab jeden Kampf auf und ließ sich in die Tiefe des dunkler werdenden Hafenwassers treiben. Kurz darauf verlor er das Bewusstsein...

*

26

Kurt hatte das Gefühl zu ersticken, rang nach Luft und erbrach einen Schwall Meerwasser. Als er erneut versuchte Atem zu schöpfen, übergab er sich abermals und rollte sich auf dem Kopfsteinpflaster wie ein Embryo zusammen. Nachdem er endlich wieder atmen konnte, hob jemand seinen Kopf an, bettete ihn auf seinen Schoß und wischte mit einem trockenen Tuch über sein Gesicht.

Er lag auf der Pier, am Rande der Kaianlage, inmitten einer neugierig gaffenden Menge Nemet. Qta hielt ihn fest und redete dabei in seiner Sprache - die Kurt nicht verstand - beruhigend auf ihn ein, während Bel und Val sich über Qtas Schulter beugten. Qta und die anderen beiden Männer waren triefend nass, sodass es für ihn ein Leichtes war, festzustellen, dass sie ihm hinterher gesprungen sein mussten.

»Qta«, würgte er mühsam hervor, denn seiner Kehle entrang sich nur ein heiseres Flüstern.

»Du kannst nicht schwimmen«, hielt dieser ihm im anklagend-besorgten Tonfall vor. »Um Haaresbreite wärest Du ertrunken..! Wolltest Du den Tod finden? Wolltest Du Dich umbringen?«

»Du hast gelogen...«, krächzte Kurt gequält.

»Nein!«, widersprach Qta energisch, schien Kurt jedoch nun endlich zu verstehen. »Du bist kein Feind für uns!«

»Hilf mir...«, bat Kurt, aber Qta wandte den Kopf ab - eine Geste des Versagens. Stattdem gab er Val ein Zeichen, woraufhin der kräftige Seemann eine aus Planken improvisierte Bahre heranbrachte. Trotz Kurts Protesten und Gegenwehr hoben die beiden Nemet ihn auf die Trage.

Er befand sich immer noch im Schockzustand - fühlte sich vollkommen durchgefroren und zitterte am ganzen Körper. Irgendwo übernahmen zwei andere Männer die Bahre und Qta verließ ihn.

Der Weg durch die aufsteigenden, kopfsteingepflasterten Gassen und Straßen Nephanes war ein Alptraum, ein wirres Kaleidoskop von neugierigen, sich über ihn neigenden Gesichtern, nebst dem Schwanken und Rütteln seiner harten, schmalen Liegestatt, sodass ihm fast zum Erbrechen übel wurde. Sie passierten ein riesiges Tor und kamen in den Afen - die Festung, mit ihren von Dreiecksgewölben getragenen Decken, deren Räume von rußenden Fackeln erhellt wurden. Das Ende seiner passiven »Reise« bildete eine fensterlose Zelle.

Kurt wäre zufrieden gewesen, wenn sie ihn hier verlassen hätten, damit er alleine leben oder sterben könnte. Jedoch - sie hoben ihn von der Bahre, entledigten ihn seiner klammen Kleidung, legten ihn auf ein richtiges Bett und breiteten mehrere wärmende Decken über seinem unterkühlten Körper aus.

Es war völlig still, aber er spürte, während der langen Stunden in der ansonsten kahlen Kammer, dass immer jemand vor der Türe Wache hielt.

Schließlich, gegen Mittag des Folgetages, brachten ihm zwei Männer frische Kleidung und halfen ihm dabei, diese anzuziehen. Die Kleidung war ihm fremd und er konnte sich des erniedrigenden Gefühls nicht erwehren, den letzten Rest der ihm verbliebenen Würde zu verlieren, als sie ihm angelegt wurde.

Über der Unterkleidung trug er nun das Pel, eine langärmelige Tunika, welche vor der Brust übereinandergeschlagen und mit einem Gürtel fixiert wurde. Die beiden Nemet erlaubten ihm noch nicht einmal, sich die Sandalen selbst zu schnüren, sondern taten es für ihn. Als sie damit fertig waren, reichten sie ihm ein Steingut-Tässchen mit Telise - in ihren Augen offenbar eine Kur für Übel und Leiden aller Art...

Nachdem er das geleerte Gefäß auf einem schmucklosen Holztisch abgestellt hatte, führten sie ihn, wie befürchtet, in die A-förmigen Hallen des oberen Afen. Kurt widersetzte sich ihnen nicht; er brauchte nicht noch mehr Feinde in Nephane.

Länder der Indras und Sufaki

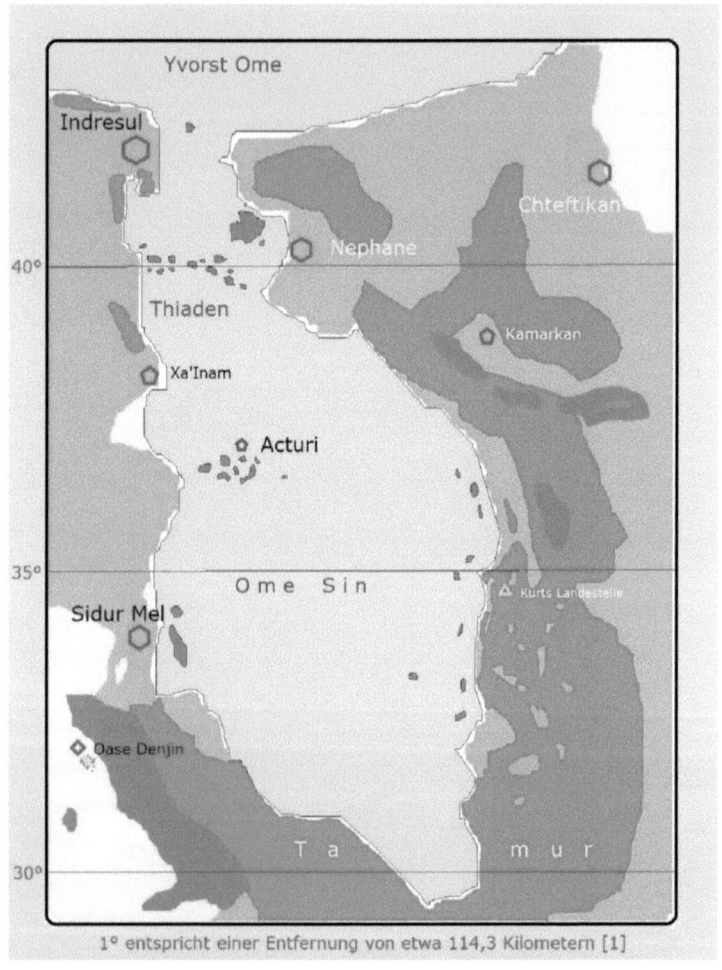

1° entspricht einer Entfernung von etwa 114,3 Kilometern [1]

2 - Im Afen von Nephane

Auf der dritten Etage befand sich eine weiträumige Halle, deren Wände aus unbehauenen Steinen bestanden, wie jene der äußeren Hallen. Ihr Boden hingegen war mit dicken Teppichen belegt. Die Wachen blieben beim Eingang zurück und wiesen ihn, separat, in Richtung einer Türöffnung auf der gegenüberliegenden Seite.

Die Räumlichkeit, welche hinter dieser Tür lag, entstammte ihrer eigenen Welt; sie setzte sich, samt und sonders, aus Metall und silbrig-synthetischem Material zusammen. Die Möbel kontrastierten dazu in einem kristallischen Schwarz; lediglich ein Schrank zu seiner Linken und die Tür, durch welche er eingetreten war, gestalteten sich wie Fremdkörper in diesem Bild, denn sie bestanden aus geschnitztem Holz, dessen Dekor Drachen und Fische darstellte.

Irgendwo surrten Maschinen. An einer weiteren Türe blieben seine Augen haften, denn schwang jene auf und eine Frau, in Nemet-Kleidung, betrat den Raum. Ihr langes Gewand war goldfarben - passend zu ihrem weizenblonden Haar.

Ein Mensch, das war gewiss - allerdings auch eine Hanan..!
Sie behandelte ihn mit größerem Respekt, als er von den Nemet erfahren hatte, blieb reserviert und distanziert. Sie konnte seine Art zu denken verstehen, so wie er ihre Denkmuster verstand. Kurt sagte nichts, wollte zunächst ergründen, was ihre Absichten waren.

»Guten Tag... Mister Morgan - Lieutenant Morgan.«
An ihrem rechten Zeigefinger baumelte eine schmale Erkennungsmarke.

Erschrocken tastete er an seine Brust. Stimmt - er hatte sie irgendwie verloren; möglicherweise bei der Rettungsaktion am Hafen schon.

»›Kurt Liam Morgan, Pylan/Pylos‹ - so steht es hier.«

»Kann ich sie zurückhaben?« Es war seine Plakette, die er seit den Tagen seiner militärischen Laufbahn getragen hatte und es machte ihn nervös, jene in den Händen der Hanan-Frau zu sehen - es war, als ob sie ein Stück seiner Seele in ihrer Gewalt hielt.

Sie zögerte einen Augenblick, dann warf sie ihm das an einer Kette baumelnde Metallplättchen zu, sodass er es leicht auffangen konnte.

»*Einen* Namen wissen wir also nun..., der meine ist ›Djan‹. Wo sind ihre Kameraden vom Raumschiff, Lieutenant Morgan..?«, fügte sie direkt und scharf nach, um sofort deutlich zu machen, dass sie keinen Wert auf überflüssiges, höfliches Geplänkel legte.

»Tot. Ich habe von Anfang an - und immer - die Wahrheit gesagt. Es gab keine weiteren Überlebenden!«

»Wirklich..?«, dehnte sie lauernd.

»Ich bin allein«, bekräftigte er abermals und fühlte Angst in sich aufsteigen. Er kannte die Hanan-Methoden mit denen sie andere zum Reden brachten. »Unser Schiff wurde im Gefecht vernichtet. Die Überlebenskapsel der Kommunikations-abteilung war die Einzige, die freikam - die Einzige auf unserer, als auch ihrer Seite.«

»*Wie* sind sie hierhergekommen? Wie haben Sie den Planeten überhaupt gefunden..?«

»Reiner Zufall«, bewegte er sich auf dem schmalen Grat zur Lüge.

Ihre Lippen bebten, während sie ihn mit kalter Wut fixierte. »Diese   Version   können   Sie   Ihrer   demenzkranken

Urgroßmutter erzählen..! Also noch einmal: Wie sind Sie auf unseren Kolonial-Planeten gestoßen, wie kamen Sie hierher?«

»Wir trafen auf eines Ihrer Schiffe«, präzisierte er, mit trockenem Mund, einlenkend, denn er wusste, dass sie ihm nicht glaubte und dass sie nicht eher lockerlassen würde, bis sie seine ganze Geschichte authentisch ans Tageslicht gezerrt hatte. Es war leichter, nachzugeben und darauf zu hoffen, dass diese mutmaßliche Aeolitin ihn rasch und schmerzlos ins Jenseits befördern würde. »Aeolus war ihr Planet, nicht wahr..?«

»Einzelheiten!«, reagierte sie schneidend schroff und wischte damit sein Bemühen, sie abzulenken, vom Tisch. Kurt blieb hoffnungslos in der Defensive. Ihr Gesicht war wohl blass, aber ihre Stimme klang ruhig und selbstsicher.

Gegen seinen Willen musste er ihre Beherrschtheit bewundern. Die Hanan waren kühle Menschen, aber es gehörte mehr als »Kühle« dazu, die Nachricht vom Untergang seiner Heimatwelt so gefasst aufzunehmen. Er wusste das aus Erfahrung. Pylos war nun ebenfalls ein toter Planet. Er erinnerte sich an den Anblick von Aeolus - als die Planetenoberfläche von riesigen Feuersbrünsten überzogen und zerstört wurde. Selbst ein Feind musste bei diesem Bild des Vergehens einer Welt Mitleid empfinden.
»Zwei IST-Schiffe der Allianz sind in die Zone von Aeolus eingedrungen. Unser Schiff gehörte zu diesem Flotten-verband. Eines ihrer Kreuzer ist unmittelbar nach dem Angriff im Luftraum aufgetaucht und ergriff umgehend die Flucht, als man die Lage erkannte. Wir operierten zufällig in dessen Nähe und nahmen sofort die Verfolgung auf. Die Hetzjagd auf den Hanan-Kreuzer endete hier - es kam zum Duell... Aber - den Kampf haben Sie doch bestimmt auf Ihren Monitoren verfolgt, oder..? So wissen Sie auch, dass es keine anderen Fluchtkapseln und Überlebenden gab..!«

»Reden Sie nur weiter...«

»Pfft... Da gibt es nicht viel mehr zu berichten... Wir haben uns gegenseitig den Garaus bereitet! Die *Endymion* kassierte den ersten Treffer, und meine Station schottete sich ab. Das ist alles, was ich weiß. Ich habe nach anderen Kapseln - ob Freund oder Feind - Ausschau gehalten, konnte aber keine entdecken. Es gab keine weiteren, denen ein Entkommen geglückt wäre - und das müssten Sie auch wissen..!«

Djan verbarg einen kleinen Gegenstand in ihrer Rechten. Er konnte einen kurzen Blick darauf erhaschen, als sie ihre Hand in den Falten ihres Kleides bewegte. Er sah, wie sich ihre Finger schlossen, dann jedoch wieder öffneten. Fast hätte er in diesem Moment einen Angriff riskiert. Aber sie war eine Hanan und von Kindheit an zum Kämpfen trainiert. Ihre Reflexe würden so schnell sein, dass er keine reelle Chance sah; vielleicht hatte sie die Pistole auch nur auf Betäubung geschaltet...

»Ja, ich weiß, dass es nur die beiden Schiffe und keine anderen Überlebenden gab...« Ihre Stimme klang jetzt tief, mit einem spöttischen Unterton. »Dann..., willkommen in meiner Welt, Kurt Morgan. Wir sind anscheinend die einzigen menschlichen Wesen auf diesem Globus... Waisen an der Grenze der Galaxis - sieht man mal von den Tamurlin ab, welche man aber nicht mehr als zivilisierte Menschen betrachten kann.«

»Sind Sie allein..?«, reflektierte Kurt bass erstaunt.

»Für den Fall, Mister Morgan, dass Sie mir etwas antun sollten oder wollten, habe ich den Nemet den Befehl erteilt, Sie so nackt und bloß, wie Sie bei Ihrer Geburt waren, an der Küste von Tamur auszusetzen. Jene anderen - ›Menschen‹ - dieses Planeten wüssten ihnen eine ganz spezielle Behandlungsmethode angedeihen zu lassen.«

»Ich bedrohe Sie nicht.« Neue Hoffnung ließ ihn jedweden Stolz über Bord werfen. »Geben Sie mir eine Chance, mein eigenes Leben zu führen - dann werden Sie mich nie wieder sehen.«

»Falls Sie nicht doch ein Vorbote sind - und noch viele folgen werden...«

»Es gibt niemanden mehr; und es kommen keine weiteren meiner, ...unserer, Rasse!«, räumte er ihre Bedenken mit Nachdruck zur Seite. »Ich gebe Ihnen mein Wort darauf!«

»Uiihh... Welche *Sicherheiten* geben Sie mir für ›Ihr Wort‹?«

»Wir waren allein. Es gab keine Möglichkeiten unseren Kurs zu verfolgen; keine anderen Schiffe in unserer Nähe - und wir flogen, auf unserer Verfolgungsjagd, ›blind‹, das heißt ohne Verwendung von Koordinaten. Das Ganze glich einer ›Hasenjagd‹ im Zickzack-Kurs...«

»Gut«, schien sie ihm endlich zu glauben, »aber dann haben Sie eine lange Wartezeit vor sich. Aeolus begann diesen Planeten vor dreihundertundvier [1] Jahren zu kolonisieren. Jedoch der Krieg... Alle Unterlagen wurden verstreut oder vernichtet. Das Versorgungsschiff ging irgendwie verloren. Wir, das heißt sozusagen die ›Zweite Welle‹ Kolonisten, erfuhren von der Existenz dieser Welt aus jahrhundertealten Archiven und waren gekommen, um ihn zurückzuerobern. Aber das dürfte ihre Intervention bezüglich Aeolus anscheinend für alle ferneren Zeiten verunmöglicht haben!
Unser Schiff ist zerstört - es kann nur das Schiff gewesen sein, von dem sie behaupten es gejagt und vernichtet zu haben. Da nun ja auch ihr Kampfkreuzer nicht mehr existiert, ihr Kurs weder aufgezeichnet wurde, noch von irgendwoher rekonstruiert werden könnte, Aeolus und seine Archive zu Staub und Asche verwandelt worden sind, dürfen Sie sich ausmalen, wie hoch die Chancen stehen, dass uns jemand -

zufällig - findet..! Wie gesagt: Forschungsexpeditionen in diesen Sektor des Raumes haben, durch uns Hanan, das letzte Mal vor besagten dreihundert Jahren stattgefunden und wurden dann, ermangels genügender Anreize, eingestellt...
Da haben wir wieder das grundlegende Problem - den Krieg..!«

»Der Krieg ist - für uns beide und hier - beendet. Lassen Sie mich gehen.«

»Wenn ich Sie gehen ließe«, grübelte Djan, »würden Sie vielleicht draußen sterben. Oder aber..., Sie könnten wieder zurückkommen... Sie könnten zurückkehren, und ich wäre außerstande zu wissen, *wann* solches geschähe... Ich müsste mich den Rest meines Lebens davor fürchten - vor Ihnen fürchten, Mister Morgan. Ich hätte keine ruhige Minute mehr.«

»Ich werde nicht zurückkommen.«

»Oh doch - das würden Sie! Es ist sechs Monate her, seit meine Crew, in den Mauern Nephanes, gestorben ist. Und schon nach dieser relativ kurzen Zeit komme ich mir, gegenüber mir selbst (!), wie eine Fremde vor, sooft ich in den Spiegel blicke! Ich meide daher Spiegel oder glatte Flächen, in denen ich mich gespiegelt sehe..! Nach einer gewissen Zeit bekommt man Sehnsucht, ein anderes menschliches Gesicht zu sehen. Und Ihnen würde es, beziehungsweise wird es definitiv, genauso ergehen..!«
Sie hatte die Waffe, die er in ihrer Hand gesehen hatte, nicht gehoben. Sie wollte sie nicht gebrauchen und gegen ihn verwenden. Diese unterschwellig registrierte Erkenntnis ließ seine Handflächen feucht werden. Sie wusste, dass es nur einen sicheren Weg für sie gab - und doch zögerte sie, ihn zu beschreiten. Djans Gesicht wirkte bedrückt.

»Qta t'Elas war im Afen und hat um ihre Freiheit ersucht. Ich habe ihm, auf seine Bitte hin, zu bedenken gegeben, dass man Ihnen nicht zu leichtfertig trauen darf!«

»Ich schwöre, dass ich nur ein Ziel verfolge: Am Leben zu sein. Ich würde zu ihm gehen und bei ihm bleiben. Stellen Sie mir dazu ruhig Bedingungen - ich werde sie akzeptieren.«

Djan legte ihre Hände übereinander, umschloss die Pistole mit ihren schlanken Fingern: »Angenommen, ich würde auf Sie hören...«

»Sie bräuchten es nicht zu bereuen..!«

»Ich hoffe, dass Sie sich an Ihre Worte erinnern, wenn Sie sich etwas eingelebt haben! Denken Sie immer daran, dass Sie nackt und bloß hier angekommen sind und dass Sie mich darum gebeten haben, Ihnen meine Bedingungen zu nennen.«
Sie blickte ihn sekundenlang abschätzend an.
»Ich muss verrückt sein... Aber gut; ich behalte mir das Recht vor, Ihre nunmehrige Schuld bei mir eines Tages einzutreiben - in welcher Form und für welche Zeitspanne auch immer es mir beliebt!
Sie sind in Nephane nur eine von mir geduldete Person - vergessen Sie das nie! Ich eröffne Ihnen also folgende Option: Ich werde Sie in die Obhut des Hauses Elas überstellen - für zwei Wochen. Unter dem Eindruck der dann gewährten Einblicke in Ihr Verhalten während dieser Zeitspanne, werde ich Sie wieder zu mir zurückbeordern und wir werden uns erneut über Ihre Situation unterhalten.«

Kurt verstand diese Worte als Entlassung. Mit weichen Knien vor Erleichterung, gepaart mit aufkeimenden Zweifeln, verließ er den Raum.
Djan befand sich allein mit einem mutmaßlichen Feind auf diesem Planeten - und hatte eine ziemlich unlogische

Entscheidung gefällt! Gefühle waren noch nie eine Schwäche der Hanan gewesen und er begann eine subtile Frage zu fürchten, welche sie ihm gestellt haben mochte, ohne dass er es bemerkt gehabt hätte.

Oder aber die Einsamkeit besaß sogar über die kühlen Hanan Gewalt und erwies sich, selbst für ihren starken Überlebensimpuls, als zu destruktiv.

Irgendwie war der letzte Gedanke nicht weniger beunruhigend als der erste...

3 - Elas

Wenn man nach der Größe des Hauses und seiner Nähe zum Afen urteilen wollte, musste Qta ein bedeutender Mann sein. Von der Straßenseite aus betrachtet, entsprach das Gebäude einem riesigen Steinkubus, dessen A-förmige Tür direkt auf den Gehweg führte. Es war zwei Stockwerke hoch und lehnte, mit seiner Rückfront, an den Felsen, auf dem der Afen thronte.

Die ihn begleitenden Wachen läuteten eine Glocke neben der Eingangstüre und kurz darauf wurde sie auch schon, von einem weißhaarigen Nemet in schwarzer Tunika, geöffnet.

Beim folgenden Dialog fielen häufig die Namen Qta und Djan-Methi. Er schloss damit, dass der Alte seine Hände an den Mund legte, sich verbeugte und Kurt mit einer Geste ins Haus bat. Desgleichen verneigten sich die Wachen höflich, bevor sie sich zurückzogen.

Der Weißhaarige verriegelte die Flügeltür von innen, indem er sie mit einem Querbalken sicherte.

»Ich bin Hef«, stellte er sich knapp vor, »komm bitte mit mir...«

Bronzene Hängelampen beleuchteten den Korridor in die weiter zurückliegenden Räume des Hauses - bis zu einer dämmerigen Halle, die wie ein »Y« hinter einem dreieckigen Zugang lag. Links und rechts stiegen Treppen zu den Zimmern des oberen Stockwerks auf. Hef geleitete Kurt in den rechten Teil des »Y-Raumes«, an dessen Ende sich eine geschlossene Tür befand.

Er pochte, leise klopfend, gegen das Holz.

Als die Tür aufschwang, starrte Qta Kurt erstaunt an. Hef sprach eine ganze Weile auf ihn ein, wobei seine Worte einen ernüchternden Effekt auf ihn auszuüben schienen. Daraufhin öffnete Qta den Türschlag weit und bat Kurt einzutreten.

Der Einladung folgend, schritt Kurt unsicher in das geräumige Zimmer; gleichermaßen verwirrt vor Erschöpfung, wie von der fremdartigen Geometrie des Hauses.

Qta bedeutete ihm, auf einem der Stühle Platz zu nehmen; auch diese waren niedriger, als Kurt es gewohnt war. Die Teppiche, welche den Boden bedeckten, wiesen reiche, ornamentale Muster auf, während die Front der Möbel mit geschnitzten Figuren dekoriert war.

Qta setzte sich seinem Gast gegenüber und lehnte sich zurück. In der Privatsphäre seines Zimmers genoss er es offensichtlich, ungezwungen, nur mit einem Kilt und Sandalen, bekleidet zu sein. Er war ein kräftiger, muskulöser Mann - seine goldbraune Haut glänzte wie die Oberfläche einer zum Leben erwachten, antiken Götterstatue.

Unzweifelhaft umgab ihn in seinem Hause eine Aura der Macht und des Reichtums, die Kurt auf dem Schiff, so ausgeprägt, nicht bemerkt gehabt hatte. Er empfand plötzlich Ehrfurcht vor diesem Mann und erkannte, dass »Freundschaft«, zum gegenwärtigen Zeitpunkt, unmöglich die zupassende Bezeichnung für eine gewisse Verbindung zwischen einem reichen Nemet-Kapitän und einem menschlichen Flüchtling, der abgerissen und mittellos auf seiner Türschwelle gestrandet war, sein konnte. Selbst der Begriff »Gast«, überlegte Kurt bedrückt, schien hier kaum wirklich angebracht...

»Kurt-Ifhan [1], die Methi hat Dich unter meine Obhut gestellt.«

»Ich bin Dir dankbar, dass Du zu ihr gegangen bist und für mich gesprochen hast«, wusste er.

»Es erwies sich als notwendig. Eine Sache der Ehre!
Elas hat seine Tore für Dich geöffnet. Aber Du musst nun folgendes verstehen und bei all Deinen künftigen Handlungen berücksichtigen: Falls Du etwas Unrechtes tun solltest, fiele die Strafe auf mich. Wenn Du fliehen wolltest, setzt Du meine

Freiheit damit aufs Spiel. Ich sage Dir das, damit Du Bescheid weißt. Die Wahl liegt jetzt bei Dir.«

»Du hast eine sehr große Verantwortung auf Dich genommen - und kennst mich doch eigentlich gar nicht richtig...«

»Ich habe einen Eid abgelegt. Ich zog damals nicht in Betracht, dass dieser auch ein Fehler sein könnte. Ich handelte intuitiv und impulsiv - so habe ich einen Schwur auf Deine Sicherheit abgelegt. Um der Ehre Elas' willen, musste ich die Methi daher folgerichtig um Dich bitten - es war notwendig.«

»Ihr Volk und das meine führen schon seit über zweitausend Jahren gegeneinander Krieg. Es begann wohl mit kleinen, relativ bedeutungslosen, noch kaum beachtenswerten Scharmützeln, wuchs sich dann jedoch, über die Jahrhunderte, zu einer konstanten Größe, ähnlich einer ›Erbfeindschaft‹ unter solchen aus, die eigentlich Brüder sein sollten. Du bist ein größeres Risiko eingegangen, als Du geahnt hast. Ich hoffe inständig, Dich nicht in Schwierigkeiten zu bringen..!«

»Es sei nun, wie es sei...«, entgegnete Qta, nach einer kurzen Pause des Nachsinnens. »Du bist vierzehn Tage lang mein Gast. Ich danke Dir für Deine Direktheit, aber ein Mann, der zum Herdfeuer von Elas kommt, wird nie wieder als Fremder vor unserer Tür stehen. Bringe Frieden mit Dir und sei willkommen. Achte unsere Bräuche und Elas steht Dir jederzeit offen...«

»Ich bin Dein Gast..., *darf* es sein... Danke Dir. Ich werde tun, was immer Du von mir verlangst.«

Qta faltete seine Hände, unterstützte sein Kinn; versank kurz in seiner Gedankenwelt und nickte dann, wie zu sich selbst. Entschlossen stand er auf, verließ sein Zimmer und schlug einen Gong an der Außenwand des Raumes.

»Ich habe die Familie hiermit in den ›Rhmei‹ gebeten. Der Rhmei ist das Herz des Hauses. Bitte folge mir...«
Er berührte seine Lippen mit den Fingerspitzen und verneigte sich.
»Man verbeugt sich bei einer Begrüßung. Ich weiß, dass Menschen einander gerne berühren, um ihre Gefühle füreinander, sowie Freundschaften, zu bezeugen. Hier tut man das nicht! Unter keinen Umständen! Es käme einem Affront gleich - besonders gegenüber Frauen; und Beleidigungen von Frauen des Hauses können nur mit Blut reingewaschen werden. Senke den Blick vor Fremden. Strecke keinem Mann die Hand zum Willkommen - oder aus sonst einem Grunde - entgegen. Wenn Du diese wenigen Regeln zu beachten weißt, wirst Du nirgends Anstoß erwecken.«

Kurt straffte sich: »Hmm... Gut. Verstehe.« Innerlich jedoch bekam er plötzlich Angst vor den Nemet. Angst vor dem Entdecken einer dunklen Seite ihrer sanften, kultivierten Natur; oder vor der Gefahr, von ihnen als Wilder verachtet zu werden. Das wäre gar die schlimmere der beiden Varianten..!
Er folgte Qta in einen kleinen Saal, dessen Decke von Säulen stabilisiert und mitgetragen wurde. Der polierte, schwarze Marmor der Wände und Pfeiler reflektierte die Flammen des Feuers, welches in einem großen, dreifüßigen Kupferbecken in dem Apex des dreieckigen Raumes brannte. An einer Wand standen zwei, mit reichem Schnitzwerk verzierte Stühle; auf dem linken saß eine Frau, ihre Füße ruhten auf einem weißen »Schaf«-Fell. Auf dem rechten thronte ein älterer Mann. Zu Füßen der beiden hockte ein Mädchen auf einem weiteren, identischen Fell.
Hef befand sich neben dem Feuer platziert, an der Seite einer jungen Frau.

Qta kniete sich vor der älteren Dame auf den Boden und sprach mit ernstem Ton auf sie ein.

Kurt stand, mit unbehaglichem Gefühl, wie auf dem »Präsentierteller«, da - er wusste, dass **er** das Thema von Qtas Erklärungen war. Sein Herz schlug rascher, als der Mann sich erhob und ihm einen kühlen, prüfenden Blick zuwarf.

»Kurt-Ifhan«, sprang Qta auf, »ich möchte Dich meinem verehrten Vater vorstellen: Lord Nym t'Elas u Lhai, und meiner Mutter, Lady Ptas t'Lei e Met sh'Nym.«

Kurt verneigte sich tief und Qtas Eltern honorierten seine Höflichkeit durch freundlichere Mienen. Das junge Mädchen, dass zu Füßen der beiden kniete, stand ebenfalls auf und verbeugte sich.

»Meine Schwester Aimu«, wies Qta mit einer Geste auf jene. »Und Du musst auch Hef und seine Tochter Mim kennenlernen, die Elas mit ihrem Dienst ehren.«

Die beiden traten auf Kurt zu und bezeugten ihre Ehrerbietung mit einer entsprechenden Verbeugung.

Kurt erwiderte den Gruß spiegelbildlich, obwohl er nicht wusste, ob man sich vor der Dienerschaft verneigen sollte oder nicht.

»Hef«, erläuterte Qta, »Ist ein Freund Elas'. Seine Familie steht schon, inklusive ihm, in der sechsten Generation in unseren Diensten. Mim-Lechan spricht die menschliche Sprache. Sie wird Dir helfen, Dich im Hause einzugewöhnen.«

Mim warf ihm einen raschen, verstohlenen Blick zu. Sie war klein, hatte eine kindhaft schmale Taille und wirkte in ihrem engen, durch mehr als ein Dutzend Knöpfe geschlossenen Mieder gleichzeitig steif und verwirrend feminin. Ihre großen Augen waren dunkel und in dem Blick, den sie Kurt zuwarf, lagen, hinter der vorgeschützten Freundlichkeit verborgen, Hass und Abscheu.

Er starrte sie verblüfft an, bevor ihm die Höflichkeitsregeln der Nemet wieder einfielen und er zu Boden blickte.

»Ich bin geehrt«, sagte Mim kalt, »dem Gast meines Lord Qta zur Hand gehen zu dürfen. Mein verehrter Vater und ich werden uns nach besten Kräften um Dich kümmern.«

*

Die Gästeräume befanden sich im oberen Stockwerk - über denen des Hausherrn, wie Kurt von Mim erfuhr. Sie erteilte ihm diese Auskunft in einem Ton, welcher einer Ermahnung gleichkam, keinen unnötigen Lärm zu fabrizieren.

Das ihm zugewiesene Zimmer war ein luxuriös eingerichtetes Appartement. In einem gekachelten Bad befand sich ein Holzofen zum Erhitzen des Badewassers. Die Wanne und alle anderen Gefäße bestanden aus gehämmerter Bronze.

Das Bett, welches mit Daunendecken und weichen Fellen bedeckt war, stand seitwärts eines Fensters aus wolkigem, von Luftblasen durchzogenem Glas. Kurt warf einen sehnsüchtigen Blick auf die Liegestatt. Seine Beine zitterten und die Augen brannten vor Erschöpfung - es gab wohl kaum einen Muskel in seinem Körper, der nicht irgendwie weh tat...

Allein, Mim lief geschäftig dahin und dorthin, trug Stapel von Leintüchern und Kleidung umher und bestand dann auch noch darauf, das Bett frisch beziehen zu müssen. Als er endlich glaubte, dass sie fertig sei, begann sie – stattdem - emsig Staub zu wischen.

Kurt war, in unbequemer Haltung, fest auf dem Stuhl eingeschlafen, als Qta ins Zimmer trat. Er inspizierte zielgerichtet besonders einen Punkt des Raumes und sagte etwas zu Hef, der ihn begleitete.

Der alte Diener machte ein betroffenes Gesicht und nahm dann eine kleine Bronzelampe aus einer dreieckigen Nische in der Westwand [2].

»Es ist Religion«, erklärte Qta. »Du darfst solche heiligen Dinge nicht unbedarft berühren oder gar benutzen. Das gilt auch für die Phusmeba, die Feuerschale im Rhmei! Deine Anwesenheit ist eine Störung. Ich muss Dich bitten, unsere religiösen Bräuche zu beachten.«

»Ist es, weil ich ein Fremder bin«, fragte Kurt, bereits von Mims unterschwelliger, undefinierbarer Feindseligkeit verärgert, »oder weil ich ein Mensch bin?«

»Du bist ohne Beginn an diesem Ort - möglicherweise gar auf diesem Planeten, wie Du mir berichtetest. Darum habe ich gebeten, die Phusa aus dem Zimmer zu nehmen - weil ich die Ahnen von Elas nicht beleidigen will. Ich habe mit meinem Vater über diese Regelung gesprochen. In Deinem Raum sind die Augen von Elas jetzt geschlossen. Ich halte es für die beste Lösung! Bitte sei mir deswegen nicht böse...«

Kurt verneigte sich, durch Qtas offensichtliche Verlegenheit besänftigt.

»Verehrt ihr eure Vorfahren nicht?«, erkundigte sich Qta.

»Wie meinst Du diese Frage«, reagierte Kurt und ein betroffener Ausdruck trat auf Qtas Gesicht, als ob all seine Befürchtungen sich bestätigt hätten.

»Trotzdem werde ich es versuchen..! Vielleicht werden die Ahnen von Elas auch Gebete für Dein so weit entferntes Haus erhören. Leben Deine Eltern eigentlich noch..?«

»Ich habe überhaupt keine Angehörigen mehr«, antwortete Kurt und erntete eine gemurmelte Erwiderung, die mitleidig klang.

»Dann bitte ich Dich um Deinen vollen Namen, den Namen Deines Hauses und den Deines Vaters und Deiner Mutter.«

Kurt gab ihm die gewünschte Information, um endlich Ruhe zu haben. Qta wiederholte die teils langen, ungeläufigen Silben mehrere Male, um sie sich einzuprägen und richtig aussprechen zu können. Er zeigte sich entsetzt darüber, dass die Eltern seines menschlichen Gastes einen gemeinsamen Familiennamen trugen, woraufhin Kurt ihm, ungeduldig, fast wütend, die menschlichen Heiratsbräuche erklärte. Er fühlte sich zu Tode erschöpft und diese, im Augenblick zumindest, blödsinnig erscheinende Informationsbeschaffung verlängerte nur seine Qualen.

»Ich werde es den Ahnen erklären; habe keine Angst. Elas ist ein Haus, das mit Fremden und ihren Bräuchen große Nachsicht zu üben weiß.«

Kurt verbeugte sich in der Hoffnung, dass die Erörterung damit abgeschlossen sei. Ihm war klar, dass er nur um Qtas willen in diesem Gebäude geduldet wurde. Es ging um dessen Ehre. Ihm war eisig, als Qta und Mim ihn endlich alleine ließen. Er kroch zwischen die kalten Laken und zog fröstelnd die Decken über den Kopf.
Er war der einzige seiner Art auf diesem Planeten; mit Ausnahme von Djan, die ihn hasste - und einer unbestimmbaren Zahl verrohter Hanan, die sich wie Wilde in den südlichen Urwäldern tummelten. Für die Nemet war er wohl kaum des Hasses wert - er war ihnen lediglich unbequem...

*

Spät am Abend erschien Hef und brachte ein Tablett mit zwei gefüllten Tellern. Kurt zwang sich aufzustehen und bekleidete sich, was ihm äußerst zuwider war - aber er wollte nichts tun, was ihn in den Augen der Nemet herabsetzen konnte.

Kurz darauf erschien Qta, um mit ihm gemeinsam zu speisen.

»Eigentlich ist es Brauch, dass Dinner im Rhmei einzunehmen, im Kreise der Familie«, erklärte er, »aber ich möchte vermeiden, dass Du, ohne es zu wollen, meine Familie beleidigst. Darum muss ich Dich zuvor die hiesigen Tischmanieren lehren.«

Kurt platzte allmählich der Kragen: »Ich habe meine eigenen Tischmanieren«, entrüstete er sich lautstark. »Es tut mir leid, Dein Haus entweiht und verunreinigt zu haben. Schicke mich doch zurück zum Afen, zu Djan. Noch ist es nicht zu spät dazu.«
Er wandte dem gedeckten Tisch und Qta den Rücken zu, trat an das dunkle Fenster und starrte wütend in die anbrechende Nacht. Es dämmerte ihm, dass es eine subtile Grausamkeit Djans gewesen war, ihn nach Elas zu schicken. Sie musste wohl erwarten, ihn mit gebrochenem Stolz zurückkehren zu sehen.

»Ich wollte Dich nicht beleidigen«, erschrak Qta, wegen dieser unerwartet heftigen Emotion seines Gastes.

Kurt drehte sich wieder um und blickte in die dunklen, fremden Augen des Nemet; sein Gesichtsausdruck wirkte völlig verstört.

»Kurt-Ifhan, ich wollte Dich wirklich nicht beschämen. Ich möchte Dir helfen, damit Du Dich nicht vor meinem Vater und meiner Mutter blamierst; meine Absicht ist, Deine Würde zu schützen.«

Kurt neigte einlenkend den Kopf und kam widerstrebend zurück. Der Gedanke an die Methi bestärkte ihn im Entschluss, nicht etwa bei ihr unterzukriechen und das aufzugeben, worum er sie so inständig gebeten hatte. Und vielleicht wollte sie auch dem Hause Elas eine Lektion erteilen; ihm zeigen, was für eine schwere Last es sich mit ihm aufgebürdet hatte.

Er gab daher nach, legte jeden Protest beiseite. Es gab fürwahr schlimmeres, als wie ein Kind auf dem Boden zu hocken und sich von Qta zeigen zu lassen, wie man mit fremdartigem Besteck umzugehen hatte.

Bald begriff Kurt, warum der Nemet ihn nicht unvorbereitet an den Familientisch zulassen wollte. Mit dem ungewohnten Besteck konnte er wirklich kaum vernünftig umgehen und musste, hungrig, wie er war, mehrere Male den Impuls unterdrücken, einfach mit den Fingern zuzulangen.

Man trank nur mit der linken Hand, aß nur mit der rechten. Die Schüssel wurde bis fast an den Mund geführt, durfte indes die Lippen nie berühren. Permanent rutschte ihm der aufgespießte Bissen von der einzinkigen »Gabel«. Die Gabel rechts geführt, Messer links - nie anders..!

Qta war, nach Kurts emotionalem Ausfall, überaus taktvoll und nachsichtig; allmählich begann Kurt der Situation sogar eine gewisse Komik abzugewinnen. Zwischen Instruktionen und Anweisungen unterhielten sie sich, wobei sich Qta hin und wieder nach den menschlichen Bräuchen erkundigte. Außer Zweifel blieb dabei indes, dass andere Ansichten und Gewohnheiten wohl möglich sein mochten, nicht jedoch unter dem Dach von Elas zu praktizieren seien!

»Hmm... Und was würdest Du tun, wenn Du Dich unter Menschen befändest..?«

Qtas Gesichtsausdruck verriet leichthin, dass allein die Vorstellung ihn schon schaudern machte. »Keine Ahnung... Die einzigen Menschen, die ich kenne, sind die Tamurlin...«

»Ist nicht...« - Kurt hatte sich überwinden müssen, um den Mut zu dieser Frage aufzubringen - »...die Methi mit anderen Menschen hierhergekommen?«

Das erschrockene Mienenspiel Qtas setzte sich fort. »Ja. Die meisten sind allerdings wieder fort. Die verbliebenen hat Djan-Methi getötet.«

Er wechselte rasch das Thema und sah so aus, als ob es ihn reute, seinem Gegenüber eine so freimütige Antwort gegeben zu haben.

Sie sprachen daher von anderen, weniger wichtigen Dingen und es wurde darüber sehr spät. Im Haus war es völlig still geworden, sodass sie nur mit gedämpfter Stimme redeten, um niemanden zu stören. Die Lampen verbreiteten ein warmes, ruhiges Licht und die Luft roch mild nach ihrem Öl. Sie tranken Tee und Telise, was dazu führte, dass der Alkohol, zusammen mit der vorgerückten Stunde, eine Atmosphäre der Irrealität schufen.

Kurt erfuhr einige relative Trivialitäten, zumeist Familienklatsch, denn Djan und die Mitglieder des Hauses Elas waren die einzigen Personen in Nephane, die sie beide kannten. Qta, der vorübergehend so freigiebig mit der Wahrheit umgegangen war, schien sich darauf besonnen zu haben, dass das nicht ungefährlich sein konnte. Die Unterhaltung bezüglich der Konstellation im Hause ergab für Kurt die Erkenntnis, dass Nym die absolute Autorität innehatte - er war der Lord von Elas.

Qta besaß so gut wie keine Befugnisse, obwohl er schon über dreißig Jahre alt war [3] und ein Kriegsschiff kommandierte. Solange Nym lebte, würde er ihm untergeben bleiben. Der älteste Mann war, nach Gesetz und Überlieferung, der Lord des Hauses. Wenn Qta heiratete, musste er seine Frau in das Haus seines Vaters einführen; das Mädchen würde, als Schwiegertochter, Teil der Familie werden und Qtas Eltern gehorchen müssen, als ob sie im Hause geboren worden wäre. Aimu würde es bald verlassen, denn sie war mit Qtas Zweitem, Bel t'Osanef, verlobt. Die drei - Qta, Bel und Aimu - waren schon von Kindesbeinen an miteinander eng befreundet gewesen.

Qta gehörte nichts. Aller Familienbesitz war Eigentum seines Vaters, der auch entschied, wann und wen seine Kinder heiraten würden, da das Erbe von diesen Ehen abhing. Der Besitz ging vom Vater ungeteilt auf den ältesten Sohn über, welcher dann auch alle Verantwortung für die jüngeren Brüder, Vettern und unverheirateten Mädchen des Hauses übernehmen musste. Ein Patriarch, wie Nym, hatte seine Räume rechts des Hauseingangs. Dieser Brauch, erklärte Qta, stammte noch aus den kriegerischen Perioden der Nemet, als ein Mann auf der Schwelle seines Hauses schlief, um es vor überraschenden Überfällen schützen zu können. Aus diesem Grunde befanden sich dort auch die Zimmer der erwachsenen Söhne. Dasjenige, in dem Kurt jetzt wohnte, war früher einmal Qtas Refugium gewesen, als er noch ein Junge war.

Die Lady des Hauses, in diesem Fall Qtas Mutter Ptas, hatte ihre Räume hinter der Basiswand des Rhmei. Sie war die Hüterin religiöser Angelegenheiten und bewachte das heilige Feuer der Phusmeba; sie leitete den Haushalt und stand, hinter dem Patriarchen, an zweiter Stelle in der hierarchischen Rangordnung.

Gemäß Qtas Ausführungen gab es bei den Nemet einen komplexen Kodex von Respekt und Gehorsam. So galt es als grober Verstoß, wenn ein ausgewachsener Sohn vor seine Mutter trat, ohne sich auf den Boden zu knien; indes - solange er noch ein Junge war, wurde ihm diese Ehrerbietung erlassen. Umgekehrt war es beim Verhältnis zwischen Sohn und Vater: Der Junge kniete vor seinem Vater nieder, bis er erwachsen war - dann trat er ihm, als fast Gleichberechtigter, mit einer leichten Verbeugung gegenüber.

Eine Tochter dagegen wurde im Haus als ein geliebter Gast betrachtet und behandelt - einen Gast, den das Haus eines Tages an einen Ehemann verlieren würde. Sie trat ihren Eltern daher mit nur förmlichem Respekt gegenüber und zeigte im Umgang mit ihren Brüdern dieselbe bescheidene Zurückhaltung, welche für den Verkehr mit Fremden vorgeschrieben war.

Von Hef und Mim, die Elas dienten, wurde nur formeller Gehorsam erwartet, beziehungsweise verlangt, obwohl sie fast wie gleichberechtigte Familienangehörige behandelt wurden.

»Und was ist mit mir?«, fragte Kurt. »Wie muss ich mich verhalten..?«

Qta runzelte die Stirn. »Du bist Gast, *mein* Gast - also stehst Du mit mir auf einer Stufe. Aber...«, setzte er schnell hinzu, »es gehört sich, dass ein Mann gelegentlich mehr Respekt entäußert, als von ihm erwartet wird - das tut Deiner Würde keinen Abbruch; meistens erhöht sich Dein Ansehen sogar. Ich gebe Dir den wohlgemeinten Rat, möglichst immer höflich zu sein. Zu allen. Bitte... Beschäme Elas nicht. Die Leute werden Dich genau beobachten, weil sie Dich - vom ersten Augenschein her - für einen Tamurlin in Nemet-Kleidung halten werden. Beweise ihnen, durch Deine Taten, dass dem nicht so ist.«

»Hmm..., bin ich für die Nemet eigentlich ein gleichwertiges Geschöpf?«

Qta presste die Lippen aufeinander, als ob er wünschte, diese Frage wäre besser ungestellt geblieben.

»Okay..., also nicht«, schloss Kurt und konnte darüber nicht einmal wütend werden, wenn er seines Gastgebers verstört-gequälten Gesichtsausdruck in Betracht zog.

»Das habe ich - für mich - noch nicht entschieden... Manche von uns würden es bestimmt glatt verneinen. Es berührt das Feld der Religion darauf zu antworten. Aber ich mag Dich, Kurt, auch wenn Du ein Mensch bist.«

»Du warst sehr gut zu mir - von Anfang an...«

Sie schwiegen eine Weile. Das Haus schlief - es war totenstill. Qta blickte ihn mit einem Ausdruck des Bedauerns und des Mitleids an, der Kurt beunruhigte.

»Du fürchtest Dich vor uns, unseren Gebräuchen, Handlungsweisen, Dir unbekannten Reaktionen...«, stellte Qta verständnisvoll fest.

»Hat Djan Dich zu meinem Bewacher ernannt, weil Du sie darum gebeten hast, oder vertraut sie Dir auf eine besondere Weise?«

Qta hob den Kopf. »Elas ist den Methis - ebenso dieser Methi - treu und ergeben. Du aber bist unser Gast und niemand, den wir zu ›bewachen‹ gedenken.«

»Gibt es viele Nemet, die die menschliche Sprache beherrschen? Du sprichst fließend Hanan, genau wie Mim. Deine... Bereitwilligkeit, einen Menschen in Dein Haus aufzunehmen..., ist das nicht außergewöhnlich für einen Nemet?«

»Ich habe für die Umani [4] gedolmetscht, als sie nach Nephane kamen. Vorher hatte ich ihre Sprache von Mim erlernt; und Mim erwarb ihre Sprachkenntnisse während ihrer Zeit der Gefangenschaft bei den Tamurlin. Was für eine bösartige Hinterlist vermutest Du denn hinter der simplen Tatsache, dass wir beide Deine Sprache sprechen? Worauf beruht eigentlich der Streit zwischen Dir, das heißt Deinen Leuten und der Methi, beziehungsweise ihresgleichen?«

»Wir stammen von verschiedenen Nationen ab, die seit Jahrtausenden Krieg gegeneinander geführt haben... Misch Dich da nicht ein, Qta - jedenfalls nicht um meinetwillen. Falls ich den Frieden dieses Hauses gefährden oder seine Sicherheit bedrohen sollte, so sage es mir ruhig freiheraus. Dann gehe ich zurück... Ich meine es ernst.«

»Das ist unmöglich«, verwehrte sich Qta vehement, »nein, Elas hat noch nie einem Gast die Tür gewiesen!«

»Elas hat auch noch nie einen Menschen zu Gast aufgenommen.«

»Das stimmt wohl«, gab Qta zu, »aber die Ahnen waren verwegene Männer. Das ist der Hauptcharakterzug von Elas. Die Ahnen führen uns durch solche Situationen, deshalb können uns Nephane und die Methi keine unüberwindbaren Schwierigkeiten bereiten.«

*

Das Alltagsleben der Nemet verlief ruhig und friedlich.
Kurt ertrug vier Tage in den stillen, nur matt erleuchteten Räumen; vier Tage voll gedämpfter Stimmen, endloser Verbeugungen; vier Tage ständiger Wachsamkeit keine Gegenstände oder Personen anzutasten, deren Berührung ihm verboten war - bevor er am Limit seiner nervlichen Anspannungsbereitschaft anlangte.
Er war ein junger Mann; ihm fehlte die Ruhe und Abgeklärtheit reiferer Jahrgänge - außerdem ausgebildeter Soldat und kein entsagender Mönch oder Sannyasin..! So kam es, dass er, am fünften Tage, nach oben ging und sich in seinem Zimmer einschloss. Er zog sogar die Fenstervorhänge zu, damit ihm der Ausblick auf diese fremde Welt erspart blieb; selbst auf ihre ungewohnte Architektur, Anlage von Straßen, Gärten - einfach alles... Tränen stiegen in ihm auf, ob seiner schier verzweifelten Lage, in die er manövriert schien. Mehrere Stunden saß er reglos in seiner abgedunkelten Stube - bis es darüber Nacht geworden war. Als es still im Hause wurde, ging er leise die Treppe hinab und hockte sich in den leerstehenden Rhmei, um zu versuchen seinen Frieden mit diesen Mauern zu schließen.

Bei aller herrschenden Stille hatte Kurt nicht an Mim gedacht, die Chan...
Sie trat ein, blieb bei der Tür stehen und blickte ihn schweigend an. Ihre, vor der Brust verschränkten, Hände

zuckten nervös. Schließlich durchquerte sie den Raum, nahm eines der weißen Cachin-Felle [5] und brachte es zu Kurt, der auf dem nackten Boden saß. Sie legte es neben ihn und blickte ihm kurz in die Augen, als sie sich wieder aufrichtete. In ihren Blicken standen Fragen, Besorgnis – sogar nackte Angst.

Er nahm ihr Friedensangebot an und setzte sich auf das weiche Fell.

Sie verneigte sich tief und verließ den Raum. Im Hinausgehen löschte sie nacheinander alle Lichter - bis auf das Feuer der Phusmeba, das niemals verlöschen durfte.

Qta kam kurz darauf herein; aber er vergewisserte sich nur, dass alles in Ordnung war und ging dann wieder. Jedoch ließ er die Tür seines Zimmers, während der ganzen Nacht, offen...

Als Kurt am nächsten Morgen den Rhmei verließ, blieb er vor der offenen Zimmertür stehen, um sich bei Qta für sein Benehmen zu entschuldigen. Qta war wach, sprang sofort aus dem Bett und blickte Kurt besorgt an. Kurt fand nicht die richtigen Worte, um sein Verhalten zu erklären, also verbeugte er sich nur schweigend und ging in sein Zimmer hinauf, um sich auf die Zeremonie des Frühstücks mit der Familie vorzubereiten.

Der sanftmütige Qta, immer freundlich, selten wütend, war fast 1,90 Meter groß [6] und stark wie ein Bär; aber Kurt bezweifelte, dass er jemals seine Würde vergessen und gewaltsam gegen jemanden vorgehen könnte. Kurt begriff immer weniger, wie dieser Mann es über sich gebracht hatte, im Angesicht ganz Nephanes, über die Schiffsreling zu springen, um einen ertrinkenden **Menschen** zu retten - und ihm auch noch beigestanden hatte, als er hilflos und von Übelkeit gepackt auf der Pier lag.

Es schien nichts zu geben, das Qta für längere Zeit aus dem Gleichgewicht bringen konnte. Frustration überwand er, indem er sich für einige Zeit zurückzog und über das Problem meditierte, bis er seine »Yhia« wiedergefunden hatte, sein seelisches Gleichgewicht - und diese Philosophie erwies sich offensichtlich, selbst für den Umgang mit Menschen, als adäquat.

Qta beherrschte, unter anderem, die Aos virtuos - eine kleine Harfe mit Metallsaiten - und sang mit einer weichen, angenehmen Stimme zu ihrer Begleitung; eine Gabe, die besonders Lady Ptas an stillen Abenden zu schätzen wusste. Manchmal sang er schnelle, fröhliche Lieder, die den Rhmei zum Lachen brachten, manchmal lange, getragene Balladen, die von kleinen Tassen Telise unterbrochen wurden, damit er seine Stimme ausruhen konnte; es waren oft klagende und - für menschliche Begriffe - atonale Klangfolgen, denen alle Mitglieder des Hauses ergriffen lauschten.

»Was hast Du vorhin gesungen?«, frage Kurt ihn einmal, als sie in Qtas Zimmer bei einer Tasse Tee saßen. Es war ihnen zur Gewohnheit geworden, vor dem Schlafengehen, noch eine Weile beisammenzusitzen - und dies war einer der letzten Abende, die Kurt im Hause Elas verbringen durfte. Die zwei Wochen waren fast vorbei, und deshalb wollte er noch möglichst viel über die Nemet erfahren, da er nicht wusste, ob er in Zukunft noch Gelegenheit dazu haben würde.

Sie hatten einen wunderbaren, stillen Abend im Rhmei verbracht - bei den Klängen der Aos, denen Lady Ptas mit verzücktem Gesicht gelauscht hatte.

Er sah das ruhig-würdevolle Gesicht Nyms vor sich, die gesenkten Köpfe von Aimu und Mim, die sich über ihre Handarbeiten beugten, die schwarzgekleidete Gestalt des alten Hef, der, mit zurückgelehntem Kopf und träumenden Augen, etwas abseits saß. Die Ruhe Elas' war heute Nacht in seine, bisher ungestüme, Seele eingezogen..! Bis jetzt hatte er sich gegen jene, wie gegen einen imaginären Kontrahenten, ja, ein diffuses Feindbild, gewehrt - nun indes hatte er sie akzeptiert und in sich aufgenommen...

»Der Text der Ballade hat keine Bedeutung für Dich«, erläuterte Qta. »Außerdem kann ich ihn nicht so leicht in menschliche Worte übersetzen, denn es ist etwas ureigenst Nemetisches...«

»Versuche es trotzdem..., bitte.«

Der Nemet hob die Schultern, lächelte ein wenig gequält, nahm die Aos in die Hände und ließ seine Finger über die straff gespannten Saiten gleiten. Ein paar Sekunden lang schien er zu »schwimmen«, zögerte, doch dann erklang dieselbe Melodie, die er im Rhmei gespielt hatte. »Es betrifft unseren Ursprung«, erklärte Qta leise, ohne Kurt anzublicken; seine Finger tanzten dabei sanft über die metallenen Saiten, als ob die Begleitung für seine Gedanken notwendig sei.

»Im Anbeginn war Wasser.
Aus dem Wasser kamen die neun Geister der Elemente, und die mächtigsten von ihnen waren Ygr, der irdisch ist, und Ib, der himmlisch ist.
Von Ygr und Ib kamen die tausend Jahre der Schöpfung, des Chaos und des Krieges der Elemente; bis Qas, der Geist des Lichts, und Mur, der Geist der Finsternis, ihre Brüder Phan, den Sonnengott, und Thael, den Erdgott, dazu überredeten, sich zu trennen.
So wurde die erste Ordnung gebildet.
*Indes - Thael liebte Phans Schwester Ti und entführte sie. Phan tötete Thael in seiner Wut und **aus Thaels Rippen entstand dieser Planet**. [7] Ti gebar Thael einen **Sohn - Aem**...*
Zehnmal tausend Jahre kamen und vergingen; Aem wurde älter und Ti sah, dass ihr Spross zum Jüngling heranreifte. Schwere Sünden hatten sie begangen. Aus diesen Sünden kam Yr - Yr, die Erdschlange; Yr, die Mutter aller Tiere.
Der Rat der Götter beschloss, Aem und Ti sterben zu lassen - und im Sterben schufen sie Kinder, Männer und Frauen...«

Er machte eine Pause. »Ich habe diese Sage noch nie aus menschlicher Sicht betrachtet«, sinnierte Qta kopfschüttelnd. »Es ist sehr schwierig!«

Kurt ermunterte ihn mit einer Geste, fortzufahren und Qta entlockte den Saiten erneut eine Melodie...

»Die ersten Sterblichen waren Nem und Panet, ein Mann und eine Frau, Zwillinge. Auch sie begingen die große Sünde. Der Rat der Götter nahm ihnen deshalb die Unsterblichkeit und verkürzte ihr Leben. Besonders Phan hasste die beiden. Er begattete Yr, die Erdschlange, und sie gebar Raubtiere und andere Bestien, welche die Menschen jagten.

Dann forderte Qas, Phans Schwester, seinen Zorn heraus: Sie stahl das Feuer und ließ Blitze auf die Erde herabregnen. Die Leute nahmen das Feuer und töteten Yrs Tiere, erbauten Städte.

Zehnmal tausend Jahre kamen und vergingen. Die Völker mehrten sich, ihre Könige wurden stolz; ihre Söhne von Yr, der Erdschlange, ihre Söhne von Inim, den Windgeistern.

Die Leute verehrten diese Gott-Könige, beteten sie an und erbauten ihnen Städte; sie vergaßen darüber ihre ursprünglichen Götter.

Dann folgt eine Prophezeiung«, führte Qta weiter aus:

»Und Phan erwählte Isol, eine sterbliche Frau. Er zeugte mit ihr einen halbgöttlichen Sohn. Qavur führte die Waffen Phans, um die Welt durch Brand zu vernichten. Er tötete die Gott-Könige; aber Isol, seine Mutter, flehte ihn an, die anderen Bewohner zu verschonen, und er folgte ihren Bitten.

Doch Phan nahm sein Pestschwert, kam vom Himmel herunter und tötete alles Volk. Aber als er Isol töten wollte, lief sie zu ihrem Herdfeuer und ließ sich neben ihm nieder. Damit stand sie im Schutz der Götter. Ihre Tränen rührten Phan, und er zeugte mit ihr einen zweiten Sohn, Isem,

welcher der Gatte von Nae, der Meeresgöttin und der Urahn aller Seeleute wurde.
Und den Qavur machte Phan unsterblich. Er ist der Morgenstern, der Vorbote der Sonne.
Um Naes Kinder davor zu bewahren, Unrecht zu tun, gab Phan Qavur die Yhia, um sie denen zu bringen, die ihrer bedürfen...

Alles Gesetz kommt aus der Yhia - und von ihr kennen wir unseren Platz im Weltall. Alles, was höher ist, ist Gottes Gesetz, aber das ist **zu** hoch, um besungen zu werden. Die Ballade heißt ›Ind‹. Sie ist uns heilig. Mein Vater hat sie mich gelehrt und die sieben Strophen, die sich ausschließlich mit Elas befassen. So hat sie sich seit Generationen erhalten.«

»Du hast einmal gesagt, dass Du noch nicht entschieden hast, ob ich ein gleichwertiges Geschöpf bin oder nicht. Hast Du jetzt eine Entscheidung getroffen?«

Qta legte die Aos beiseite und runzelte nachdenklich die Stirn. »Vielleicht sind einige Kinder Nems der Pest entkommen. Aber Du bist ja kein Nemet... Vielleicht seid ihr Sprösslinge von Yr, die auf einer anderen Welt ausgesetzt worden sind. Wie ich von Menschen hörte, soll unser Planet viele Brüder haben. Aber ich glaube es nicht.«

»Ich habe nichts darüber geäußert.«

»Dein Blick verrät mir, dass Du mit meinen Gedanken nicht einverstanden bist.«

»Ich sehe, dass Du bemüht bist, Dein Weltbild in dieses religiöse Grundgefüge einzupassen... Hmm... Ich möchte Dich nicht kränken«, wog Kurt seine Worte gut ab, »wenn ich Dir sage, dass ich Dich als Menschen betrachte.«

In den Augen des Nemet stand nacktes Entsetzen. Dann blickte er Kurt an, als ob er sich einen schlechten Scherz erlaubt hätte. Allmählich aber wurde Qtas Gesicht nachdenklich und er machte eine abwehrende Geste. »Bitte, das darfst Du so nicht von Dir geben.«

Kurt neigte verstehend den Kopf. Seine, in Worte gefassten, Überlegungen hatten den Nemet ernstlich erschüttert.

»Ich habe mit den Hütern von Elas über Dich gesprochen«, meinte Qta. »Du bist ein Störfaktor in diesem Haus - aber ich glaube nicht, dass Du unseren Ahnen unwillkommen bist.«

*

Kurt kleidete sich am nächsten Tag besonders sorgfältig. Am liebsten hätte er die Uniform getragen, die er bei seiner Ankunft auf diesem Planeten angehabt hatte, aber Mim hatte sie weggeworfen, weil sie eines Gastes von Elas unwürdig sei, wie sie behauptete. Dafür stand ihm jetzt eine große Auswahl nemetischer Kleidung zur Verfügung, die wahrscheinlich Qta gehörte. An diesem Morgen wählte er die wärmsten und strapazierfähigsten Gewänder, weil er nicht wusste, was der Tag ihm bringen würde; und die Nächte waren kalt... Auch die Räume des Afen waren kühl, und er hatte die Befürchtung, dass er sie nicht mehr verlassen würde, wenn er sie einmal betrat.

Wieder schien die Welt der Nemet und Elas' ihm zunehmend zu entfremden - die sterile Modernität des Afen rückte mehr und mehr in den Vordergrund seines Denkens, als er sich daran erinnerte, dass er sich mit Djan auseinanderzusetzen hatte und nicht mit den Nemet.

Um für alle Gelegenheiten gerüstet zu sein, hatte er sich einen kleinen Dolch mit einem drachenförmigen Griff eingesteckt. Er hatte ihn zwischen Qtas Papieren entdeckt und war sicher, dass er nicht vermisst werden würde.

Jetzt zog er ihn noch einmal heraus und betrachtete die schmale, scharfe Klinge. Er würde sie an Djan gebrauchen – oder an sich selbst. Aber man würde leicht herausfinden, dass die Waffe aus dem Hause Elas stammte, fiel ihm ein. Aus diesem Grunde legte Kurt den Dolch auf den Frisiertisch, damit Qta ihn dort finden konnte. Der Nemet würde über den Diebstahl verärgert sein, aber das war nun nicht mehr zu ändern.

Kurt befestigte den Ctan, den Übermantel, an seinen Schultern. Er nahm eine Bronzespange dazu. Er stand schon tief genug in Elas' Schuld und wollte nicht eine der silbernen oder goldenen Spangen nehmen, die man ihm zur Verfügung gestellt hatte.

Es klopfte leicht an die Tür.

»Herein, bitte...«

Mim trat ins Zimmer, einen Stapel frischer Wäsche auf den Armen. Sie verneigte sich vor Kurt, bevor sie die Laken und Handtücher ablegte und mit ihrer Arbeit begann. Schon lange stand kein Hass mehr in den Augen des Mädchens. Kurt hatte inzwischen auch den Grund für ihren Groll begriffen. Sie war Gefangene der Tamurlin gewesen. Doch sie hatte eingesehen, dass nicht das Menschsein generell für die barbarischen Sitten der Tamurlin verantwortlich zu machen war, und ihre feindliche Haltung aufgegeben.

Kurt hatte sich seitdem bemüht, besonders nett und freundlich zu ihr zu sein. »Zumindest hast Du von jetzt an in diesem Haus weniger Wäsche zu waschen«, flachste er.

Sie schien diese Art von Humor nicht zu schätzen und blickte ihn eine Sekunde lang schweigend an, dann senkte sie den Blick, wandte sich um und fuhr mit ihrer Arbeit fort.

Sie zuckte zusammen, als sie den Frisiertisch abstauben wollte. Zögernd griff sie nach dem Messer und wandte sich Kurt langsam zu. In ihren großen Augen spiegelte sich aufrichtige Bestürzung. »Lord Qta hat Dir das nicht gegeben«, wusste sie.

»Nein. Aber Du kannst es ihm zurückgeben.«

Sie umklammerte den Dolch mit beiden Händen, als ob sie befürchtete, er könnte ihr das Messer doch noch entwinden und starrte ihn an. »Wenn Du eine Waffe in den Afen nimmst, tötest Du uns, Kurt-Ifhan. Das ganze Haus Elas würde sterben.«

»Ich habe sie zurückgegeben, das heißt ich bin unbewaffnet, Mim. Es ist die Wahrheit.«

Sie schob den Dolch in den Gürtel, den sie unter ihrem Überrock trug, und strich die Falten glatt. Mim war eine kleine, zierliche Frau. Sie hatte eine fast kindlich schmale Taille; ihr schlanker Hals wurde durch die Frisur, welche aus winzigen, hinter den Ohren aufgerollten, Zöpfen bestand, wirkungsvoll betont. Sie erschien so filigran, so sanft; und doch spürte Kurt, ihr gegenüber, eine ständige Spannung - fast Ehrfurcht.

Zum ersten Mal sah er jetzt den Ausdruck von Besorgnis, sogar Zärtlichkeit in ihrem Blick. »Qta möchte, dass Du nach Elas zurückkommst.«

»Ich bezweifle, dass man mir dies erlauben wird...«

»Warum hat Dich die Methi dann überhaupt hierher geschickt?«

»Das weiß ich nicht. Vielleicht wollte sie Qta damit einen Gefallen tun. Vielleicht sollte ich mich hier so wohl fühlen, dass ich die Rückkehr in den Afen fürchte.«

»Lord Qta wird niemals zulassen, dass man Dir ein Leid zufügt.«

»Qta sollte sich lieber da heraushalten. Sag ihm das, Mim. Er könnte sich sonst die Methi zur Feindin machen.« Er hatte Angst. Sie hatte ihn von Anfang an begleitet, und jetzt, wo Mim einen offen liegenden Nerv berührt hatte, fiel es ihm schwer, mit der Ruhe zu sprechen, welche die Nemet als würdevoll bezeichneten. Das Zittern seiner Stimme beschämte ihn.

Mims Augen füllten sich mit Tränen – die süße, nicht-menschliche Mim, die Kurt so hinreißend weiblich fand, trotz ihres nicht-menschlichen Gesichts. Er hatte noch nie jemanden gekannt, dem so viel an ihm lag, dass er/sie seinetwegen geweint hätte - und plötzlich erschien ihm der Gedanke, Elas verlassen zu müssen, unerträglich.

Er nahm ihre kleinen, goldfarbenen Hände in die seinen und wusste sofort, dass er das nicht tun durfte, denn das grazile, zarte Nemet-Mädchen zuckte bei seiner Berührung zusammen.

Aber sie blickte ihn an und zog ihre Hände nicht zurück.

»Kurt-Ifhan, ich werde Lord Qta berichten, was Du mir gesagt hast, denn es ist ein guter Rat. Aber ich glaube nicht, dass er auf mich hören wird. Elas wird für Dich sprechen. Elas votiert mit der Stimme einer großen Familie - und die Methi wird auf Elas hören. Sie hat es schon früher getan. Sie weiß, dass Elas mit der Macht der großen Familien spricht. Bitte geh jetzt zum Frühstück. Ich habe Dich aufgehalten. Entschuldige.«

Er nickte und schritt zur Tür. Im Rahmen blieb er noch einmal stehen und drehte sich um. »Mim«, sagte er, weil er wollte, dass sie ihn noch einmal ansah. Er wollte ihr Gesicht sehen, um es in sein Gedächtnis einzugraben, um an sie denken zu können; so wie er alles, was in Elas war, in seinem Gedächtnis festhalten wollte.

Aber als Mim sich umwandte und ihn ansah, wusste er nicht, was er ihr sagen sollte. »Danke«, murmelte er rasch und ging...

4 - Ruf der Methi

Während des ganzen Weges zum Afen wog Kurt seine Chancen ab, den drei Nemet-Wachen, die ihn eskortierten, zu entkommen. Die Straßen von Nephane waren eng und gewunden, und wenn er bis zum Dunkelwerden allen Nachstellungen entgehen konnte, würde es ihm vielleicht gelingen, einen Weg in die Wälder zu finden.

Aber Nym hatte ihn den Wachen persönlich übergeben und ihnen offensichtlich aufgetragen, ihn gut zu behandeln, denn sie zeigten, ihm gegenüber, die größtmögliche Höflichkeit. Die Hand Elas' lag auch jetzt noch schützend über ihm, und um Elas' willen versagte er sich das, wonach alle seine Instinkte schrien: wegzulaufen - und zu töten, wenn es sein musste.

Sie betraten die kühlen Hallen des Afen, und damit war es zu spät für eine Flucht. Sie stiegen die Treppen hinauf in den dritten Stock, den die Methi bewohnte.

Djan erwartete ihn in der modern eingerichteten Halle. Sie trug die bescheiden-unauffällige Kleidung der Nemet-Damen. Ihr blondes Haar - zu einer Krone aufgesteckt - war mit Goldschnüren zu Zöpfen geflochten. Sie entließ die Wachen und wandte sich Kurt zu.

Es war seltsam, wie sie ihm vorausgesagt hatte, nach langer Zeit wieder ein menschliches Gesicht zu sehen. Er begann zu verstehen, was dieses Alleinsein für sie bedeutete, dieses allmähliche Hinübergleiten von einer menschlichen Realität in die der Nemet. Er entdeckte Dinge in einem menschlichen Gesicht, die ihm früher nie aufgefallen waren. Wie »sonderbar« ebenmäßig und glatt seine Flächen, wie hell die Augen, wie metallisch schimmernd das Haar. Der Krieg, die jahrtausendealte Feindschaft zwischen ihnen, selbst diese Umstände erschienen ihm in jenem Augenblick willkommen - als Teile eines gewohnten Bezugsrahmens...

Elas versank hinter diesen Wänden aus Metall und synthetischem Material.

»Willkommen«, begrüßte sie ihn, ließ sich auf einen Stuhl fallen und deutete auf einen anderen. »Elas möchte Sie zurückhaben«, eröffnete Djan, als er sich gesetzt hatte, »ich bin beeindruckt.«

»Und ich möchte nach Elas zurückkehren«, äußerte er unumwunden seine Absicht, seinen Wunsch.

»Das habe ich Ihnen nicht versprochen! Aber Ihr Aufenthalt dort hat keine besonderen Schwierigkeiten hervorgerufen.« Sie erhob sich abrupt, trat an ein Wandkabinett und öffnete es. »Mögen Sie einen Drink, Mister Morgan?«

»Gerne«, nahm Kurt ihr Angebot an. »Danke.«

Sie füllte zwei kleine Gläser und reichte ihm eins. Es war Telise - offenbar das favorisierte alkoholische Getränk dieses Landstrichs schlechthin. Sie setzte sich wieder, lehnte sich zurück und nahm einen kleinen Schluck. »Ich möchte gleich zu Anfang ein paar Punkte klarstellen«, unterstrich sie in dominanter Stimmlage.
»Erstens: Dies ist **meine** Stadt, und ich werde dafür sorgen, dass es meine Stadt bleibt!
Zweitens: Dies ist eine Stadt der Nemet, und auch das wird so bleiben.
Unsere Spezies hat ihre Chance gehabt. Sie ist erledigt! Wir haben es uns selbst zuzuschreiben. Pylos, Ihr Planet; Aeolus, meine Welt – beide ausgebrannte Schlacken. Es ist total verrückt! Ich habe während der letzten Monate auf den Tod gewartet. Ich habe meine eigenen, ursprünglichen Befehle nicht mehr befolgt, ignoriert und ausgesetzt, weil ich mich gefragt habe, was aus den Nemet werden würde, wenn das Schiff zurückkehrte - mit der Autorität und der Feuerkraft, mich zu erledigen.

Sie werden verstehen, dass mich der Tod meiner Artgenossen und die Vernichtung ihres Schiffes - möglicherweise der *BSS Celebes* - nicht sonderlich berührte. Ich..., bedaure den Untergang von Aeolus. Aber Ihre Intervention kam gerade zur rechten Zeit - auch für die Nemet. Jedoch - das soll *nicht* heißen«, setzte sie rasch hinzu,»dass ich Ihnen dafür etwa *dankbar* bin..!«

»Es wäre doch Irrsinn«, echauffierte sich Kurt,»wenn wir beide - in unserer Lage - diesen Krieg hier weiterzuführen beabsichtigten! Keiner von uns könnte dabei etwas gewinnen! Mit jeder Woche hier erscheint mir unser Krieg grotesker und unwirklicher..!«

»Fast jeder Krieg ist eine Narretei; eine sich schnell zu äußerster Brutalität und Barbarei aufschaukelnde, gewissenabstumpfende, der Machtgier frönende Dummheit!«, stimmte Djan ihm bereitwillig zu.»Analysieren Sie doch einmal den unseren: Wir haben ihn zweitausend Jahre lang geführt. Wahrscheinlich ist alles, was meine Seite - oder die Ihre - über seine Ursachen und Anfänge behaupten, erlogen. Aber darauf kommt es nicht an. Nur das *Jetzt* zählt; denn jeder Krieg ernährt sich von seinen vergangenen Opfern.
Wir indes haben unsere Grenzen erreicht – und überschritten. Wir haben begonnen, indem wir Raumschiffe in einem kleinen System zerstörten - und jetzt vernichten wir Welten. *Welten*! Wir lassen leeren Raum hinter uns zurück! Wir zählen die Opfer nach Zonen. Wir Hanan waren nie so zahlreich und vermehrungsfreudig wie ihr, konnten nicht einmal genügend Soldaten aufbringen, um die gefallenen zu ersetzen. Wir begannen, sie zu ›produzieren‹; Embryoniten, im Labor gezeugte und ausgetragene Soldaten, genetisch gezüchtete Offiziere – unsere letzte Hoffnung...
Und die haben Sie zerstört.
Ich möchte Ihnen etwas offenbaren, mein ›Freund‹; etwas, dass Ihnen Ihre Allianz sicher niemals gesagt hat: Durch die

65

Zerstörung von Aeolus haben Sie dem Krieg nur neuen Zündstoff geliefert! Ich fürchte, Ihr Angriff war eine schwere Fehlkalkulation, eine weitere Sprosse auf der Eskalationsleiter..!«

»Wieso das denn..?«, begehrte er erstaunt auf.

»Aeolus war das Zentrum - das *Kernzentrum* - des Embryonen-Projekts. Milliarden sind in seinen Laboratorien gestorben. Die Anlagen, die Arbeiter, die Unterlagen - unwiederbringlich vernichtet. Sie haben uns **zu** hart getroffen, Mister Morgan. Die Hanan werden von jetzt an ohne jede Rücksicht kämpfen. Sie haben den potenzierten Wahnsinn auf die Menschheit losgelassen, den ›*Totalen Krieg*‹..! Und das haben wir auch verdient - wir alle, die ganze menschliche Rasse...«

»Ich glaube nicht«, wechselte er das ihn bedrückende Thema, »dass Sie Ihre Isolation auch nur halb so genießen, wie Sie vorgeben.«

»Ich bin Aeolitin. Denken Sie daran.«

Er brauchte einen Augenblick, um den Sinn ihrer Worte zu verstehen. Dann wusste er, was sie damit gemeint hatte, und ihm schauderte, ja, wurde fast übel vor Abscheu..! Von allen Dingen, für welche ihm die Hanan synonym standen und die er hasste, waren ihm die Laboratorien am widerwärtigsten.

Djan lächelte. »Keine Sorge, ich bin ein Mensch, ich bestehe aus menschlichen Zellen. Allerdings wurde ich unter Kriterien der Überlegenheit selektiert - sonst wäre ich vernichtet worden. Sorgfältig für höchste Intelligenzleistung konzipiert und ausgebildet, um dem Staat zu dienen. Meine Intelligenz verriet mir eines Tages, dass ich ausgenutzt wurde - und das gefiel mir nicht. Ich wartete auf eine Gelegenheit und stellte mich dann *gegen* den Staat.«

Sie trank ihr Glas leer und stellte es auf den Tisch. »Aber Sie wollen sich nicht auflehnen. Gut! Das bewahrt Sie vielleicht davor, mir eines Tages an die Kehle zu springen.«

»Ich darf also gehen?«

»Nicht so eilig, nicht so eilig... Ich habe daran gedacht, Ihnen Quartier im Afen zu ›gewähren‹. Es gibt - einen Stock höher - ein paar Räume, die nur von hier aus zugänglich sind. In so einer Isolation könnten Sie bestimmt keinen Schaden anrichten. Mein Instinkt – oder irgendetwas – sagt mir, dass das die einzig richtige Lösung wäre...«

»Bitte«, reklamierte Kurt, ohne jedes Schamgefühl, weil er längst eingesehen hatte, dass er nichts gewinnen würde, wenn er sich Djan zur Feindin machte, seinen Wunsch, »bitte lassen Sie mich nach Elas zurückgehen.«

»Ich werde es mir in ein paar Tagen überlegen. Ich möchte nur, dass Sie die Alternativen kennenlernen.«

»Und was ist bis dahin?«

»Sie werden die Nemet-Sprache erlernen. Ich habe alles vorbereiten lassen.«

»Nein«, verwahrte er sich sofort. »Ich brauche keine mechanischen Hilfen.«

»Ich bin Medizinerin – unter anderem... Es gibt keine Möglichkeit, eine Lehrmaschine zu missbrauchen, ohne Dauerschäden zu verursachen. Nein. Es wäre Verschwendung, das Gehirn des einzigen anderen menschlichen Wesens, welches es hier gibt, zu zerstören..! Ich stelle Ihnen das Gerät zur Verfügung. Sie können Ihr Lerntempo selbst bestimmen.«

»Warum pochen Sie dann so darauf?«

»Weil Ihre Einwände ein unnötiges Problem für Sie hervorrufen und ich darauf bestehe, dass es gelöst wird! Ich eröffne Ihnen die Möglichkeit, an einem Ort Ihrer Wahl zu leben. Es ist eine faire und ehrliche Chance - und ich wünsche, dass Sie Erfolg haben. Ich stehe nicht mehr im Dienst der Hanan, deshalb weigere ich mich, mich für Handlungen programmieren zu lassen, die ich nicht selbst gewählt habe. Desgleichen: Wenn ich erkennen sollte, dass Sie zum Störfaktor mutieren - glauben Sie nur nicht, dass Sie Unwissenheit vorschieben und den Konsequenzen ausweichen können. Ich nehme Ihnen im Voraus alle Entschuldigungen, verstehen Sie. Wenn es sich als notwendig erweisen sollte, werde ich Sie zurückrufen – oder Sie töten! Daran dürfen Sie nicht einen Moment lang zweifeln.«

»Das ist großzügiger, als ich es von Ihnen erwartet hätte«, gab Kurt überrascht und erleichtert zurück. »Jedoch wäre es für mich leichter, wenn ich Ihre Motivation dahinter besser verstehen würde.«

»Meine Motive sind sämtlich egoistischer Natur! Zumindest in dem Sinn, dass sie meinen Interessen dienen. Falls ich einmal feststellen sollte, dass Sie sich gegen meine Interessen stellen, sind Sie erledigt. Wenn ich merke, dass Sie ihnen förderlich sind, haben Sie keinerlei Schwierigkeiten. Ich denke, ich habe mich damit klar genug artikuliert, Mister Morgan..!«

5 - Mim

Qta war nicht im Rhmei, wie Kurt es erwartet hatte, als er die Geborgenheit von Elas erreichte. Aber Hef und Mim fand er dort. Mim lief ihm voraus, die Treppe hinauf, um das Fenster zu öffnen und sein Zimmer zu lüften. »Wir sind so glücklich«, sagte sie, und ihre Augen glänzten. Mehr Zeit blieb ihr nicht, um mit ihm zu reden, denn Qta trat ein. Mim verneigte sich vor den beiden Männern und verließ das Zimmer.

»Es hat in diesem Haus in den letzten Tagen viele Tränen gegeben«, blickte Qta Mim nach, die die Treppe hinabeilte. Dann wandte er sich Kurt zu und lächelte ein wenig. »Aber das ist ja nun vorbei. Setz Dich doch, Kurt. Bitte. Du siehst aus, wie ein Mann, den man gerade wieder zum Leben erweckt hat.« Qta fuhr mit der Hand durch sein Haar und ließ sich auf einen Stuhl sinken.

Kurts Arme und Beine zitterten - und ja, sein Gesicht war bleich. »Sprich Nechai, das ist leichter für Dich.«

Qta blinzelte überrascht. »Wie kommt es, dass Du plötzlich unsere Sprache sprichst?« Misstrauen schwang in seiner Stimme.

»Vertraue mir, alles in Ordnung..!«, entlastete er sein Gegenüber mit heiserer Stimme. »Die Methi hat Maschinen, die das zustande bringen.«

»Du bist blass«, sorgte sich Qta, »und Du zitterst. Bist Du verletzt?«

»Nur müde, furchtbar müde und erschöpft... Qta..., danke! Danke, dass ihr - Du - mich wieder aufgenommen habt!«

Qta neigte leicht den Kopf. »Selbst mein verehrter Vater hat das Wort für Dich ergriffen, und so etwas ist in der langen Geschichte des Hauses Elas noch nie passiert. Aber Du gehörst jetzt zu uns. Wir sind froh und glücklich, Dich wieder bei uns zu haben.«

»Ich danke Dir.« Kurt stand auf, im Versuch sich zu verbeugen. Er musste sich am Tisch festhalten, um nicht zu Boden zu stürzen - und schaffte es gerade noch bis zum Bett, ließ sich darauf fallen. Er schlief bereits, bevor er seine schwer gewordenen Beine auf die Matratze nachziehen konnte.

*

Jemand zerrte an seiner Ferse. Er glaubte, er sei in die See gefallen und etwas versuchte, ihn hinabzuziehen; aber er war zu schwach, um sich zu wehren. Dann wurde seine Ferse plötzlich freigegeben, und kalte Luft strich über seinen Fuß. Er öffnete die Augen und sah Mim, die gerade dabei war, ihm die andere Sandale auszuziehen. Er lag völlig angezogen auf seinem Bett, und ihm war kalt. Seine Arme und Beine waren wie Eis.

Mim blickte auf und erkannte, dass er wach war. »Qta kümmert sich nicht genug um Dich«, klagte sie vorwurfsvoll. »Wie konnte er Dich so liegen lassen..! Du hast geschlafen wie ein Toter.«

»Sprich Nechai«, bat er sie. »Ich habe eure Sprache gelernt.«

Sie blickte ihn verblüfft an. Dann akzeptierte sie diese menschliche Seltsamkeit mit einer leichten Verbeugung, wischte die Hände an ihrem Chatem ab und zog die Bettdecke über ihn. »Es tut mir leid, dass ich Dich geweckt habe, aber die Nacht ist kühl, und mein Lord Qta hat das Fenster offengelassen.«

Er seufzte tief und griff nach ihrer Hand, als sie die Bettdecke über ihn zog. »Mim...«

»Bitte nicht...« Sie befreite ihre Hand, löste die Bronzespange an seiner Schulter und zerrte den zerdrückten Ctan vorsichtig unter ihm hervor. Dann zog sie die Decke bis zu seinem Kinn hinauf. »Jetzt wirst Du besser schlafen.«

Er langte wieder nach ihrer Hand. »Mim..., wie spät ist es?«

»Spät..., spät...« Sie wollte ihm ihre Hand wieder entziehen, aber er gab sie nicht frei. Sie blickte an ihm vorbei. Ihre schwarzen Wimpern kontrastierten mit ihrer goldfarbenen Haut. »Bitte..., bitte lassen Sie mich gehen, Lord Kurt.«

»Ich habe Djan gebeten, Dir eine Nachricht übermitteln zu lassen, damit Du Dir keine Sorgen um mich machst.«

»Die Nachricht ist eingetroffen. Aber wir wussten nicht, wie wir sie interpretieren sollten. Sie besagte nur, dass Du ›in Sicherheit‹ seist. Nur das... Und das hätte vieles bedeuten können...« Sie versuchte abermals, ihre Hand seinem Griff zu entreißen. »Bitte...«, flehte sie noch einmal; ihre Lippen zitterten dabei, und in ihren Augen stand eine gewisse Furcht in einer prekären Situation zu stecken.

Als er ihre Hand freigab, sprang sie, wie ein verschrecktes Reh, zurück und lief zur Tür. Sie ließ sich kaum Zeit, sie hinter sich zu schließen. Wenn er die Kraft dazu gehabt hätte, wäre er aus dem Bett gestiegen und ihr nachgelaufen. Er hatte Mim nicht verletzen wollen - vor allem nicht am Tag seiner Rückkehr. Kurt lag wach und war wütend auf die konservativen nemetischen Sitten und auf sich selbst; indes - sein Kopf schmerzte ihn unerträglich, und er fühlte sich schwindelig. Er schloss die Augen und ließ sich wieder in den Schlaf hinübergleiten. Es gab ja ein Morgen...

Mim würde jetzt auch zu Bett gehen, und er würde das ganze Haus gegen sich aufbringen, wenn er versuchte, jetzt mit ihr zu sprechen...

*

Der Morgen begann wie immer mit Tee.
Aber keine Mim erschien fröhlich und mit frischen Leintüchern auf den Armen, um emsig Unordnung zu schaffen. Sie bediente später beim gemeinsamen Frühstück im Rhmei, mied jedoch seinen Blick, als sie ihm Tee einschenkte.

»Mim«, flüsterte er ihr zu, und sie vergoss ein paar Tropfen auf seine Hand. Der heiße Tee brannte auf der Haut.

Mim wandte sich rasch ab, um Qta zu bedienen. Auch bei ihm goss sie etwas Tee daneben. Der Nemet schüttelte das schmerzhaft heiße Tee-Rinnsal von seinen Fingern und blickte Mim kurz fragend an, sagte jedoch nichts.
Es folgten die üblichen Formalitäten. Kurt verneigte sich tief vor Nym, Ptas und Aimu und dankte dem Lord von Elas in seiner eigenen Sprache für seine Fürsprache bei Djan.

»Du sprichst sehr gut«, lobte Nym anerkennend.

»Ich danke Ihnen, Sir«, entgegnete Kurt mit einer erneuten Verbeugung. »Ich habe die Sprache mithilfe einer Maschine gelernt. Noch spreche ich sie ziemlich langsam, etwas ›eckig‹, stockend und nicht fließend - aber ich verstehe alles, was man mir sagt. In ein paar Tagen werde ich sie bestimmt besser beherrschen.«

Der ehrenwerte Nym nickte lächelnd, ein wenig amüsiert, wie es Kurt vorkam. Er drückte die gefalteten Hände an seine Brust und verneigte sich leicht. »Zum zweiten Male heiße ich Dich auf Elas willkommen, Freund meines Sohnes. Du bringst Freude in dieses Haus. Heute sehe ich Lächeln auf den

Gesichtern, in denen bisher Angst und Sorge um Dich standen.«

Das Ritual des Tees begann.
Lady Ptas saß in ihrer Mitte, und wenn Kurt später an Elas dachte, fiel ihm als erstes immer diese gütige, liebevolle Frau ein; das Herz der Familie, wie es bei den Nemet selbstverständlich war. Nyms Frau war die Quelle des Lebens und der Liebe, Hüterin der Ahnenverehrung. Seiner Frau vertraute ein Mann seinen Herd an, in die Hände seiner Schwiegertochter gab er seine Hoffnung auf sein ewiges Leben. Kurt begann zu verstehen, warum die Väter die Frauen ihrer Söhne auswählten. Und wenn er die Liebe und Zuneigung zwischen Nym und Ptas sah, konnte er nicht mehr glauben, dass solche Verbindungen bar jeden Gefühls sein mussten. Es war richtig, es war sittlich, erkannte er, als er mit gekreuzten Beinen auf seinem weißen Cachin-Fell saß - gleichrangig mit Qta, ein Sohn des Hauses - und den stark gesüßten Tee trank. Er war wirklich nach Hause gekommen.

Nach dem Tee erhob sich Lady Ptas, verbeugte sich tief vor dem Herdfeuer und streckte ihm die offenen Handflächen entgegen. Die anderen standen respektvoll auf, und ihre sanfte Stimme rief die Hüter des Hauses Elas.
»Ahnen von Elas, auf diesem Ufer - und auf dem anderen, jenseits der trennenden See -, blickt gnädig auf uns herab. Kurt t'Morgan ist zu uns zurückgekehrt. Friede sei zwischen dem Gast unseres Hauses und den Wächtern von Elas. Friede sei unter uns allen.«

Kurt war von ihren Worten tief gerührt, und als sie zu Ende gesprochen hatte, verneigte er sich tief vor ihr. »Lady Ptas, ich möchte Ihnen meine höchste Verehrung ausdrücken.« Er hatte sagen wollen, dass er die Verehrung eines Sohnes für sie empfinde - aber er wusste nicht, ob eine Nemet-Lady das als Kompliment auffassen könnte...

Sie lächelte ihn mit der mütterlichen Zuneigung an, die sie ihren Kindern entgegenbrachte - und in diesem Augenblick hatte sie Kurts Herz vollends für sich gewonnen.

»Kurt«, sagte Qta, als sie nach dem Frühstück allein in der Halle waren, »mein Vater hat mich ausdrücklich darum gebeten, Dir auszurichten, dass Du so lange bleiben möchtest, wie es Dir beliebt.«

»Ich danke ihm; und ich danke Dir, Qta. Du warst mir längst nicht so viel schuldig, wie Du mir gegeben hast. Dein Eid hat Dich nicht so weit gebunden.«

»Nur wenige haben den Herd von Elas mit uns geteilt«, entgegnete Qta feierlich, »aber diese wenigen werden wir niemals vergessen. Wir nennen es Gastfreundschaft. Sie bindet Dein Haus und das meine für alle Zeiten aneinander.«

*

Kurt verbrachte die Tage auf Elas größtenteils in der Gesellschaft von Qta. Sie sprachen miteinander, ruhten sich aus und genossen die Sonne im Innenhof des Hauses, wo sich ein kleiner Garten befand. Nur eins bedrückte Kurt: Mim vermied es, mit ihm zusammenzutreffen. Sie kam nicht mehr in sein Zimmer, wenn er dort war. Ganz egal, wie oft er seine tägliche Routine änderte, es gelang ihm nie, sie zu treffen. Wenn er nach einer noch so kurzen Abwesenheit in sein Zimmer zurückkam, fand er das Bett gemacht, den Raum gesäubert und aufgeräumt. Und wenn er irgendwo auf ihr Erscheinen wartete, war es stets vergebens.

»Sie ist zum Markt gegangen«, sagte ihm Hef eines Morgens, als er den Mut aufbrachte, ihn direkt nach Mim zu fragen.

»Mim hat sich bei mir seit Tagen nicht blicken lassen«, bemerkte Kurt.

Hef hob die Schultern. »Das stimmt, Lord Kurt.« Der alte Mann musterte ihn mit einem seltsamen Blick, als ob die Fragen des Gastes von Elas seinen Morgenfrieden gestört hätten.

Kurt war entschlossen, diesem Versteckspiel ein Ende zu bereiten. Als er gegen Mittag das Schließen der Haustür hörte, sprang er auf und lief die Treppe hinab, aber er erhaschte nur einen flüchtigen Blick auf Mim, die eilig im Frauenquartier hinter dem Rhmei verschwand. Das Frauenquartier war Ptas Reich, und kein Mann, außer Nym, durfte es betreten.
Verdrießlich ging er in den Garten, setzte sich in die Sonne und malte gedankenverlorene Krakeleien in den losen Sand. Er musste sie irgendwie verletzt haben... Mim hatte mit niemandem darüber gesprochen, des war er sicher, sonst hätte Qta ihn bestimmt darüber zur Rede gestellt.
Er wünschte verzweifelt, dass er irgendjemand bitten könnte, sich bei ihr für ihn zu entschuldigen - aber das war etwas, worum er weder Qta noch Hef bitten konnte und erst recht nicht jemand anderen.

An diesem Abend bediente sie beim Dinner wie immer, und wie immer wich sie seinen Blicken aus. Anzusprechen wagte er sie nicht. Qta saß neben ihm. Spät an diesem Abend setzte er sich in die Halle und wartete, bis die Familie längst schlafen gegangen war, denn die letzte Aufgabe der Chan von Elas bestand darin, das Frühstücksgedeck für den nächsten Tag aufzulegen und die Lampen in der Halle zu löschen.
Sie sah ihn, als er ihr in den Weg trat. Einen Augenblick befürchtete er, dass sie schreien würde. Ihre Hand presste sich auf ihren Mund. Aber sie blieb stehen, verängstigt und fluchtbereit.

»Mim, bitte... Ich möchte mit Dir sprechen.«

»Ich will aber nicht mit Dir sprechen..! Bitte lass mich vorbei.«

75

»Bitte... Mim...«

»Berühre mich nicht. Lass mich vorbei. Willst Du das Haus aufwecken?«

»Das ist mir egal. Ich werde Dich nicht gehen lassen, bevor ich nicht mit Dir gesprochen habe.«

Sie blickte ihn an. »Qta würde das nie erlauben.«

»Im Garten gibt es einen stillen Ort, der von keinem der Fenster einsehbar ist - niemand kann uns dort sehen oder hören. Bitte komm hinaus, Mim. Ich schwöre Dir, dass ich nur mit Dir reden will.«

Sie überlegte ein paar Sekunden lang, und ihr hübsches, rehhaftes Antlitz sah so verängstigt aus, dass er Mitleid mit ihr bekam. Aber schließlich gab sie sich einen Ruck und ging, ihm voraus, in den Garten. Der abnehmende Dreiviertelmond dieses Planeten warf lange, verschwommene Schatten. Sie trat an eine Stelle, wo sein Licht am hellsten war, und verschränkte die Arme vor der Brust, um sich vor der Nachtkühle zu schützen.

»Mim, ich wollte Dich an dem Abend nicht erschrecken. Es war nicht bös' gemeint.«

»Ich hätte niemals allein in Dein Zimmer kommen dürfen. Es war mein Fehler. Bitte, Lord Kurt, sieh mich nicht so an. Lass mich gehen.«

»Weil ich kein Nemet bin, hast Du gemeint, jederzeit zu mir ins Zimmer kommen zu können, ohne gegen die Sitten zu verstoßen. War es nicht so, Mim?«

»Nein. Es ist ja, darüber hinaus, meine Aufgabe in den Zimmern zu putzen, ohne dafür jedes Mal eine Eskorte anzufordern...« Ihre Zähne klapperten so stark, dass sie kaum sprechen konnte - und das kam nicht nur von der Kälte.

Er löste die Spange von seinem Ctan und reichte ihn ihr. Aber sie nahm den Übermantel nicht an, sondern wich scheu zurück.

»Warum darf ich nicht mit Dir sprechen?«, fragte er. »Wie kann ein Mann überhaupt mit einer Nemet-Frau sprechen? Dies darf man nicht tun, und das darf man nicht; ich darf nichts berühren, nichts ansehen, nichts denken. Wie kann ich da...«

»Bitte«, unterbrach sie seinen Redeschwall der Aufzählung vermeintlich destruktiver »Alien-Regeln«.

»Wie soll ich mit Dir kommunizieren, ohne irgendeine Anstandsregel zu touchieren?«, blieb er beharrlich.

»Lord Kurt, ich habe bei Dir den Eindruck eines ›Leichten Mädchens‹ hervorgerufen. Ich bin Chan dieses Hauses. Ich darf es nicht entehren. Bitte lass mich jetzt hineingehen.«

»Gehörst Du *ihm*?«, fragte er aus einer plötzlichen Eingebung heraus, »gehörst Du Qta?«

»Nein..!«

Gegen ihren Willen legte er Mim seinen Ctan auf die Schultern. Sie schlang den wärmenden Stoff nun doch dankbar um ihren Körper.
Er stand ihr jetzt nahe genug, um sie berühren zu können - aber er tat es nicht. Selbst, als sie nicht vor ihm zurückwich, fasste er das nicht als Ermunterung auf. Er wusste, dass sie auf keinen Fall das Haus wecken würde, ganz egal was er tun mochte. Das würde zu einer Auseinandersetzung zwischen ihrem Lord Qta und seinem Gast führen; und er verstand die Nemet-Mentalität inzwischen gut genug, um sicher zu sein, dass Mim schweigen würde.
Aber sie würde ihn hassen, wenn er seine Grenzen überschritt.

Resigniert verneigte er sich kurz vor ihr und wandte sich zum Gehen.

»Lord Kurt«, flüsterte sie hinter ihm her, und Trauer klang in ihrer Stimme.

Er blieb stehen und blickte zurück.

»Lord Kurt, Du verstehst mich nicht.«

»Ich verstehe, dass ich ein Mensch bin. Ich habe Dich beleidigt. Bitte entschuldige.«

»Ob Du ein Nemet bist oder nicht...« Sie schwieg verstört und hob mit einer bittenden Geste die Hände. »Lord Kurt, such Dir eine Frau. Mein Lord Qta wird Dich beraten. Du hast gute Verbindungen zur Methi und mit Elas. Du könntest jederzeit eine Frau finden, die Dich heiratet. Wenn Nym das richtige Haus ansprechen würde...«

»Und wenn **Du** es wärst, die ich ›haben‹ will?«

Sie stand schweigend, bis er zu ihr zurückkam und seine Hand nach ihr ausstreckte. Doch dann drückte sie seine Hand zurück. »Bitte. Ich habe Dir schon genug Unrecht angetan.«

Er überhörte ihre Worte, übersah bewusst ihre abwehrende Geste und nahm Mims Gesicht in seine Hände; zart und behutsam, jederzeit gewärtig, dass sie sich entsetzt von ihm losreißen könnte. Aber sie hielt still. Er beugte sich über sie und berührte ihre Lippen mit den seinen; sanft, fast keusch, weil er befürchtete, dass dieser menschliche Brauch sie abstoßen könnte. Ihre schlanken Hände ruhten auf seinen Armen. Tränen glänzten im Mondlicht, als er von ihr zurücktrat.

»Lord Kurt«, hauchte sie leise, »ich verehre Dich. Ich würde alles tun, was Du von mir verlangst, aber es würde Schande über meinen Vater bringen und über Qta - und das will ich nicht.«

»Und was ist«, sagte er und stellte fest, dass er kaum zu atmen vermochte, »wenn ich eines Tages beschließen würde, mit Deinem Vater zu sprechen? Ist das der richtige Weg hier?«

»Um zu heiraten..?!«

»Das wäre sicher das Beste.« Er spürte, wie sie innerlich bebte. Tränen rannen über ihre Wangen. »Mim, sagst Du ›Ja‹ oder ›Nein‹? Ist es für Dich so schwer, einen Menschen anzublicken? Du brauchst mir keine Antwort zu geben. Sage mir nur: ›Lass mich gehen‹, und ich werde versuchen, Dich nie wieder zu belästigen.«

»Du kennst mich doch nicht, Lord Kurt.«

»Und Du willst, dass ich Dich niemals kennenlerne?«

»Du begreifst die verzwickte Lage nicht... Wie auch..! Ich bin nicht *wirklich* die Tochter Hefs..! Wenn Du ihn um mich bittest, muss er Dir das sagen - und dann wirst Du mich nicht mehr wollen.«

»Es ist mir gleich, wessen Tochter Du bist.«

»Lord Kurt, Elas weiß es. Und Du musst jetzt auf meine Worte achten! Du hast von den Tamurlin gehört. Ich wurde von ihnen gefangengenommen als ich dreizehn Jahre alt war. Drei Jahre war ich als Sklavin bei ihnen. [1] Hef *nennt* mich nur seine Tochter, und ganz Nephane glaubt, dass ich von hier stamme. Aber das stimmt nicht, Lord Kurt. Ich bin eine Indras aus Indresul. Sie würden mich töten, wenn sie es wüssten. Elas hat das Geheimnis bewahrt. Aber Du solltest Dir eine so schwere Last nicht aufbürden. Die Leute sollen Dich nicht ansehen und denken: ›Tamurlin‹! – Es würde Dir in dieser

Stadt sehr schaden..! Und wenn sie mich an Deiner Seite sähen, müssten sie so denken.«

»Glaubst Du wirklich, dass mir das etwas ausmacht? Ich bin ein Mensch. Das können sie leicht erkennen.«

»Verstehst Du mich tatsächlich nicht, Lord Kurt? Ich war das Eigentum jedes Mannes in dem Tamurlin-Dorf. Qta muss es Dir sagen, wenn Du Hef um mich bittest. Ich bin nicht mehr unberührt und ehrbar! Kein Mann würde sich bereitfinden, Mim h'Elas zu heiraten! Bringe keine Schande über Dich und Qta, indem Du ihn dazu zwingst, Dir das zu sagen.«

»Und wenn er es mir gesagt hat«, erwiderte Kurt unbeirrt, »wie geht es dann weiter..? Welche Hürden müssen dann noch genommen werden, um sein Einverständnis zu erlangen?«

»Du kannst doch ehrbare Frauen haben. Sufakis haben keine Hemmungen in Bezug auf Menschen, wie die Indras. Du kannst eine Tochter aus einem der großen Häuser heiraten. Ich bin nur Chan, und davor war ich gar nichts...«

»Mich interessiert nur eines: Würdest Du Dich weigern, mich zu heiraten?«

»Nein..., nein..!« In ihrem schmalen Gesicht standen Hoffnung und Verwirrung. »Kurt-Ifhan, wenn Du es Dir eine Nacht lang überlegt hast, wirst Du anders darüber denken.«

»Ich werde mit Hef sprechen«, beharrte er. »Geh ins Haus, Mim. Und gib mir meinen Mantel zurück. Es wäre nicht gut, wenn man Dich darin sehen würde.«

»Lord Kurt, überlege es Dir, bevor Du etwas tust, was Du später bereuen könntest.«

»Ich werde mir den morgigen Tag dazu Zeit lassen - und ich bitte Dich, dasselbe zu tun. Wenn Du bis morgen Abend nicht zu mir gekommen bist und mir klar und deutlich gesagt hast, dass Du mich nicht willst, werde ich mit Hef sprechen.«

*

Er dachte die ganze Nacht und den ganzen folgenden Vormittag darüber nach, aber seine Gedanken waren wirr und zerfahren. Er wollte Mim. Er kannte sie nicht so gut, um sagen zu können, dass er sie liebte oder dass sie ihn liebte. Er *begehrte* sie. Sie hatte ihre Bedingungen genannt, und er konnte nicht mit ihr unter einem Dach leben, ohne sich nach ihrer Gegenwart zu sehnen. Er versuchte, sich zur Vernunft zu zwingen - aber als er am Morgen beim Frühstück in ihr Gesicht blickte, fühlte er eine tiefe, seelische Hingezogenheit zu ihr, die *doch* Liebe sein musste und nicht nur Begehr..!

›Hast Du es Dir anders überlegt?‹, schien ihr Blick ihn zu fragen. ›War es vielleicht nicht mehr, als die Laune einer Nacht?‹ Und plötzlich wusste er: Wenn er Mim verlieren sollte, würde er etwas Unersetzliches verlieren! Er konnte nicht einfach schweigen!
Schließlich, am Abend dieses Tages, brachte er den Mut auf, an die Tür Hefs zu klopfen, der Elas diente.
»Hef«, druckste Kurt zurückhaltend, als der alte Mann ihm die Tür öffnete, »kann ich mit Dir über Mim sprechen?«

»Mylord?« Hef verneigte sich tief.

»Ich möchte sie heiraten; was muss ich tun?«, eröffnete er, ohne langes Vorgeplänkel, und machte es sich auch selbst damit leichter.

Der alte Nemet blickte ihn überwältigt an, dann verbeugte er sich mehrere Male.
»Lord Kurt, sie ist nur Chan.«

»Muss ich mit Dir sprechen? Bist Du derjenige, der dazu sein Einverständnis oder seine Vorbehalte erklärt?«

»Möge der Lord nicht böse sein, aber ich muss zuerst Mim fragen.«

»Mim ist einverstanden«, wollte er es kurz machen. Dann jedoch fiel ihm ein, dass er eigentlich nicht das Recht dazu gehabt hätte, Mim zu fragen; dass er sie beschämt und Hef gedemütigt hatte.

Aber Hef blickte ihn verständnisvoll und sogar mit einer gewissen Freundlichkeit an. »Ich muss Mim fragen«, wiederholte Hef, »so ist es der Brauch. Und dann muss ich mit Qta-Ifhan sprechen und natürlich mit Nym und Lady Ptas.«

»Muss denn das ganze Haus darüber informiert sein und zustimmen?«, zeigte sich Kurt aufgebracht, ohne nachzudenken.

»Ja, Lord Kurt. Ich werde mit der Familie sprechen und mit Mim. Es gehört sich, dass ich Mim frage, ob sie einverstanden ist.«

»Ich bin geehrt«, murmelte Kurt die gewohnte Höflichkeitsfloskel, verbeugte sich und ging nach oben in sein Zimmer, um wieder zu sich selbst zu finden. Er war erleichtert, dass es vorbei war. Hef würde sich einverstanden erklären. Er war sich sicher, dass auch Mim diese Verbindung wollte, und das würde Hef reichen...
Er beabsichtigte gerade ins Bett zu gehen, als Qta die Treppe heraufkam und an die Tür klopfte. Der Nemet sah bedrückt aus, und Kurt wusste sofort, weshalb er gekommen war. Am liebsten hätte er ihn gebeten, sofort wieder zu gehen, aber er war Gast in diesem Haus und besaß nicht das Recht dazu. »Du hast mit Hef gesprochen«, stellte Kurt, ohne jede Einleitung, fest, um Qta ›eine Brücke zu bauen‹.

»Lass mich eintreten, mein Freund.«

Kurt trat von der Tür zurück und bot Qta einen Stuhl an. Es hätte sich geziemt, ihm auch einen Tee anzubieten. Aber dazu hätte er Mim rufen müssen, und das wollte er, anbetrachts der Umstände, auf keinen Fall.

»Kurt, bitte setz Dich auch. Ich muss mit Dir sprechen... Und ich bitte Dich, mich anzuhören.«

»Vielleicht ist es einfacher, wenn Du - ganz schnörkellos - sofort den Punkt ansprichst, dessentwegen Du gekommen bist..!« Kurt setzte sich auf den zweiten Stuhl im Raum. »Kurz: Wirst Du zusagen oder ablehnen..?«

»Ich mache mir Sorgen um Mim. Es ist nicht so einfach, wie Du zu glauben scheinst. Wirst Du mich anhören? Wenn Du dafür zu erregt bist, werden wir nach unten gehen, eine Tasse Tee trinken und auf einen günstigeren Zeitpunkt warten - aber ich bin verpflichtet, Dich über gewisse Dinge zu unterrichten.«

»Mim hat mich so ziemlich über alles informiert, was Du mir jetzt erklären willst«, wollte Kurt das lästige Prozedere abbiegen. »Mich stört es nicht. Ich weiß von den Tamurlin und woher sie stammt.«

Qta atmete tief durch. »Nun, das erleichtert die Sache erheblich..! Du weißt also, dass sie Indresul-Indras ist?«

»Ich weiß es, und es ist mir gleichgültig. Nemet-Politik interessiert mich nicht.«

»Gewiss stehst Du in dieser Hinsicht sozusagen ›außen vor‹... Allerdings: Verstecke Dich bitte nicht hinter Deiner Unwissenheit oder Deinem relativen Desinteresse - das ist immer gefährlich, Kurt. Bei den Nemet ist es eine sehr bedeutende Frage, ob jemand von der Indras-Rasse abstammt oder von den Sufaki... Und Du lebst unter Nemet!«

»Der einzige Unterschied, den ich bisher festgestellt habe, ist, als Mensch unter Nemet zu leben«, warf Kurt aufgebracht ein. »Ich würde Schande über euch bringen. Ist Dir das wichtiger, als dass Mim und ich glücklich werden..?!«

»Mims Glück liegt uns sehr am Herzen«, betonte Qta ernst. »Und wir wissen auch, dass Du ihr nicht weh tun willst, aber die Art der Menschen...«

»Also siehst Du keinen Unterschied zwischen mir und den Tamurlin...«

»Bitte. Bitte... Das kann nicht Dein Ernst sein..! Sie sind nicht wie Du. Und so habe ich es auch nicht gemeint. Die Tamurlin sind – schmutzig und schamlos. Sie kleiden sich in Felle und brüllen wie wilde Tiere, wenn sie kämpfen. Sie kennen keine Zurückhaltung und keine Scham im Umgang mit ihren Frauen. Sie begatten sie, wann und wo es sie gerade überkommt - ohne sich zurückzuziehen. Ein mächtiger Häuptling kann zwanzig oder mehr Frauen haben, während schwächere ohne Frauen leben müssen. Sie gewinnen ihre Frauen durch Siege im Kampf. Ich spreche dabei nur von den Tamurlin-Frauen. Sklaven wie Mim gehören allen, die sie wollen. Und als ich sie fand...«

»Davon will ich nichts hören..!«

»Kurt, hör mich an. Ich will Dir nicht zu nahetreten. Aber als wir die Tamurlin angriffen, um ihre ständigen Überfälle zu unterbinden, haben wir alle getötet, die wir erwischen konnten. Wir wollten das Dorf gerade niederbrennen, als ich ein Kind weinen hörte. Ich fand Mim in der Ecke einer Hütte. Sie trug nur einen schmalen Fellstreifen um den Leib und war genauso verdreckt wie alle anderen. Im Augenblick konnte ich nicht einmal erkennen, dass sie ein Nemet-Kind war. Sie war völlig abgemagert, und ihr Körper war von Striemen und Narben übersät. Als ich versuchte, sie aufzuheben, griff sie mich an – nicht wie eine Frau, sondern mit einem Messer; sie biss mit ihren Zähnen und hieb mir die Knie in den Leib. Ich musste sie bewusstlos schlagen, um sie aus der Hütte tragen zu können. Als sie auf dem Schiff war, versuchte sie, in die See zu springen, bis wir keine Landsicht mehr hatten. Dann versteckte sie sich unter den Ruderbänken und war dort, bevor meine Crew die Riemen bemannte, nicht mehr herauszubringen. Wenn wir ihr zu essen gaben, riss sie uns die Nahrung aus der Hand und rannte damit fort. Sie konnte nicht reden, außer ein paar Worten der menschlichen Sprache.«

»Das ist ungeheuerlich zu hören und vermag man kaum zu glauben, wenn man sie kennt, wie sie jetzt ist«, meinte Kurt ruhig. »Wie lange ist das nun schon her?«

»Fünf Jahre. Seit fünf Jahren [2] ist sie in Elas. Ich brachte sie mit nach Hause und habe sie meiner Mutter und meiner Schwester übergeben und Hefs Frau Liu, die damals noch lebte. Und schon nach wenigen Tagen überraschte meine Schwester Aimu sie, als sie mit erhobenen Händen vor dem heiligen Herdfeuer stand, wie es Sufaki niemals tun würden. Aimu war damals jünger und unerfahrener; sie rief laut, dass Mim eine Indra sein müsse. Mim lief wie gehetzt aus dem Haus. Ich ergriff sie auf der Straße - zur Erheiterung von ganz Nephane und zu unserer Schande. Ich musste sie mit Gewalt ins Haus zurückschleppen. Als sie dann allein mit uns war, begann sie zu sprechen - mit dem Akzent von Indresul. Das war der Grund, warum sie vorher konsequent geschwiegen hatte. Aber wir von Elas sind auch Indras, wie alle großen Familien auf dem Berge; die Nachkommen von Kolonisten aus Indresul, die vor tausend Jahren an diesem Ufer landeten. Obwohl wir jetzt Indresuls Feinde sind, haben wir doch dieselbe Religion, und Mim war noch ein Kind. Also hütete Elas das Geheimnis ihrer Abstammung - und die Nephaniten kannten sie nur als Hefs Adoptivtochter von Sufaki-Geblüt, die aus den Händen der Tamurlin gerettet worden war. Sie spricht nicht wie eine Sufaki, aber die Leute sind überzeugt, dass sie die Sprache bei uns gelernt hat; sie sieht nicht wie eine Sufaki aus, aber das ist nicht ungewöhnlich in den Küstendörfern, wo Seeleute..., ähhm..., na ja, Du weißt schon... Jedenfalls gilt sie als Sufaki, und sie gereicht uns heute zur Ehre. Es wäre jedoch ein Fehler, die öffentliche Aufmerksamkeit wieder auf sie zu lenken. Kein Mann würde Mim heiraten. Entschuldige meine Offenheit, aber es ist nun einmal so, und sie weiß es. Eine Heirat mit einem Menschen würde den Stadtklatsch in Gang setzen - und das kann weder in Mims, noch in unserem, noch auch Deinem Interesse liegen.«

Kurts Instinkt sagte ihm, dass Qtas Argumente logisch und richtig waren. Aber er wollte sie nicht befolgen. »Ich würde mich um sie kümmern«, beteuerte er.

Qta blickte bedrückt zu Boden. Dann hob er den Kopf und blickte Kurt wieder an. »Sie ist Nemet. Versteh mich richtig: Sie ist Nemet. Sie hat sehr viel durchmachen müssen. Die menschlichen Bräuche sind... Entschuldige, wenn ich ganz offen spreche – ich weiß nicht, wie Menschen ihre Frauen behandeln. Djan-Methi jedenfalls ist in diesen Sachen..., ...äußerst freizügig..! Im Gegensatz zu uns. Ich bitte Dich, denke an Mim. Wir werfen unsere Frauen nicht fort, wenn wir ihrer überdrüssig geworden sind. Bei uns ist die Ehe unauflösbar.«

»Das freut mich sehr zu hören und habe ich auch nicht anders erwartet!«

Qta lehnte sich zurück. »Kurt, ihr könnt keine Kinder haben. Es ist noch nie geschehen - und die Tamurlin haben schon häufig Nemet-Frauen entführt und vergewaltigt.«

»Wenn wir Kinder haben sollten«, entgegnete Kurt, obwohl ihn das, was Qta ihm eben gesagt hatte, zutiefst traf, »so werde ich sie lieben. Wenn es nicht sein soll, werde ich mit Mim allein glücklich sein.«

»Aber würden auch die anderen sie lieben, Kurt? Möglicherweise würden sich viele sehr schwer damit tun..!«

Es tat weh. Manche Dinge, die Qta ihm sagte, amüsierten, andere irritierten ihn - aber dies war eine simple Feststellung aus Qtas Welt, und sie fügte ihm einen seelischen Schmerz zu. Ein paar Sekunden lang vergaß Kurt, dass es zur Nemet-Höflichkeit gehörte, den Blick zu senken und mit seinem Schmerz allein fertig zu werden. Er schaute Qta direkt ins Gesicht, und es war der Nemet, der den Blick senkte.

»Glaubst Du wirklich, dass solche Kinder Monster wären?«, fragte er grob.

»Ich würde die Kinder meines Freundes lieben können«, sagte Qta zögernd, aber Kurt spürte, wie es ihn innerlich schauderte.

»Auch wenn sie zu sehr Deinem Freund glichen?«

»Bitte entschuldige«, wiegelte Qta mit heiserer Stimme ab. »Ich habe Angst um Dich und um Mim.«

»Ist das alles?«

»Ich verstehe nicht.«

»Willst *Du* sie ›haben‹?«

»Mein Freund, ich liebe Mim nicht - aber sie steht mir sehr nahe, und ich bin für sie verantwortlich... Genau wie mein verehrter Vater. Ich wäre verpflichtet, Mim irgendwann zur Konkubine zu nehmen, denn sie ist Chan und unverheiratet. Es würde mir nicht schwerfallen, weil sie mir eine liebe

Freundin ist, und ich würde sie schwängern, damit sie Kinder bekäme, die Hefs Namen weiterführen können. Wenn Du Hef um sie bittest, forderst Du ein großes Opfer von ihm. Hef hat keine Kinder. Mim ist zwar nur seine Adoptivtochter, aber wir haben ihm versprochen, dass ihre Kinder in Elas bleiben und seinen Namen weiterführen sollen, damit seine Seele Ruhe findet, wenn er stirbt. Mim muss ihm Söhne gebären, und Du kannst keine mit ihr zeugen. Du forderst von Hef die Preisgabe seines ewigen Lebens und das all seiner Ahnen. Seine Familie hat Elas gut und treu gedient. Was soll ich tun, mein Freund? Wie soll ich dieses Problem lösen?«

Kurt schüttelte hilflos den Kopf. Er wusste nicht, ob Qta in diesem Gewirr der Umstände irgendeine Form von Lösung sah, oder ob dies nur eine langsame und quälende Methode war, um ihm »Nein« zu sagen.

»Ich weiß nicht«, gestand Kurt nach einer Weile, »ob ich in Elas bleiben kann, ohne Mim zu heiraten. Mich verlangt nach ihr, Qta; und ich glaube nicht, dass sich das morgen oder übermorgen ändern wird – oder überhaupt jemals...«

»Es gibt«, lenkte Qta behutsam ein, »einen alten Brauch: Wenn der Ehemann der Lechan stirbt und das Haus der Chan vom Untergang bedroht wird, so ist es die Pflicht eines Lords des Hauses, der ihr im Alter am nächsten steht, für die Nachfolge zu sorgen. Manchmal wird dieser Brauch sogar angewandt, wenn der Ehemann der Lechan lebt, sich jedoch nach einer gewissen Periode kein Nachwuchs eingestellt hat.«

Kurt wusste nicht, ob sein Gesicht in diesem Moment blass wurde oder rot anlief. Er spürte nur, dass er sich sekundenlang nicht rühren konnte und in die mitleidigen Augen des Nemet starrte. Endlich hatte er sich wieder so weit in der Gewalt, dass er den Blick senken konnte. »Ich könnte sogar«, wiederholte er Qtas Worte, »das Kind meines Freundes lieben.«

Qta zuckte zusammen. »Vielleicht ist es bei Dir und Mim anders... Ich merke, wie sehr Dein Herz an ihr hängt und werde mit Hef reden; dabei ihm auch mein eigenes Versprechen in dieser Angelegenheit geben. Wenn ich Hef gewinnen kann, wird es leichter sein, das Einverständnis meines Vaters und meiner Mutter zu erlangen. Ich werde auch mit Mim über unseren Brauch sprechen, den wir ›Iquun‹ nennen.«

»Das werde ich erledigen«, warf Kurt ein.

»Nein«, widersprach ihm Qta mit einem Höchstmaß an Entschiedenheit und Einfühlungsvermögen. »Es wäre viel schwerer für sie, wenn *Du* es ihr sagen würdest. Glaube mir, dass es so besser ist. Es muss einer Frau schmerzlich sein, es von ihrem zukünftigen Ehemann zu erfahren. Und sicher können wir die Dinge ein paar Jahre auf sich beruhen lassen, bevor wir uns ernsthaft mit ihnen befassen müssen. Unser Freund Hef ist noch nicht so alt. Allerdings: Falls er krank werden sollte oder die Jahre vergehen, ohne dass ihr ein Kind bekommt, wird es Zeit Iquun zu vollziehen. Ich würde in einem solchen Fall Deine Ehre, sowie die Ehre Hefs und Mims natürlich in jeder Weise schützen.«

»Du bist mein Freund«, gab Kurt nach. »Und ich weiß, dass Du auch Mims Freund bist. Wenn sie einverstanden ist, soll es so sein...«

»Dann«, erhob sich Qta, »werde ich mich jetzt mit Hef unterhalten...«

*

Die Verlobung war notwendigerweise eine sehr stille Angelegenheit. Sie fand am Abend des dritten Tages, nach Kurts Unterredung mit Qta, statt. Hef bat Lord Nym formell um die Erlaubnis, seine Tochter dem Gast von Elas zur Frau geben zu dürfen; und Qta verzichtete auf seinen Anspruch auf die Person von Mim.

Die Zeremonie erfolgte im Beisein der dazu notwendigen zwei Zeugen: Es waren Freunde der Familie, Han t'Osanef u Mur, der Vater von Bel, und der alte Ulmar t'Ilev ul Imetan, die mit ihren Familien erschienen waren.

»Mim-Lechan«, wandte sich Nym nun an das Mädchen, »ist diese Ehe nach Deinem Wunsch?«

»Ja, Lord Nym.«

»In Abwesenheit von Mitgliedern Deiner Familie fordere ich Dich, Kurt t'Morgan, auf, für Dich selbst zu antworten: Betrachtest Du diesen Kontrakt als bindend; in vollem Wissen, dass Du nach Deinem Eid verpflichtet bist, diese Frau zu heiraten oder vor den hier anwesenden Familien einen Grund darzulegen, warum Du die Heirat nicht vollziehen willst? Bist Du bereit, die Verlobung zu schließen, Freund Kurt t'Morgan?«

»Ja, das bin ich, mein Lord!«

»Es gibt noch die Klausel des Iquun in dem Kontrakt«, setzte Nym mit ruhiger Stimme hinzu. »Sie betrifft Mim und Kurt, sowie Dich, mein Sohn Qta, und Hef, dessen Name erhalten bleiben soll. Es wird eine Frist von sechs Jahren gesetzt [3], bevor Iquun zur Anwendung kommt.
Sind alle Beteiligten damit einverstanden?«

Einer nach dem anderen neigte zustimmend den Kopf. Zwei Pergamentbögen lagen auf dem Tisch, und sie wurden nacheinander von Nym, t'Osanef und t'Ilev mit ihren Ringen gesiegelt. Dann drückte Lady Ptas ihren angefeuchteten Zeigefinger in das Wachs und siegelte beide Dokumente. Anschließend nahm sie eins davon, trug es zur Phusmeba und ließ es in die Flammen gleiten. Sie hob die Arme, streckte die offenen Handflächen dem Feuer entgegen und sprach ein Gebet, das so alt war, dass Kurt nur einen Teil der Worte verstehen konnte. Er begriff jedoch, dass Ptas die Ahnen von Elas um ihren Segen für diese Ehe anflehte.

»Die Verlobung ist nun besiegelt«, konstatierte Nym. »Kurt Liam t'Morgan u Edward, blicke Mim h'Elas e Hef an, Deine Braut.«

Er sah Mim an und musste sich zusammennehmen, um nicht nach ihrer Hand zu greifen, was ein grober Verstoß gegen die Sitten gewesen wäre. Mims Gesicht strahlte vor Glück. Dann wurden sie voneinander getrennt und auf entgegengesetzte Seiten des Raumes geleitet. So wollte es der Brauch. Die Nemet machten eine Zeremonie daraus, junge Männer und Frauen bei ihrer Verlobung zu frustrieren. Die männlichen Gäste, besonders Bel und Qta, zerrten Kurt in die eine Richtung, während Aimu, Ptas und die anderen Damen sich Mims bemächtigten.

In das fröhliche Treiben der so Beteiligten klang das Läuten der Türglocke. Hef ging hinaus, um zu öffnen. Die Pflicht ging ihm, selbst bei einer, auch für ihn so wichtigen, Feier, über alles. Das Lachen erstarb. Die Nemet lachten oft und gerne, wenn sie unter sich waren, unter Familienangehörigen und Freunden. Aber jetzt stellten sich Fremde an der Tür ein, und die Mitglieder der Elas-Familie, sowie ihre Gäste verstummten.
Sie hörten Stimmen. Hef, der immer höflich und ruhig blieb, argumentierte mit jemandem; schwere Schritte stampften durch die Halle.
Es war still im Rhmei. Mim klammerte sich angstvoll an Ptas' Arm. Nym trat in die Halle und ging den Besuchern entgegen, gefolgt von Kurt, Qta und den männlichen Gästen. Es waren Abgesandte der Methi in den gestreiften Roben, wie sie die meisten von ihnen trugen. Sie hatten die schmalen Augen, die man bei manchen der Einwohner von Nephane bemerken konnte, so auch bei Bel und seinem Vater Han t'Osanef. Die

Abordnung der Methi kam nicht in den Rhmei, in dem das Herdfeuer brannte.

Nym trat ihnen in den Weg, und obwohl er grauhaarig und ein Senior-Mitglied des Upei war, des Rats von Nephane, wagte sich keiner der Männer einen Schritt näher. »Dies ist Elas«, blockte Nym. »Seid euch eingedenk, **wo** ihr euch befindet! Ich habe euch nicht hergebeten, und ich habe auch nicht gehört, dass der Chan von Elas euch aufgefordert hätte einzutreten.«

»Wir kommen im Auftrag der Methi«, erkühnte sich einer der vier Männer herrisch. »Wir sollen den Menschen in den Afen bringen. Diese Verlobung ist nicht statthaft.«

»Dann seid ihr zu spät gekommen«, entgegnete Nym kühl. »Wenn die Methi die Verlobung verhindern wollte, so war das ihr Recht - aber jetzt ist die Verlobung besiegelt.«

Sie blickten Nym betroffen an. Trotzdem beharrte einer von ihnen, der anscheinend ihr Führer war: »Wir sind angewiesen, ihn in den Afen zu bringen.«

»Elas wird ihm erlauben, in den Afen zu gehen«, sagte Nym, »falls er es will...«

»Er *muss* mitkommen!«, erhob der Anführer in dominanter Geste sein Kinn.

Han t'Osanef trat neben Nym und blickte die vier Wachleute zornig an. »t'Senife«, richtete er das Wort an den Führer der Mannschaft, »Du wirst heute Abend in das Haus Osanef kommen - und ihr anderen auch..! Bringt eure Väter mit. Wir müssen etwas besprechen!«

»Wir tun nur unsere Pflicht«, wandt sich der Mann, welcher t'Senife hieß, in der entstandenen prekären Situation. »Und wir können den Afen nicht verlassen. Aber wir werden unseren

Vätern berichten, was t'Osanef uns im Haus von Elas gesagt hat.«

»Dann geht zurück in den Afen«, empfahl t'Osanef, »ihr beleidigt Elas mit diesem Auftritt.«

In dem entstandenen ratlosen Schweigen trat Kurt vor: »Ich werde mitgehen.« Er hatte das Gefühl, dass die Intervention der Methi um größere Dinge rotierte; um Konsequenzen, welche über seine Person und die Verlobung allein hinausragten.

Qta legte eine Hand auf seinen Arm.

»Der Gast von Elas wird dieses Haus verlassen, wenn es sein freier Wille ist, und auch die Methi selbst hat nicht die Macht, Fremde in diese Halle eindringen zu lassen. Wartet auf der Türschwelle«, gebot Nym drohend.
»Und Du, Freund Kurt, bist nicht gezwungen gegen Deine eigentliche Absicht zu handeln. Das ist gegen das Gesetz...«

»Wir werden draußen warten«, gab t'Senife in diesem Punkt nach. Sie verneigten sich nicht, als sie gingen.

*

»Mein Freund«, wandte sich Han t'Osanef erregt an Nym, »ich schäme mich für diese jungen Männer.«

»Es sind *junge* Männer...« Auch Nyms Stimme bebte in verhaltenem Zorn. »Elas wird ebenfalls mit ihren Vätern sprechen. Geh nicht, Kurt t'Morgan. Niemand kann Dich dazu zwingen, mit ihnen zu gehen.«

»Ich glaube«, überlegte Kurt, »dass mir - letzten Endes - keine andere Wahl bleibt... Es ist sicher besser, wenn ich **jetzt** in den Afen gehe und es hinter mich bringe... Mit der Djan-Methi persönlich spreche, falls das möglich ist.«

Sehr überzeugt war er davon selbst nicht. Er blickte Mim an, die verängstigt und schweigend an der Seite Ptas stand. Er durfte sie nicht berühren. Selbst in einer solchen Situation würden die anderen es nicht verstehen, wusste er. »Ich komme zurück, sobald ich kann«, nickte er ihr zu.

Qta begleitete ihn zur Tür. Bevor Kurt hinaustrat, um sich den Männern der Methi zu überantworten, sagte er: »Gib auf Mim Acht... Und ich möchte nicht, dass Du oder Dein Vater in den Afen kommen. Ich möchte euch nicht in meine Angelegenheiten verstricken. Ich habe Angst um euch alle.«

»Du musst nicht gehen«, wiederholte Qta noch einmal.

»Irgendwann *werde* ich gehen müssen...«, antwortete Kurt. »Du hast mich selbst gelehrt, dass es eine Tugend ist, sich den Notwendigkeiten zu beugen. Pass auf meine Braut auf, solange ich weg bin.« Und weil er Qta so gut kannte, streckte er ihm instinktiv die Hand entgegen. Erst im letzten Augenblick zog er sie zurück.

Es war Qta, der seine Hand ergriff; eine unsichere, ungewohnte Geste, die den Nemet völlig fremd war. »Du hast jetzt Freunde und Verwandte bei uns. Denke daran...«

6 - Nicht zu verleugnende Gefühle

»Hey, Leute..., das ist nicht nötig«, rief Kurt genervt und schüttelte die Hände der Wachen ab, als sie ihn durch das Tor des Afen drängten. Ganz egal, wie schnell er auch ging, sie schubsten und drängten ihn, so dass die Passanten auf den Straßen stehenblieben und ihn anstarrten - eine Schande für Elas. Es war eine Revanche an Nym, wusste er, und um nicht noch schlimmere Szenen heraufzubeschwören, hatte er sich alles gefallen lassen, bis sie den Hof des Afen erreichten, in welchem es keine Zeugen mehr gab.

Eine weite Flucht lag zwischen dem eisernen Außentor und dem Hauptportal des Afen. Die vier Männer führten ihn auf die Tür zu und versuchten gleichzeitig, ihn von ihr abzudrängen. Er kannte das Spiel. Sie wollten seinen Widerstand herausfordern, und als er ihnen den Gefallen nicht tat, fingen sie an, auch ohne Vorwand auf ihn einzuschlagen. Er lief in die einzige Richtung, die ihm offenstand: Zum Ende des Hofes, der von der Südwand des Felsens abgeschlossen wurde, auf dem der Afen stand. Dort, vor der steilen Basaltwand, waren sie sogar vor den Blicken zufälliger Zeugen sicher, welche den Hof des Afen überquerten.

Sie hatten ihn absichtlich in diese Richtung gedrängt. Er wusste es - aber das war ihm gleichgültig, solange er genug Raum zum Rückzug hatte. Und, sollte der Kampf unvermeidlich werden, würde er ihnen das Doppelte von dem austeilen, was er einstecken musste. t'Senife, der Nym beleidigt hatte, würde sein Opfer werden - dieser schlitzäugige Bursche mit der angeborenen Arroganz. Ihn würde er töten.

Aber das würde Elas in Gefahr bringen, also durfte er es nicht tun, denn er konnte sich leicht ausrechnen, wie, und womit, es endete... Er setzte das Leben anderer aufs Spiel, wenn er ernsthaft in Erwägung zog, gegen sie zu kämpfen.

Kurt entdeckte eine schmale Tür in der Wand - an der Stelle, wo Felsen und Umfassungsmauer zusammenstießen. Er rannte darauf zu und riss den schweren Eisenriegel zurück. Hinter der Tür lag ein weiter, mit Marmorplatten ausgelegter Hof, an dessen anderem Ende ein weißes Gebäude stand - ein riesiger Kubus mit hohen, dreiseitigen Pylonen neben dem A-förmigen Eingang. Er lief über den Platz, entdeckte die vertraute Mauerstraße zu seiner Rechten, die auf die Hauptstraße von Nephane führte, wo er wieder unter Zeugen sein würde. Aber um Elas' willen durfte er diese Angelegenheit nicht vor den Augen der Öffentlichkeit austragen. Er kannte Nym und Qta und wusste, dass sie sich in diese Auseinandersetzung einmischen würden - zu ihrem eigenen Schaden, und ohne die Macht, ihm wirklich helfen zu können. Also lief er zum Ende des langen, weißen Hofes auf den Tempel zu. Seine Verfolger erhöhten plötzlich ihr Tempo, und er tat es auch, als er erkannte, dass sie ihn auf jeden Fall daran hindern wollten, den heiligen Tempelbezirk zu erreichen, in welchem er in Sicherheit war.

Er lief die Marmorstufen hinauf, stolperte in seiner Eile und vor Erschöpfung.

Ein Feuer brannte im Inneren des Tempels - seine Hitze erfüllte den Raum; eine Phusmeba, so riesenhaft, dass der Widerschein ihrer Flammen den weiten Saal in goldenes Licht tauchte.

Ohne zu überlegen, von den widrigen Umständen getrieben, stürzte er in den Saal hinein, in die Helligkeit, die Hitze und das dumpfe Prasseln des Feuers.

Er hatte den geheiligten Bereich seiner Zuflucht erreicht.

Seine Verfolger waren ebenfalls stehengeblieben, nur wenige Schritte vor den Stufen, die zu dem Podest führten, auf dem die Phusmeba thronte.

t'Senife winkte ihm: »Komm herunter. Wir haben Befehl, Dich zur Methi zu bringen. Wenn Du nicht freiwillig herunterkommst, machst Du es Dir nur schwerer.«

Kurt wusste, dass er keine andere Wahl hatte. Zu spät war ihm eingefallen, dass die Anwesenheit eines Menschen an einer geheiligten Stätte ein Sakrileg darstellte. Hier gab es keinen Schutz für einen Menschen – keine freundliche Ptas, die ihm den Rhmei öffnete und ihn willkommen hieß.

Langsam stieg er zu ihnen hinunter. Sie packten ihn brutal bei den Armen und zerrten ihn quer über den Marmorhof zu der Tür, die auf den Hof des Afen führte. Dann verriegelten sie diese. Sie drängten ihn gegen die Wand und nahmen ihre Rache an ihm - grausam, geschickt und routiniert, so dass keine Spuren zurückblieben. Sie waren sicher, dass er sich nicht beschweren würde. Einmal wegen der eigenen Schande und weil er damit seine Freunde, besonders Qta, zwingen würde, seine Ehre zu rächen.

Kurt richtete sich stöhnend auf und t'Senife zog ihm seinen Ctan zurecht, der bei der einseitigen Prügelei verrutscht war. Sodann packten sie ihn wieder bei den Armen und brachten ihn zu einer Seitentür des Afen, führten ihn eine Treppe hinauf, die ihm fremd war. Anschließend jedoch kamen sie in Kurt bekannte Hallen im Zentrum der Festung. Ein anderer Mann, gewandet in gleicher gestreifter Robe, trat auf sie zu. Er war jung und sah gut aus. Er hatte eine gewisse Ähnlichkeit mit Bel, aber aus seinen schmalen Augen glühte Hass.

Die ihn begleitenden Nemet zeigten, ihm gegenüber, großen Respekt. Sie nannten ihn Shan t'Tefur.

Sie berichteten Shan t'Tefur von Kurts Verlobung und dass sie zu spät gekommen seien.

»Das muss die Methi sofort erfahren«, befahl t'Tefur und seine Augen wiesen zu einem schmalen Durchlass in der Wand der Halle. »Bringt ihn in die Kammer dort hinten, bis ich wieder zurückkomme.«

Sie taten es.

Kurt setzte sich auf einen harten Stuhl unter einem schmalen, Schießscharten ähnlichen, Fenster. Er vermied die Blicke der vier Wachen, indem er ihnen den Rücken zuwandte. Er wollte ihnen keinen Vorwand liefern, ihre Misshandlungen zu wiederholen. Endlich kam t'Tefur zurück und sagte, dass die Methi ihn jetzt zu sprechen wünschte.

*

Sie wollte mit ihm alleine sein.

t'Tefur protestierte zunächst und warf Kurt einen wütenden Blick zu, aber Djan sah ihn so vernichtend an, dass er sich verbeugte und den Raum verließ.

Auch Kurt bekam ihre Verärgerung zu spüren. »Es war ein schwerer Fehler, den Tempelbezirk zu betreten«, schimpfte sie. »Wenn Sie in das Heilige des Tempels, seinen zentralen Bezirk, eingedrungen wären, hätte selbst ich Sie wahrscheinlich nicht mehr retten können.«

»Das habe ich mir letztendlich auch gedacht...«, knurrte er.

»Wer hat Ihnen eigentlich erlaubt, alle möglichen - intensiven - Kontakte in Nephane herzustellen und sich mit diesem Nemet-Mädchen zu verloben?«

»Niemand hat mir gesagt, dass ich es nicht darf. Und auch Elas ist nicht davon unterrichtet worden, sonst hätte man es mir gewiss nicht gestattet. Sie sind Ihnen treu ergeben. Obwohl sie nicht gut behandelt werden.«

»Für Elas ist diese Respektlosigkeit noch das kleinste der Probleme, welche Sie mir geschaffen haben.« Sie ging zur gegenüberliegenden Seite des Raumes und zog eine Täfelung zurück, hinter der eine eingeglaste Terrasse lag. Es war Nacht geworden. Man konnte von hier aus weit auf die See hinausblicken. Sie stand eine ganze Weile auf dem Balkon und blickte auf den Hafen hinunter. Aber Kurt war sicher, dass sie nachdachte und dass er und Elas der Gegenstand ihrer Gedanken waren. Schließlich wandte sie sich wieder um und blickte ihn an. »Es tut mir leid, dass ich Elas Ungelegenheiten bereiten musste! Ich werde ihnen Nachricht schicken, dass Sie wohlauf sind. Sie haben noch nicht gegessen, stimmt's..?«

Er verspürte in dieser Situation nicht den geringsten Appetit. Sein Magen war leer und schmerzte; und ihr unerwarteter Stimmungswechsel trug auch nicht dazu bei, seine Furcht einzudämmen. »Sie haben meine Verlobte extrem verängstigt, mich vor allen Leuten blamabel durch die Straßen schleifen lassen, und ich erwarte nur...«

»Ich denke«, unterbrach ihn Djan bestimmt, »dass wir diese Form von ›Gespräch‹, in dem Sinne Anklagen gegen mich vorzubringen, besser auf einen späteren Zeitpunkt verschieben sollten. Ich jedenfalls werde mein Dinner einnehmen. Falls Sie mir dabei nicht zusehen wollen, wird Shan Sie so lange in einen sicheren Raum bringen, wo Sie sich alles in Ruhe überlegen können. Aber Sie werden den Afen erst verlassen – falls Sie den Afen überhaupt wieder verlassen sollten –, wenn **ich** es bestimme und Sie fortschicke.«
Sie rief nach einem Mädchen namens Pai, das ihre Befehle mit einer tiefen Verbeugung entgegennahm.
»Sie«, erklärte Djan, als die junge Frau wieder gegangen war, »ist Chan des Afen. Ich habe sie sozusagen ›geerbt‹. Sie ist absolut loyal und sehr verschwiegen - beides große Tugenden. Ihre Familie dient seit fast hundert Jahren kontinuierlich der jeweils regierenden Methi. Und auch vorher war Pais Familie sporadisch schon Chan bei Methis gewesen; bereits vor der Besetzung Nephanes durch die Menschen und auch während der Besatzung. Es gibt nichts in Nephane, das keine Wurzeln hat - außer uns beiden. Also vergessen Sie Ihre Verstimmung, mein ›Freund‹. Ich weiß, dass ich heute meine Beherrschung verloren habe. Das kommt selten vor, und es tut mir leid.«

»Schon gut... Dann sagen Sie mir, was Sie zu sagen haben, und lassen Sie mich nach Elas zurückgehen.«

»Lassen Sie sich Zeit«, erwiderte sie in aller Seelenruhe, ohne seine Verärgerung zu beachten. »Kommen Sie heraus auf die Terrasse und setzen Sie sich. Ich bin zu müde, um herumzustehen und mich mit Ihnen zu streiten.«

Er trat auf die Terrasse hinaus.
Sie war dunkel, und sie beließ sie im Dunklen. Die Hanan-Methi saß auf dem Fenstersims und blickte auf die See hinaus. Es war wirklich ein herrlicher Ausblick auf ganz Nephane, dessen Lichter zu Füßen des Afen lagen. Der hohe Berg warf einen dunklen Schatten auf das Meer hinaus. Ein einzelnes Schiff verließ gerade den Hafen.

»Wenn ich klug wäre«, erwog Djan, als er ein Stück von ihr entfernt auf dem Fenstersims Platz genommen hatte und sie anblickte, »ja, wenn ich auch nur einen Funken Verstand besäße, würde ich Sie irgendwo ins Meer werfen lassen..! Unglücklicherweise habe ich mich dagegen entschieden. Ich frage mich noch immer, was Sie an meiner Stelle getan hätten...«

Das fragte er sich selbst... »Ich hätte wohl an die gleichen, oder ähnliche, Optionen gedacht, die auch Ihnen eingefallen sind«, überlegte er ehrlich.

»Und wären zu den gleichen Antworten gelangt..?«

»Vermutlich schon - anbetrachts der Umstände«, gab er zu. »Ich mache Ihnen keine Vorwürfe.«

Sie lächelte ironisch-amüsiert. »Dann haben wir vielleicht eine hellere Zukunft vor uns, als alle anderen Menschen, die je in Nephane gewesen sind. Sie haben diesen Teil des Afen erbaut, müssen Sie wissen. Aus diesem Grund gibt es hier keinen Rhmei, kein Herz des Hauses. In diesem Sinn ist der Afen einmalig: Eine Burg ohne Herz, ein Gebäude ohne Seele...

Hat Qta t'Elas Ihnen erzählt, was aus den Menschen geworden ist?«

»Die Nemet haben sie vertrieben. Das weiß ich.«

»Die Menschen haben nur zwanzig Jahre dieses Planeten in Nephane regiert, weil sie sich zu stark mit den Nemet eingelassen haben. Die Mätresse eines Basis-Kommandanten gehörte zu einer der großen Indras-Familien, zu Irain. Die Menschen waren gegenüber den Nemet sehr grausam und machten sich einen Spaß daraus, die großen Familien zu demütigen. Doch eines Nachts ließ die Mätresse ihre Brüder in den Afen, und ganz Nephane erhob sich in einer Rebellion gegen die Menschen.

Jene feierten gerade ein orgiastisches Fest, und die meisten von ihnen waren betrunken. Deshalb verloren sie ihre Waffen und Maschinen, flohen nach Süden und wurden zu den Tamurlin. Innerhalb weniger Generationen waren sie zu Wilden degeneriert, die sich wie Tiere benahmen. Nur Pais Vorfahr, On t'Urefe, verteidigte die Menschen im Afen, weil er ihr Chan war und es für seine Pflicht hielt, seinen menschlichen Herrn beizustehen. Die menschliche Methi und er starben gemeinsam dort draußen in der Halle. Die anderen Menschen, die nicht fliehen konnten, wurden im Hof niedergemetzelt.

Ich habe Berichte über die Zeit vor dem Fall des Afen studiert. Das Versorgungsschiff kam nicht wie erwartet zurück. Wahrscheinlich wurde es von einem gegnerischen Kreuzer vernichtet. Die Zeit verging, und die Menschen brachten die Nemet immer mehr gegen sich auf. In diesen zwanzig Jahren haben die Menschen ihnen immer wieder mit der unmittelbar bevorstehenden Rückkehr des Versorgungsschiffes gedroht - aber mit der Zeit zog ›diese Masche‹ immer weniger... So kam es zum Ende der menschlichen Herrschaft über Nephane. Indes, als wir später, sozusagen in einer ›Zweiten Welle‹, hier eintrafen, glaubten die Nemet, dass die alte Drohung nun doch wahr geworden sei und dass wir sie alle töten würden. Meine Begleiter waren auch dafür, Nephane zu zerstören, um unsere Basis zu sichern. Aber ich habe es nicht zugelassen. Und als ich die Nemet von der unmittelbaren Bedrohung durch meine Gefährten befreit hatte, ernannten sie mich zur Methi. Einige von ihnen sind der Ansicht, dass ich vom Schicksal zu ihnen gesandt worden sei - und von Ihnen, Mister Morgan, denken sie dasselbe. Für einen Indras gibt es keine Zufälle; nichts geschieht ohne einen logischen Zweck. Ihr Universum ist völlig rational. Ich bewundere das an ihnen. Es gibt vieles an diesen Leuten, was meinen Einsatz wert ist. Ich denke, in dem Punkt stimmen Sie mit mir überein.

Übrigens... Anscheinend haben Sie sich in Elas ausgezeichnet eingewöhnt...«

»Sie sind meine Freunde«, bestätigte er.

Djan lehnte sich zurück und blickte über die Schulter aufs Meer hinaus. Das auslaufende Schiff hatte jetzt fast den Wellenbrecher erreicht.

»Dies ist eine Welt, in der es keine Hetze und viel Nachdenken gibt. Können Sie sich vorstellen, dass zwei solcher Schiffe einander zur Schlacht entgegenfahren? Unsere Schiffe sind schneller, als der Verstand es erfassen kann, aber diese Schiffe mit ihren Segeln und Rudern... Bis sie sich auf Sichtweite genähert haben, gibt es unendlich viel Zeit, um nachzudenken. Es gibt eine entsetzliche Zielstrebigkeit in den Nemet-Hirnen: Sie agieren langsam, aber wenn sie einmal einen Kurs festgelegt haben, dann halten sie ihn auch!«

»Sie sprechen, unter anderem, auch *im übertragenen Sinne* von Schiffsgefechten auf See«, vermutete Kurt, »um mir etwas zu erläutern..?«

»Wissen Sie, was auf der anderen Seite des Meeres liegt?«

Sein Herz setzte einen Schlag lang aus. Er dachte an Mim, und er befürchtete, dass Djan das Geheimnis ihrer Geburt kannte.

»Indresul«, sagte er, »eine Stadt, die mit Nephane verfeindet ist.«

»Ihre Freunde in Elas sind Indras. Haben Sie das gewusst?«

»Ja, davon habe ich gehört...«

»Genau wie die meisten großen Familien von Nephane. Die Indras haben diese Stadt als Kolonie gegründet, als sie die Inland-Festung Chteftikan eroberten und die Sufakis zu Sklaven machten. Indresul hasst die Indras von Nephane, aber sie hat niemals vergessen, dass sie, durch die hiesigen Indras, einen Anspruch auf diese Stadt besitzt, und den will ›die Stadt des Westens‹ jetzt geltend machen.
Sie sehen, dass ich äußerst vorsichtig agieren muss, Kurt Morgan; und Ihre Indras-Freunde in Elas, weiters Ihre Einmischung in Angelegenheiten der Nemet, sind Störungen, die ich mir gerade jetzt am allerwenigsten leisten kann. Ich brauche Ruhe in dieser Stadt - und ich werde alles tun, was nötig ist, um das zu erreichen.«

»Ich habe in dieser Stadt nichts getan«, rechtfertigte er sich. »Mein Wirken ist auf Elas beschränkt.«

»Unglücklicherweise kann Elas nichts tun, was nicht auch seine Konsequenzen in Nephane hätte... Das ist der Nachteil von Macht und Reichtum. Das Schiff dort draußen ist auf dem Weg nach Indresul. Die Methi von Indresul hat bisher all meine Angebote, über ausstehende Probleme zu sprechen, zurückgewiesen. Sie können sich nicht vorstellen, wie sehr Ylith-Methi Sufakis und Menschen verabscheut.
Nun, wenigstens werden sie jetzt einen Botschafter zu uns schicken; Mor t'Uset ul Orm, einen Mann von großem Einfluss in Indresul. Er wird mit diesem Schiff eintreffen, wenn es

zurückkehrt. Ich kann nur hoffen, dass Ihre Verlobung, die heute Hauptgesprächsthema auf dem Markt war, ihm nicht zu Ohren kommt.«

»›Hauptgesprächsthema auf dem Markt‹..?«, echote er bestürzt. »Ich hatte nie die Absicht, sie publik zu machen.«

Der Blick, mit dem die Methi ihn ansah, war eisig. Doch in diesem Augenblick traten Pai und ein zweites Mädchen in die Halle und brachten Tee, Telise und ein leichtes Mahl. Sie stellten alles auf einen kleinen Tisch vor dem Fenster der Veranda. Djan entließ die beiden sofort, obwohl die Etikette es erfordert hätte, dass sie ihnen das Essen servierten.
Die beiden Chan verneigten sich und gingen.

»Leisten Sie mir Gesellschaft - wenigstens bei Tee und Telise, wenn Sie schon nichts essen mögen.«

Doch sein Appetit war zurückgekehrt. Er hatte sogar ziemlichen Hunger. Er aß eine volle Portion, und Djan trug das Geschirr selbst nach drinnen, als sie fertig waren. Dann kam sie zurück und setzte sich neben ihn auf den Fenstersims. Das Schiff hatte den Hafen längst verlassen.

»Es ist spät geworden«, fiel Kurt auf. »Ich möchte jetzt nach Elas zurückgehen.«

»Dieses Nemet-Mädchen«, überging Djan seinen Einwand, »wie heißt sie?«

Plötzlich lag ihm das verzehrte Mahl wie ein Stein im Magen.

»Wie ist ihr Name?«, wiederholte sie fordernd.

»Mim. Sie heißt Mim...« Er griff nach seinem Glas mit Telise und kippte das feurige Getränk mit einem Zug herunter.

»Haben Sie das Mädchen kompromittiert? Ist das der Grund für diese überstürzte Verlobung?«

Die Tasse in seiner Hand zitterte. »Nein, habe ich nicht - ich liebe sie..!«

Djans kühle Augen sahen ihn abschätzend an. »Die Nemet sind außerordentlich schöne Geschöpfe! Sie verfügen über einen gewissen Reiz, muss ich zugeben..! Und ich glaube, dass die Nemet-Frauen auf einen Mann Ihrer Art besonders anziehend wirken. Bei ihnen hat der Mann immer recht.«

»Ich will Sie nicht länger stören«, versuchte er sich aus der Situation herauszuwinden.

»Oh, Sie stören mich nicht...«, hob sie unschuldig die Achseln. »Ich habe persönlich nichts gegen dieses Kind. Ich glaube nicht, dass es für mich jemals zu einem Problem werden wird. Dazu halte ich Sie für zu intelligent. Heiraten Sie sie. Hin und wieder werden Sie, genau wie ich, feststellen, dass Gedanken, Aussehen und Benehmen der Nemet – und ihre Vorurteile – Ihnen unerträglich werden. Allein diese Einsicht hat mich dazu veranlasst, Sie nicht den Tamurlin zu überlassen oder zu den Fischen zu schicken.
Ich möchte, dass wir Gefährten werden; wir sind schließlich Menschen und einigermaßen zivilisiert.
Diese Mim ist nur Chan - aber sie kann Ihnen eine gewisse Respektabilität verleihen, wenn Sie vorsichtig sind. Vielleicht war es gar keine so schlechte Wahl; und ich glaube nicht, dass diese Ehe mich besonders stören wird... Sie verstehen doch, was ich damit meine, Kurt..?«

Innerlich bebend, stellte er seine Tasse ab, um sie nicht zwischen seinen Fingern zu zerquetschen. Dass sie, wie nebenbei, zur Vertraulichkeit heischenden Verwendung seines Vornamens eingeschwenkt war, ließ alle Alarmglocken in ihm schrillen! »Sie spielen um Ihren Hals, Djan. Ich lasse mich nicht umherstoßen!«

»Ich stoße Dich doch nicht umher«, verfiel ihre Stimme in die schnurrend-lockende Tonlage einer Katze auf Beutezug. Sie beugte sich vor, wobei der linke Träger ihres Abendkleides, wie zufällig, von der Schulter den Oberarm herunterglitt. »Ich will nur, dass Du mich verstehst«, half sie dem störrischen Bekleidungsstück nach, welches - von alleine - nicht so recht weichen wollte, »und ich glaube, wir verstehen einander inzwischen schon sehr gut..!«

7 - Schwierige Verflechtungen

Das trübe Licht der Morgendämmerung lag über Nephane, drang durch den Nebel, der schwer über der Stadt lastete und nur die oberen Teile des Afen freiließ. Die kopfstein-gepflasterte Straße, die vom Außentor der Festung zur Stadt hinabführte, war feucht, und die wenigen Leute, welche um diese Zeit unterwegs waren, hatten sich in Mäntel und Umhänge gehüllt.

Kurt trat an die Haustür von Elas heran, drückte auf die Klinke, in der Hoffnung, dass die Tür nicht abgeschlossen sei; klopfte dann leise, um nicht das ganze Haus zu wecken.

Schneller als er es erwartet hatte, hörte er leise Schritte, die sich der Tür näherten und verhielten. Der Riegel flog zurück, die Tür wurde aufgerissen, und Mim stand vor ihm, nur mit ihrem Nachthemd bekleidet. Mit einem Seufzer der Erleichterung warf sie sich in seine Arme und drückte ihn fest an sich.

»Alles in Ordnung«, beruhigte er sie leise, »alles in Ordnung, Mim...«

Sie standen in der offenen Tür. Er brachte sie hinein und schob den schweren Riegel vor. Mim fuhr mit dem weiten Ärmel des Nachthemds über ihre Augen.

»Ist das Haus wach?«, flüsterte er.

»Sie haben bis spät in die Nacht gewartet, sind dann aber schlafen gegangen«, antwortete Mim. »Ich habe im Rhmei gesessen. Ich hoffte..., ich hoffte, dass Du zurückkommen würdest. Ist alles gut, Lord Kurt - oder muss ich mir Sorgen machen?«

»Ich bin nur müde.« Nach den Stunden, in denen er ausschließlich die menschliche Sprache gesprochen hatte, war es schwer, wieder Nechai zu gebrauchen. Er nahm ihren Arm und führte sie in die Behaglichkeit des Rhmei.

Dort, im Licht und der Wärme des Feuers, blickten ihre großen Augen ihn prüfend an. Ihre Hände drückten die seinen. »Du zitterst«, stellte sie fest. »Ist es die Kälte?«

»Kälte und Müdigkeit«, wich er aus.

»Was hat sie von Dir gewollt?«

»Sie hat mir einige Fragen gestellt. Bitte, Mim, ich möchte jetzt nach oben gehen und schlafen. Ich war die ganze Nacht über wach.«

»Lord Kurt«, hauchte sie mit tränenerstickter Stimme, »vor der Phusmeba darf man nicht lügen! Vergib mir, aber ich weiß, dass Du versuchst etwas vor mir zu verheimlichen.«

»Lass mich in Ruhe, Mim. Bitte.«

»Es ging nicht nur um Fragen. Wenn es wirklich so gewesen sein sollte, dann sieh mir in die Augen und sage es mir.«

Er versuchte es, aber es gelang ihm nicht. Tiefe Trauer füllte Mims dunkle Augen.

»Es tut mir leid«, war alles, was er sagen konnte.

Ihr Blick fixierte ihn weiterhin und ließ ihn nicht los. »Willst Du den Kontrakt brechen, Lord Kurt?«

»Willst Du es?«

»Wenn es Dein Wunsch ist...«

Mit seiner kalten Hand strich er ihr eine Haarsträhne aus dem Gesicht und wischte Tränen von ihrer Wange.
»Ich liebe sie nicht! Aber ich weiß, was sie spürt, Mim. Manchmal leide ich ebenfalls unter diesem Gefühl. Manchmal

ist Elas mir fremd, und ich sehne mich nach menschlicher Gesellschaft - und sei es nur für eine kurze Zeit. Genauso geht es auch ihr.«

»Sie könnte Dir Kinder gebären, und Du wärst der Herr von ganz Nephane.«

Er presste sie an sich, roch den leichten Duft von Aluel-Blättern in ihrer Kleidung, die Frische ihrer Haut und erinnerte sich an das nach synthetischen Stoffen und Alkohol riechende Parfüm Djans - menschlich und, für kurze Zeit, reizvoll. Djan konnte zärtlich sein, und das machte sie gefährlich, weil es ihren Stolz bedrohte. Weil es Elas bedrohte.

»Wenn Djan heiraten wollte – was nicht der Fall ist –, so würde ich auch nicht anders empfinden, Mim. Aber ich kann nicht versprechen, dass dies mein letzter Besuch bei ihr gewesen ist. Wenn Du das nicht ertragen kannst, dann sage es mir jetzt.«

»Ich würde auch Deine Konkubine sein und nicht Deine Frau, wenn Du es so willst.«

»Nein, was erzählst Du denn da; nein, Mim..! Ich strebe weder nach Regentschaft über Nephane, noch danach sonst jemandes ›Herr‹ werden zu wollen - ich würde Dich nur verlassen, um Dich zu schützen! Du, **nur Du**, bist meine geliebte Braut!«

Sie richtete sich auf die Zehenspitzen auf, nahm sein Gesicht in ihre Hände und küsste ihn voller Zärtlichkeit. Dann trat sie einen Schritt zurück, die Hände immer noch erhoben, als ob sie nicht wüsste, wie er reagieren würde. Sie sah verängstigt aus.

»Mein Herr Ehemann«, wisperte sie; eine Anrede, zu der sie nach der Verlobung berechtigt war. Die Worte klangen seltsam in seinen Ohren, und Mim nahm sich Freiheiten heraus, die keine ehrbare Nemet-Lady gegenüber ihrem

Verlobten gewagt hätte. Aber Mim verstieß gegen den Sittenkodex, um seine Wünsche zu erfüllen und vielleicht, wie er befürchtete, um auf ihre Weise um ihn zu kämpfen.

Er drückte sie fest an sich. »Bitte, Mim, geh jetzt, bevor jemand aufwacht und Dich sieht. Ich muss mit Qta sprechen.«

»Wirst Du ihm sagen, was geschehen ist?«

»Ja. Unbedingt, ja... Zwischen uns herrscht ein absolutes Vertrauensverhältnis!«

»Bitte bringe keinen Streit in dieses Haus.«

»Auf keinen Fall! Ich werde Deinen Wunsch beherzigen. Geh jetzt, meine liebe Mim...«

Sie blickte ihn mit von Trauer erfüllten Augen an, tat aber, was er von ihr verlangte.

Kurt klopfte nicht an, als er in Qtas Zimmer trat. Er hatte schon zu viel Lärm in diesem schlafenden Haus verursacht. Stattdessen drückte er die Tür lautlos auf, schlüpfte ins Zimmer und ging auf das Bett zu.

»Qta«, flüsterte er fast, um ihn nicht zu erschrecken.

Der Nemet war sofort wach, blickte Kurt mit verschlafenen Augen an und schwang die Beine aus dem Bett. »Bei allen Göttern«, murmelte er und zog seinen Kilt über, »Du siehst aus, wie der Tod, mein Freund. Was ist passiert?«

»Ich habe Mim die Situation gerade erklärt«, eröffnete Kurt und merkte, dass seine Beine schlotterten - eine verspätete Reaktion auf die Erlebnisse der vergangenen Nacht. »Qta, ich brauche Deinen Rat.«

Qta deutete auf einen Stuhl. »Setz Dich, mein Freund. Sammle Deine Gedanken, und ich werde Dir helfen, wenn ich

Dein Problem verstanden habe. Soll ich uns etwas zu trinken holen?«

Kurt nahm Platz und senkte den Kopf. Er verschränkte die Hände in seinem Nacken und versuchte, sich der Ruhe, die zu Elas gehörte, wieder einzufügen. Der Geruch von Weihrauch, das matte Licht der Phusa, das Gefühl der Stille - alles wirkte beruhigend auf ihn, und die Panik fiel von ihm ab. Die Angst jedoch blieb.
»Es geht schon... Nein, bemühe Dich jetzt nicht um ein Getränk.«

»Bist Du erst jetzt zurückgekommen?«

»Eben gerade...«, bestätigte Kurt und blickte Qta in die Augen.

Der Nemet atmete tief durch. »Eine persönliche Angelegenheit?«, fragte er taktvoll.

»Ganz Elas hat die Situation anscheinend besser begriffen als ich, als ich in den Afen gerufen wurde. War es **so** offensichtlich? Weiß inzwischen ganz Nephane Bescheid, oder gibt es doch so etwas wie eine Privatsphäre in dieser Stadt?«

»Mim zumindest hat es gewusst. Kurt, Kurt, das war doch wirklich nicht schwer zu erraten. Als die Männer der Methi zurückkamen und uns sagten, dass Du ›in Sicherheit‹ seist, war eigentlich alles klar – vor allem nach ihrer Reaktion auf Deine Verlobung. Du brauchst Dich nicht zu schämen, mein Freund. Wir haben immer gewusst, dass Dein Leben mit dem der Methi verbunden sein würde. Das war seit dem Tag Deiner Ankunft für Nephane selbstverständlich. Es war Deine Verlobung mit Mim, die alle schockierte.
Ich bin ganz offen. Ich denke, es ist immer von Vorteil, die Wahrheit zu sagen, auch wenn sie manchmal bitter schmeckt. Ja, ganz Nephane weiß es, und niemand ist überrascht.«

Kurt stieß einen leisen Fluch aus und blickte aus dem Fenster, unfähig, Qta in die Augen zu sehen. »Als ich in den Afen eskortiert wurde, habe ich mit keiner Faser meiner Seele an so etwas gedacht! Ich war vollkommen arglos...«

»Liebst Du die Methi?«, fragte ihn der Nemet geradeheraus.

»Nein, ich liebe Mim«, betonte Kurt entschieden.

»Du bist freiwillig zu ihr gegangen«, erinnerte ihn Qta, »als Elas bereit war, für Dich zu streiten.«

»Elas hat nichts mit dieser Sache zu tun.«

»Wir besäßen keine Ehre, wenn wir zuließen, dass Du uns auf diese Weise schützt. Aber wir wissen noch immer nicht, was Du wirklich willst. Sollen wir eingreifen, Kurt?«

»Nein«, sagte er hart.

»Ist das Dein ehrlicher Wunsch, oder glaubst Du noch immer, uns schützen zu müssen? Du schuldest uns die Wahrheit, Kurt. Sage uns ›Ja‹ oder ›Nein‹ - wir werden Dir glauben und das tun, was Du willst.«

»Ich liebe die Methi nicht, aber ich möchte auch nicht, dass Elas sich zwischen uns stellt.«

»Das offenbart mir nichts...«

»Ich fürchte«, und er fand es schwer, in Qtas dunkle Augen zu blicken, »dass dies nicht mein letzter Besuch im Afen gewesen ist. Ich stehe in ihrer Schuld, Qta. Falls mein Verhalten die Ehre Elas' oder Mims verletzen sollte, so sage es mir ganz offen. Nichts liegt mir ferner, als Leid über dieses Haus zu bringen - und schon gar nicht über Mim. Bitte sage mir, was ich tun soll.«

»Das Leben«, philosophierte Qta, »ist der stärkste aller Triebe. Du behauptest, die Methi zu hassen, und vielleicht hasst sie Dich - aber der Überlebenstrieb, das Verlangen, eure Art zu erhalten und zu vermehren, ist vielleicht ein Ehrenkodex, der über allen anderen steht. Mim hat mit mir über diese Fragen gesprochen.«

Kurts Magen krampfte sich zusammen, wenn er daran dachte. Im Augenblick wünschte er nicht einmal sein eigenes Überleben. Es war sehr schmeichelhaft von Qta formuliert Erotik und sexuelle Triebhaftigkeit als ›Ehrenkodex‹ einzuklassifizieren.

»Mim verehrt Dich«, unterstrich Qta, »sie verehrt Dich sehr! Falls sich Deine Gefühle ihr gegenüber geändert haben mögen, Kurt, so bist Du doch noch immer an sie gebunden. Ich habe diese Entwicklung befürchtet - und Mim hat sie vorausgeahnt. Ich bitte Dich, den Kontrakt nicht zu brechen, den Du mit Mim geschlossen hast. Sie würde dadurch entehrt werden. Mein Freund, wir sind ein Volk, das nichts von überstürzten Ehen hält. Trotzdem haben wir uns von unseren Gefühlen leiten lassen, von unserem Wunsch, Dich und Mim glücklich zu machen. Jetzt kann ich nur hoffen, dass er sich nicht als Grausamkeit herausstellt. Du kannst jetzt nicht mehr zurück.«

»Die Feindschaft zwischen Hanan und Terranern, Aeoliten und Pylanern hat nicht zwangsläufig dazu geführt, auch Djan zu *hassen*. Hass ist ohnehin kein guter Beweggrund, den man kultivieren sollte. Dennoch verbleibt zwischen uns eine gewisse Reserviertheit. Meine ehrliche, aufrichtige Liebe gehört Mim allein und nicht ihr... Somit will ich auch die Verlobung mit Mim unbedingt erfüllen! Eine Lösung von Mim... Nein, auf gar keinen Fall!«

»Dann ist alles gut.«

»Ich muss in dieser Stadt leben«, grübelte Kurt. »Wie werden die Leute es aufnehmen? Wie wird Mim es aufnehmen?«

»Das ist das Problem der Methi«, hob Qta die Schultern. »Es ist normal, dass ein Mann Verpflichtungen gegenüber mehreren Frauen haben kann. Natürlich könnte man die Methi von Nephane nicht als gewöhnliche Konkubine halten. Aber es ist Sache der Frau und ihres Hauses, das Dekorum zu wahren. Eine ehrenhafte Frau sorgt dafür. Und wenn sie dazu nicht in der Lage sein sollte, so übernimmt ihr Haus diese Aufgabe; so wie wir sie für Mim übernommen haben. Auf jeden Fall ist dies ein Problem, das die Methi zu lösen hat. Obwohl einer Methi auf diesem Gebiet ziemlich alles erlaubt ist - und das ist eine Schwierigkeit, welche wir bisher mit allen Methis gehabt haben, besonders mit denen menschlichen Ursprungs.
Die verstorbene Tehal-Methi von Indresul war für ihre Ausschweifungen berüchtigt. Djan-Methi ist sehr tüchtig. Sie ist eine gute Methi. Die Leute haben Brot und Frieden, und solange das so ist, kann es Dir nur zur Ehre gereichen, wenn sie Deine Gesellschaft sucht. Das Einzige, was mich bedrückt, ist die Befürchtung, dass Deine Gefühle sich wieder ausschließlich menschlichen Dingen zuwenden würden und Mim zu einem nur noch seltsamen Lebewesen mutiert - einem der ›Wesen‹, die für einige Zeit Deine Gefährten waren..!«

»Niemals!«, entschied Kurt brüsk.

»Ich wünsche, dass es wirklich nie dazu kommt.«

»Darauf kannst Du Dich verlassen! Lasse darüber nie einen Zweifel aufkommen!«

»Entschuldige, mein Freund, ich habe Dich verletzt«, sagte Qta. »Ich weiß, dass Du in vielem wie ein Nemet geworden bist - und diesem Teil Deiner Persönlichkeit vertraue ich! Aber - verzeih meine Offenheit - ich weiß nicht, ob ich die andere Hälfte verstehe...«

»Bei meiner Seele - ich würde alles tun, um Mim zu schützen; und Elas. Ich fühle mich mit euch tief verbunden und liebe euch!«

»So«, nickte Qta ernst, »denke als Nemet, nicht als Mensch. Tue nichts ohne Deine Familie. Verbirg nichts vor Deiner Familie. Die Familie ist heilig. Selbst die Methi kann Dir nichts anhaben, wenn Du zu uns hältst und wir zu Dir.«

»Du kennst Djan nicht...«

»Es gibt das Gesetz, Kurt. Solange Du nicht die Waffe gegen sie erhebst oder sie beleidigst, sind ihre Hände durch das Gesetz gebunden. Sie muss vor dem Upei klagen; und eine Auseinandersetzung – vergib mir – mit einem Liebhaber ist sicher das letzte, das sie dem Upei offenzulegen wünscht.«

»Sie könnte Dich und die Tavi ans andere Ende der Welt verbannen«, führte Kurt ein Beispiel an. »Sie hat Alternativen...«

»Ein Streit mit Elas wäre ein denkbar unweiser Entschluss für die Methi«, verneinte Qta. »Elas bestand, bevor die Methi kam, bevor die ersten Menschen ihren Fuß auf diesen Planeten setzten. Wir kennen unsere Stadt und unser Volk; und unsere Stimme wird in den Raten auf beiden Seiten der ›Trennenden See‹ gehört. Wenn Elas im Upei spricht, hören die großen Familien auf seine Stimme; und besonders jetzt kann die Methi es nicht wagen, die großen Familien gegen sich aufzubringen. Ihre Position ist nicht so unerschütterlich, wie es den Anschein hat, mein Freund, und das weiß sie sehr genau...«

8 - Todfeindschaft

Das Schiff aus Indresul machte im Hafen fest. Es war eine Bireme [1] mit rotem Segel, dem internationalen Emblem.
Qta erklärte Kurt den Brauch, als sie an der Pier standen. Das rote Segel schützte ein Schiff vor jedem Angriff. Es würde einer Beleidigung der Götter gleichkommen, ein Schiff mit diesem Emblem anzugreifen, wie es auch Blasphemie wäre, dieses Immunitätszeichen unberechtigt zu hissen.

Die Menge, die sich im Hafen versammelt hatte, war ruhig und ablehnend, als der Botschafter Indresuls an Land ging. Charakteristischerweise gab es zwar keine wilden Demonstrationen des Hasses, aber die Leute ließen sich Zeit, zurückzutreten, um dem Botschafter und seiner Eskorte den Weg freizugeben. Damit ließen sie ihn merken, dass er in Nephane nicht willkommen war.
Mor t'Uset ul Orm, ein weißhaariger, ernster Mann, stieg zu Fuß den Berg hinan, auf dem der Afen stand, ohne sich um die zwistigen Animositäten und die leisen Flüche zu kümmern, welche die Bewohner von Nephane ihm nachsandten.

»Das Haus von Uset«, erläuterte Qta, als er und Kurt die ansteigende Straße hinaufgingen, »das Haus von Uset auf dieser Seite der Trennenden See, wird heute seine Türen geschlossen halten. Sie werden sich auch nicht im Upei zeigen, weil sie sich zu sehr schämen.«

»Vor Mor t'Uset oder vor den Leuten von Nephane?«

»Vor beiden. Es ist ein entsetzlicher Zustand, wenn ein Haus gespalten ist. Die Hüter Usets auf beiden Seiten der See sind miteinander im Konflikt. Glaube mir, ein Kampf gegen die Tamurlin ist wirklich nicht einfach - es ist schlimm, wenn zwei verschiedene Rassen gegeneinander Krieg führen -, aber wenn man sich vorstellt, einen Krieg gegen die eigene Familie zu führen, die gemeinsame Götter und Ahnen haben, deren Herdfeuer einmal mit gemeinsamer Flamme brannten – bei allen Göttern, der Himmel bewahre uns vor diesem Übel.«

»Ich glaube nicht, dass Djan diese Stadt in den Krieg führen wird. Sie weiß zu gut, was das bedeutet.«

»Keine der beiden Seiten will den Krieg«, gab Qta zurück, »und die Indras-Nachkommen von Nephane am allerwenigsten. Unser Streit mit...« Der Nemet schwieg plötzlich, als sie sich dem Tor in der unteren Stadtmauer näherten.

Ein Mann, der von der anderen Seite auf das Tor zukam, starrte sie feindselig an. Er war groß und kräftig und trug den gestreiften Überhang, den Kurt häufig bei den Wachen der Methi festgestellt hatte. Sein Haar war zu einem Zopf geflochten, der ihm auf den Rücken fiel. Kurt erkannte ihn sofort wieder: Shan t'Tefur.

Glühender Hass stand in den schmalen, schrägen Augen des Mannes. Ein paar Sekunden lang schlug Kurts Herz rascher, und seine Muskeln spannten sich an. t'Tefur war im Stadttor stehengeblieben, und es sah aus, als ob er ihnen den Weg versperren wollte.

Qta packte Kurt heftig beim Arm und zog ihn weiter durch das Stadttor und die Straße hinauf.

»Dieser Mann«, widersetzte Kurt sich selbst dem Verlangen, den Kopf zu wenden, »ist vom Afen.«

»Geh weiter«, drängte Qta, der noch immer Kurts Arm umspannt hielt. Sie blieben erst stehen, als sie die ›Hohe Straße‹ erreicht hatten, welche in der Nähe des Afen lag und zu den Häusern der Familien führte, unter denen das von Elas eins der größten war.

Hier erst ließ Qta Kurts Arm los.

»Dieser Mann«, reklamierte Kurt erneut, »kam in den Saal, als ich zur Methi gebracht wurde. Er führte mich anschließend in ihre Räume. Sein Name ist Shan t'Tefur.«

»Ich kenne seinen Namen.«

»Er scheint die Menschen zu hassen.«

»Nein«, widersprach Qta, »das ist ein ganz persönlich begründeter Hass. Er mag keinen von uns beiden. Er ist Sufaki.«

»Ich habe die gestreifte Robe bemerkt und den Zopf. Das ist also nicht die Uniform der Wachen der Methi?«

»Nein, die der Sufaki.«

»Osanef... Osanef ist auch Sufaki. Aber weder Bel noch sein Vater tragen...«

»Das verhält sich anders, Kurt. Die Osanefs sind zwar Sufaki, aber sie legen keinen Wert darauf, diese Tatsache besonders zu betonen. Der ›Jafikn‹, der geflochtene Zopf im Nacken, war früher das Zeichen des Sufaki-Kriegers. Seit der Eroberung hat ihn niemand mehr getragen. Es war den Sufaki früher verboten. Aber in letzter Zeit hat der rebellische Geist diesen alten Brauch wiedererweckt und auch die gestreiften Roben, deren Farben die verschiedenen Häuser identifizieren. Drei Häuser der Sufaki-Aristokratie haben überlebt - und t'Tefur ist eins davon. Shan ist ein gefährlicher Mann und ein erbitterter Feind Elas'. Und auch der Deine - und nicht nur um Elas willen.«

»Dann doch vielleicht wegen meines Menschseins..? Ich hatte immer geglaubt, dass die Sufaki die Menschen nicht hassen und...« Plötzlich ging ihm ein Licht auf, und er spürte, wie ihm die Schamesröte in die Wangen stieg.

»Jetzt beginnst Du es zu durchblicken«, verstand Qta Kurts Abbruch mitten im begonnenen Satz. »Er war viele Monate lang der Liebhaber der Methi.«

»Und was sagen eure Bräuche dazu? Wie müssen er und ich jetzt handeln?«

»Nach den Gebräuchen der Sufaki kann er versuchen, Dich zum Kampf herauszufordern. Aber Du darfst nicht mit ihm kämpfen, auf gar keinen Fall.«

»Qta, ich mag den meisten Dingen eures Lebens ziemlich hilflos gegenüberstehen, aber wenn er mit mir kämpfen will, so ist das etwas, was ich verstehe. Bedeutet das nur einen Kampf, oder meinst Du einen Kampf auf Leben und Tod? Ich habe keine Lust, ihretwegen zu töten, aber andererseits will ich auch nicht...«

»Hör mich an, Kurt: Du musst einen Kampf mit ihm auf jeden Fall vermeiden! Ich bezweifle nicht Deinen Mut oder Deine Fähigkeiten - aber ich bitte Dich um Elas' willen, Dich nicht herausfordern zu lassen. Shan t'Tefur ist ein sehr gefährlicher Mann.«

»Soll ich mich einfach abschlachten lassen? Ist er in diesem Sinn gefährlich oder wie sonst?«

»Er ist eine Macht unter den Sufaki - und er will noch mehr Macht, welche die Methi ihm hätte geben können. Du hast ihn beleidigt und seine Führungsposition bedroht. Du lebst in Elas, und wir sind Indras-Nachkommen. Bis jetzt hat die Methi, tendenziell, mehr auf der Seite der Sufaki gestanden. Sie hat sich mit Sufaki umgeben, ausgewählten Freunden Shan t'Tefurs, was für die Sufaki einen erheblichen Machtzuwachs bedeutete. So erheblich, dass die großen Familien beunruhigt sind. Und plötzlich entdeckt Shan t'Tefur, dass seine Position - durch Dich - ziemlich wackelig zu werden droht.«

Sie gingen eine Weile schweigend. Kurt wurde von Erinnerungen bedrängt, die zunehmend bitterer und peinlicher wurden. Er blickte Qta an. »Du hast mich aus dem Wasser gezogen. Du hast mir alles gegeben, was ich habe. Du bist zu Djan gegangen und hast um mich gebeten. Wenn Du das nicht getan hättest, wäre ich... - auf jeden Fall würde ich jetzt nicht als freier Mann mit Dir die Straße entlanggehen. Also missverstehe die Frage nicht, die ich Dir jetzt stellen möchte. Du hast mir gesagt, dass die Leute seit meiner Ankunft in Nephane wussten, dass ich auf irgendeine Weise mit der Methi verbunden sein würde. Bin ich dazu gedrängt worden, Qta? Bin ich auf sie ›angesetzt‹ worden - eine Waffe der Indras gegen Shan t'Tefur und seine Sufaki-Partei?«

Zu seiner Enttäuschung beantwortete Qta die Frage nicht sofort.

»Es ist also die Wahrheit..?«, spekulierte er entsetzt.

»Kurt..., Du wirst bald in mein Haus einheiraten.«

»Ist es wahr?«, insistierte Kurt, ohne auf die beschwichtigen wollende Ausflucht einzugehen.

»Ich weiß nicht, wie ein Mensch solche Dinge auffasst«, bemühte sich Qta die rechten Worte einzusetzen. »Du unterstellst mir Motive, die jedem Nemet völlig fremd sind, und begreifst nicht, was für einen Nemet selbstverständlich ist. Bei allen Göttern, Kurt...«

»Antworte mir.«

»Nun... Als ich Dich zum ersten Mal sah, dachte ich: ›Er ist von derselben Art, wie die Methi.‹ Das lässt sich doch nicht verleugnen. Und ich überlegte mir: ›Wir wollen ihn gut behandeln, da er ein nettes Wesen zu sein scheint, und vielleicht wird er eines Tages mehr sein, als er heute ist.‹ Und dann kam mir ein Gedanke, dessen ich mich heute schäme:

›Er könnte Deinem Haus Nutzen bringen, Qta t'Elas.‹ Das war nicht richtig, Kurt. Aber damals warst Du für mich nur ein Mensch, und für einen Nemet existiert in solchem Falle keine Verpflichtung, sich an die Vorschriften der ansonsten immer waltenden Moral zu halten. Ich weiß, dass ich Dich verletze, dass ich Dir weh tue, aber so war es nun einmal. Heute sehe ich die Dinge anders und bereue meine damals zum Teil unlauteren Beweggründe.«

»Also hat Elas mich nur aufgenommen, um mich zu benutzen.«

»Nein«, reagierte Qta ohne zu zögern. »Niemals hätten wir Dir unsere Tür geöffnet, wenn…« Er brach ab, als Kurt ihn unentwegt anstarrte, was gemäß dem Nemet-Kodex eigentlich extrem unhöflich war.

»Sprich weiter…«, lauerte Kurt, »oder habe ich die Dinge in meinem Kopf schon richtig sortiert und eingeordnet?«

Qta hielt seinem Blick stand. »Elas ist uns heilig. Ich schulde Dir die Wahrheit. Wir hätten niemandem unsere Tür geöffnet, weder Dir noch einem anderen… Gut, ich will es geradeheraus sagen: Es ist einfach undenkbar, dass ich meinen Herd, um irgendeiner hintergründigen Absicht willen, einem Menschen zugänglich gemacht haben würde; ganz egal, welche Vorteile uns das bei der Methi eintrüge. Die Gastfreundschaft ist uns heilig. Ich habe Dir mein Wort gegeben, und das Wort von Elas ist ebenfalls heilig. Mein Freund, ich habe Dich um Deinetwillen bei uns aufgenommen! Lass unsere Freundschaft diese Wahrheit überdauern: Als die anderen Familien Elas Vorwürfe machten, weil es einen Menschen in ihren Rhmei aufgenommen hatte, haben wir ihnen einfach geantwortet, dass es besser sei, wenn ein Mensch in einem Haus der Indras lebe, als in einem Haus der Sufaki, weil der Einfluss der Sufaki bereits gefährlich angewachsen ist.

Und ich glaube, dass es für die Methi noch einen Grund gab, auf mich zu hören: Sie erkannte, dass Dein Leben in einem Sufaki-Haus ständig in Gefahr sein würde, um der Ehre Shan t'Tefurs willen. Deshalb hat sie Dich nach Elas geschickt. Ich schätze, sie hat eingesehen, dass sie Dich nicht vor Shan t'Tefur schützen konnte, selbst wenn Du im Afen wohnen würdest.«

»Ich verstehe«, resümierte Kurt matt. Qtas Eröffnungen schmerzten ihn. Er traute sich nicht, über diese knappe, reflektierte Reaktion hinaus, mehr zu sagen.

»Elas liebt und verehrt Dich«, versuchte Qta die verkorkste Situation zu retten, als Kurt schwieg. Er blickte hinab, und nach einer Weile und anscheinend langer Überlegung legte er behutsam seine Hand auf Kurts Arm. Es war eine ungewöhnliche Geste für einen Nemet, sie war einstudiert, kopiert, ein Symptom seiner Verzweiflung.

Kurt blieb stehen und biss die Zähne zusammen, weil er Tränen in seine Augen steigen fühlte.

»Hüte Dich vor Shan t'Tefur«, bat Qta. »Wenn der Hausfreund von Elas den Erben Tefurs tötet - oder wenn er Dich töten sollte -, wird das Töten nicht aufhören. Er wird versuchen, Dich herauszufordern. Sei klug; lass Dich nicht von ihm reizen..!«

»Ich habe das begriffen - und kenne nun auch die verschiedenen Gründe...«

Qta senkte den Blick und machte die Andeutung einer Verbeugung. Seine Hand glitt von Kurts Arm herunter. Sie gingen auf Elas zu.

»Habe ich eigentlich eine Seele?«, fragte Kurt plötzlich und blickte Qta an.

Das Gesicht des Nemet wirkte schockiert, ängstlich...

»Habe ich eine Seele?«, beharrte er.

»Ja.« Es schien Qta schwerzufallen, das Wort auszusprechen. Dies war ein Zugeständnis, welches ihm schon einen guten Teil seines Seelenfriedens, seiner Yhia, gekostet haben dürfte...

*

Der Upei, der Rat Nephanes, trat an diesem Tag im Afen zusammen. Die Sitzung wurde bei Sonnenuntergang auf den nächsten Morgen vertagt, so, wie durch das Gesetz vorgeschrieben.
Nym kam, kurz nach Sonnenuntergang, zurück und wurde von Lady Ptas und Hef an der Tür begrüßt. Spätestens im Rhmei, wo es heller war als auf dem Korridor, sahen die anderen, wie erschöpft und müde er aussah.
Aimu lief sofort hinaus, um ihm Wasser zum Waschen zu bringen; Ptas bereitete den Tee zu. Während des Essens wurde nicht über geschäftliche Dinge gesprochen. Alles, was Nym bedrücken mochte, hatte Zeit bis zum Tee, der dem Abendessen folgte. Stattdessen fragte Nym interessiert nach Mims - und auch nach Aimus - Vorbereitungen für die Heirat. Beide Mädchen verbrachten ihre Tage mit Nähen, Planen und Diskutieren der anstehenden Hochzeiten und hielten das Haus mit ihrer fröhlichen Aufregung – und manchmal mit ihren Tränen – in Atem. Aimu senkte den Blick und sagte, dass ihre Aussteuer bereits fertig sei und sie jetzt gemeinsam an Mims arbeiteten, weil sie glaube, dass Mim und ihr menschlicher Gatte sicher nicht die lange, formelle Verlobungszeit einhalten würden, wie sie unter Nemet üblich war.

»Ich habe heute unseren Freund, den älteren t'Osanef, getroffen«, berichtete Nym, den Gesprächsfaden aufgreifend,

»und es ist nicht ausgeschlossen, Aimu, dass wir Deine Hochzeit vorverlegen werden.«

»So..?!« Ihre Augen weiteten sich. »Und um wieviel, verehrter Vater?«

»Vielleicht wird sie schon in diesem Monat stattfinden.«

»Warum solche Eile?«, fragte Ptas erschrocken.

»Immer die besorgte Mutter«, lächelte Nym. »Aimu, mein Kind, Du und Mim könnt uns noch eine Kanne Tee holen. Und dann beschäftigt euch wieder mit euren Handarbeiten. Wir haben über Geschäfte zu sprechen.«

»Soll ich auch...« Kurt wollte sich erheben.

»Nein, nein, unser Gast. Bitte bleib bei uns. Diese Angelegenheiten betreffen das Haus, zu dem auch Du bald gehören wirst.«

Die beiden Mädchen brachten den Tee und servierten ihn mit der üblichen Zeremonie. Dann zogen sie sich zurück, ließen die Männer des Hauses und Ptas allein.

Nym nahm einen Schluck und blickte seine Frau an.
»Du hattest eine Frage, Ptas?«

»Wer hat darum gebeten, den Hochzeitstermin vorzuverlegen - t'Osanef oder Du?«

»Ptas, ich fürchte, es wird bald Krieg geben.«
Und in die Stille, welche dieser furchtbaren Eröffnung folgte, fuhr er fort: »Wenn wir diese Ehe wollen, müssen wir die Hochzeit so bald wie möglich festsetzen. Eine Heirat zwischen einem Sufaki und einer Indras könnte helfen, die Feindseligkeiten zwischen den Familien und den Söhnen des Ostens zu dämpfen. Das ist unsere Hoffnung. Aber wir müssen rasch handeln.«

Die Lady von Elas weinte lautlos und wischte die Tränen mit einem Zipfel ihres Schals ab.

»Es ist nicht recht, Nym; es ist nicht recht, dass sie diese Last auf sich nehmen müssen.«

»Was sollen sie denn tun? Die Verlobung lösen? Das ist unmöglich. Und wenn wir diese Heirat wollen, dann ist Eile geboten. Uns droht ein Bürgerkrieg; und Bel will bestimmt einen Sohn haben, der den Namen t'Osanef weiterführt.

Auch Du, mein Sohn Qta, solltest Dich bald darum kümmern. Ich bin jetzt über sechzig Jahre alt [2] - und heute ist mir eingefallen, dass ich nicht unsterblich bin. Schon vor Jahren hättest Du mir einen Enkelsohn vor die Füße legen sollen...«

»Hmm..., ja, verehrter Vater«, gestand Qta leise ein.

»Du kannst nicht in alle Ewigkeit um die Toten trauern; ich wünschte, Du würdest Deine Wahl treffen, damit ich weiß, wen ich ansprechen soll. Wenn es irgendeine Tochter bei den Familien gibt, die Dir besonders gefällt...«

Qta zuckte die Achseln und blickte zu Boden.

»Vielleicht«, schlug Nym vor, »die Töchter von Rasim oder Irain...«

»Tiúma t'Isulan«, warf Qta ein, »könnte ich mir vorstellen...«

»Ein hübsches Mädchen«, meinte Ptas, »und sehr gut erzogen.«

Wieder hob Qta die Schultern. »Noch ein Kind fast... Aber zumindest kenne ich sie und denke, dass ich ihr nicht unangenehm bin.«

»Sie ist..., wie alt? Siebzehn..?« [3], überlegte Nym. Und als Qta nickte: »Isulan ist ein sehr gutes, religiöses Haus. Ich werde es mir merken und vielleicht bald mit Ban t'Isulan sprechen, falls Du in einigen Tagen an Deinem, fast aus dem

Stehgreif von Dir erwünschten, Interesse festhalten solltest. Es tut mir leid, Qta, dass ich dieses Problem so plötzlich und überraschend angeschnitten habe, aber Du bist mein einziger Sohn, und dies ist eine Zeit voller Überraschungen. Ach..., bitte, Ptas, gieß uns doch etwas Telise ein.«

Sie tat es.

Die ersten Schlucke wurden schweigend getrunken, wie es sich gehörte. Dann sagte Nym leise: »Es ist schön, zu Hause zu sein, Ptas. Möge es immer so friedlich sein, wie an diesem Abend.«

»Es möge so sein«, stimmte Ptas von Herzen zu, und Qta wiederholte ihre Worte.
»Wie war es heute im Rat?«, erkundigte sich Ptas dann. »Was ist beschlossen worden?«

Nyms Stirnfalten vertieften sich und er blickte eine Weile schweigend zu Boden.
»t'Uset ist nicht gekommen, um uns Frieden zu bringen, sondern um uns neue Forderungen der Ylith-Methi zu übermitteln. Djan-Methi war heute nicht im Upei, und ich vermute...«
Sein Blick wanderte zu Kurt und blickte ihn prüfend an.

Kurt fühlte, dass er rot wurde. Wieder wollte er aufstehen und gehen, aber Nym gebot ihm durch eine Geste zu bleiben. So setzte er sich wieder; den Kopf gesenkt, um Nym nicht in die Augen blicken zu müssen.

»Unsere Worte könnten Dich verletzen«, sagte Nym. »Ich bitte Dich, sie nicht falsch zu verstehen.«

»Ich habe erfahren, dass die Menschen alles getan haben, um sich wenig beliebt zu machen«, bedauerte Kurt.

»Freund meines Sohnes«, lächelte Nym, »Deine weise und friedliche Haltung ist eine Zierde für dieses Haus. Ich will Dich nicht kränken, indem ich t'Usets Worte wiederhole. Jedes vernünftige Argument hat ihm gegenüber versagt. Die Indras der Mutter-Stadt hassen Menschen und weigern sich, mit Djan-Methi zu verhandeln. Und das ist noch nicht alles...«
Sein Blick suchte den seiner Frau.
»t'Tefur hat eine bittere Diskussion ›vom Zaun gebrochen‹, indem er uns aufforderte, bei der Anrufung der Götter, t'Uset nicht zuzulassen.«

»Beim Licht des Himmels«, murmelte Ptas entsetzt, »doch nicht etwa in t'Usets Gegenwart?«

»Er stand im Türbogen - und bekam alles mit.«

»Wir haben heute den jungen t'Tefur getroffen«, schaltete sich Qta ein. »Es wurden keine Worte gewechselt, aber er benahm sich Kurt gegenüber äußerst herausfordernd und provokativ.«

»Wirklich?«, fragte Nym besorgt und blickte Kurt an. »Hüte Dich, ihm in die Hände zu fallen. Und fordere ihn nicht heraus, unser Freund.«

»Ich bin schon gewarnt worden«, nickte Kurt.

»Heute ist ein Fluch zwischen dem Haus Tefur und dem Haus Elas vor dem Upei ausgesprochen worden, und wir alle müssen von nun an auf der Hut sein. t'Tefur hat die Götter gelästert, indem er ihre Anrufung durch Zwischenrufe störte - und ich habe ihm die Antwort gegeben, die er verdient hat. Er nennt es Verrat, dass wir bei unseren Gebeten immer noch den Namen Indresuls anrufen. Und das sagte er im Beisein t'Usets.«

»Und wegen Männern dieser Art«, klagte Lady Ptas, »müssen wir erdulden, von den Herdfeuern Elas-in-Indresul verachtet zu werden.«

»Mutter«, verneigte sich Qta tief vor ihr, »nicht alle Sufaki fühlen so. Auf gar keinen Fall steht Bel auf der Seite dieser Leute.«

»Die Zahl von t'Tefurs Anhängern wächst trotzdem ständig«, seufzte Ptas, »und seine Macht muss *immens* gewachsen sein, wenn er es wagt, im Upei solche Dinge zu äußern.«

Kurt blickte verwirrt von einem zum anderen. Nym übernahm es, ihm die Situation zu erklären: »Wir sind Indras. Vor tausend Jahren gründete Nai-Methi von Indresul auf den Inseln südlich dieses Ufers Kolonien und legte später den Grundstein der Festung Nephane, welche die Küste vor den Sufaki-Piraten schützen sollte. Die Indras zerstörten Chteftikan, die Hauptstadt des Sufaki-Reiches und die Kolonisten verwalteten die neuen Provinzen von der Zitadelle aus. Fast tausend Jahre lang beherrschten wir die Sufaki - doch mit der Ankunft der Menschen wurde unsere Verbindung zu Indresul unterbrochen, und als diese dunkle Epoche vorbei war, haben wir all die alten, grausamen Gesetze abgeschafft, durch welche die Sufaki fast zu Sklaven degradiert worden waren, und nahmen ihre Vertreter in den Upei auf. Aber für t'Tefur ist das nicht genug... Er will mehr - und das ist die Wurzel der Verbitterung.«

»Es ist die Religion«, ergänzte Ptas. »Sufaki haben viele Götter und glauben an Magie und Dämonen. Nicht alle. Die Familie Bels ist aufgeklärter. Aber kein Indras wird jemals seinen Fuß in ihren Tempelbezirk setzen, das sogenannte ›Orakel Phans‹. Und in Zeiten wie diesen ist es sogar gefährlich, sich nachts in die Nähe der Mauerstraße zu wagen. Wir beten an unseren eigenen Herdfeuern und rufen die Ahnen an, die wir mit den Häusern jenseits der ›Trennenden

See‹ gemeinsam haben. Wir wollen nichts von ihnen, wir tun ihnen nichts Böses - aber sie hassen uns.«

»Warum einigt ihr euch nicht mit Indresul?«, fragte Kurt.

»Weil es, durch die besonderen Umstände, kaum möglich ist«, antwortete Nym. »Wir sind von Nephane. Wir haben lange unter Sufaki gelebt; wir mussten mit den Menschen fertig werden. Wir können die Dinge nicht widerrufen, die wir als Wahrheit erkannt haben. Wir werden kämpfen, wenn man uns dazu zwingt - auch gegen Indresul. Die Sufaki scheinen das nicht zu glauben, aber es ist so.«

»Nein, tut das nicht«, widersprach Kurt leidenschaftlich. »Zieht nicht in den Krieg.«

»Das ist ein sehr guter Rat«, stimmte Nym nach einer kurzen Pause zu, »aber vielleicht sind wir nicht in der Lage, den Gang der Dinge selbst zu bestimmen... Wenn ein Mann vor einem unlösbaren Problem steht, wenn seine Existenz nicht mehr mit dem Himmel im Einklang steht und allein sein Dasein eine Störung der Yhia darstellt - dann muss er den Tod wählen, um die Ordnung wiederherzustellen. Und er trifft die richtige Wahl, wenn er es ohne Anwendung nach außen gerichteter Gewalt erledigt.
In den Augen des Himmels sind auch die Völker dieser Logik unterworfen. Selbst Nationen werden manchmal zum Selbstmord gezwungen. Sie haben ihre eigenen Methoden dafür – da sie aus vielen Köpfen bestehen und nicht nur aus einem, können sie ihr Ende nicht mit der Würde und Präzision eines Einzelwesens vorausbestimmen – aber das Ergebnis ist das gleiche.«

»Bitte, verehrter Vater - rede nicht von solchen Dingen.«

»Qta, glaubst Du auch an Omen - wie Bel..? Ich nicht; zumindest glaube ich nicht, dass Worte, in böser Absicht oder leichtfertig entäußert, Gewalt über die Zukunft haben. Die

Zukunft existiert bereits in unseren Herzen und wartet darauf, Wirklichkeit zu werden, wenn es an der Zeit ist. Unsere eigene Natur ist unser Schicksal. Du bist noch jung, mein Sohn; Du verdienst ein besseres Los, als mein Alter es Dir geben kann.«

Lange herrschte bedrücktes Schweigen im Rhmei.
Plötzlich beugte sich Kurt tief zu Boden; eine Geste, welche die Erlaubnis zu einer Fragestellung erbat.

Nym blickte ihn an.

»Ihr habt doch eine Methi, die ebenfalls keinen Krieg will. Gebt mir den Auftrag, mit ihr zu sprechen - als ein Mensch zum anderen.«

Nach einer Weile zäher Wortlosigkeit, wollte Qta schon protestieren - aber Nym nickte zustimmend. »Geh zu ihr...«

Kurt erhob sich und zog seinen Ctan zurecht. Er verbeugte sich und wandte sich zum Gehen. In der Halle hörte er Schritte hinter sich. Er glaubte, es sei Hef, dessen Pflicht es war, ihm die Tür zu öffnen. Aber es war Qta, der ihn kurz vor der Tür einholte.
»Sei vorsichtig«, warnte er ihn besorgt. Und als er die Tür öffnete und in die Finsternis hinausblickte, setzte er hinzu: »Kurt, ich werde Dich zum Afen begleiten.«

»Nein, besser nicht«, lehnte Kurt ab. »Dann müsstest Du dort auf mich warten, und um diese Stunde würde man Dich bemerken. Wir wollen doch nicht mehr Aufsehen erregen, als unbedingt nötig ist.«
Nachdem aber die Tür sich hinter ihm mit einem »Klack« geschlossen hatte und er auf die dunkle Gasse hinaustrat, welche nur spärlich von verstreuten Laternen beleuchtet wurde, überkam ihn ein unsicheres Gefühl. Es war stiller als sonst... Ein Mann in einer gestreiften Robe stand in einem Hauseingang auf der gegenüberliegenden Straßenseite. Kurt

lenkte seine Schritte rasch, und ohne Verzug, zum Afen hinauf.

*

Djan lehnte sich an den Sims des Fensters, das auf die See hinausging. An diesem Abend trug sie menschliche Kleidung - ein enganliegendes Kleid aus schimmerndem Synthetik-material, welches ihre schlanke Figur betonte. Es wirkte so provokativ, dass sie es in Gegenwart der zurückhaltenden Nemet sicher nicht tragen würde.
»Der Botschafter Indresuls reist morgen wieder ab«, murmelte sie nachdenklich, bevor sie sich Kurt zuwendete: »Verdammt, hättest Du nicht warten können? Ich bin selbst der Sitzung des Upei ferngeblieben, um ihn so wenig wie möglich durch den Anblick von Menschen zu provozieren, und Du läufst hier einfach durch sämtliche Hallen! Er wohnt nur einen Stock tiefer. Wenn er - oder einer seiner Leute - zufällig aus seinen Gemächern gekommen wäre...«

»Dies ist kein privater Besuch.«

Djan atmete langsam aus und deutete auf einen Stuhl.
»Elas und der Vorfall im Upei... Ich habe davon gehört. Warum haben sie Dich zu mir geschickt?«

»Sie haben mich nicht *geschickt* – ich selbst habe mich ihnen angeboten. Um es kurz zu machen: Wenn Du irgendeine Möglichkeit haben solltest, die Situation unter Kontrolle zu bringen, dann solltest Du etwas unternehmen - und zwar sehr bald..!«

Ihre kühlen, graugrünen Augen musterten ihn. »Du hast Angst. Elas muss Dir eine Menge erzählt haben.«

»Wenn die Entwicklung hier so weitergeht, braucht Indresul eines Tages nur noch die Scherben zusammenzukehren. Bis jetzt gab es hier ein Gleichgewicht der Kräfte, Stabilität. Du hast sie zerstört und...«

»Ist **das** Nym t'Elas' Ansicht?«

»Nicht so... Hör mir zu, ...«

»Ja, es gab ein Gleichgewicht der Kräfte«, unterbrach Djan ihn brüsk, »ein ›Gleichgewicht‹ mit ›Schlagseite‹ - nämlich zum Vorteil der Indras und zum Nachteil der Sufaki. Ich habe nichts weiter getan, als dahingehend einen korrigierenden Ausgleich zu schaffen. Und das passt den Indras natürlich nicht.«

»Ausgleich? Schaffst Du diese ›Korrektur‹ mit Shan t'Tefur?«

Sie hob den Kopf und ihre Lider zogen sich etwas zusammen, aber sie lächelte. Sie hatte ein wunderbares Lächeln, selbst wenn kein Humor darin lag.
»Verstehe...«, dehnte sie. »Ich hätte Dir vorher von ihm erzählen sollen, meinst Du. Jetzt ist Dein empfindlicher Stolz verletzt.«

»Mein ›Stolz‹ steht hier nicht zur Debatte!« Kurt wollte noch etwas hinzufügen, bedauerte dann aber, überhaupt auf ihre Bemerkung eingegangen zu sein. Immerhin mochte er sie irgendwie - und vielleicht beruhte dieses Gefühl, auch von ihr aus, auf einer gewissen Gegenseitigkeit.

»Shan«, sagte sie, »ist ein Freund. Seine Familie hat einmal über große Teile dieses Landes geherrscht. Er glaubt, dass er mich benutzen kann, um seine Ziele zu erreichen, die sehr ehrgeizig sind. Aber er lernt allmählich, dass ich mich nicht benutzen lasse..! Er ist natürlich wütend, dass Du hier aufgetaucht bist - aber er wird sich irgendwann an den neu entstandenen Status quo gewöhnen.
Ich vertraue ihm nicht mehr als Dir, sobald seine eigenen Interessen auf dem Spiel stehen. Ich versuche, jedes eurer

Worte abzuwägen und herauszufinden, wo euer Interesse liegt.«

»Aber **Du selbst** bist natürlich perfekt...«, stichelte Kurt gereizt.

»In dieser Regierung muss es nicht zwingend eine Methi geben... Methis erfüllen eine Aufgabe, wenn es von Vorteil ist, eine zu haben: In Krisenzeiten, um die gesamte zivile und militärische Organisation zu einem einzigen, schlagkräftigen Instrument zu bündeln.

Mein Daseinszweck ist ein anderer. Ich bin nur aus einem einzigen Grund die Methi von Nephane: Ich bin weder Indras noch Sufaki. Es stimmt wohl, dass die Sufaki mich unterstützen. Wenn ich zurücktreten würde, wäre meine Nachfolgerin mit Sicherheit eine Indras - dafür würden die großen Indras-Familien schon sorgen. Der Upei wird völlig von ihnen beherrscht: Adel ist Voraussetzung für Sitz und Stimme im Rat; und von den Sufaki gibt es nur noch drei Adelshäuser - die anderen wurden vor tausend Jahren unserer Zeitrechnung von den Indras ausgerottet. Nun heiratet eine Elas-Tochter in ein Sufaki-Haus, damit auch Osanef zu den Familien zählt. Der Upei macht die Gesetze. Die Ratsversammlung mag zwar Sufaki sein, aber sie kann die Gesetzesvorlagen, die ihr vom Upei vorgelegt werden, nur annehmen oder verwerfen. Die Ratsversammlung hat seit dem Tag ihrer Gründung **nicht einmal** den Mut aufgebracht, auch nur ein einziges Gesetz durch ihr Veto zu Fall zu bringen. Was also haben die Sufaki außer der Methi? Sollen sie sich den Familien durch ein Veto in der Ratsversammlung widersetzen? Das ist kaum möglich, solange das Einkommen der Sufaki von den großen Reedereien wie Irain, Ilev und Elas abhängig ist. Heute ist es zu ein paar emotionellen Ausbrüchen gekommen. Das ist bedauerlich! Aber vielleicht tragen diese Ereignisse dazu bei, den Familien den Ernst der Lage klarzumachen, und dann ist es gut.«

»Ich kann Deinen Eingaben, insoweit, teilweise sogar folgen - aber es ist nicht *gut*«, relativierte Kurt. »Weder der Zeitpunkt, noch der Ort waren *gut* gewählt... Der Botschafter Indresuls war Zeuge der Vorfälle. Haben Deine Informanten Dir alle Einzelheiten berichtet? Djan, Deine selektive Blindheit wird diese Stadt in ein Chaos stürzen. Hör auf die Familien. Ruf ihre Oberhäupter zu Dir. Hör auf sie, so wie Du auf t'Tefur hörst.«

»*Der* scheint Dich wirklich zu stören«, reagierte sie schnippisch-süffisant.

Kurt stand auf. Es passte Djan nicht, dass er ihr Ratschläge erteilte. Er wollte gehen, aber dann würde sie alles vergessen, was er ihr gesagt hatte. Daher schluckte er sein Ehrempfinden hinunter.
»Djan, ich habe nichts gegen Dich. Trotz... oder gerade wegen gewisser Dinge, die zwischen uns geschehen sind, mag ich Dich. Ich hatte gehofft, dass Du eines Tages zumindest auf mich hören würdest, zum Besten aller Beteiligten.«

»Ich werde mir Deine Worte durch den Kopf gehen lassen«, lenkte sie ein. »Ich werde tun, was in meiner Macht steht.« Und als er sich zum Gehen wandte, setzte sie hinzu: »Ich höre wenig von Dir. Bist Du glücklich in Elas?«

Er blieb stehen und blickte zurück, überrascht von der warmen Anteilnahme in ihrer Stimme.
»Ich bin glücklich.«

Sie lächelte. »Irgendwie beneide ich Dich!«

»Auch Dir steht dieser Weg offen.«

»Leider nein... Nicht nach dem Gesetz der Nemet. Vergleiche mich doch mit Deiner kleinen Mim, dann wirst Du verstehen, was ich meine. Ich bin die Methi. Ich tue, was ich will. Sonst würde diese Welt mich in Ketten legen - und das könnte ich nicht ertragen.«

»Ich verstehe Dich..., natürlich...«, nickte Kurt bedächtig. »Trotzdem wünsche ich Dir Glück, Djan.«

Ihre Gesichtszüge wechselten ins Traurige. Sie wandte den Kopf und blickte eine Weile aus dem Fenster, auf die Lichter von Nephane hinab. Kurts Anwesenheit schien sie völlig vergessen zu haben.
»Ich mag nur sehr wenige Leute«, sagte sie dann. »Irgendwie stehst Du mir sehr nahe; näher als Shan, näher als die meisten anderen, die ihre Gründe dafür haben, mich zu benutzen. Geh jetzt, geh zurück zu Elas'. Aber pass auf, dass Dich niemand sieht. Geh..!«

9 - Die Hochzeitszeremonie

Die Hochzeitsfeier war ein stilles Ereignis und fand im engsten Familienkreise statt.

Gäste und Zeugen waren auf die von den Gesetzen vorgeschriebene Anzahl beschränkt. Von Osanef waren Han t'Osanef u Mur, seine Frau Ia t'Nefak und Bel anwesend; vom Hause Ilev: Ulmar t'Ilev ul Imetan und seine Frau Tian t'Elas e Ben, eine Kusine von Nym, ihr jüngerer Sohn Kor und ihre Schwiegertochter Yanu t'Pelaq. Alles Leute, die Mim gut kannte; wobei Osanef und Ilev, so vermutete Kurt, zwei der wenigen Nemet-Familien waren, die sich dieser Heirat nicht aus religiösen Gründen widersetzten. Falls sie dennoch gewisse Bedenken haben sollten, so verbargen sie diese taktvoll - aus Liebe zu Mim und aus Respekt gegenüber ihrem Mann.

Die Zeremonie fand im Rhmei statt.

Kurt kniete vor dem alten Hef und schwor, dass die beiden ersten Söhne, die dieser Verbindung entspringen sollten, den Namen h'Elas tragen und Chani des Hauses werden würden, um Hefs Namen weiterzuführen.

Als nächstes schwor Qta auf den Brauch des Iquun, durch den er für die Zeugung der versprochenen Söhne sorgen würde, falls es sich als notwendig erweisen sollte.

Daraufhin erhob sich Nym, streckte die offenen Handflächen den Flammen der Phusmeba entgegen und rief die Hüter des Hauses Elas an. Draußen sank gerade die Abenddämmerung herab. Es war ungesetzlich, eine Hochzeitszeremonie abzuhalten, nachdem Phan das Land verlassen hatte.

»Mim«, nahm Nym ihre Hand, »genannt Mim-Lechan h'Elas e Hef, Du bist nun nicht länger Chan dieses Hauses, sondern wirst zu dessen geliebter Tochter, Mim h'Elas e Hef. Bist Du willens, Deine beiden erstgeborenen Söhne Deinem Stiefvater zu überlassen?«

»Ja, Lord von Elas.«

»Erklärst Du Dich mit allen Bedingungen des Ehekontrakts einverstanden?«

»Ja, Lord von Elas.«

»Bist Du willens, Tochter von Elas, Dich durch diesen letzten und unwiderruflichen Eid zu binden?«

»Ja, Lord von Elas.«

»Und Du, Kurt Liam t'Morgan u Patrick Edward, bist auch Du gewillt, Dich durch den gleichen, unwiderruflichen Eid zu binden, diese freie Frau, Mim h'Elas e Hef, zu Deiner rechtmäßigen und ersten Ehefrau zu nehmen, sie vor allen anderen zu lieben, sie zur Hüterin Deiner Ehre zu machen und sie mit all Deiner Kraft zu beschützen?«

»Ja, Lord von Elas.«

»Hef h'Elas«, wandte sich Nym an jenen, »der Segen dieses Hauses und seiner Hüter möge auf dieser Verbindung ruhen.«

Der alte Mann trat vor und beendete die Zeremonie, indem er Mims Hand in diejenige Kurts legte und jeden der beiden zur Ablegung des Eides aufforderte. Dann entzündete Ptas eine Fackel am Feuer der Phusmeba und übergab sie Kurt, der sie seinerseits an Mim weiterreichte.
»In Reinheit habe ich Dich empfangen«, intonierte sie leise, »in Ehrfurcht werde ich Dir gehören - bis zum Ende meines Lebens, Kurt Liam t'Morgan u Patrick Edward, mein Lord, mein Ehemann.«

Mit Mim an seiner Seite, unter den rituellen Tränen der Frauen und den Gratulationen der Männer, verließ Kurt den Rhmei.

Mim trug die brennende Fackel, als sie hinter ihm die Treppe zu seinem Zimmer hinaufstieg, in dem sie nun zusammenwohnen würden.

Er trat ein und sah zu, als sie das Licht der Fackel an den vor vielen Wochen gelöschten Docht der dreieckigen Lampe, der Phusa, hielt, und er hörte ihren Seufzer der Erleichterung, denn es wäre ein schlechtes Omen gewesen, wenn die heilige Lampe nicht sofort gebrannt hätte.

Das Licht Phans leuchtete mit ruhiger Flamme.

Mim löschte die Fackel, während sie eine kurze Gebetsformel murmelte, und kniete vor der leise knisternden Lampe nieder, als Kurt die Türe schloss.

»Meine Ahnen, ich, Mim t'Nethim e Sel shu-Kurt, die von ihren geliebten Freunden Mim h'Elas genannt wird, ich, Mim, bitte euch um Vergebung, dass ich unter einem Namen geheiratet habe, der nicht der meine ist, und schwöre nun bei meinem richtigen Namen, alle Eide zu halten, die ich unter einem anderen Namen abgelegt habe. Meine Ahnen, blickt auf diesen Mann, meinen Ehemann Kurt t'Morgan, und wer immer seine in unendlicher Ferne lebenden Geister sein mögen; lebt in Frieden mit ihnen um meinetwillen. Frieden erflehe ich von meinen Ahnen, lasst Friede herrschen in den Häusern von Elas zu beiden Seiten der Trennenden See, lasst es nicht zum Krieg kommen zwischen unseren beiden Ländern. Möge Liebe in diesem Hause herrschen und uns beiden ein ständiger Gefährte sein. Mögen auch die Wächter von Nethim mich hören und den Eid, den ich ablegte, zur Kenntnis nehmen. Und mögen die Hüter des Hauses Elas mich gnädig empfangen, denn wir beide gehören jetzt zu diesem Haus und stellen uns unter ihren Schutz.«

Sie hob den Kopf.

Kurt ergriff ihre Hand und zog sie auf die Füße.

»Mim t'Nethim...«, wiederholte er. »Das war das erste Mal, dass ich Deinen richtigen Namen gehört habe.«

Sie blickte ihn an. »Nethim hat kein Haus in Nephane, und in Indresul sind wir seit vielen Generationen die geschworenen Feinde der Elas. Ich wollte Qta nicht damit belasten, indem ich ihm meinen richtigen Namen nannte. Er hat mich danach gefragt, aber ich habe ihm nicht geantwortet. Natürlich vermutet er, dass ich aus einem Haus stamme, welches mit Elas verfeindet ist, aber mein Schweigen schadet ja niemandem. Ich habe Deinen Namen vor den Hütern des Hauses Nethim viele Male genannt, und ich habe nicht gefühlt, dass sie Dich ablehnten, mein Lord Kurt.«

Er wollte sie in seine Arme nehmen, aber jetzt zögerte er, weil er plötzlich eine Anwandlung von Furcht vor Mims Fremdartigkeit hatte. Ihr Hochzeitskleid war wunderschön und hatte sie tagelange Arbeit gekostet. Aber er wusste nicht, wie man es auszog und ob das jetzt von ihm erwartet wurde. Mim selbst war so komplex und undurchschaubar, tief verwurzelt in fremden Riten und Bräuchen, auf die Qta ihn nicht vorbereitet hatte. Er dachte an das verängstigte Kind, das Qta in einer Hütte der Tamurlin gefunden hatte und fürchtete, dass sie ihn als Menschen, als ein degeneriertes Wesen von ihrer Art, sehen und Ekel vor ihm empfinden könnte, sowie er die Kleidung ablegte, die ihn – äußerlich – zum Nemet machte.
»Mim, ich werde nie zulassen, dass jemand Dir weh tut.«

»Warum sagst Du mir das?«

»Weil ich Angst um Dich habe. Mim, ich liebe Dich.«

Sie lächelte ein wenig, dann lachte sie und blickte verlegen zu Boden. Er mochte es, wenn sie lachte. Wenn Mim lachte, war sie am schönsten. Sie legte seine Hände um ihre schmale Taille und drückte sich fest an ihn.
»Kurt, Qta ist mir ein guter Freund, und ich verehre ihn. Ich weiß, dass Du mit ihm über mich gesprochen hast. Stimmt's?«

»Ja, das ist richtig...«

»Qta hat auch mit mir über Dich gesprochen. Er machte sich Sorgen um mich, Sorgen um uns beide. Aber ich vertraue Deinem Herzen, wo ich Deine Gedanken noch nicht ganz begreife. Ich weiß, dass Du mir niemals weh tun wirst, und wenn es doch geschehen sollte, so ohne Absicht und gegen Deinen Willen.«
Sie legte ihre warmen Hände auf die seinen.
»Wir wollen jetzt Tee trinken, mein Ehemann, um unseren Herd anzuwärmen.«

An Tee hatte er eigentlich jetzt nicht gedacht, aber er widersprach ihr nicht. Sie steckte den kleinen Herd an, der den Raum auch heizte, machte Wasser heiß und goss den Tee auf. Sie setzten sich nebeneinander auf das Bett, als sie ihn tranken. Er hatte vieles auf dem Herzen, wusste jedoch nicht, wie er ihr diese Dinge sagen sollte.

Auch Mim schwieg. Aber sie blickte ihn immer wieder verstohlen an.

»Hatten wir jetzt nicht genug Tee?«, fragte er schließlich mit der geduldigen Höflichkeit, die er im Hause Elas gelernt hatte.

Mim lächelte schüchtern.
»Was ist jetzt der Brauch bei euch?«, fragte sie ihn.

»Was ist der eure?«

»Ich weiß es nicht«, gab sie zu, blickte zu Boden und schien ratlos.

Dann begriff er zum ersten Mal den Grund dafür und war entsetzt, nicht eher daran gedacht zu haben: Sie war noch nie mit einem Mann ihrer eigenen Art zusammen gewesen oder überhaupt mit einem anständigen, ehrbaren Mann.
»Stell die Teetassen fort, Mim...«

*

Das frühe Licht des anbrechenden Tages fiel durch das Fenster, als Kurt erwachte.

Seine Hand glitt über die glatte Haut Mims, die neben ihm lag. Ihre Augen waren geschlossen, ihre schwarzen Wimpern kontrastierten mit ihrer goldbraunen Haut, ihr Mund war im Schlaf leicht geöffnet. Auf ihrer rechten Schläfe war eine kleine Narbe. Andere, nicht so kleine Narben zerrissen ihre Hüften und ihren Rücken. Dass jemand Mim so brutal misshandelt haben konnte, war ein Gedanke, den er nicht ertrug..!

Er beugte sich über sie, küsste sie sanft auf die Lippen, strich ihr eine Haarsträhne aus dem Gesicht und lächelte sie an.

»Guten Morgen, Mim.«

Sie schlug die Augen auf und ihr Arm schlang sich um seinen Hals. Dann blinzelte sie rasch ein paar Tränen fort, die ihr plötzlich in die Augen stiegen.

»Mim..?«, blickte er sie erschrocken an.

Aber sie lächelte nur. »Lieber Kurt«, hauchte sie verliebt und nahm sein Gesicht in beide Hände. Dann ließ sie ihn plötzlich wieder los, befreite sich aus seinen Armen und sprang aus dem Bett. »Oh, mein Lord. Ich muss mich beeilen - und Du auch. Die Gäste werden schon auf uns warten.«

»Die *Gäste*?«, fragte er bestürzt. »Welche Gäste, Mim..?«

Sie hatte bereits ihren Morgenmantel übergeworfen und lief ins Bad. Er hörte, wie sie Holz in das Feuerloch des Ofens steckte. »Das ist so Brauch«, erläuterte sie lakonisch und lugte mit dem Kopf aus der Badezimmertür. »Sie kommen gleich nach Sonnenaufgang zurück und nehmen das Frühstück mit uns ein. Bitte, Kurt, beeil Dich, damit Du rechtzeitig fertig bist. Sie werden schon im Rhmei sein - es ist gewiss lange nach Sonnenaufgang und sie werden über uns lachen!«

Nun, so war es eben der Brauch, sagte sich Kurt ergeben, als er aufstand und sich dazu zwang, die Füße auf den eisigen Boden zu setzen. Er hatte sich diesen Morgen viel angenehmer und intimer vorgestellt. Er ging zu Mim ins Bad und sie wusch ihm den Rücken. Das Wasser war angenehm heiß und Dampfschwaden erfüllten den kleinen Raum. Mim machte es nichts aus, dass sie darüber ihren Morgenmantel völlig durchnässte. Sie war zufrieden und glücklich mit ihm. Das sagten ihm auch ihre Blicke und die zärtlichen Berührungen ihrer Hände.

*

Es schien Mim äußerst unangenehm zu sein, die Treppe hinunterzugehen. Kurt spürte, dass sie sogar zitterte. Er griff nach ihrem Arm, um sie zu stützen, aber sie befreite sich aus seinem Griff und ging wie eine richtige Nemet-Lady, allein und unabhängig, zwei Schritte hinter ihm.

Gäste und Familienmitglieder erwarteten sie am Fuß der Treppe und führten sie in den Rhmei. Dabei scherzten sie ausgelassen und machten zweideutige Anspielungen, wie sie Kurt bei den zurückhaltenden Nemet noch nie erlebt und nicht für möglich gehalten hätte.
Er wurde beinahe ärgerlich, aber als Mim darüber lachte, wusste er, dass auch dies zum Ritual gehörte, und lachte mit.

Nach der förmlichen Begrüßung im Rhmei trug Aimu den heißen, süßen Morgentee auf. Die Älteren saßen auf Stühlen, während die Jungen, Kurt und Mim eingeschlossen, auf Fellen hockten, ihren Tee schlürften und den Gesprächen der Älteren lauschten.

Qta spielte für das Hochzeitspaar eine Ballade auf der Aos - eine Ballade ohne Worte, nur die Musik des Instrumentes zur Untermalung der besonderen Atmosphäre.

Mim war jetzt Ehrengast des Hauses und für die nächsten Tage von allen Hausarbeiten befreit. Danach würde sie wieder, zusammen mit Ptas und Aimu, die gewohnten Arbeiten verrichten. Jetzt aber stand sie im Mittelpunkt und nahm die Aufmerksamkeiten, Komplimente und guten Wünsche aller Anwesenden entgegen. Mim, die niemals erwartet hatte, mehr als eine Konkubine des Lords von Elas zu werden, stand heute im Zentrum des Geschehens. Es war ihre Stunde.

Kurt gönnte ihr die Aufmerksamkeiten, die ihr entgegengebracht wurden von ganzem Herzen, und ertrug sogar den Nemet-Humor. Er sah, dass ihr Gesicht vor Stolz und Glück leuchtete – und in einer Liebe, die sie ihm auch für geringere Eide geschenkt haben würde, hätte er es so gewollt. Er lächelte sie an und drückte ihre Hand - die anderen besaßen so viel Takt, keine anzüglichen Bemerkungen darüber zu machen...

10 - Eine Diskussion im Garten

Zehn Tage vergingen, bevor die Welt wieder in die Abgeschlossenheit des Hauses Elas eindrang. Sie erschien in der Person von Bel t'Osanef u Han, den Mim in den Garten führte, wo Qta Kurt in der Kunst des Ypan-Fechtens unterwies, dem Kampf mit der langen, schmalen, gebogenen Klinge; der beliebtesten Waffe der Indras in Kampf und Sport.

Kurt sah Bel in den Garten kommen, umfasste seine Klinge mit beiden Händen und hielt sie über den Kopf, um »Stopp« zu signalisieren. Qta verhielt mitten in einem Schlag, wandte den Kopf und erkannte den Grund für die Unterbrechung. Mit dem komplizierten Ritual, das den sportlichen Gebrauch dieser scharfen Waffen erforderte, berührte Qta die Klinge mit der linken Hand und verneigte sich vor Kurt, der seinen Gruß erwiderte. Die Nemet hielten dieses Ritual für notwendig, um das seelische Gleichgewicht zwischen Freunden zu wahren, die sich in einem Kampfsport messen.

In den Häusern der Familien hingen die Ypai-Sulim, die »Großen Waffen«, welche in einer erschreckenden Zeremonie den Hütern des Hauses zugeeignet und mit Blut getauft worden waren. Diese Schwerter wurden niemals gezogen, ohne dass man die Absicht hatte, zu töten oder selbst zu sterben; und sie durften nicht wieder in die Scheide zurückgesteckt werden, bis sie ein Leben ausgelöscht hatten. Selbst diese leichteren Klingen mussten sorgfältig gehandhabt werden, damit die immer wachsamen Hausgeister nicht jemandes Absicht missdeuteten und Blutzoll forderten.

Früher hätte es einen Sufaki das Leben gekostet, einen Ypan zu berühren oder die Großen Waffen auch nur anzublicken; darüber hinaus - die Kunst des Fechtens beherrschten sie in der Regel ohnehin nicht... Die Waffen der Sufaki waren der Dolch, Speer, sowie Pfeil und Bogen.

Bel wartete daher respektvoll, bis die Ypai in ihre Scheiden zurückgesteckt und beiseitegelegt worden waren, dann erst trat er zu den beiden Männern und verneigte sich vor ihnen.

»Meine Lords«, erbot sich Mim, »soll ich Tee bringen?«

»Ja, bitte, Mim«, nickte Qta. »Bel, mein zukünftiger Schwager...«, wandte er sich hernach an den eingetretenen Besucher.

»Qta«, unterbrach Bel, »mein Anliegen ist ziemlich dringend..!«

»Bitte setze Dich doch...«, lud Qta ihn verwundert ein. Im Garten standen mehrere Steinbänke dafür zur Verfügung.

Aimu trat aus dem Haus. Sie verbeugte sich vor ihrem Bruder und schaute Bel vorwurfsvoll an: »Du kommst nach Elas, ohne mir auch nur einen Gruß zu entbieten? Was ist geschehen?«

»Qta«, bat Bel, »gestatte Deiner Schwester, sich zu uns zu setzen.«

»Gestattet«, murmelte dieser eine Formalität.

Aimu setzte sich auf eine Bank ihnen gegenüber. Es wurde nichts gesprochen. Sie warteten auf den Tee, und bis dahin durfte kein ernsthaftes Gespräch geführt werden. Wenig später kam Mim mit einem Tablett aus dem Haus. Aimu stand auf und half ihr beim Eingießen der heißen Flüssigkeit. Nachdem sich Aimu wieder gesetzt hatte und Mim gegangen war, wurden die ersten Schlucke Tee schweigend getrunken, wie es die Etikette forderte.

»Mein Freund Bel«, eröffnete Qta, als dem Ritual Genüge getan war, »ist es Unglück, Ärger oder Not, die Dich in dieses Haus geführt haben?«

»Mögen die Geister unserer Häuser in Frieden miteinander leben«, antwortete Bel. »Ich bin hier, weil ich Dir am meisten vertraue. Ich befürchte, dass in Nephane bald Blut fließen wird.«

»t'Tefur«, rief Aimu bitter.

»Bitte, Aimu, lass mich zu Ende reden, bevor Du mich unterbrichst.«

»Sprich weiter, Bel«, forderte Qta ihn auf, »obwohl ich befürchte, dass dies ein Thema werden wird, welches wir am besten mit unseren Vätern teilen sollten...«

»Unsere Väter mögen sich um den alten t'Tefur kümmern. Shan steht weit unter ihnen, aber **er** ist es, der uns gefährlich wird. Shan und ich – wir waren einst Freunde. Das weißt Du. Und vielleicht kannst Du Dir vorstellen, wie schwer es mir fällt, in ein Indras-Haus zu kommen und das zu sagen, was ich zu berichten habe. Ich vertraue Dir mein Leben an.«

»Bel«, erschrak Aimu, »Elas steht hinter Dir!«

»Sie hat recht«, bestätigte Qta. »Aber Kurt... mag vielleicht nichts von dieser Angelegenheit hören wollen...«

Kurt stand auf, um zu gehen.

»Nein, er soll bleiben«, widersprach Bel mit mehr Gefühl, als die Höflichkeit erforderte. »Es geht auch ihn an.«

Kurt setzte sich also wieder.
Bel schwieg eine ganze Weile und starrte auf seine Hände. »Qta, ich muss jetzt als Sufaki sprechen. Du weißt, dass es einmal eine Zeit gab, als wir dieses Land - vom Felsen von

Nephane bis zum Tamur; landeinwärts bis ins Herz von Chteftikan und noch weiter ostwärts bis zur ›Grauen See‹ - beherrschten. Diese Zeit ist unwiederbringlich vorbei, das wissen wir.

Ihr habt uns das Land genommen, unsere Götter, unsere Sprache, unsere Bräuche. Ihr akzeptiert uns als eure Brüder nur, wenn wir aussehen und sprechen wie ihr, und ihr verachtet uns als Wilde, wenn wir anders sind als ihr. So ist es, Qta...

Sieh mich an. Ich bin ein Fürst von Osanef, und ich schneide mir das Haar ab, trage Indras-Kleidung und spreche mit den klaren, runden Vokalen von Indresul - wie ein guter, zivilisierter Bürger -, darum werde ich akzeptiert. Shan ist tapferer. Er tut, was viele von uns gerne tun würden, wenn wir das Leben zu euren Bedingungen nicht so angenehm und bequem fänden. Ihm aber hat Elas eine Lehre erteilt, die ich nicht bekommen habe.«

»Er ist im Zorn von hier fortgegangen, aber Du bist hiergeblieben. Ich habe diesen Tag nicht vergessen.«

»Ich war elf Jahre alt, Shan zwölf. [1] Damals hielten wir es für eine große Ehre, mit einem Indras befreundet zu sein und von einer der großen Familien eingeladen zu werden. Ich war schon häufig hier gewesen, aber an jenem Tag brachte ich Shan t'Tefur mit, und zufällig war damals auch Ian t'Ilev hier. Ian machte keinen Hehl daraus, dass er unser Benehmen komisch fand, und Shan verließ sofort dieses Haus. Du hast mich damals überredet, zu bleiben, da wir enger und länger befreundet waren. Von diesem Tage an sind Shan t'Tefur und ich auf mehr als eine Weise verschiedene Wege gegangen. Es gelang mir nicht, ihn umzustimmen. Am folgenden Tag versuchte ich, ihn zu überreden, sich mit Dir auszusöhnen, aber er hat es abgelehnt. Er schlug mir ins Gesicht und verfluchte mich als Lakai der Indras – er drückte es weniger gewählt aus – und hat mich von der Zeit an verachtet und gehasst.«

»Es war ein unschöner Zwischenfall«, erinnerte sich Qta, »und ich habe Ian deswegen hart zurechtgewiesen. Mein Vater hat darüber sogar mit seinem Vater gesprochen. Ich versichere Dir, dass er es getan hat. Ich habe es Dir niemals gesagt, weil sich keine Gelegenheit dazu fand.«

»Hätte sich eine Gelegenheit dazu gefunden, wenn ich Indras wäre?«

Qta überhörte den leicht provokanten Unterton und blickte verlegen zu Boden. »Wenn Du Indras gewesen wärst, Bel, wäre Dein Vater voller Zorn zu Elas gekommen, und ich hätte mich mit meinem Vater auseinandersetzen müssen. Ich habe der Angelegenheit damals keine allzu große Bedeutung beigemessen, da unsere Bräuche verschieden sind. Aber die Zeiten ändern sich. Du wirst bald zu Elas gehören. Zweifelst Du daran, dass wir gerecht zu Dir sind..?«

»Ich zweifle Deine Freundschaft *nicht* an«, lenkte Bel versöhnlich ein und blickte zu Aimu hinüber. »Die Zeiten haben sich wirklich geändert, wenn ein Sufaki eine Indras heiraten kann, während er früher nicht einmal in den Rhmei gelassen wurde, wo er die Töchter einer Familie hätte kennenlernen können. Und doch gibt es noch immer Diskriminierungen! Wir versuchen Geschäftsleute zu sein und werden ständig von dem Kombinat der großen Indras-Häuser ausmanövriert und überboten. Informationen werden von Herd zu Herd weitergegeben - vermittels eines Kommunikationssystems, zu dem wir keinen Zugang haben. Wenn wir zur See fahren, dann stehen wir unter dem Kommando von Indras-Kapitänen - so wie ich unter Dir diene, mein Freund -, weil wir nicht genügend Vermögen besitzen, um Kriegsschiffe unterhalten zu können; selbst für ein Handelsschiff reicht unser Geld meistens nicht aus.

Ein Mann wie Shan - der anders ist als wir, der den Jafikn und den Daqaw, die gestreifte Robe, trägt und mit unserem Akzent spricht - wird von euch insgeheim belächelt. Weißt Du eigentlich, Qta, mein Freund, der mich seit vielen Jahren kennt, dass ich eigentlich gar kein Sufaki bin? Überrascht Dich das?

Ihr habt uns so gründlich vernichtet, dass ihr nicht einmal unseren richtigen Namen kennt. Die Leute an dieser Küste hießen Sufaki nach dem Namen, den diese Provinz unter unserer Herrschaft hatte, aber das Haus Osanef und das Haus Tefur sind Chteftik - benannt nach unserer alten Hauptstadt. Mein Name, den ich korrumpiert habe, um ihn für Indras-Zungen leichter aussprechbar zu machen, ist nicht Bel t'Osanef u Han, sondern Hanu Belaket Osanef. Und vor neunhundert Jahren waren wir Rivalen der Insu-Dynastie um die Macht in Chteftikan. Vor tausend Jahren, als Deine Vorfahren als Kolonisten ums Überleben kämpften, waren wir Könige, denen sich andere nur auf den Knien zu nähern wagten. Ich habe meinen Namen geändert, um zu zeigen, dass ich ›zivilisiert‹ bin.

Mein Freund, ich möchte nicht den Eindruck erwecken, darüber unheilbar verbittert zu sein. Ich sage Dir dies alles nur, damit Du uns verstehst, weil ich weiß, dass Elas ein Indras-Haus ist, welches vielleicht auf uns hört.

Man misstraut den Indras. Man spricht von geheimen Vereinbarungen, die ihr mit euren Landsleuten in Indresul getroffen haben sollt und behauptet, dass all eure Schwüre, lieber gegen Indresul zu kämpfen als euch zu ergeben, nur leeres Geschwätz seien; dass ihr nur schreit wie die Fischer auf dem Markt, um den Preis für euer Abkommen mit Indresul in die Höhe zu treiben.«

»Nun hör aber auf!« Zum ersten Mal sah Kurt Wut in Qtas Augen. »Wenn Du Dich schon entschlossen hast, mir gegenüber offen und ehrlich zu sprechen, möchte auch ich Dir meine ehrliche Meinung sagen. Gesetzt den Fall Indresul griffe uns an, werden wir kämpfen. Es war schon immer ein Fehler des Sufaki-Denkens, anzunehmen, dass Indresul uns liebt wie verlorene Kinder. Ganz im Gegenteil! Wir werden jährlich von Indresul verflucht - von den Familien, mit denen wir gemeinsame Wurzeln haben. Bis vor tausend Jahren haben wir unsere Herdfeuer und unsere Ahnen miteinander geteilt, aber seit dieser Zeit haben wir getrennte Herde und verschiedene Ahnenreihen, und wir sind vor allem Nephaniten.

Gerade durch die Herd-Loyalität, die Du so zu fürchten scheinst, sind wir Nephaniten, und ich schwöre Dir, beim Lichte des Himmels, dass es kein Komplott der Familien gibt. Ja, wir haben euch das Land genommen; ja, es gab grausame Gesetze, das gebe ich alles zu - aber diese Dinge gehören jetzt der Vergangenheit an, Bel. Sollen wir unsere Bräuche und unseren Lebensstil ändern und Sufaki werden? Lieber würden wir sterben. Und wir zwingen euch auch nicht unseren Lebensstil auf. Wir verlangen nicht, dass ihr unsere Kleidung und unsere Bräuche kopiert; ihr *selbst* zeigt die größte Achtung gegenüber den Sufakis, die sich den Indras am meisten angepasst haben. Ihr hasst einander zu sehr, um euch gegen die Handelsmacht der großen Häuser zu vereinigen. Shan t'Tefur höchstpersönlich hat zugegeben, dass es ihm nicht gelungen ist, euch zu Kartellen zu vereinigen, die uns im Handel Konkurrenz machen könnten. Warum tut ihr es nicht? Es würde das Los der Armen verbessern, für die *wir* jetzt sorgen müssen - und sorgen.«

»Warum nicht?«, erwiderte Bel. »Ihr nehmt an, dass wir um jeden Preis euer Niveau erreichen wollen. Aber habt ihr euch schon einmal überlegt, dass wir vielleicht gar nicht so sein wollen wie ihr?«

»Siehst Du einen anderen Weg? Manche von euch, wie zum Beispiel Shan, wollen sämtliche Probleme lösen, indem sie alle

Indras töten oder aus dem Land verjagen. Glaubst Du, dass das etwas ändern würde?«

»Nein. Es gibt keinen Weg zurück. Unsere Nation ist untergegangen, unser Volk mit dem euren vermischt. Aber ich bezweifle, dass wir eure Lebensart akzeptierten, wenn die Verhältnisse umgekehrt wären; wenn wir euch beherrschten, wären wir nicht so tolerant..!«

»Bel!«, rief Aimu entsetzt. »Das kannst Du doch nicht im Ernst meinen. Du bist erregt. Du wirst Deine Ansichten ändern.«

»O, nein. Sie sind nie anders gewesen. Ich habe immer gewusst, dass dies eine Indras-Welt ist, dass meine Söhne und deren Söhne mehr und mehr Indras werden, bis sie Männer wie mich überhaupt nicht mehr verstehen können. Ich liebe Dich, Aimu, und ich bereue meine Wahl nicht - aber vielleicht tust Du es..?
Ich glaube kaum, dass Deine wohlerzogenen Indras-Freunde es Dir verübelten, wenn Du Deine Verlobung mit mir löstest. Die meisten würden sicher eher froh sein, dass Du endlich vernünftig geworden bist, glaube ich.«

Qta richtete sich auf. »Achte auf Deine Worte, Bel! Meine Schwester hat Deinen Spott nicht verdient. Mir kannst Du sagen, was Du willst - aber Du gehst zu weit, wenn Du *sie* angreifst.«

»Entschuldigt«, murmelte Bel und warf Aimu einen raschen Blick zu. »Wir waren viele Jahre lang Freunde, bevor wir uns verlobten, Aimu. Ich denke, dass Du mich verstehst, und ich fürchte, dass es Dir jetzt leidtun könnte, Dich an mich gebunden zu haben. Ein Sufaki-Haus ist ohnehin fremd für Dich. Ich möchte nicht, dass jemand Dir weh tut.«

»Ich stehe zu unserer Verlobung!« Aimus Gesicht war blass. »Qta, Bruder, zürne ihm deswegen bitte nicht.«

151

Qta senkte den Blick, ein Zeichen unwilligen Nachgebens. Dann schaute er wieder auf: »Was willst Du von mir, Bel?«

»Deinen Einfluss. Sprich mit Deinen Indras-Freunden, damit sie verstehen...«

»*Was* sollen sie verstehen? Dass sie aufhören sollen, Indras zu sein, und die Sufakis kopieren müssen? Das ist nicht die Ordnung dieser Welt, Bel. Und was die Gewalt angeht, so wird sie niemals von unserer Seite ausgehen!
Das ist nicht unsere Art, und das weißt Du sehr genau. Versuche *Du*, *Deine* Leute zu überreden, den Frieden zu bewahren.«

»*Ihr* habt einen Revoluzzer wie Shan t'Tefur geschaffen«, erwiderte Bel, »und er findet eine Menge Anhänger, die genauso ticken wie er. Jetzt wissen wir, die wir Freunde der Indras sind, nicht mehr, was wir tun sollen.«
Bel zitterte. Er beugte sich vor und schlang die verschränkten Hände um die Knie. »Es gibt keinen Frieden mehr, Qta. Aber *Du* musst jetzt dafür sorgen, dass die Indras nicht Gewalt mit Gewalt vergelten - oder die Straßen Nephanes werden rot von dem vielen Blut, das vergossen wird, wenn der Monat Nermotai kommt und die heiligen Tage. Entschuldigt, Freunde.«
Er stand auf und zog seine Robe zurecht. »Ich kenne den Weg. Du brauchst mich nicht zu begleiten, Qta. Ich habe Dir meine Meinung gesagt, alles andere liegt jetzt bei Dir.«

»Bel«, jammerte Aimu. »Elas lässt Dich nicht fallen wegen Shan t'Tefurs Drohungen.«

»Aber Osanef muss diese Drohungen fürchten. Erwartet nicht, dass ich mich in der nächsten Zeit hier sehen lassen kann... Ich betrachte euch trotzdem als meine Freunde; habe Vertrauen in Deine Ehrenhaftigkeit und Deinen Verstand, Qta..! Enttäusche meine Hoffnungen bitte nicht.«

»Qta, lasse mich ihn zur Tür geleiten«, flehte Aimu, obwohl diese Bitte allen Regeln des Anstands widersprach.

»Gut, geh mit ihm...«; und an Bel gewandt: »Mein Freund, wir werden tun, was wir können. Gib auf Dich Acht..!«

11 - »Dunkle Wolken« ziehen auf...

Nephane wurde zu Recht die Stadt der Nebel genannt. Sie rollten von der See herein, wenn es wärmer wurde und lagen oft tagelang über der Stadt. Das Kopfsteinpflaster der Straßen glänzte vor Nässe und die Schiffe krochen langsam und vorsichtig in den Hafen. Der Klang ihrer Glocken war in der stillen Luft manchmal bis nach Nephane hinauf zu vernehmen. Kurt wandte sich um und blickte zurück. Warum hörte er die Schritte nicht mehr, die ihn seit Verlassen des Hauses verfolgt hatten? Ein Schatten tauchte neben ihm aus dem Nebel auf.

Kurt stolperte über die Bordsteinkante, unsichtbar in den dicht ziehenden Schwaden, fand sein Gleichgewicht wieder und sah jetzt auch vor sich mehrere Gestalten im Nebel auftauchen; unkenntlich, anonym. Er wich ein paar Schritte zurück. Das Knirschen von Leder auf Stein warnte ihn, dass weitere hinter ihm lauerten. Sein Magen krampfte sich zusammen und er spannte die Muskeln an. Ein Schatten kam auf ihn zu. Dann näherten sich auch die anderen, versuchten ihn zu umzingeln. Er senkte den Kopf, stieß zwei der Männer zur Seite und lief los. Amüsiertes Lachen verfolgte ihn. Sonst geschah nichts...

Das Tor des Afen tauchte vor ihm auf. Er drückte den schweren Torflügel nach innen. Als er das Haupttor erreichte, hatte er sich wieder einigermaßen gefangen. Die Posten blieben heute im Schutz des Gebäudes. Sie blickten von ihrem Spiel auf, sprachen ihn aber nicht an, als er eintrat.

Er schüttelte seinen Ctan zurecht und stieg die Treppe hinauf. Hier wollten die Wachen ihn nicht passieren lassen.

Er drängte sich jedoch an ihnen vorbei und trat in den großen Saal. Einer der Posten lief voraus in den privaten Teil der Räume, um seine Ankunft zu melden.

Kurt tigerte ein paarmal unruhig auf und ab, trat dann ans Fenster. Dichte Dunstschwaden lagen über der ganzen Stadt - er konnte nicht einmal die Konturen der Häuser ausmachen, die unmittelbar unterhalb des Afen lagen.

Eine Tür öffnete sich mit einem hydraulischen Zischen und er schritt in Djans Zimmer hinüber. Sie trug einen dünnen, enganliegenden Morgenrock aus silbergrünem Plastik-material, ihr blondes Haar fiel ihr wirr über die Schultern und sie blinzelte verschlafen.

»Es ist fast Mittag«, stellte er vorwurfsvoll fest.

»So«, murmelte sie dünn und blickte an ihm vorbei aus dem Panoramafenster. »Verdammter Nebel. Ich hasse ihn. Magst Du mit mir frühstücken?«

»Nein, danke.«

Djan zuckte die Achseln, trat an einen geschnitzten Schrank und bereitete Tee. Sie bot ihm eine Tasse an.

Er akzeptierte. Aus Höflichkeit und weil er seine Hände beschäftigen konnte.

»Ich nehme an«, grantelte sie, als sie sich gesetzt hatten, »dass Du nicht nur hergekommen bist, um mir einen ›guten Morgen‹ zu wünschen.«

»Ich hätte es beinahe nicht geschafft - und wegen dieser Situation möchte ich mit Dir sprechen. Die Straßen um Elas sind jetzt nicht einmal mehr bei Tage sicher! Überall stehen Sufaki herum, die dort eigentlich nichts zu suchen hätten.«

»Sie sind freie Bürger. Ich kann es ihnen nicht verbieten.«

»Sind es Deine Männer? Ich wäre erleichtert, wenn es so wäre. Das heißt, wenn Deine Männer und die Shan t'Tefurs nicht die gleichen sind..! Aber ich nehme an, das ist nicht der

155

Fall. Eine ganze Weile sind sie nur nachts aufgetaucht, aber seit dem 1. Nermotai kommen sie auch am Tage.«

»Haben sie jemanden verletzt?«

»Noch nicht... Die Leute bleiben in ihren Häusern, die Kinder dürfen nicht auf die Straße. Es herrscht ein hässliches Klima des Misstrauens und drohender, unbestimmter Gefahr. Ich weiß nicht, ob die Überwachung nur mir gilt oder Elas im Allgemeinen, aber es wird Zeit, dass endlich etwas geschieht.«

»Hast Du irgendetwas getan, um diese Szenen zu provozieren?«

»Nein. Ich versichere Dir, dass dies nicht der Fall ist. Aber das geht nun schon seit drei Tagen so, und ich habe heute beschlossen, zu riskieren zu Dir zu kommen. Wirst Du etwas unternehmen?«

»Ich werde die Angelegenheit überprüfen lassen. Und wenn es einen Grund dafür gibt, sorge ich dafür, dass diese Leute entfernt werden.«

»Gut. Danke Dir. Aber beauftrage nicht Shan t'Tefur damit.«

»Ich habe gesagt, ich werde mich um die Angelegenheit kümmern. Bitte mich nicht um einen Gefallen und mache mir dann Vorschriften.«

»Entschuldige. Aber ich habe wirklich Angst, dass Du ihm zu sehr vertraust.«

»Ich bin nicht blind, mein Freund. Aber Du bist nicht der Einzige, der sich bei mir beschwert. Shans Leben ist bedroht worden.«

»Ohh... Von wem?«

»Das geht Dich nichts an. Aber Du weißt so gut wie ich, dass es unter den Indras recht konservative Kräfte und Strömungen gibt.«

»Die Indras halten nichts von Gewalttätigkeiten. Falls einer von ihnen so etwas gesagt haben sollte, so ist es reine Rhetorik. Wenn Du Shan seinen Willen lässt, produzierst Du einen baldigen Bürgerkrieg in den Straßen von Nephane.«

»Das bezweifle ich. Ich will Dir gegenüber ganz ehrlich sein, weil ich Dir bis zu einem gewissen Grad vertraue. Shan gebraucht seine Aggressivität als taktisches Mittel. Aber er ist ein intelligenter Mann, und seine Gegner täten gut daran, mit seiner *Intelligenz* zu rechnen.«

»Ist er auch dafür verantwortlich, dass Du so lange im Bett bleibst?«

Sie lächelte amüsiert. »Heute morgen, meinst Du?«

»Entweder bist Du wirklich naiv, oder Du hältst ihn für naiv. Er ist gefährlich, Djan.«

Ihr schelmisches Schmunzeln erlosch. »Gerade *Du* hast Grund, Dich über meine Beziehungen zu Nemets aufzuregen.«

»Wir stehen vor einer Invasion durch Indresul. Du brauchst die Unterstützung der Indras-Familien, aber Du bist mit einem Mann zusammen, der davon spricht, die Indras zu töten und die Flotte zu vernichten.«

»Leere Worte. Wenn die Indras sich Sorgen machen, kann mir das nur recht sein. Ich habe diese Situation nicht geschaffen. Ich habe sie so übernommen, wie ich sie vorgefunden habe. Ich versuche, diese Stadt zusammenzuhalten. Es wird keinen Krieg geben, wenn wir zusammenstehen. Und wir können zusammenstehen, wenn die Indras endlich Vernunft annehmen und die Sufaki gerecht behandeln.«

»Das würden sie auch, wenn ihnen Shan t'Tefur dabei nicht im Wege stünde. Schicke ihn doch auf eine möglichst weite, lange Reise. Wenn er in Nephane bleibt und jemanden tötet – was früher oder später geschehen muss und wird –, bist Du gezwungen, ihn der ganzen Strenge des Gesetzes zu unterwerfen. Und das würde Dich in eine ziemlich heikle Lage versetzen, nicht wahr?«

»Kurt.« Sie stellte ihre Tasse ab. »Willst Du einen Bürgerkrieg in dieser Stadt? Dann brauchen wir nur das zu tun, was Du vorschlägst: ein Ultimatum an Shan und eins an Nym vom Hause Elas, um der Gerechtigkeit willen – und in ganz Nephane bleibt nicht ein Stein auf dem anderen.«

»Verschließe wenigstens Dein Schlafzimmer vor Shan t'Tefur«, sagte er. »Deine Glaubwürdigkeit bei den Familien ist gleich Null, solange Du Shan t'Tefurs Mätresse bist.«

Das traf. Sie war empfindlicher, als er angenommen hatte. »Du hast mir Deinen Rat erteilt«, sagte sie kühl, »geh jetzt nach Elas zurück.«

»Djan...«

»Verschwinde!«

»Djan, Du sprichst oft von der Heiligkeit der lokalen Kultur, vom Gleichgewicht der Kräfte, aber Du scheinst zu glauben, dass Du Dir die Spielregeln selbst machen kannst. In gewisser Weise verstehe ich Shan t'Tefur. Du wirst sein Untergang werden, bevor Du mit ihm fertig bist. Du spielst mit seinen Ambitionen und seinem Stolz, und dann weigerst Du Dich, die Regeln und Bräuche einzuhalten, die er kennt. Weißt Du eigentlich, was Du ihm antust? Weißt Du, was es für einen

Nemet-Mann bedeutet, wenn Du ihn zum Liebhaber nimmst und ihn dann für Deine politischen Schachzüge gebrauchst?«

»Ich habe ihm offen erklärt, dass er keinen Anspruch auf mich besitzt. Er hat frei gewählt.«

»Bist Du der Ansicht, dass ein Nemet so etwas wirklich glaubt? Dass er jetzt nicht einen Anspruch auf die Loyalität der Methi hat - ganz egal, was er in Deinem Namen tut? Er wird Dich eines Tages so weit bringen, dass *Du* es bist, die wählen muss. Er wird nicht ewig mit sich spielen lassen.«

»Er weiß, wie die Dinge liegen.«

»Dann frage Dich doch einmal, warum er immer angelaufen kommt, wenn Du ihn in Dein Bett rufst. Und wenn Du entdecken solltest, dass es nicht Deine persönliche Anziehungskraft ist, behaupte bitte nicht, ich hätte Dich nicht gewarnt. Ein Nemet lässt sich so eine Behandlung nicht gefallen - jedenfalls nicht ohne einen sehr zwingenden Grund. Wenn Du glaubst, dadurch die Sufaki unter Kontrolle zu bekommen, hast Du Dir den falschen Mann dazu ausgesucht.«

»Trotzdem«, in ihrer Stimme lag ein leichtes Zittern, das sie zu unterdrücken versuchte, »auch über meine Fehler habe nur ich zu entscheiden.«

»Ändert das etwas daran, wenn jemand stirbt?«

»Meine Entscheidung!«, blaffte sie so heftig zurück, dass er eine Weile schwieg.

»Aber Du liebst ihn nicht?« Es war eine Frage und eine Bitte. »Du bist zu klug, um ihn zu lieben, Djan. Du hast einmal selbst gesagt, dass die Welt Dir diese Möglichkeit nicht gibt. Entweder wirst Du ihn töten oder er Dich - früher oder später...«

Sie zuckte die Achseln, und ihr alter Zynismus gewann wieder die Oberhand. »Ich wurde geschaffen, um einem Staat zu dienen. Das ist mir zur unerlässlichen Gewohnheit geworden. Andere Leute – wie Du, mein Freund –, ›normale‹ Leute, dienen nur den eigenen Interessen. Verbindungen, die dem eigenen Interesse oder den Interessen anderer dienen, liegen außerhalb meiner Erfahrungen. Ich habe immer geglaubt, egoistisch zu sein, aber ich beginne einzusehen, dass dieses Wort andere Dimensionen hat. Ich finde persönliche Beziehungen langweilig, diese ewig wiederholten Spiele von ›ich und Du‹. Ich mag unverbindliche Kameradschaft. Trotzdem..., liebe ich Dich. Und ich liebe auch Shan. Aber das ist nicht dasselbe wie Nephane zu lieben! Diese Stadt gehört mir – **mir**! Bitte erspare mir jede Demonstration persönlicher Zuneigung. Ich würde jeden von euch beiden töten, wenn ich erkennen müsste, dass es für das Überleben dieser Stadt notwendig ist. Denke daran.«

»Du tust mir leid«, sagte er.

»Verschwinde!« In ihren Augen glänzten Tränen und straften alles Lügen, was sie eben von sich gegeben hatte. Sie kämpfte um Haltung – und verlor.
Die Tränen rannen ihr über die Wangen, ihre Lippen zitterten in unkontrollierbarem Schluchzen. Sie presste die Lippen zusammen, wandte sich von ihm ab und winkte ihm zu gehen.

»Es tut mir wirklich leid«, reflektierte er mit aufrichtigem Mitleid.

Sie schüttelte den Kopf und blieb mit dem Rücken zu ihm stehen, bis sie den Anfall überwunden hatte.

Er nahm ihre Arme, versuchte sie zu beruhigen, und hatte ein Schuldgefühl gegenüber Mim. Aber er fühlte sich auch gegenüber Djan schuldig und befürchtete, dass sie es ihm nicht vergeben würde, Zeuge ihrer Schwäche geworden zu sein.

Sie war länger hier als er - viel länger. Er kannte den Alptraum, in der Nacht aufzuwachen und erkennen zu müssen, dass die Wirklichkeit zu einem Traum geworden war und der Traum so real wie die Fremde, die neben ihm lag - das nicht-menschliche Gesicht, welches er anblickte und in dem er Hässlichkeiten entdeckte, wo er kurz zuvor noch Schönheit gesehen hatte.

»Ich bin müde«, sagte sie und lehnte sich an ihn. Ihr Haar duftete nach einem Aroma, das in dieser Welt exotisch wirkte; einem Laborprodukt, wie es Djan selbst war, ein Duft, der ihn an zu Hause erinnerte, an tausend weit verstreut liegende Welten, von denen die Nemet nicht einmal träumten. »Kurt, ich arbeite, ich lerne, ich experimentiere mit gangbaren Lösungsansätzen... Ich bin zu Tode erschöpft.«

»Ich würde Dir helfen«, sagte er, »wenn Du Dir helfen lassen willst.«

»Du bist an andere gebunden und schuldest ihnen Loyalität«, wehrte sie entschieden ab. »Ich wünschte, ich hätte Dich nie nach Elas geschickt, damit Du lernst, Nemet zu werden..., zu Ihnen zu gehören. Du willst mich für Deine Sache gewinnen, Shan für die seine. Ich weiß das - nur gelegentlich versuche ich, es zu vergessen. Eine menschliche Schwäche. Darf ich nicht auch eine haben? Du bist hergekommen, damit ich Dir einen Gefallen tue. Ich wusste, dass es so kommen würde, früher oder später.«

»Ich würde Dich nie um etwas bitten, was gegen Deine Interessen verstößt. Ich stehe in Deiner Schuld, genau wie in der von Elas.«

Sie stieß ihn von sich. »Und ich hasse Dich am meisten, wenn Du von Deiner ›Schuld‹ sprichst. Deine Sorge ist rührend, aber ich traue Dir nicht.«

»Nephane bringt Dich um.«

»Ich passe schon auf mich auf.«

»Wahrscheinlich. Aber ich würde Dir trotzdem gerne helfen.«

»Wirklich? Genauso wie Shan mir hilft? Aber Dir passt es nicht, dass er auf der Gegenseite steht, nicht wahr? Verdammt, ich habe Dir erlaubt, zu heiraten - und Du hast es getan. Du hast Deine Wahl getroffen, auch wenn es sehr verlockend war, mit mir...« Sie sprach den Satz nicht zu Ende, und das irritierte ihn. Djan hatte nicht die Gewohnheit, unüberlegt draufloszureden.

»Als ich hierherkam«, sagte er, »und wann immer ich später hierherkommen werde, versuche ich meine Verbindung zu Elas hinter mir zu lassen. Du hast niemals versucht, mich gegen Elas auszuspielen, Djan - und ich habe auch Dich niemals benutzt.«

»Deine kleine Mim... Wie ist sie? Eine typische Nemet?«

»Nicht typisch.«

»Elas formt Dich zu seinem Instrument«, warnte Djan, »ob Du es merkst oder nicht - es ist nun einmal so. Ich könnte dem einen Riegel vorschieben. Ich könnte Dich hier im Afen unterbringen. Einen Haftbefehl kann ich ohne Zustimmung des Upei ausstellen. Diese Macht der Methi ist absolut.«
Sie schien diese Möglichkeit ernsthaft zu erwägen.

Ein kalter Schauer lief über seinen Rücken, als er einsah, dass sie es wirklich tun konnte und auch tun würde... Kurt erkannte plötzlich, dass sie auf diese Weise eine kleinliche Rache an ihm nehmen könnte. Die Unruhe, in die sie ihn jetzt versetzte, war die Revanche für die Schwäche, die sie vor einigen Minuten gezeigt hatte. Stolz war einer ihrer stärksten Charakterzüge.

»Willst Du, dass ich Dich bitte, es nicht zu tun?«, fragte er.

»Nein. Wenn ich beschließen sollte, Dich einzusperren, so werde ich es auch tun - und wenn nicht, dann werde ich es nicht tun. Um was Du mich *bittest*, hat darauf überhaupt keinen Einfluss. Aber ich möchte Dir die gut gemeinte Empfehlung mit auf den Weg geben, dass Du und Elas Ruhe bewahren.«

12 - Brutaler Übergriff

Der Nebel hob sich nicht. Er hing auch am nächsten Morgen noch über der Stadt, und das leise Läuten der Schiffsglocken erklang aus dem Hafen. Kurt öffnete die Augen und blickte aus dem Fenster in das Grau hinaus. Dann wandte er den Kopf und sah zum Fußende des Bettes, wo Mim saß und ihr langes, schwarzes Haar kämmte, das ihr bis zu den Hüften fiel, wenn sie es nicht aufsteckte.

Sie gab seinen Blick zurück und lächelte. »Guten Morgen, Lord Kurt.«

»Guten Morgen«, murmelte er.

»Wir haben noch Nebel. Hörst Du die Glocken im Hafen?«

»Wie lange kann das dauern?«

»Manchmal mehrere Tage lang, besonders im Frühling, wenn es wärmer wird.« Sie teilte ihr Haar und begann, einen Zopf zu flechten, den sie dann wie eine Krone um ihren Kopf legen und feststecken würde. Es war ein Ritual, das Kurt immer wieder faszinierte. »Wir sagen«, fuhr Mim fort, »dass der Nebel der Mantel der Imíne ist, der Himmels-Elfe Nue, die hin und wieder zu uns herabsteigt. Sie sucht ihren Geliebten, den sie vor langer, langer Zeit verloren hat, als noch die Gott-Könige regierten. Er war ein Sterblicher und hat einen dieser Gott-Könige beleidigt, einen Sohn Yrs, der Knyha hieß. Der Arme wurde von Knyha erschlagen und sein Körper über ganz Nephane verstreut, damit Nue niemals erfuhr, was aus ihm geworden ist. Sie sucht noch immer nach ihm und zieht über das Land und über die See, besonders im Frühling.«

»Glaubst Du daran?«, fragte Kurt - aber nicht sarkastisch. Mit Mim konnte man nicht sarkastisch sein.

Mim lächelte. »Nein, nicht wirklich... Aber es ist eine hübsche Geschichte, findest Du nicht auch? Es gibt Wahrheiten und ›Wahrheiten‹, pflegt mein Lord Qta immer zu sagen; und dann gibt es noch *Die Wahrheit* selbst, die Yhia. Da wir Sterblichen die große Wahrheit nicht erkennen können, finden wir die kleinen Wahrheiten, welche auf ihre Weise auch wirklich sind. Aber Du bist so klug in diesen Dingen. Ich glaube, Du weißt, woher die Nebel tatsächlich kommen. Sind es Wolken, die sich auf das Meer setzen, um auszuruhen, oder sind sie etwas anderes?«

»Ich denke«, sagte Kurt, »mir gefällt die Geschichte von Nue am besten. Auf jeden Fall klingt sie hübscher als Wasserdampf und tiefhängende Wolkengebilde.«

»Du hältst mich wohl für sehr dumm und glaubst, dass ich so etwas nicht verstehe?«

»Würde es Dich klüger machen, wenn Du wüsstest, woher der Nebel kommt?«

»Ich wünschte, ich könnte mit Dir über all die Dinge sprechen, die Dir wichtig sind.«

Er runzelte die Stirn, aber er erkannte, dass sie es völlig ernst meinte. »**Du** bist für mich wichtig, Mim! Dieses Haus ist mir wichtig, diese Welt.«

»Ich weiß so wenig...«

»Was willst Du denn gerne wissen?«

»Alles.«

»Ich werde Dir gerne alles erklären - auch die Entstehung von Nebel. Aber erst machst Du mir Frühstück, ja?«

Mim lächelte ihn an, steckte den letzten Kamm in ihre komplizierte Frisur und warf den Chatem über. »Ich habe den

Tee fertig, wenn Du herunterkommst«, sagte sie, während sie das Oberteil des Chatem zuknöpfte. »Ich denke, dass Aimu...«

Ein dumpfes Wummern tönte durch die Straßen der Stadt. Mit einem leisen Fluch sprang Kurt aus dem Bett und trat zum Fenster. Es war das Klingen eines riesigen Gongs, erkannte er.

»Ach ja...«, stellte Mim fest, »heute ist Intaem-Inta. Es ist der Beginn des Cadmisan.«

Der Gong tönte weiter. Insgesamt sechs Schläge dröhnten laut und vernehmlich durch die nebelverhangene Luft. Dann war es wieder still.

»Wir haben heute den 6. Nermotai«, erklärte Mim, »den ersten der heiligen Tage der Sufaki. Während sieben Tagen, bis zum 12. Nermotai, wird der Gong im Tempel jeden Morgen und jeden Abend geschlagen, und die Sufaki rufen die ›Intain‹ an, die Geister ihrer Götter.«

»Was geschieht noch?«, fragte Kurt.

»Es hat alles mit der alten Religion zu tun«, antwortete Mim. »Ich weiß auch nicht genau, was sie tun, und ich will es auch gar nicht wissen. Ich habe gehört, dass sie sogar die Gott-Könige anrufen, und das im Tempel Phans! Die Sufaki beten noch immer zu den alten Göttern Chteftikans, grausamen und bösen Göttern der Ersten Epoche; während der ›Heiligen Tage‹ rufen sie jene an und werfen sich vor ihnen nieder, um sie darüber zu versöhnen, dass die Sufaki das ganze Land an Phan verloren haben.
Wir Indras nehmen die Namen dieser Götter nicht einmal in den Mund.«

»Bel hat gesagt«, erinnerte sich Kurt, »dass es im Verlaufe der ›Heiligen Tage‹ zu Unruhen kommen könnte.«

Mim ließ Sorgenfalten auf der Stirn erkennen. »Kurt, ich bitte Dich, gib jetzt besonders auf Dich Acht und verlasse während dieser sieben Tage, nach Einbruch der Dunkelheit, nicht das Haus.«

Er senkte den Blick. Sie hatte es bestimmt nicht mit Bezug auf die Methi gemeint. Wenn Mim ihm etwas sagen wollte, dann tat sie es klar und deutlich.

»Ich habe nicht vor, bei Dunkelheit aus dem Haus zu gehen«, beruhigte er sie. »Gestern Nacht...«

»Es ist *immer* gefährlich«, sagte sie hoheitsvoll, bevor er den Satz zu Ende bringen konnte, »während Cadmisan nachts auf der Straße zu sein. Die Götter der Sufaki sind Erdgeister - aus Yr geboren, unbarmherzig und schrecklich. Es wird viel getanzt und getrunken.«

»Ich werde auf Deinen Rat hören«, brummte er.

Sie trat zu ihm und legte ihm leicht den Finger auf die Lippen. »Ich muss jetzt hinunter und mich um meine Pflichten kümmern. Lieber Ehemann, Du bringst mich in den Ruf eines leichten Mädchens, wenn Du mich immer so lange festhältst, dass ich zu spät komme, um den Morgentee zu bereiten.«

*

»Wohin willst Du?«

Mim blieb in der matt erleuchteten Eingangshalle stehen und wandte sich um. »Zum Markt, Lord Kurt.«

»Allein?«

Sie lächelte und zuckte die Achseln. »Willst Du heute Abend fasten? Ich muss ein paar Sachen fürs Abendessen einkaufen. Sieh doch, der Nebel hat sich aufgelöst, die Sonne scheint, und die Männer, die immer auf der anderen Straßenseite herumstrolchten, sind seit gestern verschwunden.«

Es war der Vormittag des 11. Nermotai. »Du wirst nicht allein gehen.«

»Kurt, Kurt, lass Dich doch nicht von Bels Schwarzmalerei anstecken. Beim Licht des Himmels, hörst Du nicht, dass Kinder auf der Straße spielen? Warum sollte ich mich fürchten, am hellen Nachmittag auf die Straße zu gehen? Nach Einbruch der Dunkelheit ist es eine andere Sache. Ich glaube, Du nimmst Bels Warnungen *zu* ernst.«

»Ich habe meine Gründe dafür, Mim.«

Sie blickte ihn geduldig an. »Und wir sollen heute hungern? Oder willst Du und mein Lord Qta mich mit blank gezogenen Waffen zum Markt eskortieren?«

»Nein, aber ich werde Dich hin- und auch wieder nach Hause bringen.«

Er öffnete ihr die Tür. Mim wartete draußen auf ihn, den Einkaufskorb am Arm und offensichtlich verlegen. Kurt blickte nervös nach allen Richtungen die Straße entlang und in die Hauseingänge gegenüber, in denen sich nachts t'Tefurs Männer aufhielten. Sie waren wirklich verschwunden, stellte er erleichtert fest. Indras-Kinder spielten Verstecken. Es gab keine Bedrohungen, selbst Wachen der Methi waren nicht zu erblicken; aber Djan tat nichts indiskret und plump. In der vorhergehenden Nacht hatte er keinerlei Schwierigkeiten gehabt, nach Elas zurückzukehren. Wahrscheinlich, erkannte er jetzt, hatte sie entsprechende Maßnahmen getroffen. »Bist Du sicher, dass der Markt an einem Feiertag geöffnet ist?«, fragte er Mim.

Sie blickte zu ihm auf. »Natürlich ist er offen. Ich habe meine Einkäufe immer wieder, wegen des Nebels und der Unruhe auf den Straßen, verschoben; es tut mir leid, dass ich Dir diese Mühe mache, aber wir sind wirklich mit unseren Vorräten am Ende - und vielleicht haben wir morgen wieder Nebel... Es ist daher besser, die Sache heute zu erledigen.«

»Ich könnte es Dir doch abnehmen und die paar Sachen einkaufen, die wir brauchen«, meinte er ernst.

»Aber Cadmisan ist so lustig auf dem Markt. Die Leute aus den Dörfern kommen in die Stadt, es gibt Musikanten und Seiltänzer. Außerdem...«, setzte sie hinzu, als sein Gesicht verschlossen blieb, »würdest Du nicht wissen, was Du kaufen sollst und was Du dafür zahlen musst. Ich glaube, Du hast unser Geld noch nie in der Hand gehabt. Und die anderen Frauen würden über mich lachen und sich fragen, was für eine Ehefrau ich bin, dass ich meinen Mann meine Arbeit tun lasse. Oder sie denken, ich sei eine so flatterhafte Dame, dass mein Mann sich nicht traut, mich aus dem Haus zu lassen.«

»Die anderen Frauen sollen sich um ihre eigenen Angelegenheiten kümmern«, murrte er, ohne auf ihren scherzhaften Ton einzugehen.

Ihr Gesicht nahm einen entschlossenen Ausdruck an. »Wenn Du allein auf den Markt gehst, werden die Leute glauben, dass Elas sich fürchtet - und das wird den Feinden Elas' Auftrieb geben.«

Er begriff ihre Logik, aber sie trug nicht dazu bei, ihn zu beruhigen. Er verstärkte seine Aufmerksamkeit, als sie den Wohnbezirk der Aristokraten um den Afen verließen. Aber auch im Sufaki-Viertel der Stadt gingen die Passanten unauffällig ihren Geschäften nach. Er sah ein paar Männer in gestreiften Roben, aber sie liefen an ihnen vorbei, ohne sie zu beachten.

»Du siehst«, unterstrich Mim, »ich wäre hier völlig sicher gewesen.«

»Ich wünschte, ich wäre so unbeschwert wie Du; ich atme erst dann auf, wenn wir wieder zu Hause sind.«

»Sieh mal, Kurt, ich kenne alle diese Leute. Dort ist Lady Yafes; und der kleine Junge ist Edu t'Rachik u Gyon. Das Rachik-Haus ist sehr zahlreich. Sie haben so viele Kinder, dass man Witze darüber macht. Der alte Mann am Bordstein ist t'Pamchen. Er glaubt, ein Gelehrter zu sein. Er sagt, dass er die alte Sufaki-Schrift wieder zum Leben erwecken will, und behauptet, die Inschriften auf den antiken Steinen lesen zu können. Sein Bruder ist Priester und hält nicht viel von diesem alten Mann. Glaube mir, diese Leute sind nicht gefährlich. Sie sind unsere Nachbarn. Du lässt Dich von t'Tefur und seiner kleinen Piratenbande zu sehr einschüchtern. t'Tefur wäre entzückt, wenn er Dich jetzt sehen könnte. Und das ist die einzige Befriedigung, die er zu suchen wagt, solange Du ihn nicht direkt herausforderst.«

»Hmmm... Vielleicht hast Du ja recht...«, dehnte Kurt ohne Überzeugung.
Sie näherten sich dem unteren Teil der Stadt. Die Straße führte jetzt ziemlich steil abwärts zum Tor der Stadtmauer. Außerhalb der Mauer lagen die ärmeren Häuser, der Markt und der Hafen. Mehrere Schiffe lagen an der Pier, und vor der Werft zwei breite dickbauchige Handelsschiffe, sowie drei schlanke Galeeren. Die Riemen waren eingeholt, die Masten ohne Segel; lautes Hämmern ertönte von ihren Decks. Eine der Galeeren war an der Backbordseite mit hellen neuen Planken ausgebessert worden. Die Schiffe wurden für den eventuellen Kriegsfall seetüchtig gemacht.
Die »Tavi«, Qtas Schiff, ankerte auf der Außenreede, einer kleinen Bucht auf der anderen Seite des Haichema-Tleke. Das ständige Gehämmer und Sägen - eine Erinnerung an den Ernst der Lage - überschattete die Fröhlichkeit der Leute, die sich auf dem Markt drängten.

170

»Das ist Ilevs Schiff, nicht wahr?«, deutete Kurt auf das zunächst liegende Handelsschiff, welches am Bug einen weißen Vogel trug, das Emblem dieses Hauses.

»Ja«, bestätigte Mim. »Aber das Schiff, das neben ihm liegt, kann ich nicht zuordnen. Lord Qta kennt alle Häuser und Schiffe - sogar die von Indresuls vielen Kolonien. Ein Kapitän muss so etwas wissen. Aber natürlich kommen diese Schiffe nicht nach Nephane. Das dort drüben muss ein Handelsschiff aus dem Norden sein, vielleicht vom Yvorst Ome, wo das Meer aus Eis ist.«

Die Menge drängte sich durch die engen Gassen zwischen den Buden und Ständen des Markts. Sie verloren den Hafen aus der Sicht und beinahe auch einander. Kurt ergriff Mims Arm. Sie protestierte mit einem schockierten Blick. Selbst Eheleute berührten einander nicht in der Öffentlichkeit.
»Bleib nahe bei mir«, wies er Mim an, ließ sie aber los.

Sie gingen zwischen den Reihen der Marktstände entlang. Mim blieb immer wieder stehen, wenn irgendetwas ihre Aufmerksamkeit erregte - wie zum Beispiel die Stände der Blechschmiede. Nachbildungen schuppiger Fische hingen von langen Stangen, und die Blechschuppen klimperten, wenn ein Windhauch sie streifte.

»Dafür sind wir nicht hergekommen«, moserte Kurt irritiert. »Nun komm schon. Was willst Du mit so einem albernen Zeug anfangen..?«

Mim seufzte ein wenig pikiert und führte ihn zu dem Teil des Markts, auf dem die Bauern, die Fischer und die Schlächter ihre Produkte feilboten. Sie bemängelte die Qualität der Fische, die ihre Pläne für das Abendessen zunichte machten, und kaufte von einem Gemüsestand seltsame gelbe, korkenzieherartig gewundene Wurzeln, die »lat« genannt wurden. Sie kannte die Frau des Gemüsehändlers, die ihr zu ihrer kürzlichen Hochzeit gratulierte und Kurt wohlgefällig musterte – trotzdem schien sie innerlich zu schaudern. Dann begann sie Mim eine lange, komplizierte Geschichte zu erzählen, bei der es um die Enkelin einer gemeinsamen Bekannten ging.

Es war Frauenklatsch.

Kurt stand neben den beiden, völlig vergessen. Jetzt, wo er sicher war, dass Mim unter diesen vielen Leuten nichts passieren würde, trat er ein paar Schritte zur Seite an die Tische des nächsten Standes und betrachtete die fremdartigen Fische und Meeresfrüchte. Mit Unbehagen dachte er daran, dass er zweifellos so etwas schon öfters gegessen hatte, ohne zu wissen, wie es in ungekochtem Zustand aussah.

Vom Hafen erschallten die Geräusche mit Holz arbeitenden Handwerks. Das beständige Treiben der tätigen Bevölkerung stellte auch eine gewissermaßen beruhigende Konstante dar. Just rempelte ihn jemand an. Er blickte auf und starrte in das Gesicht eines Sufaki, der die gestreifte Robe trug. Der Mann sagte nichts. Kurt murmelte eine Entschuldigung, auf welche der andere nicht einging und wandte sich ab, um wieder zu Mim zurückzugehen. Ein anderer Mann vertrat ihm den Weg. Kurt versuchte, an ihm vorbeizukommen. Der Sufaki machte einen Schritt zur Seite, so dass er abermals genau vor ihm stand. In seinen schmalen Augen lag eine unmiss-verständliche Drohung. Zwei weitere Männer kamen von links auf ihn zu und bugsierten ihn in die andere Richtung. Jetzt erst reagierte er und versuchte, sich zwischen ihnen hindurchzuzwängen. Sie drängten ihn von Mim ab! Er konnte sie nicht mehr sehen!

Die quirlige Unzahl der Marktbesucher schob sich zwischen ihn und die Verkaufsstände. Er wollte sich nicht auf einen Kampf einlassen, solange Mim in unmittelbarer Nähe war, wo man ihr weh tun konnte. Sie bugsierten ihn immer weiter weg, bis zum Ende des Marktes und an die Mauer eines Lagerhauses. Er sah eine enge Gasse und rannte hinein.

Die Männer in den Daqaws verfolgten ihn.

Plötzlich tauchten auch vor ihm mehrere Sufaki auf und versperrten ihm den Weg. Ohne zu überlegen, griff er sie an. Er wich einem Messerstoß aus, rammte dem Angreifer beide Fäuste in den Leib, trat einem zweiten in die Hoden und schleuderte einen dritten gegen die Hauswand, bevor seine Verfolger heran waren. Ein harter Schlag traf ihn zwischen die Schulterblätter, ein zweiter an den Kopf. Er wurde von dem Gewicht der Leiber, die sich auf ihn warfen, zu Boden gerissen. Jemand drehte ihm die Arme auf den Rücken und fesselte sie. Einem der Männer hatte er den Arm gebrochen, erkannte er mit Befriedigung. Zwei von ihnen kümmerten sich um den Verletzten, die anderen zerrten Kurt auf die Füße und schleppten ihn tiefer in die Gasse hinein.

Die Gassen Nephanes waren ein Labyrinth fremdartiger Geometrie. Seltsam geformte Gebäude standen wie Mauern zu beiden Seiten der engen Wege, die sich in mäandernden Kurven und Winkeln ineinanderschoben.

Kurt verlor bald jede Orientierung.

Sie erreichten die Hintertür eines Lagerhauses, stießen ihn hinein, folgten ihm und schlossen die Tür, so dass nur durch ein winziges Fenster Licht hereinfiel. Kurt drückte sich in den Schatten der Wand. Er war jetzt sicher, dass man ihn am nächsten Morgen mit durchschnittener Kehle irgendwo auffinden würde - ohne jede Spur seiner Mörder. Sie packten ihn, bevor er mehr als ein paar Schritte von ihnen entfernt war, wuchteten ihn auf den staubigen Boden und fesselten auch seine Füße. Dann drückten sie ihm den Kiefer auseinander, stopften ihm einen Stoffballen in den Mund und banden ihn mit einem Lederriemen fest.

»Holt ein Licht«, befahl einer von ihnen.

Bevor jemand die Order ausführen konnte, öffnete sich die Tür und die beiden Sufaki, die draußen geblieben waren, führten den Mann mit dem gebrochenen Arm herein. Als eine Lampe brannte brachten sie den gebrochenen Knochen in die richtige Lage und schienten den Arm. Der Verletzte schrie gellend auf. Kurt drängte seinen Rücken gegen einen großen Segeltuchballen und zuckte bei jedem Aufschrei des Verletzten zusammen. Sie würden sich dafür an ihm rächen, bevor sie ihn erledigten.

So jedenfalls würden Menschen handeln.

In diesem Punkt hoffte er, dass sie wie Nemet reagieren würden.

Mehrere Stunden vergingen. Kurt versuchte, die Knoten seiner Fesseln zu lösen, aber er konnte sie nicht mit den Fingern erreichen. Er musste sich darauf beschränken, die Schnüre mühsam zu dehnen. Seine Finger waren angeschwollen und taub. Der Schmerz kroch jetzt die Arme herauf. Auch seine Füße spürte er nicht mehr. Mit dem Knebel im Mund konnte er kaum atmen. Aber zumindest hatten sie ihn nicht geschlagen. Sie hockten in einiger Entfernung auf dem Boden und spielten Bho, ein Kartenspiel. Die Lampe stand neben ihnen und warf ihre Schatten lang und schmal über den Boden. Kurt hörte von draußen leise Schritte, die sich der Tür näherten. Er schöpfte neue Hoffnung. Wahrscheinlich war es Qta, der nach ihm suchte. Aber diese Hoffnung wurde enttäuscht.

Zwei Männer traten herein. Der erste trug Indras-Kleidung, der andere den Daqaw, die gestreifte Robe. Dolche steckten in ihren Gürteln. Einen von ihnen hatte Kurt vor Elas gesehen, als er das Haus überwachte.

Auch der Mann mit der Indras-Kleidung war Sufaki, erkannte Kurt an den schmalen Mandelaugen.

»Stellt ihn auf die Beine«, wies er die anderen an. Zwei Männer rissen Kurt hoch und zerschnitten den Strick, mit dem seine Beine zusammengebunden waren. Er konnte nicht stehen. Sie schüttelten und schlugen ihn, aber er sackte immer wieder zusammen, wenn sie ihn losließen. Als sie schließlich einsahen, dass er sich wirklich nicht auf den Beinen halten konnte, packten sie seine Arme und schleppten ihn hinaus durch das verwirrende Labyrinth der Hafengassen von Nephane. Es ging ständig bergab, und Kurt ahnte ihr Ziel: Er würde für immer in dem dunklen Wasser der Bucht verschwinden, ohne jeden Hinweis darauf, dass er von den Sufaki ermordet worden war.

Niemand würde es wissen. Niemand außer Mim, die vielleicht sogar in der Lage war, die Männer zu identifizieren.

Dieser Gedanke ließ ihn nicht mehr los. Elas hätte inzwischen die ganze Stadt auf den Kopf gestellt, wenn Mim nach Hause gekommen wäre und von seiner Entführung berichtet hätte.

Sie bogen um eine Ecke.

Der Mann mit der Laterne, welcher ein paar Schritte voraus war, ließ sie einige Sekunden lang im Dunkeln. Die beiden anderen Männer mussten Kurt fast tragen. Obwohl das Gefühl allmählich in seine Beine zurückkehrte, sah er doch keinen Grund, es ihnen leichter zu machen. Sie beschleunigten ihr Tempo, bis sie den Mann mit der Laterne eingeholt hatten und beschimpften ihn wegen seiner Eile. Gleichzeitig zerrten sie brutal an Kurts Armen, um ihn zu einem schnelleren Tempo anzutreiben. Am linken Straßenrand führten Stufen in die Tiefe. Kurt stieß den Mann zur Linken mit der Schulter die steile Treppe hinunter. Der andere hielt ihn am Arm und an seinem Mantel fest. Kurt riss sich los und schmetterte seine Schulter in den Magen des Mannes mit der Laterne, sodass er zu Boden stürzte und Lampenöl auf das Pflaster rann. Eine Flamme züngelte auf, erfasste die Kleidung des Sufaki. Der Mann schrie und versuchte, sich die brennende Robe vom Leibe zu winden.

Im gleichen Moment warf sich der dritte Typ gegen Kurt. Ein Messer blitzte und stieß auf seinen Bauch zu. Er warf sich zur Seite, sodass die Klinge »nur« an seinen Rippen entlangschnitt. Kurt rammte dem Sufaki das Knie in den Unterleib. Die Flammen hatten jetzt im Schmutz und Abfall der Gasse neue Nahrung gefunden. Kurt war frei. Er warf sich herum und lief in das Dunkel hinein. Es stank nach verbranntem Stoff und angesengtem Fleisch. Erst nachdem er um mehrere Ecken der verwinkelten Gassen gebogen war, wagte er es, stehenzubleiben und lehnte sich gegen eine Hauswand; er hatte das Gefühl, an dem Knebel ersticken zu müssen. Bunte Sternchen tanzten vor seinen Augen.

Nachdem sein qualvoll ringender Atem wieder ein wenig ruhiger geworden war, kniete Kurt sich nieder und tastete mit den fast gefühllosen Fingern auf dem Boden umher, bis er etwas fand, das sich wie eine Tonscherbe anfühlte. Sie schien scharfkantig genug zu sein, um mit ihrer Hilfe seine Handfesseln zerkratzen zu können. Er begann mühselig schnaufend mit der Arbeit. Sein Herz schlug von der Anstrengung, und das Blut rauschte in seinen Ohren. Angespannt lauschte er in die Nacht, um näherkommende Verfolger rechtzeitig zu hören. Es dauerte eine ganze Weile, bis es ihm gelang, eine Schnur der harten Fesselung so weit aufzureiben, dass er sie zerreißen konnte. Der Rest war einfach... Mit seinen gefühllosen Händen nahm er den Stoffstreifen herunter, mit dem der Knebel befestigt worden war und spuckte den faustgroßen Stoffballen aus.

Keuchend sog er die kühle, nebelfeuchte Nachtluft in die Lungen.

Jetzt konnte er sich endlich frei bewegen; in der Dunkelheit und dem wabernden Dunst hatte er wieder eine reelle Chance!

Sein Weg führte bergan. Ihm blieb keine andere Wahl. Das Stadttor war der günstigste Ort, an dem seine Feinde auf ihn warten und ihn überfallen konnten.

Das Tor war der einzige Durchlass in der Stadtmauer, die den oberen Teil der Stadt umschloss. Doch als er die Mauer erreichte, entdeckte er zu seiner Erleichterung, dass es doch noch andere Möglichkeiten gab, nach dort zu gelangen. Große

Schutthaufen unbrauchbar gewordenen Ziegelwerks waren an der alten Mauer aufgetürmt, und er sah auch einige halbverfallene Hütten und Schuppen, die sich an sie lehnten. Über eine günstig gelegene Schutthalde und das Dach eines dieser Schuppen gelangte er auf die Mauerkrone, musste dann jedoch feststellen, dass es auf der anderen Seite weniger »komfortabel« aussah. Er stakste vorsichtig auf der unebenen Mauerkrone entlang und scheute sich vor dem Sprung in die Tiefe. Endlich fand er eine Stelle, wo die Erosion von Jahrhunderten etwa anderthalb Meter der Mauerhöhe hatte abbröckeln lassen. Er glitt über die Kante und ließ sich fallen. Der harte Aufprall raubte ihm zwar nicht völlig das Bewusstsein, betäubte ihn jedoch so sehr, dass er gezwungen war, auf allen Vieren in den Schutz der absoluten Dunkelheit im Bereich der steinernen Wand zu kriechen. Fünf Minuten dauerte es, bis er wieder soweit bei Kräften war, dass er sich aufrichten und gehen konnte; und selbst jetzt noch verlor er hin und wieder die Orientierung, fragte sich ernsthaft, *wo* er eigentlich war und warum er hier herumstolperte.

Irgendwann erreichte er die Hauptstraße. Sie war verlassen. Kurt hielt sich im Schatten der Häuser, während er weiterging. Erst als er das Haus von Osanef vor sich sah, begann er zu laufen. Er atmete auf, als er die Eingangstür der befreundeten Familie erreichte und zog am Glockenstrang.
Niemand öffnete.
Durch den Nebel sah er undeutlich Licht auf dem oberen Teil des Berges schimmern - vielleicht vom Tempel oder vom Afen... Er erinnerte sich an die Feiertage der Sufaki. Wahrscheinlich waren selbst die von Indras beeinflussten Osanef jetzt im Tempel. Er trat wieder auf die Straße hinaus und begann zu rennen. Kurt war nur noch einige Minuten von Elas entfernt und wagte nicht, an den Türen der anderen Indras-Häuser zu klopfen. Sie hatten keine sonderliche Vorliebe für Menschen, wie er von Qta wusste.

177

Er befand sich im Endspurt auf Elas zu, als ihm plötzlich einfiel, dass das Haus wahrscheinlich bewacht wurde. Aber es war zu spät, um innezuhalten. Er erreichte das A-Portal und hämmerte mit der Faust gegen die Tür.

»Wer ist da?«, hörte er Hef fragen.

»Ich bin's - Kurt. Lass mich hinein! Lass mich hinein, Hef!«

Der Riegel polterte zurück. Kurt stürzte ins Haus und lehnte sich schnaufend an die Wand.

»Mim..?«, fragte Hef. »Lord Kurt, was ist geschehen? Wo ist Mim?«

»Nicht..., nicht hier..?«, keuchte Kurt atemlos.

»Nein. Wir hatten gehofft – ganz egal, was geschehen sein mochte –, dass ihr wenigstens zusammen wärt.«

Kurt rang nach Luft und stieß sich von der Wand ab. »Rufe Qta.«

»Er ist draußen. Qta, Ian t'Ilev und Val t'Ran suchen euch. Oh, mein Lord, was können wir tun? Ich werde Nym rufen...«

»Sage Nym..., sage ihm, dass ich in den Afen gelaufen bin, um die Methi um Hilfe zu bitten. Gib mir eine Waffe, ...irgendetwas...«

»Ich darf es nicht, Lord Kurt. Ich darf es nicht. Man hat mir ausdrücklich befohlen...«

Kurt kaute einen leisen Fluch herunter, verstand Hef aber; zog die Tür auf und rannte auf die Straße zu, welche zum Tor des Afen führte. Als er es erreichte, fand er beide Torflügel verschlossen, und die Mauerstraße, die zum Tempel führte, war mit Sufakis gespickt - die meisten mehr oder minder stockbetrunken.

Kurt stemmte sich gegen das Gitterwerk der Torflügel und rief nach den Wachen. Aber seine Stimme ging im Lärmen der Menge unter.

Alle Sufaki von Nephane schienen sich auf dem Platz und auf der Mauerstraße versammelt zu haben. Ein paar von ihnen, die betrunkener waren als die anderen, begannen ebenfalls an den Torgittern zu rütteln und nach den Wachen zu schreien. Falls irgendwelche Posten in der Nähe waren, so zogen sie es vor, den Radau zu überhören.

Kurt lehnte sich an das Tor, erschöpft und ausgepumpt. Weder von Qta, noch von Djan konnte er jetzt Hilfe bekommen. Doch dann fiel ihm die kleine Seitentür am Zusammenstoß von Afen-Mauer und Bergflanke ein, welche auf den Tempelplatz führte. Vielleicht war *sie* offen - und wenn sie verschlossen sein sollte, wurde sie bestimmt bewacht - von Wachen, die ihn hören würden.

Also lief er, durch die immer dichter werdende Menge der Sufaki, die Mauer entlang. Ein paar stark alkoholisierte Saufkumpanen lachten amüsiert und zerrten an seiner Kleidung. Andere fluchten und versuchten, ihm den Weg zu versperren. Empörte Schreie erklangen - ein Protest gegen seine Anwesenheit. Irgendjemand rempelte ihn an und hätte ihn beinahe zu Boden geworfen. Er lief weiter, aber sie wollten ihn nicht entkommen lassen. Auf dem Platz sah er eine Reihe Männer in gestreiften Roben - t'Tefurs Schergen.

Autorität, wirkliche, vernünftige Autorität, würde so etwas nicht zulassen, dachte Kurt grimmig.

Der Tempel tauchte vor ihm auf und er lief auf ihn zu. Frauen kreischten hysterisch, Männer fluchten und schlugen nach ihm. Immer wieder griffen Hände nach ihm, versuchten ihn festzuhalten. Doch stets gelang es ihm, sich loszureißen.

Fast waren die Stufen des Tempels erreicht, als ein halbes Dutzend Sufakis sich auf ihn stürzte und ihn festhielt. »Das ist Elas' Werk!«, schrie eine hysterische Stimme. »Tötet den Menschen!«

Kurt fuhr herum, um zu sehen, wer da seinen Tod verlangte, und blickte in ein Meer fremdartiger Gesichter; verschwommen im vagen Licht der Fackeln und den ziehenden Rauchschwaden. »Wo ist Shan t'Tefur?«, schrie er zurück. »Wohin hat er meine Frau verschleppt?«

Das Geschrei verstummte ein paar Sekunden lang. Die Nemet hatten große Achtung vor ihren Frauen. Kurt atmete tief durch: »Shan t'Tefur! Wenn Du hier bist, komm hervor und tritt mir gegenüber! Wo ist meine Frau? Was hast Du mit ihr getan?«

Einen Augenblick herrschte schockierte Stille. Dann entflammte ein dumpfes Geraune, als ein uralter Priester sich mit seinem Amtszeichen, einem langen Stab, seinen Weg durch die Menge bahnte. Er blieb einige Schritte vor Kurt stehen, richtete die Spitze des Stabes auf ihn und murmelte ein paar unverständliche Worte.

Auf dem Tempelplatz war es jetzt totenstill. Nur aus der Mauerstraße hörte man trunkenes Lachen. Die Menge stand völlig reglos. Der alte Priester streckte seinen Stab noch weiter vor. Kurt bog den Kopf zurück, um der Berührung auszuweichen.

Ihn ekelte vor diesem religiösen Signum, vor dem intonierenden Priester mit seinen dionysischen Erd-Göttern. Aber die Männer hielten ihn fest, und das Ende des Stabes stieß gegen seine Wange.

»Gotteslästerer!«, rief der Priester jetzt laut. »Von Elas abgesandt, um unsere Riten zu entweihen. Lügner. Ich verfluche Dich bis in alle Ewigkeit - im Angesicht der alten Götter, der wirklichen Götter, der lebenspendenden Söhne Thaels.«

»Und ich verfluche diese ganze Bande«, brüllte Kurt ihm ins Gesicht, »wenn ihr irgendwie in t'Tefurs Komplott verwickelt seid! Meine Frau Mim hat keinem von euch etwas Böses getan. Wo ist sie? Ihr Leute, die ihr heute auf dem Markt wart, die ihr ruhig mit ansaht, wie Mim und ich auseinandergedrängt und verschleppt wurden - steckt ihr alle mit den Übeltätern unter einer Decke? Was haben diese Verbrecher mit ihr getan? Wohin haben sie Mim gebracht? Ist sie am Leben? Bei euren eigenen Göttern, *das* zumindest könntet ihr mir sagen. Lebt sie noch?«

»Niemand weiß etwas von dieser Frau, Mensch«, sagte der alte Priester, »und Du bist schlecht beraten, dass Du hierherkommst und uns Deine aberwitzigen Anklagen entgegenschleuderst. Wer würde Mim h'Elas etwas antun, einer Tochter Sufaks? Du dringst hier ein, entheiligst die Mysterien, da Du in Elas keine Ehrfurcht vor den Göttern gelernt hast. Verflucht seist Du, Mensch, und wenn Du nicht sofort gehst, werden wir die Verunreinigung mit Deinem Blut von diesen Steinen waschen.«
Dann wandte er sich an die Nächststehenden: »Lasst ihn gehen, lasst den Menschen gehen!«

Sie ließen ihn los.
Kurt schwankte und starrte in die Masse der Gesichter vor den Tempelstufen, suchte nach einem, das ihm bekannt war. Dann blickte er den Priester an.
»Sie ist irgendwo in der Stadt, tot oder verletzt«, bettelte er. »Sie sind doch ein religiöser Führer. Unternehmen Sie etwas.«

Sekundenlang schien etwas wie Mitleid die harten Gesichtszüge des Greisen zu mildern. Die aufgerissenen Lippen öffneten sich und schienen eine Antwort formen zu wollen.

»Das ist das Werk der Indras!«, schrie plötzlich eine Stimme aus der Menge. »Elas sucht schon lange nach einer Entschuldigung, gegen die Sufaki vorzugehen, und jetzt wollen sie eine schaffen! Der Mensch ist eine Kreatur Elas'!«

Kurt fuhr herum, und zum ersten Mal entdeckte er ein bekanntes Gesicht. »Das ist einer von ihnen!«, rief er. »Das ist einer der Männer, die auf dem Markt waren, als meine Frau entführt wurde! Sie haben versucht, mich zu ermorden, und sie haben meine Frau...«

»Lügner!«, intervenierte ein anderer Mann lautstark. »Ver ist seit Ertönen der Inta hier beim Tempel gewesen. Ich habe ihn mit eigenen Augen gesehen. Der Mensch will einen unschuldigen Mann anklagen und einen Keil zwischen uns treiben!«

»Tötet ihn!«, verlangte eine andere Stimme grölend, und der Ruf pflanzte sich durch die Menge fort, putschte sie auf. Ein Dutzend Männer drängten sich auf den Tempel zu, Männer in gestreiften Roben, t'Tefurs Männer.

»Nein!«, widersprach der alte Priester und klopfte seinen Stab vehement auf die Marmorplatten der Tempelstufen. »Nein! Bringt ihn fort von hier - entfernt ihn aus dem Tempelbezirk.«

Kurt fegte mit Armen und Beinen um sich, als ein gutes Dutzend Männer ihn packten, von den Füßen rissen und durch den tobend-johlenden Mob trugen, der sich wie eine einzige wilde Bestie zu gebärden begann. Er wehrte sich verbissen, rang nach Luft und versuchte, seine Arme und Beine zu befreien, die von den Männern fest umklammert wurden, währenddem sie ihn über den Tempelplatz und in die Mauerstraße schleppten.

Unvermittelt öffnete sich das Haupttor des Afen und fünf von Djans Wachen erschienen, brennende Fackeln in den Händen, deren Licht geisterhaft durch die dichten Nebelschwaden flackerte. »Übergebt ihn uns«, rief einer von ihnen.

»Verräter!«, lallte ein stark alkoholisierter, junger Mann im Daqaw lautstark empört.

»Übergebt ihn uns«, wiederholte der Mann von der Torwache. Es war t'Senife, erkannte Kurt. Wütend warfen sie Kurt zu Boden. Er landete hart auf den Kopfsteinen, zu Füßen der Wachen. In ihrer Hast behandelten diese ihn fast genauso brutal wie die aufgebrachte Pöbelrotte. Sie stemmten ihn grob empor und bugsierten ihn durch das Tor in den Hof des Afen.

Hysterische Rufe des Zorns, ihrer Lynchgelüste beraubt, erklangen aus der berauschten Menge, als sie die Torflügel zuwarfen und verriegelten. Fäuste rüttelten an den Gittern, welche die tobende Versammlung aussperrte. Kurz darauf prasselte ein Hagel von Steinen dagegen.

»Verdammt, das war knapp!«, schimpfte t'Senife. Die Wachen der Methi packten Kurt an den Armen und transportierten ihn derb mit sich über den Hof - in den Schutz des Gebäudes.

13 - Stunde der Finsternis; Zäsur

»Setz Dich«, fuhr Djan ihn scharf an.

Kurt ließ sich auf den zunächst stehenden Stuhl fallen. Djan blieb stehen. Sie blickte über seinen Kopf hinweg zu den Wachen, die bei der Tür warteten. »Wie sieht es draußen aus?«

»Ich glaube nicht, dass sie es wagen, den Afen zu stürmen«, meldete t'Senife.

»Wecke die Tageswache. Verdopple alle Posten, besonders am Tor. t'Lised, bringe h'Elas zu mir.«

Kurt blickte auf. »Mim..?«

»Ja, Mim.«

Djan entließ die Wachen mit einer Handbewegung und setzte sich auf einen Stuhl. In ihrem Gesicht stand auch nicht der Anflug von Sympathie, als Kurt mit zitternden Händen über sein schweißnasses Gesicht fuhr und versuchte, seine Nerven wieder unter Kontrolle zu bringen. »Wie geht es ihr?«

»Sie wird es überstehen. Nym hat mir euer Verschwinden gemeldet, als ihr nicht nach Elas zurückkehrtet. Meine Männer haben sie im Hafenbereich gefunden. Sie wanderte dort ziellos umher und als man sie zu mir brachte, konnte ich kein vernünftiges Wort aus ihr herausbekommen – sie verlangte nur immer wieder, nach Elas gebracht zu werden –, bis ich schließlich, mit Müh und Not, von ihr erfuhr, dass Du ebenfalls verschwunden seist. Dann erschien Qta hier und sagte mir, dass Du zurückgekommen und sofort zum Afen gegangen bist, um mit mir zu sprechen. Er ist in Begleitung einiger meiner Männer gekommen, sonst hätte er es bestimmt nicht geschafft...

Die Stimmung dieses Pöbels ist äußerst aufgeheizt. Ich habe Qta von einer Eskorte nach Elas zurückbringen lassen und ihm gesagt, er solle dort warten. Ich hoffe, dass er sich an meine Weisung gehalten hat.

Dem Aufruhr, den Du auf dem Tempelplatz anstiftetest folgend, war es nicht schwer, Dich zu finden.«

Kurt neigte den Kopf, erleichtert, dass Mim in Sicherheit war, und zu müde, um sich auf eine Diskussion einzulassen.

»Hast Du eigentlich eine Ahnung, was Du angerichtet hast? Meine Männer dort draußen sind in Lebensgefahr. Nur Deinetwegen.«

»Es tut mir leid.«

»Was ist Dir eigentlich passiert?«

»t'Tefurs Männer haben mich auf dem Markt überfallen und in ein Lagerhaus verschleppt. Dort hielten sie mich bis zum Dunkelwerden gefangen und schleiften mich dann zum Hafen – wahrscheinlich, um mich im tieferen Wasser vor der Küste verschwinden zu lassen. Ich bin geflohen. Vielleicht..., es könnte sein, dass ich einen oder zwei von ihnen getötet habe.«

Djan stieß einen leisen Fluch aus. »Was noch?!«

»Mindestens einer der Männer, die mich vom Tempelplatz hierhergeschleppt haben, gehörte zu der Gruppe, die mich auf dem Markt überfallen hat. Ein anderer hat früher das Haus von Elas überwacht. Es waren t'Tefurs Leute, Djan.«

»Soll ich Shan herrufen lassen? Wenn Du diese Beschuldigungen in seiner Gegenwart wiederholst...«

»Ich werde ihn umbringen.«

»Das wirst Du nicht tun!!«, schrie Djan, am Limit dessen, was sie durchgehen lassen konnte. »Du hast mir schon genug Ärger gemacht, Du und Deine kleine eingeborene Frau. Ich kenne Deine Sturheit, aber meine Geduld hat ihre Grenzen - und die hast Du jetzt erreicht! Eins verspreche ich Dir: Wenn Du mir noch einmal in die Quere kommen solltest, ziehe ich Dich zur Räson - und ganz Elas dafür zur Verantwortung.«

»Was soll ich denn tun? Einfach warten, bis sie mich wieder überfallen? Soll meine Frau sich aus Furcht vor ihnen verstecken? Willst Du mir verbieten, die Männer zur Rechenschaft zu ziehen, die für alles verantwortlich sind?«

»Du wolltest in Elas leben. Du hast mich fast darum *angefleht*. Du hast freiwillig alle Probleme auf Dich genommen, die das Leben in einem Nemet-Haus und mit einer Nemet-Frau mit sich bringt. Jetzt sieh zu, wie Du mit ihnen fertig wirst.«

»Ich verlange, dass Du etwas unternimmst.«

»Und **ich** *verlange*, dass Du mich mit Deinen privaten Angelegenheiten nicht mehr behelligst! Du wirst mir allmählich lästig..!«

Die Tür wurde langsam geöffnet und Mim trat herein. Sie blieb auf der Schwelle stehen und starrte Kurt an, der von seinem Stuhl aufsprang. Sie brach in Tränen aus und stand ein paar Sekunden lang reglos. Dann fiel sie vor Djan auf die Knie und berührte mit ihrer Stirn den Boden. Kurt sprang auf sie zu, zog sie hoch und nahm sie in seine Arme. Sie legte ihren Kopf an seine Schulter und begann zu schluchzen. Ihr Kleid war bis zur Hüfte aufgerissen, der Pelan mit Straßenschmutz und Blut besudelt.

»Wenn Du klug bist, wirst Du etwas unternehmen«, drohte Kurt heiser, »denn, wenn ich einem von diesen dreckigen Hunden irgendwo begegnen sollte, murkse ich ihn, ohne mit der Wimper zu zucken, ab – das schwöre ich Dir!«

»Falls Du glauben solltest, ich hätte es vorhin nicht ernst gemeint, irrst Du Dich gewaltig«, warnte Djan resolut.

»Was sind das für Zustände, wenn einer Frau so etwas passieren kann? Wieso soll ich eure Gesetze respektieren, wenn man einer Frau so etwas ungestraft antun kann?«

»h'Elas«, sagte Djan, ohne seine Worte zu beachten, »hast Du gesehen, wer Dich vergewaltigt und missbraucht hat?«

»Bitte«, weinte Mim auf, »beschäme meinen Mann nicht.«

»Dein Mann hat Augen im Kopf und kann sehen, was Dir passiert ist. Er hat gedroht, das Recht in seine eigenen Hände zu nehmen; Selbstjustiz zu üben wäre allerdings ein Unglück für Elas – und für ihn. Also versuche Dich zu erinnern, h'Elas.«

»Methi, ich..., ich weiß nicht mehr, als ich Dir schon gesagt habe. Sie haben mir etwas über den Kopf gestülpt..., einen Mantel, glaube ich. Ich habe niemanden gesehen..., kein Gesicht..., ich erinnere mich nur, dass sie mich fortgeschleppt haben. Ich versuchte, mich zu befreien, aber sie..., sie haben mich geschlagen. Sie...«

»Genug!«, intervenierte Kurt. »Lass sie in Ruhe, Djan!«

»Wie lange bist Du schon In Nephane, h'Elas?«

»Fünf..., fünf Jahre.«

»Und Du hast keine der Stimmen erkannt? Kein Gesicht gesehen, auch nicht zu Beginn des Überfalls?«

»Nein, Methi. Vielleicht..., waren sie von außerhalb...«

»Wo haben sie Dich festgehalten?«

»Ich weiß nicht, Methi. Ich kann mich nicht genau erinnern. Es war dunkel..., ein Gebäude..., und ich konnte nicht sehen. Ich weiß nicht...«

»Es waren t'Tefurs Männer«, reklamierte Kurt, obwohl er Djans Bemühungen sachdienliche Indizien zusammen-zutragen wertschätzte. »Lass sie in Ruhe.«

»Es gibt auch noch andere Radikale«, gab Djan zu bedenken. »Leute, die es darauf abgesehen haben, die Stadt in Aufruhr zu versetzen. Und Du hast ihnen weitere Munition dazu geliefert, indem Du zwei von ihnen getötet und den Tempel geschändet hast.«

»Sollen sie doch herauskommen und mich anklagen«, grollte Kurt heftig. »Aber dazu haben sie nicht den Mut. Wenn sie mich noch einmal angreifen sollten...«

»Ich warne Dich ein letztes Mal, Kurt. Du wirst nichts unternehmen.«

»Ich werde alles tun, was nötig ist, um meine Frau zu schützen.«

»Reize mich nicht. Glaube nur nicht, dass Dein Leben oder das ihre mir mehr bedeutet als diese Stadt.«

»Beim nächsten Mal«, sagte Kurt und drückte Mim fest an sich, »bin ich bewaffnet. Wenn Du nicht bereit bist, mich unter den Schutz der Gesetze zu stellen, nehme ich die Sache selbst in die Hand. Mit allen mir zur Verfügung stehenden Mitteln. Verlass Dich drauf.«

»Lord Kurt«, flehte Mim, »bitte streite Dich nicht mit ihr.«

»Du solltest auf sie hören«, bemerkte Djan. »Frauen haben solche Sachen seit Tausenden von Jahren durchgemacht und überlebt. Auch sie wird darüber hinwegkommen. Die Ehre ist ein schwacher Trost, wenn man tot ist - das haben sie die Erfahrungen bei den Tamurlin sicher gelehrt.«

»Sie versteht Dich schon!«, bebte Kurt zornig und presste Mim an sich.

Mim zitterte. Ihre Hände waren eiskalt.

»Du solltest jetzt gehen, h'Elas.« Djan gab den Wachen einen Wink.

»*Ich* werde sie nach Hause bringen«, begehrte Kurt auf.

»*Du* wirst heute Nacht nirgendwo hingehen«, befahl Djan.

»Ich werde sie nach Hause bringen«, wiederholte Kurt trotzig.

»Nein, das wirst Du nicht! Es war ein Fehler, Dich nach Elas gehen zu lassen, und ich habe Dich gewarnt. Von heute an wirst Du im Afen bleiben, und es gehört mehr als Qtas Überredungskunst dazu, um meinen Entschluss umzustoßen. Du hast einen Aufruhr verursacht und diese Stadt gespalten. Meine Geduld ist zu Ende, Kurt.
t'Udin«, wandte sie sich an einen Mann der Wache, »begleite h'Elas nach Hause.«

»Ich muss höherem Gebot folgen, als Deiner Order, mich hier festzuhalten«, erhitzte sich Kurt.

Mim legte die Hand auf seinen Arm und blickte zu ihm auf. »Bitte, nicht. Ich werde nach Hause gehen. Ich bin so müde. Ich habe Schmerzen, Lord Kurt. Bitte lass mich nach Hause gehen und streite Dich um meinetwillen nicht mit der Methi. Sie hat recht: Es ist nicht sicher für Dich oder für Elas. Für Dich wird es nie mehr sicher sein. Ich möchte nicht, dass Du meinetwegen in Schwierigkeiten kommst.«

Kurt beugte sich über sie und küsste sie leicht auf die Stirn. »Ich komme später nach Hause, Mim. Sie wird es sich überlegen. Gehe mit t'Udin und sage Deinem Vater, er soll die Haustür verschlossen halten.«

»Ja, Lord Kurt«, sagte sie leise und griff nach seiner Hand. »Mach Dir keine Sorgen um mich. Bitte, mach Dir keine Sorgen.« Sie verbeugte sich vor der Methi.

Djan entließ sie mit einem flüchtigen Wink. Kurt wartete, bis sich die Tür hinter Mim geschlossen hatte, dann trat er Djan gegenüber und starrte sie wütend an. »Falls Du noch einmal wagen solltest, so mit meiner Frau zu sprechen...«

»Sie ist vernünftiger als Du. Sie würde niemals einen Krieg beginnen, nur weil jemand ihren Stolz verletzt hat.«

»Du hast sie hier festgehalten, ohne Elas darüber zu benachrichtigen...«

»Ich habe Qta Bescheid gesagt, als er herkam; wenn Du geblieben wärst, wo Du hingehörst, wäre die ganze Angelegenheit längst erledigt. Und jetzt muss ich mich um andere Dinge kümmern als um Deine verletzte Eitelkeit.«

»Du musst t'Tefurs Hals retten, wolltest Du sagen.«

»Ich muss diese Stadt vor dem Blutbad retten, das Du beinahe angerichtet hast. Meine Männer sind fast gesteinigt worden. Wenn sie schon wagen, die Wachen der Methi anzugreifen, schrecken sie bald auch nicht mehr davor zurück, anderen Nemet die Gurgel durchzuschneiden.«

»Frag doch Deine Wachen, wer diese Männer waren. Oder fürchtest Du Dich vor der Wahrheit?«

»Heute Nacht kursieren Anklagen en masse durch die Stadt - aber keine ist bewiesen.«

»Ich werde die Beweise liefern. Vor dem Upei.«

»Das wirst Du schön bleiben lassen..! Wenn Du diese Anklagen im Upei vorbringst, werden viele Leute - Deine kleine Ex-Sklavin eingeschlossen – mit hineingezogen und unter Eid verhört. Wenn man das Gesetz anruft, mein Freund, gibt das Gesetz nicht eher Ruhe, als bis es die ganze Wahrheit ans Tageslicht gezerrt hat. Und zu diesem Zeitpunkt würde das Nephane zerreißen. Das werde ich nie zulassen. Deine

Frau würde am meisten darunter zu leiden haben, und das hat sie anscheinend sehr gut verstanden.«

»Hast Du ihr damit gedroht?«

»Ich habe ihr die Situation geschildert. Diese Burschen werden ihre Schuld nicht einfach zugeben, wenn Du sie vor den Upei bringst. Sie werden Gegenbehauptungen aufstellen, die alles andere als schön sind. Mims Ehre und Mims Vergangenheit würden zur Debatte gestellt werden und durch den Schmutz gezogen; allein die Tatsache, dass sie nach ihren Erlebnissen bei den Tamurlin die Ehe mit einem Menschen eingegangen ist, würde weder ihr, noch Elas zur Ehre gereichen. Glaube mir, wenn es sein muss, würde ich keine Sekunde lang zögern, sie oder Dich den Sufakis zum Fraß vorzuwerfen. Also reize mich nicht noch mehr.«

»t'Tefurs Stadt ist es nicht wert, gerettet zu werden«, sagte er bitter.

»Wo willst Du hin?«

Er ging auf die Tür zu, blieb stehen und blickte sie an. »Ich gehe nach Elas zu meiner Frau. Wenn ich mich davon überzeugt habe, dass sie sicher zu Hause angelangt ist, komme Ich zurück und wir können weiterreden. Aber wenn Du vermeiden willst, dass noch mehr Leute getötet oder verletzt werden, solltest Du mir eine Eskorte mitgeben.«

Sie starrte ihn an. Er untergrub offen ihre Anweisungen und mithin ihre Autorität. Kurt hatte sie noch nie so wütend gesehen. Aber vielleicht konnte sie in seinem Gesicht lesen, was er in diesem Moment durchlitt.

Ihr Gesichtsausdruck wurde ruhiger, milder. »Ich gebe Dir Zeit bis morgen früh. Ordne Deine Angelegenheiten dort. Meine Wachen werden Dich nach Elas eskortieren. Aber ich werde sie nicht ein zweites Mal entsenden, damit sie Dich den

Sufaki als Köder vor die Nase halten können. Also bleibe bis morgen früh im Haus. Wenn Du mir heute Nacht noch mehr Ärger machen solltest, Kurt, so wirst Du es bereuen, das garantiere ich Dir.«

*

Kurt drückte die schwere Haustür auf, sowie Hef den Riegel zurückgeschoben hatte; nachdem sie wieder verschlossen war, wandte er sich an Hef. »Mim - sie ist hier, nicht wahr?«

Hef neigte den Kopf. »Ja, Lord Kurt. Sie ist vor wenigen Minuten angekommen, auch von Wachen der Methi begleitet. Entschuldige, Lord Kurt, aber was..?«

Kurt ließ ihn stehen und lief an ihm vorbei in den Rhmei. Er war leer. Kurt lief die Treppe hinauf in sein Zimmer. Es war dunkel - die Flamme der Phusa war das einzige Licht. Er atmete erleichtert auf, als er Mim vor der heiligen Lampe knien sah. Er ließ sich neben ihr nieder und umfasste ihre Schultern. Ihr Kopf sank an seine Brust. Mit halbgeschlossenen Augen blickte sie zu ihm auf. Ihre Lippen waren leicht geöffnet und Schweißperlen glänzten auf ihrer Stirn. Dann sah er ihre Hände, die sie auf ihr Herz presste, sowie den dunklen Fleck, den sie halb verbargen.

»Nein!«, schrie er, als sie zur Seite fiel. Ihre Hände glitten von dem Drachengriff des Dolches, der tief in ihrer Brust steckte. Sie war noch nicht tot. Der Dolchgriff bewegte sich mit ihrem Atem, aber er fand nicht den Mut, ihn zu berühren. Er presste seine Lippen auf ihre Wange.

Sie stöhnte leise. In ihren Augen stand ein kindlicher, verwunderter Ausdruck. »Mein Lord Kurt«, hörte er sie flüstern. Mit diesen Worten verströmte ihr letzter Lebenshauch und ihre Augen brachen.
Plötzlich lastete ihr Körper als schweres Gewicht auf ihm.

Mit einem erstickten Schluchzen umarmte er sie mit all seiner Kraft.

Rasche Schritte flogen die Treppe herauf. Kurt wusste, dass es Qta war. Der Nemet blieb in der offenen Tür stehen. Kurt wandte ihm sein tränennasses Gesicht zu.

»Beim Licht des Himmels«, flüsterte Qta zutiefst erschüttert.

Kurt ließ Mim behutsam zu Boden gleiten, drückte ihr die Augen zu und zog die Klinge aus ihrer Brust. Es war derselbe Dolch, den er einmal heimlich an sich genommen und den Mim zurückgegeben hatte. Er hielt ihn in der Hand wie einen lebendigen Feind.

»Kurt!« Qta lief auf ihn zu. »Nein, Kurt! Gib ihn mir. Gib ihn mir.«

Kurt kam taumelnd auf die Füße, den Dolch noch immer in der Hand. Durch seine Tränen sah er Qta nur als vage, verschwommene Gestalt, die ihm eine Hand entgegenstreckte. Er blinzelte und sein Blick wurde wieder klar. Er blickte auf Mim hinab.

»Kurt, ich bitte Dich...«

Kurts Hand umklammerte den Griff des Dolches so fest, dass seine Knöchel weiß hervortraten. »Ich habe noch etwas zu erledigen. Im Afen...«

»Dann musst Du mich töten, um aus diesem Zimmer zu kommen«, widersprach Qta. »Denn Du tötest Elas, wenn Du die Methi angreifst.«

Qtas Familie. Kurt sah die Liebe und die Angst in seinen dunklen Augen und konnte ihm nicht böse sein. Qta würde ihn mit allen Mitteln aufzuhalten versuchen, das wusste er. Er blickte auf die blutige Klinge.

»Kurt.« Qta nahm seine Hand und entwand ihm die Waffe. Nym stand im Schatten hinter ihm; Nym, Aimu und Hef. Hef weinte lautlos; unauffällig, selbst in dieser Stunde der Trauer. »Komm«, sagte Qta, »komm nach unten.«

»Rühre sie nicht an!«

»Wir werden sie in den Rhmei hinunterbringen«, erbot sich Qta. »Komm, mein Freund.«

Kurt schüttelte den Kopf und nahm sich zusammen. »*Ich* werde sie hinuntertragen. Sie ist..., war *meine* Frau.«

Qta nickte und Kurt kniete sich auf den Boden, um Mim aufzunehmen. Sie fühlte sich nicht mehr an wie Mim - sie war nun ein totes Gewicht, wie eine zerbrochene Puppe...
Schweigend versammelte sich die Familie im Rhmei: Ptas und Nym, Aimu, Qta und Hef.
Kurt legte seine Last zu Füßen Ptas' nieder. Ptas weinte, als sie sich neben Mim niederkniete und ihre Hände über ihrer Brust faltete. Niemand sprach ein Wort. Die einzigen Geräusche waren das Schluchzen der Frauen und Hefs. Kurt konnte nicht mehr weinen. Als er Nym anblickte, las er in seinem Gesicht eine kalte, furchtbare Wut.

»Wer hat sie dazu gebracht?«, fragte Nym, und Kurt zitterte unter dem Gewicht seiner Schuld.

»Ich habe sie nicht schützen können. Ich konnte ihr nicht helfen.« Kurt blickte auf Mims toten Leib hinab und atmete tief durch. »Die Methi, mit ihrer kaltherzigen, unsensiblen, machtversessenen Art, hat sie dazu getrieben. Wäre Djan empathischer mit ihr umgegangen, hätte das nicht passieren müssen...«

Nym blickte ihn mitleidig an. Dann wandte er sich um und trat an das lodernde Feuer. Ein paar Sekunden lang stand der Lord von Elas schweigend mit gesenktem Kopf. Dann richtete er sich auf, hob beide Arme empor und streckte die offenen Handflächen dem heiligen Feuer entgegen. »Geister unserer Ahnen«, betete er, »empfangt diese Seele, die nicht von unserem Blut ist, empfangt Mim h'Elas, Geister unserer Ahnen. Sie soll zu euch gehören, so wie sie zu uns gehört hat, liebend und geliebt. Friede war im Herzen dieses Kindes von Elas, Tochter von Minas, von Indras, aus dem strahlenden Indresul.«

»Geister von Elas«, betete auch Qta und streckte ebenfalls seine Hände den Flammen entgegen, »Geister unserer Ahnen, erwacht und blickt auf uns herab. Hüter von Elas, seht dieses Unrecht, welches uns angetan wurde. Rächt dieses Unrecht an euren Kindern. Erwacht und blickt auf uns herab.«

Kurt stand schweigend, verloren; unfähig, um Mim so zu trauern, wie sie um sie trauerten. Ein Fremder selbst noch angesichts ihres Todes. Er sah, wie Ptas den Dolch mit dem Drachengriff aus Qtas Händen nahm. Sie trat zu Mim, beugte sich über sie und hob den Dolch.
Kurt schrie entsetzt auf, aber Ptas schnitt der Toten nur eine Haarsträhne ab und warf die Locke in die Flammen des heiligen Feuers.
Aimu schluchzte laut.

Kurt konnte es nicht länger ertragen. Er warf sich herum und lief aus dem Rhmei.

*

»Es ist vorbei.« Qta kniete sich neben Kurt, der in der Eingangshalle in einer Ecke hockte. Er legte Kurt die Hand auf die Schulter. »Es ist vorbei. Wir werden sie zur Ruhe betten. Möchtest Du dabei sein?«

Ein Zittern und Beben fuhr durch Kurts Körper. Er drehte sein Gesicht zur Wand. »Ich kann nicht.« Unwillkürlich fiel er wieder in seine Muttersprache zurück. »Ich kann nicht. Ich habe sie geliebt, Qta.«

»Dann werden wir uns darum kümmern, mein Freund.«

»Ich habe sie geliebt«, wiederholte Kurt noch einmal und fühlte den Druck von Qtas Hand auf seiner Schulter.

»Gibt es..., irgendwelche Riten, die Du Dir dafür wünschst? Ich bin sicher..., dass unsere Ahnen nichts dagegen haben würden.«

»Was hatte sie denn mit meinen Leuten zu tun?« Kurt schüttelte den Kopf. »Macht es so, dass sie es versteht.«

Qta erhob sich und wollte gehen, kniete sich dann erneut neben Kurt. »Mein Freund, komm zuerst in mein Zimmer. Ich werde Dir etwas geben, das Dich schlafen lässt.«

»Nein«, verwahrte Kurt sich. »Lass mich in Ruhe. Lass mich... Bitte, mein Freund«

»Ich habe Angst um Dich.«

»Kümmere Dich um Mim. Tu mir den Gefallen.«

Qta zögerte. Dann stand er wieder auf und ging fort.

Kurt blieb hocken, bis seine leisen Schritte verklungen waren. Er hörte, dass die Familie den Rhmei verließ und in die hinteren Räume des Hauses wechselte. Kurt richtete sich auf, öffnete die Tür und zog sie lautlos hinter sich zu.
Die nächtliche Straße präsentierte sich geisterhaft, ohne Leben. Er trat hinaus, zögerte einen Moment und lenkte seine Schritte sodann nach links - nicht auf den Afen zu, sondern in die Richtung des Hafens...

14 - Reißaus - nach Süden...

Das erste Sonnenlicht brach durch die Nebelschwaden, und eine leichte Brise kam auf. Kurt umging die äußeren Wälle von Nephane, sah mehrere Schiffe im Hafen liegen; geisterhafte, skelettartige Gebilde ohne Segel.

Niemand bewachte dieses Ende des Hafens, wo der alte Wall gegen den unteren Teil des Haichema-Tleke stieß. An dieser Stelle endete die Peripherie der Stadt und das offene Land lag vor ihm. Eine steingepflasterte schmale Straße verlief in südöstlicher Richtung, mit den Spurrillen von tausenden Rädern hand-, beziehungsweise tiergezogener Karren, welche, im Laufe vieler Jahrzehnte, über sie hinweggefahren waren. Kurt folgte ihr eine Weile, dann verließ er sie und ging querfeldein in die unbekannte Wildnis.

Er wusste noch nicht, wohin er eigentlich wollte. Elas war ihm für immer verschlossen. Wenn er jetzt Djan oder t'Tefur begegnen sollte, würde er sie umbringen, und das wäre das Ende für Elas. Dennoch - er lief und hoffte im Stillen, dass t'Tefur ihn verfolgen würde, dass er ihm gegenüberstehen möge. Hier draußen, ohne Zeugen!

Aber auch das würde Mim nicht wieder zurückbringen! Mim war jetzt begraben in der kalten Erde. Er konnte es sich nicht vorstellen, durfte nicht dauernd daran denken und wollte es auch nicht wahrhaben - aber es war so. Hatte er in Elas keine Tränen mehr gehabt, flossen sie nun wieder reichlich.

Doch nicht lang. Er lief, bis ihm die Luft ausging und seine Muskeln gegen die Misshandlung protestierten - bis der körperliche Schmerz größer wurde als der Schmerz um Mim und die Erschöpfung ihn zusammenbrechen ließ.

Als er wieder klar denken konnte, war sein Kopf wie leergefegt von allem Ballast. Zum ersten Mal erkannte er, dass er eine blutende Wunde am Brustkorb trug. Er musste sie seit dem vorigen Abend, seit die Klinge des Sufaki ihn traf, mit sich herumgeschleppt haben, ohne es recht zu bemerken. Nun allerdings begann sie zu schmerzen. Die Wunde war nicht tief, aber sie zog sich fast über die ganze rechte Brustseite. Er hatte nichts, womit er die Verletzung behandeln und verbinden konnte, damit sie sich nicht entzündete. Na ja - er würde daran nicht verbluten...

Seine Hand- und Fußgelenke waren von den Fesseln aufgescheuert und taten weh. Er war beinahe glücklich über dieses Ungemach, da es den tiefer liegenden Schmerz um Mim betäubte.

Er versuchte, nicht an seinen Verlust zu denken, stand auf und ging weiter; anfangs mit unsicheren, schwankenden Schritten, dann kräftiger ausgreifend. Er wollte keinem Einheimischen begegnen, deshalb verließ er immer wieder die Straße und wechselte auf Seitenwege und Trampelpfade, die sich quer durch das Land zogen.

Die Stunden vergingen, die Sonne stieg höher und es wurde warm.

Er ging nach Süden, der mittäglichen Sonne entgegen. Hin und wieder kam er an bestellten Feldern vorbei. Die neue Saat war gerade aufgegangen, und an den Bäumen sah er die ersten Blüten.

Als es dunkelte, spürte er einen wütenden Hunger. Seit dem gestrigen Frühstück hatte er nichts mehr gegessen, fiel ihm ein. Er kannte das Land nicht, und es erschien ihm zu riskant, wilde Pflanzen zu essen. Er sah ein, dass er sich Nahrung *stehlen* musste, so schwer es ihm auch fallen mochte. Die Landbevölkerung war freundlich - und arm. Voller Bitterkeit erkannte er, dass seine Anwesenheit den unschuldigen, anständigen Menschen dieses Planeten nur Kummer gebracht hatte. Aber seinen Feinden konnte er nichts anhaben.

Mim war ständig bei ihm. Selbst wenn er zu den Sternen aufblickte, hörte er in seiner Seele ihre Stimme, die ihm die Namen nannte, welche sie ihnen gegeben hatte: Ysime, der

Polarstern, Mutter der Nordwinde; die blaue Lineth, der Stern, der den Frühling ankündigte, Schwester von Phan. Seine Trauer hatte sich in stilles Leid verwandelt.

Durch die Dunkelheit wehte der vom Meer kommende Westwind den Geruch eines Holzfeuers in seine Nase. Er ging darauf zu, roch noch andere Dinge - die Anwesenheit von Tieren und das köstliche Aroma kochender und bratender Nahrung. Er ließ sich auf Hände und Knie hinab und kroch vorsichtig weiter auf den flachen Hügel zu, von welchem der Geruch kam.

Von der Kuppe blickte er in eine kleine, runde Senke hinab. Ein Haus konnte er nirgends entdecken. Zwei Männer und ein Junge hockten um ein Feuer. Es waren »Cachiren« - Hirten.

Aus der ihn umgebenden Finsternis hörte er das leise Blöken von Cachin, welche Schafen sehr ähnlich sahen. Ein wütendes Knurren zerteilte die Stille. Ein zottiger »Tilof«, das Pendant eines Hütehundes, hob seinen Kopf, nahm Witterung auf und sträubte sein Nackenfell. Die Cachiren sprangen auf und griffen nach ihren Waffen. Der Tilof hingegen kam mit gefletschten Zähnen auf Kurt zugerast.

Kurt, der zu spät bemerkt hatte vom aufmerksamen »Hund«, während der wechselhafte Wind kurzzeitig auf Ost gedreht hatte, entdeckt worden zu sein, sprang auf und lief zurück auf eine steile Felsklippe zu, die aus der Bergflanke wuchs. Als er sich schon fast in Sicherheit glaubte, packte das Tier seinen linken Fuß. Er riss sich los und kletterte höher hinauf.

»Komm herunter!«, schrie der Junge und bedrohte ihn mit dem wurfbereiten Speer. »Komm herunter!«

»Wenn Du diese bissige Töle ›im Zaum‹ hältst, gerne«, rief Kurt zurück.

Die beiden Männer hielten ihn mit ihren Speeren in Schach, während der Junge den zähnefletschenden Tilof am Genick packte und festhielt. Kurt stieg langsam herab. Dabei sprach er ununterbrochen begütigend auf sie ein.

Mit ihren Speeren stießen sie ihn in das flackernde Licht des Lagerfeuers. Er hielt den Kopf gesenkt, als er sich vor das Feuer kniete. Die Spitze eines Speers wurde ihm in den Rücken gedrückt. Die beiden anderen Nemet traten um ihn herum und musterten ihn.

»Ein Mensch!«, rief einer von ihnen überrascht.

Die Speerspitze bohrte sich noch schmerzhafter und fester in seinen Rücken. Er verzog gequält das Gesicht.

»Beleidige unseren Tilof nicht noch einmal mit dem Ausdruck ›Töle‹..! Übrigens - wo sind die anderen? Du bist doch nicht allein hier, oder..?!«, fragte der zweite Erwachsene, ein weißhaariger Alter.

»Ich bin kein Tamurlin«, verwahrte sich Kurt vor dem naheliegend-berechtigten Verdacht, »und ich bin ohne Begleitung. Bitte, ich brauche etwas zu essen. Ich gehöre zu den Leuten der Methi.«

»Er lügt«, blaffte der Junge.

»Vielleicht...«, kratzte der Weißhaarige sich am Kinn, »aber er spricht unsere Sprache.«

»Ich verlange nicht eure Gastfreundschaft.« Kurt wusste, dass das Teilen von Brot und Feuer religiöse Bande schuf, wenn es nicht vorher ausdrücklich anders vereinbart worden war. »Ich bitte euch nur um Nahrung und Wasser. Ich habe seit zwei Tagen nichts mehr gegessen.«

»Woher kommst Du?«, hakte der alte Mann nach.

»Aus Nephane.«

»Er lügt«, wiederholte der Junge empört. »Die Methi hat sie alle getötet.«

»Möglich, dass er ihr entkommen ist...«

»Oder auch mehr als einer«, ergänzte der Weißhaarige.

»Möge das Licht Phans freundlich auf euch scheinen«, zitierte Kurt die allgemeine Grußformel. »Ich schwöre, dass ich nicht gelogen habe und dass ich kein Feind bin.«

»Jedenfalls ist er kein Tamurlin«, konstatierte der jüngere Mann. »Bist Du ein Hausfreund der Methi, Fremder?«

»Von Elas«, korrigierte Kurt.

»Von Elas..?!«, verwunderte sich der Alte. »Die Söhne des Sturms haben einen *Menschen* als Hausfreund?! Das ist schwer zu glauben, Fremder. Die Abkömmlinge der Indras sind zu stolz dafür.«

»Wenn Du den Namen von Elas ehrst«, beharrte Kurt, »oder den von Osanef, das dem Hause Elas' in Freundschaft verbunden ist, dann gib mir etwas zu essen. Ich falle fast um vor Hunger.«

Der Alte dachte ein paar Sekunden lang nach, dann lud er Kurt mit einer Geste ein, sich an dem Mahl, das über dem Feuer kochte, zu beteiligen. »Aber nicht in Gastfreundschaft, Fremder, da wir Dich nicht kennen. Nimm uns nicht zu viel. Wir sind arme Leute. Jedoch wollen wir Dir das Essen nicht verweigern, wenn Du so hungrig bist, wie Du sagst. Möge das Licht Phans auf Dich scheinen, Dir zum Segen oder zum Fluch - wie immer Du es verdienen magst.«

Kurt rutschte vorsichtig näher zum Feuer. Die Speerspitze wurde dabei weiter in seinen Rücken gedrückt. Er kniete sich vor den flachen Stein nieder, der diesen Männern Herd und Tisch zugleich bot, brach ein Stück von einem der drei flachen Brote ab und nahm sich ein paar Krümel von dem weichen Käse, der daneben auf einem Lederstück lag.
Als er gegessen hatte, stand er auf und verneigte sich. »Ich danke euch von Herzen und werde jetzt wieder gehen.«

»Nein, Fremder«, widersprach der jüngere Mann. »Ich halte es für besser, wenn Du hierbleibst und am Morgen mit uns ins Dorf zurückgehst. In dieser Gegend sehen wir nicht oft Reisende aus Nephane - und bei uns bist Du sicher. Andere Leute mögen Dich für einen Tamurlin halten und Dich mit dem Speer durchbohren, bevor sie ihren Irrtum erkennen.«

»Ich habe dringende Geschäfte zu erledigen«, winkte Kurt ab, als ob er eine Wahl hätte und verbeugte sich erneut. »Ich danke Dir für Deine Sorge um mich, aber ich werde jetzt gehen.«

Der Alte hielt seinen Speer in beiden Händen. »Ich glaube, mein Sohn hat recht. Du bist irgendwo weggelaufen, so viel ist sicher; und ich bezweifle, dass Du ein Hausgenosse von Elas bist. Ich glaube eher, dass Du der Methi entwischt bist, als sie alle anderen tötete - und hier auf dem Lande wissen wir sehr gut, wie Menschen sind..!«

»Mitnichten - ich komme von der Djan-Methi, stehe in ihren Diensten«, erwiderte Kurt, »und Du wirst Dir kaum ihren Dank verdienen, wenn Du mich aufhältst.«

»Schickt die Methi neuerdings ihre Diener ohne Vorräte übers Land?«

»Mein Auftrag ist sehr dringend«, fabulierte Kurt weiter an seiner erfundenen Geschichte. »Ich hatte einen Unfall und verlasse mich nun gänzlich auf die Gastlichkeit der Landbevölkerung.«

»Fremder, Du bist nicht nur ein Lügner, Du bist auch noch ein sehr schlechter Lügner! Wir werden Dich in unser Dorf zurückbringen und sehen, was uns der Afen zu dieser Angelegenheit erhellen wird.«

Das würde ihm jetzt gerade noch fehlen! Kurt fuhr herum und rannte ins Dunkel hinein. Erschrocken sprangen ihm die

Cachin aus dem Wege und stoben in wilder Panik nach allen Richtungen auseinander.

Das wütende Kläffen des Tilof schallte durch die Nacht.

Kurt wusste, dass er im Moment weder das Hüte-Tier, noch die drei Männer zu fürchten brauchte, da diese jetzt alle Hände voll zu tun haben würden, ihre auseinanderpreschende Herde wieder zusammenzutreiben und zu beruhigen.

Er erklomm eine steile Bergflanke. Mit Fingern und Zehen suchte er Halt in dem bröckelnden Gestein und schickte kleine Gerölllawinen zu Tal. Eine halbe Stunde später erreichte er kletternd ein Plateau, das mit Hecken und Gestrüpp bewachsen war und lief weiter. Die Verfolgung durch die drei Hirten war zwar verzögert worden, aber er konnte sich nicht darauf verlassen, dass sie ihm nicht doch noch nachjagen würden.

Durch diesen Zwischenfall würde indes hochwahrscheinlich Nachricht von seinem Verbleib nach Nephane gelangen - und zu Djan. Schiffe, die an der Küste entlangsegelten, konnten ihn leicht einholen.

Wenn es ihm nicht gelang, seine Rettungskapsel zu finden, mit der er auf dem Planeten gelandet war, und sich mit dem Lebensnotwendigen zu versorgen, hatte er in diesem Land keine guten Überlebenschancen...

Ahh..., überhaupt..., das war es! Die Rettungskapsel! Dort musste er hin!

Die Richtung stimmte perfekt - und in der Rescue-Cab gab es auch noch ein Strahlengewehr im standardisierten Survivalpaket. Seine Pistole war ihm ja damals am Strand, als Qta ihn gewaltsam aufgelesen hatte, nicht mehr in die Finger gelangt und wohl schon längst von den Gezeiten des Meeres unwiederbringlich fortgespült worden.

Djan würde ahnen, was er vorhatte, und wenn sie von den drei Hirten Gewissheit erhielt, zu welchem mutmaßlichen Ziel er geflohen war, konnte sie in aller Ruhe eine Sperre oder einen Hinterhalt aufbauen. Sie würde mit jedem verfügbaren

Mittel zu verhindern bemüht sein, dass er in den Besitz außerweltlicher Technologie und Waffen gelangte, mit deren Hilfe er ihre Existenz gefährden könnte.

Wenn sie den genauen Standort seiner Rettungskapsel kannte, waren seine diesbezüglichen Pläne gescheitert; mithin jedwede Chance, seine nunmehr spontan gereiften Pläne in die Tat umzusetzen. Ob er, im Falle seiner Ergreifung, generell mit etwas anderem als einer Exekution rechnen durfte, wusste er nicht und war ihm, anbetrachts seiner Situation und tiefen Trauer im Herzen, auch ziemlich egal... [1]

***

Die orangeleuchtende Sonne, deren Farbe, gegen Mittag, in ein zitronengelb wechseln würde, stieg über das mit Gras und Büschen bewachsene Hochland, durch welches er nun schon seit über zwei Wochen zog. [2] Zwei Wochen, in denen er sich überwiegend vom Diebstahl ernährt hatte..! Trockene, hüfthohe Halme dominierten den Charakter des ausgedörrten Brachlandes; vom Wind aufgewirbelter Staub, ab und an Haine mit Bäumen, die an Pinien oder Akazien erinnerten. Einzelstehende, nur selten anzutreffende, verholzte Garax, »Riesenpilze« in der Größe von Trauerweiden und ähnlich aussehenden schattenspendenden peitschenartigen »Fäden«, welche vom Rand ihrer Kappen bis auf Bodenniveau herunterragten, faszinierten Kurt besonders - sie glommen des Nachts in einem diffusen gespenstisch-phosphoreszierenden bläulichen bis violetten Licht und verwandelten manche durchwanderte Region in eine Märchen- und Feenwelt. Er mied allerdings ihre direkte Nähe, da sie die nachtaktiven fliegenden Insekten in Scharen anlockten. Überdies sonderten sie einen widerlich-süßlichen Geruch ab, welcher manchen der nächtlichen Besucher geradezu ein Aphrodisiakum zu sein schien und zum lockenden Verhängnis wurde, denn zweifellos ernährte sich dieser seltsame Pilz nebenbei von allzu neugierigen Mücken und Motten, welche von klebrigen Partien seines Schirmes eingefangen und absorbiert wurden.

Einmal war er von einem halbblinden Sufaki zwei Tage lang auf einem »Ochsenkarren« mitgenommen worden, was ihn ziemlich weit voranbrachte und seinen ausgelaugten Kraftreserven Schonung und Erholung schenkte. Die planetare Tierwelt hatte eine verblüffende Ähnlichkeit mit der ihm bekannten terranischen - weshalb er diese Zugtiere billigerweise mit »Ochsen« verglich. Er bezweifelte sehr, ob der Bauer, welcher auf einem Markt in Kamarkan seine Waren verkaufen wollte, ihn überhaupt als Menschen erkannt hatte. Noch vor Erreichen besagter Kleinstadt sprang Kurt vom Wagen, schied dankend und folgte stets der gepflasterten, schmalen Straße, die wie ein römischer Heeresweg ausgebaut war und recht konsequent in südöstliche, später südliche Richtung wies. In der Nähe von Ortschaften wechselte er auf seitliche Trampelpfade; so war es ihm gelungen jedem weiteren, aktiven Kontakt mit der einheimischen Bevölkerung weitestgehend auszuweichen und eventuellen Straßen-Patrouillen des Afen - sollten solche existieren - zu entwischen. [1]

Kurt stützte sich auf seinen Stock, einen knorrigen Ast, von dem er die Zweige abgeknickt hatte, und blickte nach Süden. Von der *Endymion*-Rettungskapsel war nichts zu sehen. Nichts...

Noch einer dieser zäh dahinfließenden Tage unter der sengenden Sonne mit den Schmerzen und dem fiebrigen Pochen einer Infektion in seiner Wunde...

Er trottete weiter und jeder Schritt jagte einen Schmerz durch seinen geschundenen Leib. Sein Mund war so trocken, dass ihm das Schlucken weh tat. Ab und zu legte er kurze Pausen ein, in denen er regelmäßig der Versuchung widerstehen musste, sich einfach hinzulegen und den Kampf gegen den Durst aufzugeben. Aber sein Lebenswille zwang ihn permanent zurück auf die Füße.

Der große, gleißende Feueropal Phans war ein schrecklicher Herr über das sufakische Hochland: sengend und blendend hell während des Tages, mit lauwarmen Nächten, welche jedoch, unter sternklarem Firmament, bis in die frühen Morgenstunden zu schneidender Kälte abkühlten.

Kurt rieb die sich abschälende Haut von der Nase, von den Händen. Seine nackten Beine und besonders die Knie waren vom Sonnenbrand angeschwollen; voller winziger Blasen, die aufplatzten und bluteten. Der Durst wurde unerträglich, als die Sonne den Zenit erreichte.

Es gab kein Wasser. Zum letzten Male hatte er getrunken, als er tags zuvor einen kleinen Bach überquerte – aber es konnte auch vorgestern gewesen sein. Seit er in diesem Land war, hatte er jedes Zeitgefühl verloren.

Er begann sich zu fragen, ob er nicht längst an seiner Rettungskapsel vorbeigestolpert war. Das wäre der Gipfel der Ironie: Er hatte überlebt, weil es ihm gelungen war, diesen einen bewohnbaren Planeten in der Weite des Alls zu erkennen und zu erreichen, und jetzt würde er sterben, weil er die Rettungskapsel nicht fand, die vielleicht hinter einem der vielen flachen Hügel versteckt lag. Schließlich wandte er sich nach Westen, dem Meer zu. *Das* jedenfalls konnte er nicht verfehlen, und er hatte die Hoffnung, in dem niedriger liegenden Terrain auf Wasser zu stoßen.

Der Wechsel der Jahreszeit hatte ihn irritiert. Er konnte sich erinnern, dass er in einer grünen Landschaft gelandet war.

Grün im Winter..?

Sollte er so weit südlich heruntergekommen sein?

Die Fahrt mit dem Schiff... Er wusste nicht mehr, wie viele Tage sie unterwegs gewesen waren. Am Nachmittag war er so erschöpft, dass es ihm schnuppe wurde, in welche Richtung er schlurfte. Er wusste, dass er nahe dabei war, sich umzubringen, und auch das war ihm gleichgültig. Er rutschte einen steilen Hang hinab; zu müde, um sich einen leichteren Abstieg zu suchen, glitt aus und rollte zu Tal. Steine und dornige Pflanzen ritzten an der sonnenverbrannten, entzündeten Haut seiner Arme und Beine. Die aufpeitschenden Schmerzen ebbten nach einiger Zeit wieder ab - oder er gewöhnte sich an sie... Er wusste nicht, welche der beiden Erklärungen am ehesten zutraf...

Als er wieder einigermaßen klar denken konnte, befand er sich auf den Beinen. Kurt konnte sich nicht erinnern, aufgestanden zu sein. Aber das war auch nicht mehr wichtig; alles Geschehen spulte sich jetzt nur noch wie mechanisch vollführt ab.

Die Rettungskapsel, die See, der dichter werdende Wald, Leben oder Tod versanken in einem merkwürdigen Nebel zunehmender Betäubung. Er bewegte sich, also lebte er, also bewegte er sich...

Die Sonne senkte sich glutrot dem Horizont entgegen, und Kurt schritt auf sie zu. Sie war sein Richtpunkt, sein Leitstern und Fanal in dieser endlos weiten Fremde. Sie führte ihn jetzt ständig bergab in ein Land, dessen Konturen und Bäume freundlicher und vertrauter wirkten...

Es wurde Nacht.

Er stand auf dem nur spärlich bewachsenen, runden Gipfel einer, aus dem Wald aufragenden, Bergkuppe und lehnte sich gegen seinen, in den Boden gespießten, Stab. Kurt hatte Angst, sich zu setzen, weil er argwöhnte, nicht mehr die Kraft zum Aufstehen aufzubringen, sollte er diesem dringenden Wunsch seines ermatteten Körpers nachgeben.

Am Fuß des Hügels erkannte er die dunklen Konturen des ihn umgebenden grünen Gürtels. Er stolperte, völlig erschöpft und ausgepumpt, den langen, sanft abfallenden Hang hinab.

Ein Licht leuchtete aus dem Dunkel.

Kurt blieb stehen und rieb sich die Augen, um sicherzugehen, dass er es wirklich sah.

Es war ein Lagerfeuer, erkannte er. Er ging blinzelnd darauf zu, getrieben von einer wilden Hoffnung; entschlossen, zu töten, wenn es nötig sein sollte, um sich Wasser und Nahrung zu verschaffen. Das Licht verschwand, als er durch eine lange, flache Senke kam, und er fürchtete schon, es verloren zu haben.

Als er indes den gegenüberliegenden Rand der Senke erreichte, tauchte es wieder auf - viel näher jetzt, hinter einer dünnen Wand von Büschen und Gestrüpp. Dann hörte er Stimmen, undeutlich, leise, aber es waren Nemet-Worte, mehrere Männer in ruhigem Gespräch. Plötzlich Stille. Zweige raschelten, eine Bewegung, das Feuer flackerte. Er zögerte, spürte Panik in sich aufsteigen, als er das Gefühl nicht loswurde, dass sich jemand, im dichten Blattwerk, an ihn heranschlich.

Knackend zerbrach ein dürrer Ast dicht neben ihm, ein Arm umspannte von hinten seinen Hals, riss seinen Kopf zurück. Er stürzte zu Boden. Zwei Männer hielten ihn fest, einer umklammerte seinen rechten Arm, der andere kniete auf seinem linken. Die Klinge eines Messers presste sich an seine Kehle.

Einer der beiden Männer griff nach der dolchbewehrten Hand des anderen. »Halt! Es ist t'Morgan«, stieß er leise hervor.

Behutsam tasteten sie ihn nach Waffen ab, fanden keine und halfen ihm vorsichtig auf die Füße. »Bist Du allein?«, fragte einer von ihnen.

»Ja«, versuchte Kurt zu sagen.

Sie mussten ihn fast tragen. Als sie in den Lichtkreis des Feuers gelangten, traten weitere Nemet aus dem Schatten. Einer von ihnen war - Qta.
Kurt entdeckte sein Gesicht unter den anderen und glaubte, endgültig verrückt geworden zu sein. Er schüttelte die Hände ab, die ihn hielten, und wollte auf Qta zugehen. Er strauchelte und sackte ungelenk nieder. Als er sich aufzurichten versuchte, kniete Qta neben ihm. Der Nemet wusch Kurt das Gesicht mit Wasser aus einem Fellschlauch. Dann drückte er ihm die Öffnung des Schlauchs in den Mund und zog ihn wieder fort, bevor Kurt zu viel Flüssigkeit auf einmal hinunterwürgen konnte.

»Wie kommt ihr hierher?« Kurt konnte kaum seine eigenen Worte verstehen.

»Wir haben nach Dir gesucht«, antwortete Qta. »Ich habe das Feuer anzünden lassen, damit es Dich anlockt, falls Du in der Nähe sein solltest - obwohl die Wahrscheinlichkeit verschwindend gering war - und diesen Zweck hat es ja auch erfüllt; den Göttern sei Dank für diese Wendung. Ich war auf dem Weg zu Deinem Raumschiff und wollte dort auf Dich warten, habe es aber bis jetzt nicht finden können. Bei allen Göttern, niemand geht hier quer durch das Land. Du musst völlig von Sinnen sein.«

»Es war ziemlich hart«, gab Kurt zu.

Qta strich ihm das verfilzte Haar aus dem Gesicht und träufelte Wasser auf die verbrannte Haut seines Gesichts. »Deine Haut ist wie gekocht«, sagte er. »Du solltest Dich nur sehen.«

Kurt fuhr sich über den mittlerweile drei Wochen alten, einen guten Zentimeter langen Bart, welcher seine untere Gesichtshälfte bedeckte, und wusste, dass er in den Augen der Nemet wie ein wildes Tier wirken musste. Die Nemet hatten kaum Gesichts- und Körperhaare. Er richtete sich stöhnend auf. Als er die Knie beugte, hatte er das Gefühl, als ob die verbrannte Haut reißen würde.

»Essen..?«, krächzte er heiser, und jemand gab ihm ein kleines Stück Käse.

Er konnte es kaum hinunterschlingen und nahm einen Schluck Telise von Qtas Flasche dazu. Damit waren seine Kräfte endgültig erschöpft. Er sank zurück in die Horizontale und die Indras brachten ihm Mäntel, um ihn gegen die Nachtkühle zu schützen.

Qta entdeckte die eiternde Wunde auf seinem Brustkorb, wusch sie mit Wasser aus – und dann mit Telise.

Kurt stöhnte auf, als der keimtötende Alkohol mit dem entzündeten Fleisch in Kontakt kam.

»Entschuldige, mein Freund, entschuldige«, murmelte Qta. »Mein armer Freund, es ist schon vorbei, Du wirst wieder gesund werden.«

Kurt sank in einen tiefen Erschöpfungsschlaf.

ooo

Er erwachte bei Sonnenaufgang, als einer der Männer Holz in das verglimmende Feuer warf. Qta hockte neben ihm und blickte ihn besorgt an.

Kurt stöhnte, als er sich aufrichtete. »Bitte Wasser, Qta«

Qta gab Punj, dem Jungen, einen Wink, der Kurt sofort den Wasserschlauch brachte. Nachdem er seinen Durst gelöscht hatte, aß Kurt ein Stück Stas. Es war schon am Abend zuvor gebacken worden und kalt - aber mit etwas Salz schmeckte es recht gut.

»Geht es Dir besser?«, fragte Qta.

»Ich bin wieder ganz in Ordnung«, antwortete Kurt. »Du hättest mir nicht folgen sollen.« Und dann kam ihm ein erschreckender Gedanke: »Oder hat Djan Dich ausgesandt, um mich zurückzuholen?«

Qtas Gesicht verdunkelte sich. Kurt hatte noch nie einen solchen Ausdruck düsterer Wut bei ihm gesehen. »Ich bin geflohen! Die Methi hat meinen Vater und meine Mutter getötet.«

»Waaas..! Oh Gott, nein!« Kurt schüttelte entsetzt den Kopf, als ob sein Protest das Geschehene rückgängig machen könnte. »Nein, Qta.«

Aber es war die Wahrheit. Das Antlitz des Nemet sah furchtbar aus in seinem Zorn.

»Ich bin schuld daran«, zeigte sich Kurt zutiefst erschüttert. »Es ist meine Schuld.«

»Djan hat sie getötet«, widersprach Qta, »genauso wie sie Mim getötet hat. Wir kennen Mims Schilderungen aus dem Mund von Djan selbst, als sie mit meinem Vater darüber sprach. Meine Familie kann nicht ohne Ehre leben - und deshalb sind meine Eltern gestorben. Mein Vater hat die Methi vor dem Upei bezüglich Mims Tod und wegen anderer Verbrechen angeklagt - und sie hat ihn aus dem Upei gewiesen, wozu sie das Recht hat. Mein Vater und meine Mutter haben daraufhin den Tod gewählt - übrigens Hef ebenfalls... Er wollte sie nicht ohne seine Dienste im Reich der Schatten leben lassen.«

»Und Aimu?« Kurt hatte Angst vor der Wahrheit.

»Ich habe sie Bel zur Frau gegeben. Was hätte ich sonst tun sollen? Welche andere Hoffnung gab es noch für sie? Elas existiert nicht mehr in Nephane. Sein Herdfeuer ist erloschen. Ich bin ein Ausgestoßener. Ich will der Methi nicht länger dienen, aber ich will leben, um meinen Vater und meine Mutter ehren zu können, genau wie Hef und Mim. Ich bin der Einzige, der das kann, nachdem Aimu die Hüter von Elas nicht mehr anzurufen vermag.« Qtas Lippen zitterten.

Kurt spürte Mitleid mit ihm und mit seiner Familie. »Falls Du jemals das Gefühl hattest, bei mir in einer Schuld zu stehen, so hast Du sie mehr als beglichen. Ich kann in diesem Land überleben, wenn Du mir nur Waffen, etwas Nahrung und Wasser gibst. Qta, ich könnte verstehen, wenn Du mich nie mehr wiedersehen wolltest. Ich könnte sogar verstehen, wenn Du mich töten würdest.«

»Ich bin gekommen, um Dich zu finden, Kurt. Du bist auch von Elas, obwohl Du weder unsere Riten vollziehen noch unser Blut weitergeben kannst. Als die Methi nach Dir schlug, traf sie uns. Wir gehören zu einem Haus, Du und ich. Bis einer von uns beiden stirbt, sind wir die rechte und die linke Hand Elas'. Ich erlaube Dir nicht, einfach fortzugehen.«

Er sprach als Lord von Elas, was jetzt sein Recht war. Die Verbindung, die Mim geschaffen hatte, war nicht zu zerbrechen. Kurt neigte den Kopf. »Wohin wollen wir jetzt? Was sollen wir tun?«

»Wir wenden uns nach Norden«, bestimmte Qta. »Beim Licht des Himmels - ich wusste sofort, wohin Du geflohen warst - und ich bin sicher, dass sich die Methi das auch leicht zusammenreimen kann. Es wäre viel günstiger gewesen, wenn Du Dein Schiff im hohen Norden gelandet hättest. Der Ome Sin mündet in einem ›Flaschenhals‹, in dem die Schiffe der Methi uns auflauern können. Wenn wir nicht durchbrechen und die nördliche See erreichen, sind wir beide erledigt, mein

Freund - wir, und all diese tapferen Männer, die mit mir gekommen sind.«

»Ist Bel auch hier?« Kurt sah viele bekannte Gesichter um sich herum, befürchtete jedoch, dass Bel t'Osanef und Aimu es vorgezogen hatten, in Nephane zu bleiben, sodass t'Tefur seine Rache an ihnen nehmen konnte.

»Nein«, klärte Qta ihn auf. »Bel ist Sufaki, und sein Vater braucht ihn gerade jetzt sehr dringend. Alle, die wir hier sind, dürfen uns in Nephane nicht mehr blicken lassen - jedenfalls nicht, solange Djan die Stadt regiert. Aber sie hat keinen Erben. Und da sie ein Mensch ist..., kann sie keine Dynastie gründen. Wir haben Zeit, zu warten.«

Kurt hoffte, dass er ihr nicht einen Erben gezeugt hatte. Es wäre der Gipfel bitterer Ironie, wenn er diese tapferen, anständigen Männer dadurch um ihre einzige Hoffnung betrogen hätte.

»Wir wollen aufbrechen«, erhob sich Qta. »Wir werden...«

Kurt hörte ein scharfes Zischen, einen dumpfen Schlag, und im nächsten Augenblick brach das Chaos los.

»Qta!«, schrie ein Mann warnend, bevor er zu Boden sank, einen gefiederten Pfeil im Hals.

Eine Horde wilder, heulender Kreaturen stürmte die Lichtung. Einer der Nemet stürzte neben Kurt zu Boden, das Gesicht eine unförmige, blutige Masse. Im nächsten Augenblick fühlte Kurt einen harten Schlag in seinem Rücken, der ihn über den Nemet schleuderte. Mit einem rohen Griff wurde er hochgerissen und starrte in ein bärtiges, menschliches Gesicht. Der Mann schien von der unerwarteten Begegnung nicht weniger überrascht und senkte die Axt, mit der er Kurt soeben den Schädel einschlagen wollte.
Er rief einen schneidenden Befehl.

Der Kampf endete abrupt, der Lärm verstummte.

Der Bärtige streckte seine blutverschmierte Hand aus und betastete Kurts Gesicht. In seinen fahlen Augen standen Staunen und Verwirrung. »Zu welcher Bande gehörst Du?«

»Ich bin mit einem Schiff gekommen«, stöhnte Kurt, dem die Attacke auf seinen Rücken noch die Luft nahm, »mit einem Raumschiff.«

Die grauen Augen des Tamurlin verengten sich. Er stieß einen knurrenden Laut aus und riss Kurt die Nemet-Kleidung vom Leib, als ob er durch jene als Lügner überführt würde. Die anderen Tamurlin stießen erstaunte Rufe aus und drängten sich um Kurt. Einer von ihnen hielt seinen sonnengebräunten Arm gegen Kurts blasse Schulter. »Ein Mann aus dem Schatten«, rief er, »ein Schiffsbewohner.«

»Das Schiff! Das Schiff! Das Schiff!«, wiederholten sie wieder und wieder, tanzten um Kurt herum und schwangen ihre Waffen. Kurt blickte auf das schreckliche Blutbad, das sie auf der Lichtung angerichtet hatten, und ihm wurde fast übel, als er mehrere Männer, die er gekannt hatte, tot auf dem Boden liegen sah. Er hoffte, dass es Qta gelungen war, zu entkommen. Er hatte mehrere Männer ins Unterholz fliehen sehen.
Aber er war *nicht* entronnen...
Kurt entdeckte Qta neben dem Feuer. Er lag ausgestreckt auf dem Waldboden, war aber anscheinend nur bewusstlos. Kurt sah, wie sich seine Brust mit dem Atem hob und senkte.

»Tötet die anderen!«, grunzte der Führer der Tamurlin. »Den Menschen nehmen wir mit.«

»Nein!«, revoltierte Kurt und versuchte sich loszureißen. Fieberhaft stöberte er in seinem Hirn nach einem plausibel klingenden Argument, um die Ermordung seiner Freunde zu verhindern. »Einer von ihnen ist ein Fürst der Nemet. Er kann euch sehr nützlich sein.«

»Welcher ist es?«

»Der dort«, deutete Kurt mit einer Kopfbewegung auf Qta. »Der Mann neben dem Feuer.«

»Wir sollten sie alle mitnehmen«, sagte ein anderer Tamurlin grinsend. »Wir können sie dann in aller Ruhe im Lager erledigen.«

»Sehr gut!«, heulte der Rest wie eine Rotte blutgieriger Wölfe und der Häuptling stimmte widerwillig zu, weil die Idee nicht von ihm gekommen war.
»Bringt alle her, die noch leben. Wir werden sehen, ob dieser Mensch wirklich von dem Schiff ist. Und wenn nicht, werden wir herausbringen, wer er ist.«

Die Meute johlte zustimmend und »kümmerte« sich um die am Boden liegenden Nemet. Zwei der Tamurlin rissen Qta hoch und schlugen ihm brutal ins Gesicht, bis er sich zu wehren begann, dann drehten sie ihm die Arme auf den Rücken und fesselten ihn.
Zwei Nemets, die nicht schwer verletzt waren, wurden der gleichen »Behandlung« unterzogen. Ein dritter Mann brach zusammen, als sie ihn auf die Füße zerren wollten. Sein rechtes Bein war von einem Pfeil durchbohrt. Sie stießen ihn wieder um und zerschmetterten seinen Schädel mit einer Axt.

Kurt wandte sich entsetzt ab und schaute Qta an.
Noch ein weiterer Nemet wurde auf diese Weise ermordet, weil man sich seines unnötigen »Ballasts« entledigen wollte - und bei jedem splitternd-knirschenden Schlag des Beils zuckte Qta zusammen; sein Blick jedoch blieb auf die grausige Szene geheftet. Er sah aus, als ob man *ihn selbst* mit seinen Getreuen tötete..!

15 - Unter den Tamurlin

Die keilförmige Rettungskapsel lag so, wie Kurt sie in Erinnerung hatte; etwas zur Seite geneigt, das Luk einen Spalt offen. Etwa hundert Tamurlin kampierten jetzt unmittelbar neben ihr. Eine der aus Ästen und Gras gefertigten Hütten lehnte sich an die metallschimmernden Landebeine der Kapsel. Halbnackte Männer, Frauen und Kinder kamen angerannt, um zu sehen, was für eine Beute die Jäger mitgebracht hatten. Sie stießen obszöne Drohungen gegen die Nemet aus, verstummten jedoch voller Scheu, als sie Kurt als Menschen erkannten. Ein Jüngling trat vorsichtig an ihn heran – obwohl Kurts Hände auf den Rücken gefesselt waren – und betrachtete ihn neugierig. Andere taten es ihm nach. Einer gab Kurt einen Stoß und schlug ihm dann ins Gesicht. Der Häuptling stieß ihn fluchend beiseite. Kurt war *sein* Eigentum.

»Von welcher Bande ist er?«, fragte jemand.

»Er gehört nicht zu uns«, korrigierte der Häuptling.

»Aber er ist ein Mensch«, schrien mehrere der Tamurlin.

Der Anführer packte Kurt derb beim Kragen und entblößte seinen Oberkörper. »Er ist *nicht* von uns«, wiederholte er und wies auf Kurts blasse Haut. »Was immer er sein mag, er ist nicht von uns.«

Ihre Reaktion grenzte an Panik. Sie streckten ihre dreckverschmierten Hände aus und verglichen ihr Aussehen mit dem seinen. Die Haut der Tamurlin war sonnenverbrannt und wettergegerbt. Sie betasteten Kurt mit den Fingern, zupften an seiner Kleidung und heulten vor Vergnügen, wenn er fluchte und nach ihnen trat. Es war ein Spiel. Sie versuchten, ihn zu berühren und zu reizen und sprangen zurück, sowie er sich verteidigte. Doch als es ihm zu albern wurde und er ihre Neckereien einfach über sich ergehen ließ, wurden sie wütend und schlugen ihn. Einer von ihnen stieß ihn zu Boden und trat ihm mehrmals in die Rippen. Die anderen lachten schallend, und amüsierten sich noch mehr, als ein kleiner Junge herbeilief und es den Erwachsenen nachmachte. Kurt warf sich auf die Knie und versuchte aufzustehen.

Brüsk zog der Häuptling ihn empor. »Woher kommst Du?«, blaffte er ihn an.

»Von einer anderen Welt«, antwortete Kurt mit blutigen Lippen. Über die Schulter des Häuptlings hinweg sah er seine Rettungskapsel, ein Asyl aus seiner eigenen Zeit, welches er nicht erreichen konnte. Er schämte sich vor den Nemet wegen des Benehmens dieser degenerierten Menschen, deren Vorfahren sich einstens die Herrschaft über diesen Planeten angemaßt hatten. »Das Raumschiff dort hat mich hergebracht.«

»Das Schiff«, riefen die Tamurlin, »das Heilige Schiff!«

»*Dieses* ist keineswegs das ›Heilige Schiff‹!«, dämpfte der Häuptling lautstark deren Hoffnung und deutete mit seiner vor Erregung zitternden Hand auf die Kapsel. »Das Zeichen des Fluchs ist auf seinen Flanken. Dieser Mann ist nicht das, was die Artikel voraussagen.«

Das Emblem der Allianz. Kurt hatte vergessen, dass die Kapsel mit dem Sonnenzeichen der Allianz markiert war. Die Tamurlin waren Hanan. Mit einem flauen Gefühl im Magen fragte er sich, wie weit diese Wilden sich noch an den galaktischen Krieg erinnerten.

»Ein Mann von den Sternen!«, beharrte einer der jungen Männer trotzig. »Ein Mann von den Sternen! Das Schiff wird kommen!« Die anderen wiederholten seine Worte mit frenetischem Geheul. »Das Schiff! Das Schiff! Die Maschinen und die Armee!«

»Sie kommen!«

»Das Warten ist vorbei!«

Der Anführer zwang Kurt, mit einem brutalen Hieb, in den Staub und trat ihn mit den Füßen, um seinen Untergebenen seine Verachtung zu demonstrieren. Die Tamurlin jammerten erschrocken auf. Ein Junge lief empört auf den Häuptling zu, welcher ihn, mit einem Faustschlag, niederstreckte. »Ich bin noch immer der Häuptling dieses Stammes!«, brüllte er seine Leute an. »Und ich kenne die Artikel und die Schriften. Wer will sich mit mir darüber streiten?«

Einer der Männer trat einen Schritt vor, als ob er die Herausforderung annehmen wollte, aber als der Häuptling auf ihn zutrat, senkte er den Blick und reihte sich zurück hinter den anderen ein.

»Ihr habt das Zeichen des Fluchs gesehen«, spottete der Häuptling und deutete auf die Rettungskapsel. »Vielleicht ist die Ankunft des Schiffes nahe. Aber das kleine Ding ist nicht das, was die Schriften voraussagen.« Er blickte drohend auf Kurt hinab. »Wo sind die Maschinen? Wo ist das Schiff, das so groß ist wie ein Berg? Wo sind die Armeen, die die Städte der Nemet erobern werden?«

»Sie sind unterwegs«, flunkerte Kurt. »Ich wurde von Aeolus als Kundschafter vorausgeschickt, um euch zu finden. Ist das eure Art, einen Abgesandten eures Heimatplaneten willkommen zu heißen? Wenn ihr mich tötet, werdet ihr niemals das Schiff sehen.«

Der Häuptling schien in der Bredouille.

»Mutter Aeolus!«, jubelte einer der Männer. »Die Große Mutter! Er hat die Große Mutter aller Menschen gesehen!«

Der Anführer glotzte, unter kritisch zusammengekniffenen Brauen, auf Kurt hinab. Aber er war unsicher geworden. »Und was hat die Große Mutter zu Dir gesagt?«

Kurt wusste, dass seine Lüge neue Lügen forderte, er musste ein Gespinst konfabulieren, ohne sich darin zu widersprechen oder zu verirren, wenn er sich und seine Gefährten aus dieser Situation retten wollte. Aeolus – Heimatplanet –, die Voraussage, dass von dort einmal ein Schiff kommen würde, um sie wieder zu Herren dieser Welt zu machen.

»Das Schiff..., hat den Kontakt mit euch verloren«, improvisierte er und stand auf. »Die Boten, die ausgeschickt wurden, kamen nicht zurück, und euch schrieb man die Schuld dafür zu. Aber jetzt, nach Hunderten von Jahren, will man noch einmal versuchen, mit euch in Verbindung zu treten. Das Schiff wird kommen – wenn ich einen günstigen Bericht über euch abgebe.«

»Und warum trägt Dein kleines Schiff das Zeichen Phans?«, verlangte der Häuptling zu wissen. »Du bist ein Lügner.«

Das Sonnenzeichen auf der Rettungskapsel. Kurt musste sich zusammennehmen, um nicht dem anklagend deutenden Finger des Häuptlings mit dem Blick zu folgen.

»Ich bin kein Lügner«, widersprach er. »Und wenn ihr nicht auf mich hört, werdet ihr das Schiff niemals sehen..!«

»Du kommst von Phan«, insistierte der Häuptling, »von Phan! Du willst uns an die Nemet verraten!«

»Ich bin ein Mensch. Siehst Du das nicht?«

»Du hast mit den Nemet kampiert. Du warst nicht ihr Gefangener.«

Kurt nahm die Schultern zurück und blickte dem Mann in die Augen. »Wir waren der Ansicht, dass ihr die Nemet beherrscht. Das war schließlich die Aufgabe, die man euch gestellt hatte - und ihr hattet immerhin dreihundert Jahre Zeit, sie durchzuführen. Also sah ich keinen Anlass, mich vor den Nemet zu fürchten. Aufgrund meiner Arglosigkeit konnten sie mich überrumpeln und mir meine Waffen wegnehmen. Ich habe lange Zeit gebraucht, um aus Nephane zu entkommen und euch zu suchen. Diese Leute...« – er deutete auf Qta und die anderen Nemet – »...haben mich eingeholt und wieder gefangengenommen. Aber da sie den strikten Befehl hatten, mich lebend nach Nephane zurückzubringen, ließen sie mir gewisse Freiheiten. Das besagt jedoch nicht, dass unsere Beziehungen freundschaftlich waren.

Ich habe keine besondere Vorliebe für die Nemet, aber ich rate euch, diese drei Überlebenden zu verschonen. Wenn das Schiff hier eintrifft, wird mein Kapitän einige dieser Leute verhören wollen, und dazu wären diese gerade recht.«

Der Häuptling zog seinen Schnurrbart zwischen die Zähne und kaute nervös darauf herum. Er warf einen hasserfüllten Blick auf die drei Nemet und stieß einen leisen Fluch aus. Dann schüttelte er den Kopf. »Wir werden sie töten.«

»Nein«, entgegnete Kurt. »Wir brauchen sie lebend und gesund.«

»Drei Nemet?«, knurrte der Häuptling. »Einen. Einen können wir übriglassen. Du kannst wählen, welcher von ihnen am Leben bleiben soll.«

»Alle drei«, blieb Kurt entschieden kategorisch.

Der Häuptling wuchtete seine Streitaxt aus dem Gürtel und schleuderte sie auf die drei Nemet zu. Die Axt sauste knapp an Qtas Gesicht vorbei und blieb zitternd in einem Baumstamm stecken. »Wähle!«, schrie er. »Wähle, Mensch von den Sternen! *Einen* Nemet kannst Du haben. Wir nehmen die beiden anderen.«

Die degenerierten Rohlinge heulten begeistert auf. Das Schauspiel gefiel ihnen... Ein kleiner Junge lief auf die Nemet zu und schlug mit einem Prügel auf sie ein.

»Welchen?«, zischte der Häuptling noch einmal.

Kurts Magen krampfte sich zusammen. Er sah Qta an, der seinen Blick erwiderte, las Verzweiflung und Wut in den Augen des Nemet und sah wieder den Häuptling an. »Den dort«, deutete er mit einer Kopfbewegung auf Qta. »Den Mann zur Linken, ihren Führer.«

*

Einer der beiden Nemet starb vor Einbruch der Dämmerung. Die Hinrichtung fand in der Mitte des Lagers statt und Kurt musste die grausame Prozedur von Anfang bis Ende mitansehen, denn die Blicke des Häuptlings waren häufiger auf ihn, als auf den sterbenden Nemet gerichtet und beobachteten misstrauisch seine Reaktionen.
Kurt versuchte, alle seine Gefühle und Emotionen abzuschalten, verschränkte die Arme vor der Brust, um sein Zittern zu verbergen. Der Nemet war ein tapferer Mann; sein letzter Blick vor dem Tode galt Qta - nicht verzweifelt, sondern mit der Bitte um Anerkennung.
Qta war auf den Beinen, die Hände auf den Rücken gebunden. Der Lord von Elas blickte dem sterbenden Mann fest in die Augen, als ob er ihm auf dem Deck seines Schiffes einen Befehl gäbe, und der Nemet schied mit so viel Würde aus dem Leben, wie die Tamurlin ihm ließen. Sie machten ein Schlachtfest daraus und johlten wie wilde Tiere, bis der Nemet auf die Folterungen nicht mehr reagierte. Dann spalteten sie ihm mit der Axt den Schädel. Als die Klinge herunterfuhr, verlor Qta seine Selbstbeherrschung. Tränen liefen über sein Gesicht.

Die Tamurlin deuteten mit Fingern auf ihn und lachten schallend.

Nach der Exekution befahl der Häuptling, Kurt in seine eigene Hütte zu bringen. Dort verhörte er ihn, drohte ihm und nannte ihn wiederholt einen Lügner. Der Häuptling war ein schlauer Fuchs. Kurt versuchte mehrmals, ihn durch geschickt formulierte Antworten oder Gegenfragen zu verwirren, aber der Bandenführer kam immer wieder zielstrebig auf seine Fragen zurück. Er zitierte aus den Artikeln und den Schriften der »Gründer«, wie er sie nannte, und fragte Kurt permanent nach dem »Woher« seiner Person und dem Grund seines Hierseins.

Der Name dieses ausgebufften Mistkerls war »Renols« oder so ähnlich, und er war der einzige Mann im Camp, der wenigstens eine rudimentäre Bildung zu haben schien. Sein Wissen war seine Macht, und in dem Augenblick, in dem Renols seinen Glauben oder seine Angst verlor, würde Kurt sterben.

Die Hütte roch nach Rauch, Schweiß und dem durchdringenden Aroma der Blätter, die die Tamurlin kauten. Eine der Frauen lag an der gegenüberliegenden Wand der Behausung und schob sich ein Blatt nach dem anderen in den Mund. Ihre Augen hatten einen glasig-fiebrigen Ausdruck. Der Häuptling stand auf, nahm ihr ein paar der Blätter aus der Hand und begann ebenfalls zu kauen. Nach kurzer Zeit bildeten sich Schweißtropfen auf seiner Stirn und er wurde ruhiger. Er streckte Kurt ein paar der Blätter entgegen und bestand darauf, dass er sich bediente. Kurt nahm eins der silberig schimmernden Blätter, steckte es in die Backentasche, wobei er sorgfältig darauf achtete, es nicht zu zerbeißen. Trotzdem verursachte es ein brennendes Gefühl in seinem Mund und übte eine leicht betäubende Wirkung aus, die ihn ängstigte. Wenn diese Blätter eine Art Rauschwirkung hatten, konnte er möglicherweise etwas sagen, was er nicht verraten wollte. Sicher konnte er viel weniger von der Droge vertragen als der daran gewöhnte Renols.

»Wann wird das Schiff kommen?«, insistierte jener.

»Ich habe Dir doch schon einige Male gesagt, dass es in meinem Schiff Maschinen gibt, mit denen ich den Kapitän des Großen Schiffes anrufen kann.«

Renols kaute und starrte ihn prüfend an, die buschigen Augenbrauen zusammengezogen. In seinen Augen stand ein gefährlicher Ausdruck. Abermals stopfte er sich eines der vermaledeiten Blätter in den Mund und zwang Kurt ebenfalls noch einmal zuzulangen. Kurt schob es vorsichtig mit der Zunge zu dem anderen in die Backentasche. Der berechnende Zug im Gesicht des Häuptlings blieb. »Was für ein Mann ist Dein Kapitän?«

Er begann die ihm vorgetäuschte Lage theoretisch zu verstehen. Wenn wirklich ein Schiff kommen sollte, wenn Mutter Aeolus die Weissagung wahrmachen und sich die Behauptungen seines Gefangenen als wahr erweisen sollten, würde Renols sich mit einem Mann auseinandersetzen müssen, der größere Autorität besaß als er. Vielleicht würde er jede Vormachtstellung verlieren. Renols musste die Ankunft des Schiffes *fürchten*. Es lag in seinem Interesse, dass es dieses Schiff **nicht** gab!
Es war aber sehr gut möglich, dass es wirklich unterwegs war und sein Gefangener sehr bald ein bedeutender Mann sein würde - also musste Renols sich vor ihm in Acht nehmen und taktieren.

»Mein Kapitän«, antwortete Kurt geschmeidig und spann seine Lüge weiter aus, »heißt Ason - und Aeolus hat ihm alle Waffen mitgegeben, die ihr braucht, um die Nemet endgültig zu unterjochen. Er wird euch die Waffen übergeben und euch in ihrem Gebrauch unterrichten, bevor er wieder nach Aeolus zurückkehrt und seinen Bericht fertigt.«

Diese Aussicht schien Renols mehr zu gefallen, als Kurt angenommen hatte. Er grunzte zufrieden; gab einer Frau, die in ihrer Nähe saß und ihr Kind stillte, einen Befehl. Sie legte das Kind auf den Hüttenboden neben die andere Frau, welche von der Wirkung der Blätter eingeschlafen war, ging hinaus und brachte ihnen etwas zu essen.

Kurt fischte ein fetttriefendes Fleischstück aus dem Topf und zögerte, als ihm einfiel, dass die Tamurlin vielleicht auch nicht vor Kannibalismus zurückschreckten. Aber der Hunger und Renols misstrauische Blicke zwangen ihn, seine Bedenken zurückzustellen. Mit sehr gemischten Gefühlen aß er das unidentifizierbare Fleisch. Dabei musste er darauf achten, die in die linke Backentasche geschobenen Blätter nicht zu zerkauen oder hinunterzuschlucken. Das Fleisch hatte einen muffigen, fauligen Geschmack. Ihm wurde speiübel. Nur mit Mühe gelang es ihm, sich nicht zu übergeben. Er hielt die Luft an und schluckte es rasch hinunter, ohne weiter darauf herumzubeißen; wischte danach die fettigen Finger auf seiner Matte ab.

Der Häuptling wollte ihm ein zweites Stück anbieten, kam aber nicht dazu. Von draußen drangen lautes Lärmen und Gelächter in die Hütte, dann ein gellender Schrei. Renols stellte den Topf auf den Boden, trat hinaus und sprach mit einem Bandenmitglied.

»Du hast mir geschworen, ihn nicht zu töten«, zeigte sich Kurt entsetzt, als Renols wieder in die Hütte kam.

»Deiner lebt ja noch«, sagte er. »Der andere gehört uns.« Das Lärmen und Skandieren wurde lauter. Renols fummelte nervös an seinem Schnurrbart, hin- und hergerissen zwischen dem Ärger, dass sein Gespräch mit Kurt unterbrochen worden war, und seiner Neugier, selbst zu sehen, was draußen vor sich ging. Er sprang auf, lief zum Eingang und rief einem der Männer zu, er solle Kurt in eine andere Hütte schaffen.

*

Es war wieder ruhig geworden. Kurt lauschte mit zusammengebissenen Zähnen, um nicht im hohen Bogen erbrechen zu müssen. Im Dunkel der primitiven Behausung, in die sie ihn gestoßen hatten, war es ihm endlich gelungen die leidigen Blätterdrogen unbemerkt auszuspucken. Seine Hände waren um eine der beiden Stangen gefesselt, die das Dach der Hütte trugen. Er hockte sich hin und scharrte eine flache Grube in das festgestampfte Erdreich, in welcher er die ausgespienen Blätter versenkte. Er hatte jetzt einen bitteren Geschmack im Mund und sein Puls raste. Paradoxerweise ließ ihn dennoch eine unwiderstehliche Müdigkeit eine Weile schlafen.

ooo

Schritte vor der Hütte weckten ihn wieder. Lange Schatten fielen in den Eingang. Zwei Männer schleiften einen Körper herein.
Es war Qta. Sie fesselten den halb bewusstlosen Nemet an die zweite Stange und gingen wieder hinaus. Nach einer Weile hob Qta den Kopf und lehnte ihn an die Dachstrebe. Er sprach nicht, und er blickte Kurt nicht an.

»Qta«, unterbrach Kurt schließlich die fürchterliche Wortlosigkeit unter Freunden, die einander nicht mehr sicher sind. »Was ist mit Dir?«

Er antwortete nicht.

»Qta«, flüsterte Kurt noch einmal.

»Bist Du es?«, ächzte der Nemet mit heiserer Stimme, »dem ich mein Leben verdanke? Habe ich das richtig verstanden? Oder muss ich das glauben, was Du den Tamurlin erzählt hast?«

225

»Ich habe gelogen, dass sich ›die Balken biegen‹ und in dieser absolut beschissenen Situation getan, was ich konnte.«

»Was willst Du von mir?«

»Ich versuche, unsere Leben zu retten«, sagte Kurt. »Ich versuche, Dich hier herauszubringen. Du kennst mich doch, Qta. Nimmst Du etwa *ein* Wort von dem ernst, was ich diesen dreckigen, abgestumpften Bastarden gesagt habe?«

Eine ganze Weile herrschte Schweigen. »Bitte«, verwahrte sich Qta endlich mit gebrochener Stimme, »verschone mich fortan vor Deiner ›Hilfe‹.«

»Hör mir zu! In der Raumkapsel existieren Waffen – gesichert in einem, unter der Instrumentenkonsole verborgenen, Schließfach. Ein Lasergewehr und noch eine weitere Strahlenpistole; die zweite habe ich damals am Strand verloren. Wenn ich sie irgendwie dazu bringen kann, mich an Bord zu lassen, zünde ich mit einem speziellen Allianz-Code für notgelandete Rescue-Cabs die Triebwerke und brenne das ganze Nest nieder.«

»Ich werde Dir alles vergeben, wenn Du das tust«, versprach Qta.

»Bist Du schwer verletzt?«, fragte Kurt nach einer Weile.

»Ich lebe noch«, seufzte Qta. »Soll ich Dir beschreiben, wie sie den Jungen umgebracht haben?«

»Es gelang mir leider nicht, diese perversen Schweine davon abzuhalten. Qta, können wir irgendwie auf die Tavi hoffen? Falls es uns gelingen sollte, uns zu befreien..., gibt es irgendeinen Weg, um an Bord des Schiffes zu kommen?«

Qta blieb still und schwieg.

»Qta, wo ist Dein Schiff verankert?«

»Warum willst Du das wissen? Damit Du auch die anderen Männer für unser Überleben opfern kannst?«

»Glaubst Du etwa im Ernst, ich würde sie verraten..?«

»Sie sind von Deiner Art: Menschen. Sie könnten Dich am Leben lassen..., wenn Du sie entsprechend ›bezahlst‹.«

Gegen so viel Verbitterung gab es kein Argument. Kurt schluckte die Enttäuschung und die Kränkung herunter, welche er in diesem Augenblick empfand, und schwieg. Er wollte keine weiteren ›Wahrheiten‹ von Qta hören.
Das bedrückende Schweigen währte lange Zeit.
Schließlich wandte Qta den Kopf: »Um was kämpfst Du eigentlich?«

»Ich dachte, Du hättest Deine Schlüsse längst gezogen.«

»Ich frag Dich noch einmal: Was hast Du vor?«

»Ich will Dein Leben retten. Und das meine.«

»Und was haben wir davon - unter diesen Bedingungen?«

Kurt blickte ihn an. »Was haben wir davon, wenn wir uns einfach abschlachten lassen? Was für ein Sinn liegt darin, wenn Du Dich töten lässt und nicht einmal versuchst, Dich zu wehren?«

»Hör auf, mich zu beschützen. Es wäre besser, wenn ich tot wäre.«

»Willst Du *so* sterben, wie die beiden anderen gestorben sind?«

»Beweise mir«, forderte Qta mit bebender Stimme, »dass Du in der Lage bist, irgendetwas gegen diese blutrünstigen, bestialischen Kreaturen zu unternehmen. Gib mir eine Waffe in die Hand oder befreie mich wenigstens von diesen Fesseln, dann will ich gerne kämpfend untergehen. Was für ein Sinn liegt in einem so würdelosen Dasein? Nenne mir *einen* Grund, so weiterleben zu wollen. Sage mir etwas, das ich meinen beiden Männern mit ins Reich der Schatten hätte geben können, als man sie auf scheußlichste Weise ermordete. Sage mir, warum ich leben soll, wo es meine Pflicht gewesen wäre, mit ihnen zu sterben.«

»Ich verstehe Dich total! Darum, Qta, haben wir irgendeine Chance, die Tavi zu erreichen?«

»Die Küste ist meilenweit von hier entfernt. Sie würden uns einholen.« Er machte eine kurze Pause. »Dieses Schiff, mit dem Du gekommen bist..., ist es wahr, was Du vorhin gesagt hast, dass Du sie alle verbrennen kannst?«

»Sie würden alle sterben, Qta. Und Du auch.«

»Du weißt, dass der Tod mir nichts bedeutet. Beim Licht des Himmels, von was für einer Welt kommst Du? Warum musstest Du Dich einmischen?«

»Ich habe nach bestem Wissen gehandelt.«

»Dann hast Du Dich geirrt.«

Kurt wandte den Kopf ab und schwieg. Qta hatte auch keine Lust, weiter mit ihm zu reden. Er hatte genügend Gründe, alle Menschen zu hassen. Fast alle, die ihm nahestanden, waren durch Menschen umgekommen; sein Haus war verloren, sein Herdfeuer erloschen, und jetzt hatte man sogar zwei seiner Freunde vor seinen Augen abgeschlachtet. Elas lag im Sterben. Das hatte die Freundschaft mit einem Menschen dem Lord von Elas eingebracht...

*

Ein Schatten kroch durch das Mondlicht, welches in den Eingang der Hütte fiel.

Kurt schreckte aus dem Schlaf und wollte einen Warnschrei ausstoßen. Der »Schatten« schnellte indes auf ihn zu und eine schwielige Hand presste sich auf seinen Mund. Jetzt war auch Qta wach. Eine Klinge blitzte im Mondlicht, als der Eindringling mit seinem Messer nach Qtas Kehle stach. Kurt hebelte sich herum und trat mit den Beinen nach dem Meuchler. Der harte Stoß warf ihn zu Boden.

Schnell richtete sich der Unbekannte wieder auf und Kurt sah ein bärtiges, menschliches Gesicht, das von ihm zu Qta blickte. Sein Messer hielt der Mann noch immer in der Hand. »Still«, zischte er und hielt Kurt die Klinge dicht vors Gesicht. »Still.«

Kurt fühlte einen Schauer über seinen Rücken laufen, die verspätete Reaktion auf den Mordversuch an Qta. Der Nemet war unverletzt und starrte den bärtigen Menschen an. »Was willst Du?«, wisperte Kurt.

Der Bärtige kroch näher und tastete nach den Knoten in Kurts Fessel. »Ich bin Garet. Ich will Dir helfen.«

»Mir helfen?«, staunte Kurt, noch immer zitternd.

In den Augen des Mannes stand ein irrer Ausdruck. Er roch stark nach den Blätterdrogen. Seine Hände tasteten über Kurts Schultern und er beugte sich dicht zu Kurts Ohr herunter. »Du darfst Renols nicht trauen - er wird Dich töten, sobald er gewiss ist, sich das leisten zu können. Aber irgendwann *wird* er Dich töten! Allein Deine Anwesenheit untergräbt seine Autorität..! Ich könnte Dich heute Nacht in Dein Schiff bringen. Ja, das könnte ich.«

»Schneide mich los«, griff Kurt nach der Chance, die sich ihm hier unverhofft zu bieten schien.

»Ich *könnte* es tun...«

229

»Was willst Du dafür?«

»Du hast Waffen in dem kleinen Schiff. Damit kannst Du Renols töten. Ich werde Dir dabei helfen, und ich werde Dir auch weiter helfen...«

»Du willst an Renols Stelle Häuptling werden?«

»Du könntest mich zum Häuptling *ernennen*, wenn ich Dir helfe.«

»Einverstanden!«, bestätigte Kurt rasch und hielt den Atem an, während der Mann sich die Sache zum letzten Mal überlegte. Er wagte nicht, auch um Qtas Freiheit zu bitten. Er konnte auch nicht riskieren, Garet sofort nach seiner Befreiung zu überfallen. Er durfte diese winzige, einmalige Chance, die sich ihm hier bot, nicht durch unüberlegte Handlungen gefährden. Sowie er mit Garet in der Kapsel war, würde er ihn erledigen, ihn und Renols..!

Die Klinge zerschnitt die fiberstrangharten Sehnen, mit denen seine Hände gefesselt worden waren. Blut schoss in die abgeschnürten Adern, und ein brennender Schmerz ließ ihn zusammenzucken. Er stand auf, langsam und ohne jede hastige Bewegung, denn Garet hielt ihm wieder das Messer unter die Nase. Der Tamurlin blickte zu Qta hinüber und trat auf ihn zu, die Klinge stoßbereit.

Kurt packte seinen Arm. »Der gehört mir.«

»Wir können eine Menge Nemet fangen«, grinste Garet fies. »Was bedeutet Dir gerade dieser?! He..?!«

»Ich kenne ihn; er ist nicht ›*irgendeiner*‹...«, erklärte Kurt, »und er tut, was ich ihm sage. Er wird nicht schreien, wenn wir die Hütte verlassen, weil er weiß, dass er dann sterben wird. Er weiß, dass ich der Einzige bin, der ihn am Leben erhält, und er wird mir alles sagen, was ich von ihm wissen will.«

Qta blickte zu den beiden Menschen auf. Er hatte ihr Gespräch genau verstanden. Ob es Angst vor Garet war oder Angst vor menschlichen Intrigen: Er blickte verstört und furchtsam von einem zum anderen. Er war unter Fremden. Vielleicht hielt er es sogar für möglich, dass Kurt ihn von Anfang an betrogen haben könnte, beziehungsweise ein feiger Opportunist war, der sein ›Fähnchen jederzeit nach dem günstigsten Wind hing‹.

Garet runzelte unwillig die Stirn, steckte jedoch sein Messer in den Gürtel und führte Kurt aus der Hütte.

»Sind Wachen postiert?«, flüsterte Kurt kaum hörbar, als sie zwischen den dunklen Baracken auf die Rettungskapsel zu schlichen.

Garet schüttelte den Kopf und zog ihn weiter auf die Landebeine der Kapsel zu. Kurt sah die ausgefahrene Aluminiumleiter - und den Wachposten, der dort stand. Garet zog das Messer aus dem Gürtel, bog den Arm zurück, um es dem Mann in den Rücken zu schleudern...
Im selben Moment hörte Kurt ein scharfes Zischen und einen schmatzenden Schlag. Ein Pfeil fuhr in Garets Brust und ließ ihn schlaff zu Boden sinken. Der Posten fuhr herum und Männer liefen von allen Seiten auf Kurt zu, warfen sich auf ihn. Sekunden später zerrten sie ihn wieder in die Vertikale und schleppten ihn vor die Aluminiumleiter der Kapsel.
Renols stand dort, die Axt in der Hand. Er stieß Kurt damit empfindlich in die Magengrube. Sein Gesicht war eine hasserfüllte Maske der Wut: »Warum?«

Kurt musste seine Geschichte im Handumdrehen modifizieren und sein Lügengespinst der neuen Lage flugs anpassen. »Er kam in die Hütte«, deutete er auf den toten Garet. »Und er drohte, mich zu töten, wenn ich nicht mit ihm käme. Dann sagte er mir, dass Dir nicht über den Weg zu trauen sei. Ich wusste nicht mehr, was ich glauben sollte. Aber er hatte ein Messer und zwang mich, mit ihm zu gehen.«

»Die übrigen Wachen sind tot«, berichtete ein anderer Mann. »Sechs Männer; ihre Kehlen durchgeschnitten. Einer von unseren Spähern ist auch nicht zurückgekommen.«

»Garets Brüder«, mutmaßte Renols und blickte die Männer an, die sich um ihn drängten. »Das ist das Werk seiner Familie. Sucht seine Frau und seine Gören und gebt sie den Familien der getöteten Männer. Die sollen mit ihnen machen, was sie wollen.«

»Häuptling«, meinte einer der Bandenmitglieder und biss sich nervös auf die Lippe, »die Garets sind eine sehr zahlreiche Familie. Verwandte von ihm sind sogar in der Roten Gang. Wenn sie denen von dieser Sache berichten...«

»Holt sie«, orderte der Häuptling unbeirrt, »sofort..!«

Die Männer verschwanden. Nur die drei, die Kurt festhielten, blieben zurück. Renols blickte zum offenen Luk der Rettungskapsel hinauf, schien eine Weile zu überlegen, dann gab er den drei Männern einen Wink, und sie führten ihn durch das Camp. Es wurde kein Wort gewechselt - auch in den Hütten blieb es still. Sie kamen zu der Baracke, aus der er entkommen war.
Renols bückte sich und blickte in die Öffnung. »Der Nemet lebt noch«, stellte er fest, als er sich wieder aufrichtete, und blickte Kurt skeptisch an. »Warum hat Garet ihn nicht getötet?«

Kurt hob die Schultern. »Garet hat ihn bewusstlos geschlagen. Er hatte es ziemlich eilig.«

Renols furchte die Stirn. »Ziemlich unglaubhaft..!«

232

»Vielleicht befürchtete er, dass sein Plan heute fehlschlagen könnte und wollte keinen toten Nemet als Beweis zurücklassen.«

Renols dachte ein kurze Weile nach. »Und wie konnte Garet sicher sein, dass Du keinen Alarm schlagen würdest?«

»*Sicher sein* konnte er sich nicht. Aber ich hielt es für das Beste, ruhig zu bleiben. Woher sollte ich wissen, wessen Worten ich glauben sollte?«

Renols gab ihm einen Stoß. »Bringt ihn hinein und bindet ihn fest. So wie wir einen von den Garets erwischen, werden wir weitersehen.«
Renols und die anderen Tamurlin verließen die Hütte.

Kurt prüfte die neuen Fesseln, die unnötig fest angezogen worden waren und die Blutzirkulation in seinen Armen zum Stocken brachten – ein Zeichen ihrer Wut auf ihn. Er seufzte und lehnte sich gegen den Pfahl, an den er gebunden war und zog es vor, Qta nicht zu beachten. Es war zu gefährlich, über ihre Lage zu sprechen - und Qta schien das ebenfalls zu wissen. Er schwieg. Ein Wachposten stand nur drei Schritte vom Eingang entfernt - der Mond warf seinen Schatten auf das Geflecht der Hüttenwand. Wahrscheinlich, überlegte Kurt, hatte Qta bereits seine Schlüsse gezogen. Ob sie richtig waren oder nicht, konnte Kurt allerdings nicht beurteilen.

*

Das erste Licht der Morgendämmerung sickerte durch die geflochtene Wand ihrer Unterkunft. Qta war eingeschlafen. Kurt blieb wach. Plötzlich entstand Unruhe im Camp. Kurt hörte, dass Männer auf die Hütte des Häuptlings zuliefen; erregte Stimmen waren zu vernehmen und kurze Zeit später war das ganze Lager in Aufruhr.

Vier Männer traten in ihr provisorisches Gefängnis und schleppten die beiden Arrestierten zu Renols.

»Wir haben Garets Brüder gefunden«, donnerte der Häuptling und blickte Kurt an.

Kurt erwiderte seinen Blick und schwieg. Die Nachricht war für ihn weder beruhigend noch alarmierend. »Garets Brüder sind mir egal«, bemerkte er schließlich.

»Wir haben sie *tot* aufgefunden! Alle. Mit durchschnittenen Kehlen. Und die Spuren im Sand waren Abdrücke von Sandalen – Nemet-Spuren.«

Kurt warf Qta einen raschen Blick zu. Seine Bestürzung über diese Nachricht brauchte er nicht zu heucheln.

»Zwei unserer Späher sind nicht zurückgekehrt«, legte Renols nach. »Du hast behauptet, dass dieser da ein Fürst der Nemet ist, ein Lord. Vielleicht stecken seine Leute dahinter. Frage ihn.«

»Du hast verstanden«, benutzte Kurt das Nechai. »Qta, sage irgendetwas...«

Qtas Physiognomie verfinsterte sich. »Falls Du glauben solltest, Dir durch meine Aussage Zeit erkaufen zu können, so hast Du Dich geirrt.«

»Er kann sich keinen Reim darüber bilden, was passiert ist«, übersetzte Kurt im Sinne einer kreierten Halbwahrheit.

Renols schien das nicht zu überraschen. »Er wird uns bald eine verbesserte Version seines Wissens gestehen...«, versprach er. »Astin, lass alle Wachen verdoppeln. Keine Frau darf das Camp verlassen. Raphan, bring den Nemet auf den Platz.«

Es wäre ihm möglich, erkannte Kurt schaudernd, seine Scharade bis zum Ende durchzuspielen. Qta würde ihn niemals verraten, so wie auch er die Tavi nicht verriet. Wenn er Qta opferte, würde ihm das vielleicht ein paar Stunden Zeit einbringen, möglicherweise die entscheidenden Stunden bis zur Rettung. Und wahrscheinlich würde Qta ihm das nicht einmal verübeln. Es war immer schwer, sich darüber klarzuwerden, *was* Qta - im Einzelfall - als eine vernünftige Handlungsweise betrachtete.

Er wurde von seinen Bewachern ebenfalls zu dem Platz in der Mitte des Lagers geschleppt. Qta ging majestätisch aufgerichtet, schweigend, würdevoll. Kurt selbst verzichtete auf jede erhabene Geste von Stolz oder Widerstand und passte sich dem Schritt seiner Bewacher an. Um den kleinen Marterplatz begann sich eine feindselig schweigende Menge zu sammeln. Der Sand war noch immer mit dunklen Flecken gesprenkelt; Spuren der gestrigen Massaker. Kurt fürchtete, dass er nicht den Mut zu einer so sinnlosen Selbstaufopferung haben und ihrer beider Leben kampflos aufgeben würde. Aber als sie Qta in der Mitte des Platzes auf die Knie zwangen, setzte seine Überlegung aus. Er riss sich los, schlug einen der Männer Knockout, wuchtete ihm die Axt aus der kraftlos gewordenen Hand und schwang sie gegen die beiden Tamurlin, die Qta festhielten.

Der Nemet reagierte sofort. Er stieß einen Mann unter das niedersausende Beil, rammte dem zweiten das Knie in den Unterleib, zerrte ihm den Dolch aus dem Gürtel und ging damit auf die sie Umringenden los, wobei er die kurze Waffe blitzschnell und mit derselben Geschicklichkeit benutzte, die er beim Kampf mit dem Ypan gelernt hatte.

Männer sackten heulend und blutend auf den Sandplatz nieder, welcher ansonsten schnell menschenleer war, weil die Menge schreiend, im Bestreben außer Reichweite zu gelangen, eilig auseinanderstieb. Kurt und Qta deckten sich, Rücken an Rücken. Renols war der Einzige, der noch in der Nähe stand. Warum es so einfach war, und Renols völlig überrumpelt und konsterniert schien, wusste Kurt im Nachhinein nicht mehr zu benennen - er sprang ihn an, schwang die Axt über den Kopf und hieb das Blatt tief in dessen Brust. Der Häuptling fiel wie ein gefällter Baum, eine klaffende Wunde in der linken Seite. Unter den kopflos gewordenen Tamurlin schien eine solche Konfusion ausgebrochen, dass niemand auf die Idee kam, Bogenschützen einzusetzen.

»Tötet sie!«, rief jemand. Nemetstimmen!
Plötzlich brach das Chaos los. Heisere Anweisungen tönten vom Waldrand auf der anderen Seite der Lichtung. Allenthalben brach die totale Panik unter den degenerierten, verrohten Menschen aus, als zwischen den Hütten ein wilder Kampf zu toben begann. Qta packte Kurts Arm und deutete auf die Gruppe Nemet, welche mit blinkenden Schwertern unter den Tamurlin aufräumten. Es gab keinen Widerstand; die völlig verblüfft-desorientierten Überlebenden des einseitigen Kampfes suchten ihr Heil in der Flucht - und kurze Zeit später waren nur noch Nemet im Lager. Alle Tamurlin waren entweder tot oder in den Busch geflohen.

Qta und Kurt standen angewurzelt, wie fleischgewordene Siegessäulen - die toten Feinde zu ihren Füßen. Und die Nemet jubelten ihrem Repräsentanten zu.
»Lord Qta!«, skandierten sie. »Lord Qta!« Mit blutverschmierten Schwertern in den Händen knieten sie vor ihrem fast nackten und misshandelten Anführer nieder.

Qta hob den Arm, ließ den blutigen Dolch in den Sand fallen, und streckte seine Handfläche dem reinigenden Licht der Sonne entgegen. »Gut gemacht, meine Freunde«, lobte er alle inbrünstig. »Sehr gut gemacht!«

Val t'Ran, der Offizier, der jetzt Bel t'Osanefs Stelle einnahm, erhob sich und blickte Qta an, als ob er ihn am liebsten umarmen würde, wenn solche Impulse unter den Nemet nicht streng verpönt gewesen wären. Tränen standen ihm in den Augen.

»Ich danke dem Himmel, dass wir noch rechtzeitig gekommen sind, Qta-Ifhan.«

»Ihr wart es, welche die Tamurlin außerhalb des Lagers getötet habt, nicht wahr?«

»Ja, Lord Qta, aber wir hatten schon befürchtet, dass dadurch unser Überfall vorzeitig entdeckt werden könnte. Deshalb haben wir uns heute Nacht besonders vorsichtig an das Lager herangepirscht.«

»Ihr habt es sehr gut gemacht«, dankte Qta noch einmal und streckte seine Hand dem jungen Punj entgegen, der mit den Rettern ins Lager gekommen war. »Du hast sie alarmiert und hergeführt, stimmt's?«

»Ja, Lord Qta«, verbeugte sich der Junge. »Ich bin die ganze Strecke gerannt. Ich wollte Dich nicht verlassen. Indes: Bloq und ich – wir glaubten, Dir mehr helfen zu können, wenn wir zum Schiff zurückliefen. Bloq ist unterwegs an seinen Wunden gestorben.«

Qta nickte ernst. »Das tut mir leid, Punj. Mögen die Hüter seines Hauses ihn freundlich bei sich aufnehmen.« Er hob den Kopf. »Lasst uns gehen. Lasst uns diesen elenden Ort so rasch wie möglich verlassen!«

Kurt fühlte ein ungewohntes Gewicht in seiner rechten Hand und sah, dass er noch immer den Stiel der Axt umklammert hielt. Sein rechter Arm war bis zur Schulter voller Blut. Er ließ die Axt fallen und begann plötzlich zu zittern. Er taumelte hinter eine Hütte und erbrach sich, bis er seinen Magen von allem geleert hatte, was er bei den Tamurlin zu sich genommen hatte - ihrem muffeligen Fraß und den betäubenden Drogen.
Aber die Bilder, die pausenlos in sein Gehirn drängten, konnte er nicht so einfach auslöschen! Er nahm eine Handvoll Sand vom Boden auf und scheuerte damit das Blut von seinem Arm

und seinen Händen, bis seine Haut brannte. In einer der verlassenen Hütten fand er eine Kürbisflasche mit Wasser, trank etwas davon und wusch sich das Gesicht. Das Innere der Baracke stank unangenehm nach zerkauten und ausgespuckten Blätterdrogen.
Er trat schwankend wieder ins Freie und blinzelte in das helle Sonnenlicht.

»Lord Kurt«, rief einer der Nemet, der ihm über den Weg lief. »Komm schnell. Qta-Ifhan hat den Verstand verloren! Bitte komm rasch.«

Feuer loderte, eine sengende Hitzewelle verbreitend, an der Wand einer Hütte empor. Sie hatten das Lager in Brand gesteckt. Er starrte in die Flammen wie ein Mann, der aus einem Traum erwachte. Kurt hatte früher auch getötet. Er hatte dazu beigetragen, einen ganzen Planeten in ausgebrannte Schlacke zu verwandeln. Aber das waren nur tote Bilder auf dem Monitor seines Scanners gewesen, statistische Ziele auf Bildschirmen.
Hier hatte er den erstaunten Ausdruck in Renols Augen gesehen, als er starb. Er hatte ihn an Mim erinnert.

|...| Kurt lag im Sand. Seine Lippen und eine Wange waren aufgeschrammt. Er konnte sich nicht daran erinnern, hingefallen zu sein. Hilfreiche Hände drehten ihn auf den Rücken und wischten ihm den Sand aus dem Gesicht.

»Er hat Fieber«, hörte er die klare Stimme Punjs sagen. »Die Verbrennungen, die Sonne, die Anstrengungen...«

»Helft ihm«, wies Qta an. »Tragt ihn, wenn er nicht gehen kann. Wir müssen so rasch wie möglich fort von hier. Es gibt noch andere Stämme in dieser Gegend.«

*

Der Marsch war ein verschwommenes Kaleidoskop von Braun und Grün.

Zeitweise ging Kurt allein, aber er hatte keine andere Erinnerung daran, als den Rücken eines Mannes vor sich zu sehen, dem er folgte. Als die Sonne sank und es kühler wurde, als sich das Land dem Meeresufer zu senkte, begann er seine Umgebung wieder bewusster wahrzunehmen. Er übergab sich ein zweites Mal. Es nahm ihm viel von dem bisschen Kraft, das ihm noch geblieben war, aber hinterher fühlte er sich befreit, und sein Kopf war klarer.

Er trank einen Schluck Telise; der freundliche Nemet, der es ihm anbot, forderte ihn auf, die Flasche zu behalten. Erst später fiel ihm ein, dass es dem Mann wahrscheinlich widerlich war, aus einer Flasche zu trinken, die ein kranker *Mensch* am Mund gehabt hatte. Aber darauf kam es nicht an. Er war gerührt, dass der Nemet ihm den Rest seines Telise überlassen hatte.

Von nun an weigerte er sich, sich helfen zu lassen. Er stand wieder einigermaßen sicher auf den Beinen, und er konnte sogar wieder logisch denken...

Im Zuge dessen fiel ihm ein, dass er seine Rettungskapsel, und mithin seine begehrte Ausrüstung, zurückgelassen hatte. Er war beim Aufbruch zu benommen gewesen, um daran zu denken - und die Nemet, die allen Maschinen misstrauten, hatten sich absichtlich nicht darum gekümmert.

»Wir müssen zurückgehen«, bat er Qta.

»Nein!«, entschied der Nemet brüsk. »Ich werde nicht noch mehr von meinen Männern opfern. Wir müssen damit rechnen, dass inzwischen bereits andere Clans die Verfolgung aufgenommen haben.«

Damit war die Angelegenheit endgültig aus dem Fokus.

Als die Dämmerung hereinbrach, lag die Küste vor ihnen. Die Tavi dümpelte in einer kleinen Bucht.

Ein Besatzungsmitglied kam den Hang heraufgelaufen. Keuchend blieb er vor Qta stehen.

»Ein Schiff der Methi«, meldete er atemlos. »Der Ausguck hat es von dem Berggipfel aus entdeckt.« Er deutete auf eine steile Felsklippe am Rand der Bucht. »Sie..., sie suchen die ganze Küste ab – alle Buchten, jeden Fjord. Wir hatten schon erwogen, den Anker zu lichten. Aber mit so wenigen Ruderern... Dem Himmel sei Dank, dass Du wieder bei uns bist, Lord Qta.« Er verbeugte sich tief.

»Wir müssen uns beeilen«, befahl Qta, und sie begannen den Hang hinabzulaufen, der zum Ufer führte.

»Qta-Ifhan«, meldete ein Seemann vom Ausguck herunter, »ich glaube, dass es die Edrif ist. Ihr Segel ist grün.«

»Die Edrif...« Kalte Wut trat in Qtas Augen. »Das ist t'Tefurs Schiff! Hast Du gehört, Kurt?«

»Ich *habe* es gehört..!« Das Verlangen nach Rache ergriff plötzlich von ihm Besitz, obwohl er es sich eben noch innerlich geschworen hätte, nie wieder zu kämpfen und zu töten.
Er fröstelte im kühlen Seewind, wickelte sich fester in den geliehenen Ctan und folgte den anderen den Hang herunter, so schnell ihn seine weichen Knie trugen.

»Wir haben nicht genügend Männer, um die Edrif zum Kampf zu stellen«, schimpfte Qta. »Was würde ich darum geben, wenn wir eine vollzählige Crew hätten. Dann würden wir diesen Sohn Yrs in Kalyts untermeerische Hallen hinabschicken, damit sich seine schuppigen Töchter mit ihm amüsieren könnten. Beim Licht des Himmels, wenn ich jetzt eine volle Crew hätte...«
Aber er hatte sie nicht und verfiel in ein brütendes Schweigen, hinter welchem sich Schmerz und Frustration verbargen...

16 - Verfolgungsjagd auf See

Die blauen Segel der Tavi blähten sich im Nachtwind und Val t'Ran rief den Ruderern zu, die Riemen einzuziehen. Das rhythmische Schlagen verstummte, die langen Riemen wurden aus dem Wasser gehoben und in die Duchten gezogen. Die schwitzenden Matrosen laschten sie fest und ruhten sich ein paar Minuten von der Anstrengung aus.

Irgendwo im Dunkel suchte die Edrif noch immer die Küste ab, aber das war, bei dem an diesem Abschnitt des Landes sehr zerklüfteten Ufersaum, ein zeitraubendes Unterfangen. Es gab Hunderte von kleineren oder größeren Einschnitten entlang der Küstenlinie - und hier, in flachen Gewässern, war die Tavi klar im Vorteil. Die schwerere Edrif hatte zwar mehr Ruderer und war entsprechend schneller, musste sich aber an tieferes Wasser unter dem Kiel halten.

Die Tavi lag vor dem Wind und die Gischt strömte rasch an ihren Flanken entlang. Steuerbord ragte eine steile Klippe aus der dunklen See - eine Warnung, dass noch andere Felsen unter der Oberfläche verborgen liegen mochten. Deutlich hörten sie das Rauschen der Brandung an der ausgewaschenen Klippe, aber sie segelten an ihr vorbei und passierten auch unbeschädigt eine weitere, die kaum sichtbar über den Wellenkamm des Meeres hinausragte.

Dies waren Gewässer, die Qta kannte.

Die Besatzung blieb auf den Ruderbänken sitzen, jederzeit aktionsbereit.

»Geh nach unten«, sagte Qta zu Kurt. »Du hast einen wochenlangen Landmarsch in den Knochen und bist noch nicht richtig wiederhergestellt. Ich habe keine Lust, Dich ein zweites Mal aus dem Wasser ziehen zu müssen. Und weg von der Reling - Du bist zu schwach auf den Beinen, dort zu stehen.«

»Sind wir jetzt in Sicherheit?«

»Es gibt einen Kanal zwischen diesen Felsen, und der Wind trägt uns genau die Mitte dieser Fahrrinne entlang. Der Himmel steht auf unserer Seite.« Er winkte einen Mann der Besatzung heran. »Bringe Lord Kurt nach unten, bevor er sich hier den Tod holt.«

Die Kajüte war warm und hell. Der alte Seemann führte ihn zur Koje und stützte ihn, als er sich hinlegte. Das Schwanken des Schiffes irritierte ihn wie nie zuvor. Er schloss die Augen und fiel in einen leichten Dämmerzustand, aus dem er erst erwachte, als Lun wieder hereinkam und ihm eine Tasse Suppe an die Lippen hielt. Er konnte nicht einmal trinken, ohne zu zittern. Lun hielt ihm die Tasse geduldig an den Mund, bis er ausgetrunken hatte. Die warme Suppe schien ihm tatsächlich neue Kraft zu geben.
Er bat Lun um eine zweite Tasse. Jetzt konnte er schon wieder ohne Hilfe trinken. Es ging ihm dabei nicht einmal um die Suppe selbst, sondern um die belebende Wärme und um das Bewusstsein, dass die Zeit des Hungerns vorbei war.

Die Tür wurde aufgestoßen, und mit Qta kam ein Schwall kalter Seeluft herein.
Qta schüttelte das Salzwasser von seinem Mantel und gab ihn Lun.

»Suppe ist fertig, Qta-Ifhan.« Lun goss auch ihm eine Tasse davon ein.

Qta dankte ihm und setzte sich auf den Rand der zweiten Koje. Lun ging hinaus und schloss die Türe leise hinter sich. Kurt starrte die Wand an. Er hatte nicht den Mut zu einer weiteren Auseinandersetzung mit Qta.

Als Qta seine Suppe ausgetrunken hatte, atmete er tief durch und blickte Kurt an. »Wie geht es Dir?« In seiner Stimme lag die gewohnte Güte, die Kurt so lange vermisst hatte.

»Danke.«

»Die Nacht ist unsere Verbündete. Ich denke, dass wir von der Küste frei sein werden, bevor die Edrif merkt, was los ist.«

»Und wir segeln nach Norden?«

»Zunächst müssen wir nach Süden ausweichen, um Raum zu gewinnen – dann machen wir einen Schwenk nach Norden, ja. Mit t'Tefur dicht im Rücken.«

»Haben wir eine Chance, die Edrif zu entern?«

»Wir haben zehn leere Ruderbänke und keine Ablösung. Hast Du vor, den Rest meiner Leute auch noch zu töten?«

Kurt zuckte zusammen und senkte den Blick. Er wollte sich nicht mit Qta streiten.

»Das war nicht persönlich gemeint«, beschwichtigte Qta. »Kurt, diese Männer haben meinetwegen alle Brücken hinter sich niedergerissen; sie haben ihre Familien und ihre Herde verlassen ohne Hoffnung, jemals zurückzukehren. Sie kamen im Dunkel der Nacht zu mir und flehten mich an, mit ihnen Nephane zu verlassen. Ich hätte sonst, gegen den Wunsch meines Vaters, meinem Leben in jener Nacht ein Ende gesetzt.
Jetzt habe ich zwölf von ihnen an dieser Küste zurückgelassen. Ich bin verantwortlich für ihren Tod. Meine Männer sind tot, und ich lebe...«

»Ich habe versucht, alle zu retten, Qta«, trauerte Kurt. »Ich habe getan, was ich konnte.«

Qta stellte die Suppentasse zur Seite. Dann kaute er eine Weile reglos und mit zitternden Lippen auf einer Kante Brot, starrte dumpf vor sich hin. »Mein armer Freund«, blickte er schließlich auf, als er sich wieder gefasst hatte, »ich weiß, ich weiß. Es gab eine Zeit, als ich dessen nicht so sicher war. Es tut mir leid. Schlafe jetzt.«

»Nach dem, was Du mir eben gesagt hast?«

»Was hätte ich Dir denn sonst sagen sollen?«

»Das weiß ich auch nicht«, schob Kurt ebenfalls seine Tasse weg und lehnte den Kopf aufs Kissen zurück. Sein Körper war jetzt durchwärmt und die Schmerzen setzten ein - das Brennen der versengten Haut, die Erschöpfung der überbeanspruchten Nerven.

»Yhia ist für mich unerreichbar«, sinnierte Qta nach einer Weile. »Es gibt für alles Gründe, Kurt. Ich hätte sterben sollen, aber die anderen, die überhaupt nicht in Gefahr waren, sind gestorben! Mein Herd ist erloschen, und ich hätte dort sterben sollen, aber sie... Das ist es, was mich bedrückt, Kurt. Ich weiß nicht, warum es so geschehen ist.«

Bei einem Menschen hätte Kurt das als überflüssige Grübelei abgetan, bei Qta hingegen war das etwas anderes..! Für ihn war es belastend, auf so eine Frage keine Antwort zu finden. Es widersprach allem, an das die Nemet glaubten. Er blickte Qta an und empfand großes Mitleid mit ihm. »Du warst unter Menschen. Wir sind eine chaotische Rasse.«

»Nein«, widersprach Qta. »Die ganze Schöpfung ist nach einem Plan entstanden. Wir leben nach einem Plan. Und jetzt kann ich keinen Plan für meine Seele erkennen.«

»Ahh..., so etwas wie ein, nach groben Leitpunkten orientiertes und determiniertes ›Seelen-Lebensdrehbuch‹... Verstehe..., hmm..., wieso nicht?«

»Tod über Tod. Tod und Sterben. Niemand von uns ist sicher - mit Ausnahme der Toten. Und was aus uns werden wird – steht noch in den Sternen.«

»Du bist müde. Denke morgen darüber nach, Qta. Dann sieht alles klarer aus.«

»Meinst Du, dass die von den Unholden Gemordeten morgen wieder leben werden? Wird Indresul morgen Frieden mit meinem Volk schließen? Wird Elas morgen wiedererstanden sein? Nein. Morgen wird alles genauso sein wie heute.«

»Oder besser. Die Sicht ist Dir heute durch den Kummer verstellt. Geh jetzt schlafen, Qta.«

Qta stand plötzlich auf, ging zur Phusa, die in einer kleinen Nische in der Heckwand stand, und zündete ihren Docht an. Das Licht Phans beleuchtete die Kabine. Qta kniete sich vor die Gebetslampe und streckte ihr seine geöffneten Hände entgegen. Mit leiser Stimme rief er seine Ahnen an, dann ließ er die Arme sinken und verschränkte die Hände in seinem Schoß.
Es war einer der Augenblicke, in denen Kurt die religiösen Nemet beneidete, die Schmerzen und Sorgen einfach abschalten konnten. Sie konzentrierten ihre Gedanken zunächst auf das heilige Licht und dann auf andere Dinge, die jenseits der Grenze des menschlich Erfassbaren lagen. Die Ruhe, die in Elas heimisch gewesen war, fand sich plötzlich auch in dieser kleinen Kajüte.
Man hörte das Knarren von Holz, das Rauschen des Wassers am Schiffsrumpf, das Klatschen der Brecher auf das Deck. Die Stille drang nach innen vor, und Kurt konnte endlich die Augen schließen.

ooo

Er schreckte aus einem Traum hoch und sah, dass das Licht der Phusa nurmehr mit einem geringen Rest Öl brannte.
Qta kniete noch immer davor. Kurt richtete sich erschrocken auf. Mim fiel ihm ein. Auch sie hatte damals so reglos vor der

Phusa gehockt... Bei Qtas seelischer Verfassung war es durchaus möglich, dass er...

»Um Gottes Willen...«, Kurt sprang aus dem Bett.

Qtas Gesicht und sein halbnackter Oberkörper trieften vor Schweiß, obwohl es nicht zu warm in der Kajüte war. Seine Augen waren geschlossen, seine Hände lagen locker in seinem Schoß. »Qta«, rief Kurt, das Schlimmste befürchtend.

Eine Störung der Meditation galt bei den Nemet als schwerer Verstoß, aber Kurt packte Qta bei den Schultern und schüttelte ihn. Ein Zittern lief durch seines Freundes Körper, und er atmete tief durch.

»Qta. Alles in Ordnung?«

Qta atmete aus und öffnete die Augen. »Ja«, murmelte er kaum hörbar, versuchte aufzustehen und schaffte es nicht. »Hilf mir bitte auf, Kurt.«

Kurt zog ihn auf die Füße und stützte ihn, bis seine eingeschlafenen Beine ihn wieder trugen. Der Nemet fuhr mit der Hand durch sein verschwitztes Haar und hob den Kopf. Wortlos taumelte er zu seiner Koje und ließ sich darauf fallen; völlig entspannt, wie ein schlafendes Kind.

Kurt wandte seine Aufmerksamkeit nicht von ihm ab, erkannte dann aber, dass kein Grund zu größerer Besorgnis bestand. Er zog eine Decke über Qta, löschte das Licht, ließ aber die Phusa brennen, bis ihr letzter Tropfen Öl verbraucht sein würde.

Er legte sich wieder auf seine Koje und blickte im Halbdunkel in das Gesicht des Nemet. Im Inneren hörte er wieder seine Anrufung der Hüter von Elas - dieser geheimnisvollen und nun ärgerlichen Geister, die das Haus behüteten. Er glaubte nicht an sie, und doch hatte er eine gewisse Schwere in der Luft gespürt, als Qta sie angerufen hatte; er fragte sich, mit was oder wem Qtas Bewusstsein, Über- oder Unterbewusstsein, im Rapport gestanden hatte...

Er erinnerte sich an die »Orakel-Computer« in der Kommandozentrale der Allianz, die analysierten, vorausberechneten, Politik machten..., »weissagten«. Er fragte sich, ob diese Computer und die Nemet nicht die Gabe einer Perzeption besaßen, die jenseits des menschlichen Auffassungsvermögens lag; ob diese von Menschen konstruierten Maschinen nur funktionierten, weil die Nemet recht hatten und es wirklich ein Planungsmuster, eine Matrize, gab, welches die Nemet erkennen konnten...

Er schaute in Qtas Antlitz. Es wirkte friedlich und entspannt.

*

Kurt zuckte zusammen, als Lun einen Eimer Seewasser über ihn ausgoss. Das Wasser war kühl, und das Salz brannte in seinen Wunden, aber es tat gut. Er war wieder sauber, rasiert, zivilisiert.

Lun reichte ihm eine Decke und Kurt schlang sie dankbar um seinen Körper. Es störte ihn nicht, dass das grobe Gewebe seine wunde Haut scheuerte.

Qta, der an der Reling lehnte, blickte ihn mitfühlend an. Seiner bronzefarbenen Haut konnten die Strahlen Phans nichts anhaben. Selbst die Blutergüsse, die er bei den Misshandlungen durch die Tamurlin davongetragen hatte, fielen in der dunkleren Haut kaum noch auf. Sein mittlerweile länger gewordenes, leicht gelocktes Haar trocknete im scharfen Wind, während Kurts kürzere umbrabraune, und jetzt sonnengebleichte, fast karneolfarbene Frisur ihm wild um den Kopf wehte. Qta wirkte gottähnlich, unzerstörbar - sein Körper sah im Morgenlicht so neu und frisch modelliert aus, wie der einer eben gehäuteten Schlange.

»Das muss doch scheußlich weh tun«, meinte er und deutete auf Kurts blutende Knie, Handgelenke und Fußknöchel. »Du solltest Öl drauf tun.«

»Ich werde es nachher versuchen.« Kurt zog sich an. Er trug nur den Ctan, und selbst die Berührung mit dem lose sitzenden Übermantel war eine Tortur für seine verbrannte Haut. »Wie lange wird es dauern, bis wir die Inseln erreichen?«, fragte er Qta, der ihm gleich nach dem Aufstehen erklärt hatte, dass die Eilande des mittleren Ome Sin ihr Ziel seien.

Qta hob die Schultern. »In einem Tag vielleicht - wenn uns der Himmel und die Winde günstig gesonnen bleiben. In diesen Gewässern gibt es noch andere Gefahren außer der Edrif. Indresul besitzt eine Kolonie westlich von hier - Sidur Mel - mit einer ziemlich starken Flotte. Das ist eine Gefahr, welcher ich gerne aus dem Wege gehen möchte. Und auch auf den Lifeten-Inseln ist ein Ableger des Kolonial-Imperiums vom Hause Lur, auf Qipón, beherrscht; alten Feinden und Handelsrivalen von Elas. Aber die Insel Acturi wird von Freunden regiert, und ich hoffe, dass wir dort eine Weile ausruhen können.«

Das Segel klatschte schlottrig gegen den Mast. Qta blickte skeptisch hinauf, gab Val ein Zeichen, und die Mannschaft trat in Aktion. »Der Südost-Wind wird uns nicht mehr lange beistehen«, stellte er bedauernd fest. »Seeleute sollten immer respektvoll von den himmlischen Kräften sprechen und nichts als selbstverständlich hinnehmen.«

»Dreht der Wind?«

»Nicht nur das.« Qta deutete auf eine dunkle Wolkenbank über dem nördlichen Horizont. »Ich hatte gehofft, die Inseln zu erreichen, bevor das Unwetter losbricht. Die Frühlingswinde sind launisch, und der Sturm weht direkt vom ewigen Eis des Yvorst Ome. Wir werden ihn zu spüren bekommen, bevor dieser Tag vorbei ist.«
Qta hatte recht, wenn er die Spätfrühlingswinde des Monats Pjenatai als ›launisch‹ bezeichnete. Bis zum Mittag stand die

Takelage zeitweise prall im Wind oder hing schlaff herunter. Dann schlief jedes Lüftchen ganz ein...

Das Schiff dümpelte, ohne Fahrt, in den kabbeligen Wellen. Val brüllte Befehle, Qta stand im Bug des Schiffes und blickte besorgt zu der Wolkenbank, die rasch näher trieb. »Du solltest Dich wärmer anziehen, Kurt. Wenn der Sturm losbricht, spürst Du ihn bis ins Mark.«

Aus der Nähe wirkten die Wolken finster und drohend. »Der Sturm wird uns zurücktreiben«, befürchtete Kurt.

»Wir werden versuchen, wenigstens unsere Position zu halten«, hoffte Qta. »Du kennst Dich in diesen Dingen nicht aus. Du hast diese partielle, zeitweise Einflussnahme des Yvorst-Stroms auf Bereiche unseres Kontinents noch nicht erlebt. Du solltest unter Deck sein, wenn es losgeht.«

Am Nachmittag war der Himmel im Nordwesten mit schwarzem Gewölk bedeckt, aus welchem grelle Blitze zuckten. Zeitgleich trafen die ersten scharfen Böen das Schiff.

Qta blickte zu den Sturmwolken auf und fluchte leise. »Ich glaube, dass die Dämonen des alten Chteftikan uns dieses Unwetter geschickt haben..! Sufak liegt jetzt in Lee, und die Küste ist voller verborgener Riffe. Der einzige Trost ist, dass Shan t'Tefur ihr noch näher liegt - und wenn wir auflaufen, hängt er schon vor uns auf den Klippen... He, Tkel! Leg noch ein Reff in das Segel, oder willst Du aufentern, nachdem der Sturm losgebrochen ist?«

Tkel grinste und umklammerte mit beiden Händen die Halteleine, als die Tavi in der ersten schweren See weit überholte.

»Kurt«, rief Qta, »sei vorsichtig. In ein paar Minuten kommen die ersten Brecher über das Deck und könnten Dich über Bord waschen.«

»Wie halten sich Deine Männer auf den Beinen?«

»Sie machen keinen unnötigen Schritt. Du bist kein Seemann, mein Freund. Du solltest jetzt nach unten gehen. Ich möchte nicht, dass Du heute Nacht Kalyts grünäugigen Töchtern Gesellschaft leistest. Ich weiß nicht, wie ihre Einstellung gegenüber Menschen ist.«

Kurt kannte die Legende. Ertrunkene Seeleute kamen in das Reich von Kalyt, des Vaters der Meere, und mussten dort bleiben, bis die richtigen Riten ihre Seelen aus den Klauen seiner gierigen Töchter befreit und sie zum Herd der Ahnen gesandt hatten. Er nahm sich Qtas Warnung zu Herzen, hatte aber keine Lust, in der Kajüte zu versauern. Er ging zum Heck, als plötzlich eine gewaltige Dünung das Schiff packte und ihn beinahe über Bord gespült hätte. Blindlings griff er nach einem Halt und klammerte sich am Mast fest, bis die Woge über die Tavi hinweggerollt war. Er vermied es, Qta anzusehen, als er vorsichtig zu dem niedrigen Kajütenaufbau stolperte und, auf seiner windabgewandten Lee-Seite, Schutz vor dem Wetter suchte.

~~~

Es wurde Schwerstarbeit, das Schiff auf Kurs zu halten. Sein Bug hob und senkte sich mit den heranrollenden Wellen, und das Deck schwankte gefährlich. Viel zu früh brach die Dämmerung herein und der Geruch von Regen lag in der Luft. Plötzlich wirbelte eine harte Bö das Wasser auf und drückte das Schiff nach Lee. Eine Welle brach sich schäumend am Bug, überflutete das Vorschiff und gischtete bis zum Heck. Kurt wischte sich das brennende Salzwasser aus den Augen und klammerte sich mit beiden Händen an der Sicherheitsleine fest. Die Tavi war plötzlich eine zerbrechliche, hölzerne ›Nussschale‹ geworden, ein winziges Spielzeug der Naturkräfte. Planken und Tauwerk knarrten unter der Belastung; eine zweite Welle, die über das Schiff hinwegbrandete, hätte Kurt beinahe ins Ruderdeck geworfen. Regen und Salzwasser vermischten sich zu einem dichten, undurchsichtigen Nebel. Blitze zuckten aus den dunklen Wolken, und ohrenbetäubender Donner rollte über die aufgewühlte See. Kurt presste sich gegen die Wand des Kajütenaufbaus, umklammerte die Sicherheitsleine und fürchtete, dass das Schiff sich nicht mehr aufrichten würde, wenn es von einer Woge seitlich erfasst und überrollt wurde. Unaufhörlich zuckten Blitze, mit kurz darauffolgendem, grollendem Donnerschlag; bei jedem kniff Kurt die Augen zusammen und erwartete den Tod.

Mehr als ein Dutzend Kämpfe in Raumschiffen hatte er überlebt, aber die Konfrontation mit diesem tobenden Orkan war ein viel schwererer Kampf.

Halb ertränkt klammerte er sich an das Sicherungsseil, erschauderte bei dem Gedanken an die grünäugigen Töchter Kalyts - sie erschienen ihm jetzt *sehr real* und bedrohlich! Er konnte gleichsam ihre lockenden Sirenenrufe im Heulen des Sturms fast tonlich wahrnehmen. Es schien eine Ewigkeit zu dauern, bis der prasselnde und peitschende Regen wieder nachließ. Schließlich rissen sogar die Wolken auf und der Orkan flaute ab, verlor seine zerstörerische Wucht. An der Steuerbordseite kam Land in Sicht; das Land, welches sie so gerne möglichst weit hinter sich gelassen hätten - die dunklen, drohenden Klippen Sufaks.

Qta übergab das Ruder an Tkel, trat an die Reling und blickte ostwärts. Wasser troff aus seinen Haaren und rann ihm übers Gesicht.

»Wieviel haben wir verloren?«, fragte Kurt.

»Viel, sehr viel... Und der Wind steht immer noch gegen uns! Der späte Frühling ist ein ständiges Duell zwischen dem Nord- und dem Südwind - aber zuletzt obsiegt stets der Südwind. Es ist nur eine Frage der Zeit - und eine Frage des himmlischen Beistands.«

»Hmm... Der *Himmel* hätte diesen Sturm verhüten sollen«, grantelte Kurt. Kälte und Erschöpfung ließen ihn sarkastisch werden, aber Qta schien die scharfe Bemerkung nicht zu stören.

»Woher wollen wir wissen, ob es nicht zu unserem Besten war? Vielleicht liefen wir geradewegs in unser Verderben, und der Wind hat uns in Sicherheit zurückgetrieben. Vielleicht hatte der Sturm auch gar nichts mit uns zu tun. Nemet, und Menschen, sollten nicht zu eitel sein.«

Kurt blickte ihn prüfend an und klammerte sich wieder am Sicherheitsseil fest, als eine Welle den Bug der Tavi anhob und klatschend in die See zurückfallen ließ. Es freute ihn, dass Qta über ihn lachte. So war es in Elas gewesen. An den Abenden, an denen sie diskutierend zusammengesessen und ihre Differenzen durch Erheiterung und scherzhafte Bemerkungen überbrückt hatten. Es war gut, dass Qta noch immer dazu in der Lage war.

»Schiff achteraus!«, vermeldete Val.

Kurt wandte sich um und entdeckte im grauen Nebel einen kleinen, dunklen Fleck, der weder Teil der See noch Teil des Landes war.

Qta fluchte leise.

»Sie werden uns einholen, Qta-Ifhan!«

»Das ist sicher...« Damit wandte er sich der Crew zu. »Männer! Wenn das Schiff achteraus die Edrif sein sollte, steht uns ein Kampf bevor. Überprüft eure Waffen und legt sie bereit. Später haben wir vielleicht keine Zeit mehr dafür.« Dann wandte er sich an Kurt. »Mein Freund, wenn sie näherkommen, geh in Deckung. Die Sufaki sind gefährliche Bogenschützen. Wenn wir gerammt werden sollten, springe über Bord und halte Dich an einem Trümmerstück fest.

Gebrauche das Schwert oder die Axt, wie Du willst; aber ich beabsichtige weder zu entern, noch etwa die Tavi entern zu lassen – wenn ich das verhindern kann... So sehr wir beide auch Shan t'Tefur in unsere Gewalt bringen wollen – ich darf es nicht riskieren.«

Das andere Schiff holte langsam auf. Als es näher herankam, identifizierte Qta es zweifelsfrei als die Edrif - ein Langschiff mit sechzig Riemen.
Die Tavi, die schlanker gebaut und wendiger war, konnte nur fünfzig Ruderbänke besetzen. Im Moment wurde sie, bedingt durch ihre Verluste, nur von zwanzig Riemen vorangetrieben. Weitere zwanzig Männer saßen, als Reserve, einsatzbereit auf ihren Bänken; und sechs Matrosen der Deck-Crew würden einspringen, um die Rudermannschaft zumindest fast auf ihre normale Stärke zu bringen, falls es notwendig werden sollte.

»Haltet den Schlag, Männer«, rief Qta ihnen zu, »und hört her. Die Edrif verfolgt uns - es kommt jetzt allein auf unsere Geschicklichkeit an. Niemand darf einen Fehler machen oder zögern. Wir haben nur eine einzige Chance - und nur seemännisches Geschick kann uns retten. Geschick, Disziplin und Erfahrung; darin kann sich kein Sufaki-Schiff mit uns messen! Und jetzt fahrt die restlichen Riemen zusätzlich aus.«

Val erteilte den zwanzig Ruderern den Befehl, die Riemen aus dem Wasser zu nehmen, bis die anderen sechsundzwanzig ausgelegt worden waren.
Qta selbst gab den Takt an, als die Riemen wieder ins Wasser tauchten... Einen fast gemächlichen Takt...
Die Edrif holte dennoch beständig auf. Ihre sechzig Riemen schlugen die See zu Gischt. Jetzt waren schon die Gestalten auf dem Deck auszumachen.
Kurt eilte flugs in die Kajüte, um sich mit einem Schwert aus dem Waffenschrank auszurüsten. Nach kurzer Überlegung hängte er es jedoch wieder zurück und zog eine kurzstielige Axt heraus, wie sie zum Zerschlagen von Tauen verwendet

wurde. Er bildete sich nämlich nicht ein, dass die wenigen Übungsstunden mit Qta ihn, auch nur ansatzweise, zu einem so erfahrenen und wendigen Schwertkämpfer geformt hatten, wie es die Nemet waren, die schon in ihrer Kindheit mit dem Ypan vertraut gemacht wurden - und er war nicht sicher, ob die Sufaki wirklich auf den Ypan verzichteten und sich im Kampf auf Pfeile, Speere und Dolche verließen. Er ließ sich Zeit, sich wärmer anzukleiden und einen Pel unter seinen Ctan zu gürten. Der Wind war eisig, und er hatte keine Lust, halb nackt in den Kampf zu gehen.

Als er an Deck zurückkam, hatte die Edrif so weit aufgeholt, dass der grüne Drachenkopf über dem kupferüberzogenen Rammsteven deutlich erkennbar war. Ein Offizier in der gestreiften Robe stand im Bug und brüllte Befehle.

»Fertigmachen zur Wende!«, instruierte Qta seine Crew. »Steuerbord-Ruder klar zum Einziehen. Hart Steuerbord!« Die Tavi kam so brüsk herum, dass ihre Planken ächzten. Backbordriemen und Ruderausschlag brachten sie vor den Wind. Qta rief Punj eine Order zu. Das marineblaue Segel mit dem Emblem von Elas blähte sich im Wind. Die Tavi wurde lebendig und schoss unter dem Druck des Windes und seiner sechsundvierzig Riemen auf die Edrif zu.

Auf jener brach eine hektische Aktivität aus. Die Edrif begann nach Backbord zu drehen, stand ein paar Sekunden lang mit der Breitseite zur Tavi und drehte ihr dann das Heck zu. Das moosgrüne Segel wurde aufgezogen - aber sie konnte nicht mit der Schnelligkeit der Tavi manövrieren, und Qta hatte das Überraschungsmoment eindeutig auf seiner Seite.

»Steuerbord-Riemen einziehen!«, schrie Qta, als die Tavi auf das größere Schiff zuschoss. Hysterische Angstbekundungen ertönten vom Deck der Edrif. Polternd kamen die Steuerbord-Riemen herein, kurz bevor die beiden Schiffe kollidieren mussten. Qta riss das Ruder nach Backbord, und die Tavi scheuerte an der Backbordflanke der Edrif entlang. Splitternd zerbrachen die meisten der dortigen Riemen, und Schmerzensschreie ertönten aus dem Ruderdeck.

»Segel einholen!«, befahl Qta und das blaue Segel der Tavi kam herunter. Sie verlor rasch an Geschwindigkeit. »Steuerbord-Riemen zu Wasser – und..., durchziehen!« Qta hielt das Ruder hart backbord, und der einseitige Antrieb durch die Steuerbordriemen brachte sie herum.

Ein scharfer Knall und ein Schrei.

Einer der langen Riemen war unter der Belastung gebrochen und hatte seinen Bediener blutend auf die nächste Bank geschleudert. Ein Matrose der Decks-Crew sprang ins Ruderdeck und zog den Verletzten heraus.

Pfeile schwirrten über das Deck. Die Bogenschützen der Sufaki traten in Aktion.

»Backbord-Riemen!«, rief Qta - und die gut trainierte Mannschaft fuhr sie bereits aus. »Halt Steuerbord-Riemen! Alle Riemen zu Wasser... Und..., durchziehen!«

Vierundvierzig Riemen - eine musste, wegen dem zerbrochenen Ruder auf der gegenüberliegenden Seite, pausieren - schlugen gleichzeitig in die See und trieben die Tavi rasch von der hilflosen Edrif fort, deren Ruderwerk mit zersplittertem Holz und verwundeten Männern bedeckt war. Ein paar Bogenschützen schickten ihnen noch ihre Pfeile herüber, aber sie fielen zumeist harmlos ins Wasser - zu groß schon war die Strecke zwischen beiden Schiffen.

»Erste Schicht: Riemen einholen!«, erlaubte Qta, als sie mehr als eine halbe Meile von der Edrif entfernt waren. Er wartete, bis die Riemen hineingezogen und festgelascht worden waren. »Zweite Schicht: Neuer Takt. Eins..., zwei..., drei...«

Die Riemen tauchten jetzt langsamer ins Wasser. Qta atmete erleichtert auf und blickte über die Männer im Ruderdeck. Die Matrosen der ersten Schicht saßen noch auf ihren Bänken; erschöpft und ausgepumpt von der Anstrengung, versuchten sie ihren keuchenden Atem zu beruhigen. Ein paar von ihnen husteten und zogen ihre abgeworfenen Mäntel über die Schultern.

»Gut gemacht, meine Freunde!«, lobte Qta stolz. »Das ist uns sehr gut gelungen!«

Lun und ein paar andere hoben schweigend die Hand. Zum Sprechen hatten sie noch keine Luft.

»Punj, hole Decken und Mäntel für die Männer an den Riemen und auch Wasser. Kurt wird Dir helfen, nicht wahr, Kurt?«

Kurt nickte, froh, sich nützlich machen zu können. Er holte einen Krug mit Wasser und trug ihn ins Ruderdeck. Zwei der Männer waren völlig fertig und ausgebrannt - sie mussten von ihren Bänken gehoben werden. Kurt und Punj legten sie auf Decken neben den Mann, dem der zersplitternde Riemen den Bauch aufgeschlitzt hatte. Es war eine hässliche Wunde, aber die Bauchhöhle war nicht verletzt. Der Matrose schwor, am nächsten Tag wieder fit zu sein, aber Qta verordnete ihm eine längere Ruhe.
Die Edrif lag jetzt weit achteraus und war nur noch ein winziger, dunkler Punkt auf dem wellenbewegten Grau des Meeresarmes.

Val übergab das Ruder an Punj. »Kein Leck im Rumpf«, informierte er Qta, froh über die gute Nachricht. »Chal hat ihn untersucht und mir eben Meldung gemacht. Aber bei der Edrif wird es einige Zeit dauern, bis alle Schäden behoben sind.«

»Shan t'Tefurs Hass auf uns wird dadurch sicher nicht gemildert«, freute sich Qta diebisch. »Sobald sie allerdings ihre nötigen Reparaturen vorgenommen haben, werden sie uns wieder verfolgen.«

»Es war ein blutiges Chaos im Ruderdeck«, sagte Val zufrieden. »Shan t'Tefur hat sicher allen Grund, uns zu jagen - aber vielleicht haben seine Männer genug. Sie wissen, dass wir ihr Schiff hätten versenken können, wenn wir es gewollt hätten.«

»Die Erkenntnis mag ihnen gekommen sein, Val - aber ich bezweifle, ob uns das zu größerer Beliebtheit verhilft. Wir müssen sehen, dass wir unseren Vorsprung so weit wie möglich ausbauen.« Er blickte in das Ruderdeck hinab. »Ich habe seit Jahren keinen Riemen mehr in der Hand gehabt, aber ein bisschen Übung kann mir nicht schaden. Und Du, Kurt, mein Freund, solltest Dich nach all den Strapazen, die Du durchgemacht hast, eigentlich schonen. Aber wir brauchen Dich.«

»Das ist gut! Ich werde es schon lernen.«

»Bandagiere Dir die Hände«, meinte Qta. »Du hast ohnehin nur noch wenig Haut auf den Knochen und sollst den Rest nicht auch noch verlieren...«

17 - Acturi

Am Morgen waren die Wolken verschwunden, und Phans orange-gelbes Licht schien auf eine spiegelglatte See. Die Tavi lag fast bewegungslos im Wasser. Ihre Crew hatte sich auf dem Deck ausgestreckt, wo immer die Männer Platz fanden.
Kurt ging zum Heck und rieb sich die Augen, um munter zu bleiben. Sein Wachgefährte, der Knabe Punj, stand am Ruder. Er hatte die Augen geschlossen und schwankte leicht hin und her. »Punj«, flüsterte Kurt und legte ihm die Hand auf die Schulter.

Punj schreckte auf und blickte Kurt verlegen an. »Entschuldige, Kurt-Ifhan.«

»Lege Dich ein wenig hin«, schlug Kurt vor. »Ich werde am Ruder bleiben. Bei der ruhigen See braucht man dazu keine Erfahrung.«

»Eigentlich sollte ich es nicht, Kurt-Ifhan. Es ist...« Die Augen des Jungen blickten zum Himmel hinauf, und jetzt spürte Kurt es auch: Ein leichter Südwind kam auf. Er fuhr durch ihr Haar und ihre Ctans und kräuselte das ruhige Wasser der See.
»Der Wind!«, schrie Punj über das Deck, und überall fuhren die Männer aus dem Schlaf. »Der Wind! Der Südwind ist da!«

Die Männer sprangen auf, und Qta erschien im Einstieg der Kajüte. Er gab Val einen Wink, der den Männern befahl, das Segel zu setzen. Kurze Zeit später blähte sich das nachtblaue Tuch in der Brise und die Männer jubelten.
»Volle Rationen, meine Freunde«, lachte Qta, »und Erlaubnis zum Trinken. Aber mäßig, wenn ich bitten darf. Ich möchte später keine Klagen über Kopfschmerzen hören. Dieser Wind ist auch der Edrif günstig, also haltet scharfen Ausguck.«

Der Wind wehte stetig, und die erschöpften Ruderer waren froh, auf Deck ausruhen zu können, heißes Öl in ihre schmerzenden Muskeln zu massieren und ihre blasenbedeckten Hände zu verbinden.

Gegen Abend befahl Qta den erwarteten Kurswechsel nach Nordwest auf die Inseln zu.

Am westlichen Horizont tauchte ein Schiff auf und verursachte eine momentane Unruhe. Aber Farbe und Wappen seines Segels identifizierten es kurze Zeit später als ein Handelsschiff des Hauses Ilev. Das Handelsschiff zog achteraus vorbei und verschwand am östlichen Horizont. Kurz nach Einbruch der Dunkelheit kamen die Lichter an der Küste der Insel in Sicht. Die Männer saßen auf den Ruderbänken und trieben das Schiff auf die hell erleuchtete Stadt zu: Acturi, Heimathafen von Hnes, einer mächtigen Indras-Familie.

»Gan t'Hnes«, erläuterte Qta, als sie in den Hafen von Acturi einliefen, »lässt sich durch Drohungen der Sufaki nicht beeindrucken. Hier sind wir sicher für die Nacht.«

An Land begann eine Glocke zu läuten. Männer mit Fackeln liefen auf die Pier, als die Tavi heranglitt und die Riemen eingezogen wurden. »Hya!«, rief eine Stimme von der Pier. »Was für ein Schiff?«

»Die Tavi - von Nephane. Sage Gan t'Hnes, dass Elas um seine Gastfreundschaft bittet.«

»Mach fest, mach fest und kommt an Land. Wir sind Freunde. Ihr braucht nicht erst anzufragen.«

»Bist Du sicher, dass sie auf unserer Seite stehen?«, meldete Kurt einen leisen Zweifel an, als die Leinen ausgeworfen und festgemacht wurden. »Was ist, wenn ein Schiff der Methi bereits vor uns hier war?« Unruhig blickte er auf die kahl-mastigen Silhouetten, welche anonym im Dunkel des kleinen Hafens lagen. »Hnes könnte gezwungen worden sein...«

»Nein! Wenn Gan t'Hnes die Hausfreundschaft nicht mehr achtet, dann geht die Sonne morgen im Westen auf. Ich kenne diesen Mann, seit ich als kleiner Junge zu seinen Füßen spielte; und Hnes und Elas sind seit tausend Jahren befreundet... Nun..., fast..., zumindest seit neunhundert Jahren.«

»Und was ist, wenn es nicht Hnes Wort war, das man Dir eben gab?«

»Still, misstrauischer Mensch, still. Wenn Hnes die Herrschaft über Acturi entglitten wäre, hätte man den Schock von Küste zu Küste gespürt. Val...«, wandte er sich an den Offizier, »lass die Planke auslegen. Kurt und ich werden an Land gehen. Du bleibst an Bord und sorgst dafür, dass keiner der Männer das Schiff verlässt, bevor ich von Gan die Erlaubnis habe, die Crew an Land bringen zu dürfen.«

*

Gan t'Hnes war ein grauhaariger, hochgewachsener Mann, der einen zuverlässigen und vertrauenswürdigen Eindruck machte. Er war der Patriarch von Acturis Handels-Imperium. Sein Haus auf dem Hügel war groß und gastfreundlich; sein Herdfeuer stand unter der Obhut von Lady Na t'Ilev e Ben sh'Kma, der Frau des ältesten der drei Söhne. Lord Gan selbst war Witwer und der älteste Nemet, den Kurt bisher je gesehen hatte.
Wenn man bedachte, dass die Nemet sehr langlebig waren und nur selten Alterserscheinungen zeigten, musste er wahrlich steinalt sein.

Natürlich gingen dem Gespräch die üblichen Formalitäten voraus. Eine junge Frau, die Enkelin des Chan von Hnes, servierte den Tee. Ihre grazile Figur, ihre Haltung und ihr langes, blauschwarzes Haar erinnerten Kurt an Mim. Selbst das Gesicht war dem Mims ähnlich, und als sie sich vor ihn niederkniete und ihm den Tee servierte, verspürte er einen stechenden Schmerz, der ihm die Tränen in die Augen trieb.

Das Mädchen senkte den Kopf, als sie seinen Blick spürte.

Kurt nahm ihr die Tasse aus den Händen und blickte rasch fort. Die friedliche Stille dieses Indras-Hauses rief Erinnerungen wach, die er seit jener letzten Nacht in Nephane tot geglaubt hatte. Ihm war, als sei er nach Hause zurückgekommen. Er hatte nicht erwartet, jemals wieder seinen Fuß in ein freundlich gesinntes Haus zu setzen. Aber trotzdem: »Zu Hause« waren Elas und Mim - und beides hatte er für immer verloren.

Hnes war eine vielköpfige Familie, die von Gan und seinem ältesten Sohn Kma geführt wurde. Ein anderer Sohn befand sich gerade auf See. Gans zweitältester Sohn Lei, dessen Frau Pym und die Konkubine Tekje h'Hnes wohnten ebenfalls im Haus. Außerdem gab es noch den Chan Dek mit seinen zwei Töchtern und mehreren Enkeln.
Die erste Tasse Tee wurde bei allgemeinen, ruhigen Gesprächen getrunken. Die Nemet waren selbstverständlich neugierig, etwas über Kurt zu hören, doch die Etikette verbot ihnen, ihm direkte Fragen zu stellen. Als die zweite Tasse Tee serviert wurde, verließen die Damen den Rhmei. Nur Lady Na, die Hausfrau der Hnes, deren Wort das gleiche Gewicht hatte wie das der Männer, blieb bei ihnen zurück.

»Qta«, begann der Lord von Hnes das Gespräch, »wann hast Du Nephane verlassen?«

»Vor nunmehr fast acht Tagen.« [1]

»Dann hast Du also die tragischen Ereignisse miterlebt, von denen wir Kunde erhalten haben?«

Qta nickte. »Elas existiert nicht mehr in Nephane, und ich bin ein Ausgestoßener. Meine Eltern und der Chan sind tot.«

261

»Du bist hier bei Freunden«, bekräftigte Gan t'Hnes. »Ich habe Deinen Vater sehr gern gehabt, Qta, und Du bist für mich wie ein Sohn. Sage mir, wer für diese Tragödie verantwortlich ist.«

»Ihre Namen sind zu hoch, um sie zu verfluchen.«

»Niemand steht sooo hoch, dass er sich dem Zorn des Himmels entziehen könnte.«

»Ich möchte nicht, dass ganz Nephane meinetwillen verflucht wird. Die Verantwortlichen sind die Methi Djan und ihr Sufaki-Liebhaber Shan t'Tefur. Ich habe ewige Feindschaft zwischen Elas und der Auserwählten des Himmels geschworen, sowie Blutfehde zwischen Elas und dem Haus von Tefur - habe aber das Exil gewählt. Wenn ich den Krieg gewollt hätte, wäre es in jener Nacht in den Straßen Nephanes zu einem Blutbad gekommen. Diese Alternative stand auch meinem Vater offen, aber er hat stattdessen den Tod gewählt. Ich bewundere seine Selbstdisziplin.«

Gan neigte den Kopf in Trauer um seinen Freund. »Vor zwei Tagen ist ein Schiff hier aufgekreuzt - Dkelis vom Haus Irain in Nephane. Die Botschaft, die man uns übermittelte, kam von der Auserwählten des Himmels selbst: Elas hätte sie beleidigt und sei geflohen. Der eigentliche Täter – vergebt mir, meine Gäste – sei jedoch ein *Mensch* gewesen, der Bürger Nephanes ermordet habe, während er sich in der Obhut von Elas befand.«

»Ich habe zwei von t'Tefurs Männern getötet«, gestand Kurt bitter. »War es *das*, Qta? War *das* der Grund für alles?«

»Du weißt, dass es viele andere Gründe gab«, beruhigte ihn Qta finster. »Das war nur der Methi Vorwand, um jemandem die Schuld ›in die Schuhe schieben zu können‹.
Lord Gan..., war das die vollumfängliche Botschaft der Methi..?«

»So ziemlich. Bis auf die Konsequenzen: Elas wird seines gesamten Besitzes für verlustig erklärt, und alle Bürger Nephanes sind gehalten, Mitglieder von Elas als Feinde zu betrachten und zu behandeln. Du, Qta, und alle, die bei Dir sind, sollen auf der Stelle hingerichtet werden – mit Ausnahme von Lord Kurt, der lebend und unversehrt dem Gericht der Methi auszuliefern ist.«

»Ich hoffe«, meinte Qta, »dass Hnes sich nicht an diese Order halten wird...«

»Natürlich nicht! Irain hat das gewusst. Ich bezweifle, ob er selbst sich danach gerichtet hätte, wenn er Dir begegnet wäre.«

»Ist es Dir lieber, wenn wir die Nacht an einem anderen Ort verbringen? Bitte sage es mir ganz offen. Ich möchte Dir keine Unannehmlichkeiten bereiten.«

»Sohn meines Freundes«, sagte Gan und hob die Hände, »es gibt Gesetze, die älter sind als Nephane, älter selbst als die strahlende Stadt Indresul; und es gibt ein Recht, das höher steht als das Dekret der Methi. Nein. Soll sie sehen, wie sie ihr Dekret durchsetzt. Du und Deine Mannen bleiben bei uns. Ich werde die Insel in eine Festung verwandeln, wenn sie die Konfrontation suchen!«

»Nein, nein, mein Freund, nein... Das wäre entsetzlich für Dein Volk. Wir bitten Dich lediglich um Nahrungsmittel und Wasser. Beim Morgengrauen wird die Tavi den Hafen wieder verlassen. Niemand außer Ilev hat uns kommen sehen, und sie sind Hausfreunde unserer beiden Familien. Ich werde auch dafür sorgen, dass niemand uns bemerkt, wenn wir aus dem Hafen steuern. Elas ist gefallen. Das ist schlimm genug. Ich möchte nicht auch noch Freunde ins Unglück stürzen.«

»Alles, was Du brauchst, sollst Du haben: Einen sicheren Hafen und eine Eskorte von Galeeren, wenn Du willst. Aber bleibe hier, Qta, ich bitte Dich darum. Ich bin noch nicht so alt, um nicht für meine Freunde kämpfen zu können. Die ganze Kraft von Acturi steht zu Deiner Verfügung. Mit dem Krieg gegen Indresul vor der Tür wird die Methi es nicht wagen, eine von Nephanes Kolonien auf den Inseln gegen sich aufzubringen.«

»Ich habe auch nicht geglaubt, dass sie es wagen würde, gegen Elas vorzugehen«, erwiderte Qta bitter, »und Shan t'Tefurs Schiff ist uns dicht auf den Fersen. Wir sind bereits mit ihm zusammengestoßen - und ich zweifle nicht daran, dass er auch Dich ohne Zögern angreifen würde. Ich weiß nicht, welche Autorität die Methi ihm gegeben hat, aber selbst, wenn sie es nicht riskieren sollte, Dich aktiv vor die Wahl zu stellen, so würde Shan t'Tefur vollendete Tatsachen schaffen, bevor sie davon erführe. Nein, Lord Hnes. Nein.«

»Die Entscheidung liegt bei Dir«, bedauerte Gan. »Aber ich glaube, dass wir es mit ihnen aufnehmen könnten.«

»Nahrungsmittel und Wasser sind alles, was ich brauche«, entschied Qta, »und vielleicht ein paar Waffen.«

»Kümmert euch darum, meine Söhne. Versorgt die Tavi mit allem, was sie braucht.«

Die beiden Söhne Hnes' standen auf und verneigten sich vor den Anwesenden. Dann verließen sie den Rhmei, um die Anweisungen ihres Vaters auszuführen.

»Diese Dinge sind ein Abschiedsgeschenk von Hnes«, sagte Gan. »Hast Du Männer genug, Qta? Ein paar von meinen Leuten würden sicher gern mit Dir segeln.«

»Ich will die Verantwortung für sie nicht übernehmen.«

»Also hast Du keine volle Crew? Wohin willst Du eigentlich, Qta?«

»Zum Yvorst Ome. Das liegt außerhalb des Machtbereichs der Methi und ihrer Gesetze.«

»Hartes Land liegt um diese See, mein Freund. Aber die Schiffe von Hnes segeln oft in diesem nördlichen Gewässer. Du wirst ihnen von Zeit zu Zeit begegnen. Durch sie wollen wir miteinander in Verbindung bleiben. Beim Licht des Himmels, in was für Zeiten leben wir..! Meine Augen sind nicht mehr so gut wie in früheren Jahren, aber sie sehen nichts, das mich versöhnen könnte. Wenn ich jünger wäre, würde ich mit Dir segeln, Qta, weil ich mutlos werde, wenn ich daran denke, was hier geschehen wird.«

»Hmm..., Lord Gan, wenn Du so jung wärst wie ich, würdest Du nach Nephane segeln und Dich zum Kampf stellen, so wie es mein Vater getan hat und wie ich es auch tun würde, wenn ich nicht Rücksicht auf Aimu nehmen müsste und alle, die zu ihr gehören.«

»Die kleine Aimu... Ich habe nicht gewagt, nach ihr zu fragen, weil ich noch mehr schlimme Nachrichten befürchtete.«

»Nein, Lord Gan. Ich habe sie einem Ehemann gegeben, der mir geschworen hat, sie zu beschützen.«

»Wie heißt sie jetzt?«, fragte Lady Na.

»Ihr Name ist Aimu t'Elas e Nym sh'Bel.«

»Aah..., Bel; aus dem Hause der Osanefs...«, murmelte Gan in einem bedauernden Ton, als er den Sufaki-Namen hörte.

»Sie haben sich seit ihren Kindertagen geliebt«, revidierte Qta Gans Sorge. »Es war der Wunsch meines Vaters und der meine.«

»Dann sei es gut...«, meinte Gan erleichtert. »Möge das Licht des Himmels freundlich auf sie scheinen.« Von einem orthodoxen Indras war das ein unglaubliches Zugeständnis.

»Er muss ein guter Mann sein, dieser t'Osanef. Es gehört einiger Mut dazu, in diesen Zeiten der Gemahl unserer Aimu zu werden.«

»Das ist wahr!«, pflichtete Qta ihm bei. Er wandte sich an Lady Na: »Bete bitte für sie. Sie können es gebrauchen.«

»Das werde ich tun - und ich werde auch für Dich beten und für alle, die mit Dir segeln«, machte sie ihr Herz weit und schloss damit auch Kurt ein, indem sie ihn anblickte.

Er senkte den Kopf in Anerkennung dieser ganz besonderen Geste.

»Danke«, verbeugte sich Qta. »Euer Haus wird auch in meinen Gebeten sein.«

»Ich wünschte«, intervenierte Gan noch einmal sanft, »dass Du Deine Meinung ändern und hierbleiben würdest... Aber vielleicht hast Du recht. Vielleicht werden die Dinge eines Tages wieder anders aussehen, da die Methi ohne Ehegefährten ist. Eines Tages wird es Dir gewiss möglich sein, nach Nephane zurückzukehren.«

»Vielleicht...«, räumte Qta ein, »falls sie keinen Sufaki zu ihrem Nachfolger bestimmt. Wir reden nicht viel darüber, aber ich fürchte, dass es keine Rückkehr gibt - jedenfalls nicht in unserer Generation.«

Gans Gesicht bekam einen entschlossenen Ausdruck. »Ich denke, wir werden heute Nacht Schiffe aussenden.«

»Kämpfe nicht gegen t'Tefur«, bat Qta.

»Sie sollen zumindest eine unausgesprochene Warnung für die Edrif darstellen.«

»Wenn die Methi davon erfährt...«

»Dann wird sie die Stimmung auf den Inseln richtig einschätzen«, brummte Gan, »und gegebenenfalls ihre Ambitionen etwas zügeln.«

»Verzeih mir, Lord Gan«, schüttelte Qta den Kopf. »Ich möchte Dir solche Scherereien nicht aufbürden.«

»Ich verstehe... Doch diese Entscheidung liegt bei mir, mein Freund. Elas hat seine Ehre zu schützen - ich die meine.«

»Freund meines Vaters, diese Inseln liegen zu nahe bei Indresul. Du weißt, was Du mit einem derartigen Vorgehen auslösen kannst. Es ist zu gefährlich...«

»Die Entscheidung liegt bei mir«, wiederholte der Lord von Hnes.

Qta senkte den Kopf. Dies war Gan t'Hnes Land - und nur Gan hatte über sein Tun und Lassen zu bestimmen. Dennoch lag Qta in dieser Nacht lange wach.

Kurt beobachtete ihn schweigend und unterließ es, ihm Fragen zu stellen. Außerdem hatte er genügend eigene Probleme. Er begann die Mosaiksteine zusammenzusetzen, um sich ein Bild von den wirklichen Vorgängen in Nephane machen zu können, die Qta ihm nie geschildert hatte: Die Szene im Upei, als Nym Gerechtigkeit für den Tod Mims gefordert hatte, während die Methi die Aktionen des Gastes von Elas zum willkommenen Vorwand nahm, um Elas zu vernichten. Also war Nym gestorben und Elas gefallen. Und Djan konnte behaupten, dass **er**, t'Morgan, an allem schuld war, dass seine Heirat mit Mim und seine Loyalität gegenüber Elas die Ursachen dieser Ereignisse waren.
Wie hatte es geheißen..? »...*Mit Ausnahme von Lord Kurt, der lebend und unversehrt dem Gericht der Methi auszuliefern ist*...« Dem Gericht der Hanan! Dem Gesetz persönlicher Rache. Sie würde alle töten, die er liebte, *ihn* aber würde sie

nicht aus ihren Klauen lassen. Als Hanan glaubte sie nicht an ein Jenseits. Sie würde ihm keinen leichten Tod gönnen.

Er lag auf der weichen Daunenmatratze und starrte in das Dunkel. Erst kurz vor Morgengrauen schlief er ein; gequält von Träumen, an die er sich beim Aufwachen nicht mehr erinnern konnte.

*

Der Wind war warm und wehte von Süden aus der Tamur-Bucht. Das blaue Segel blähte sich, schnittig zerteilte der Bug der Tavi die Oberfläche der See.

Qta blickte immer wieder achteraus, und Kurt war nicht sicher, ob er nach Shan t'Tefur Ausschau hielt oder nach den Schiffen Gan t'Hnes.

»Es liegt außerhalb unserer Macht«, sagte Kurt schließlich.

»Ja, es liegt außerhalb unserer Macht«, stimmte Qta zu und blickte wieder über das Heck des Schiffes auf das Meer hinaus. Es war nichts zu sehen. Er biss sich auf die Lippe. »Nun, zumindest wird er uns nicht stören, wenn wir durch die Thiaden segeln.«

Die »Thiaden«, das »Halsband« - die »Kleineren Inseln«. Kurt hatte von ihnen gehört - kahle Felsen, die sich wie eine Barriere durch die engste Stelle des Sunds zwischen Indresul und Nephane legten und von beiden Seiten beansprucht wurden. Schon bei gutem Wetter war die Passage gefährlich, bei Stürmen wurden die Felseninseln zu Killern.

»Segeln wir zwischen ihnen hindurch oder umfahren wir sie?«, wollte Kurt wissen.

»Wir segeln hindurch, wenn das Wetter günstig ist«, überlegte Qta, »und wir halten uns an das Ufer von Nephane – der Kanal ist dort breiter –, wenn wir raue See bekommen sollten. Ich bewege mich in den Gewässern Indresuls nicht mit der Selbstverständlichkeit der Inselbewohner. Aber wenn wir die Barriere hinter uns haben, mein Freund, sind wir frei. So ›frei‹, wie es im Nordmeer mit seinen schäbigen Häfen möglich ist.«

»Ich habe zur Kenntnis genommen«, konstatierte Kurt, »dass es auch dort ›oben‹ eine Art Zivilisation geben soll und einige größere Städte.«

»Es gibt zwei ›Städte‹, welche diese Bezeichnung leidlich verdienen - und die sind äußerst primitiv. Haithen und Thyrule. Ihre Häuser sind aus importiertem Holz gebaut, ihre Straßen gefroren. Yvesta, die Mutter des Schnees, hat das Land in ihrer Gewalt. Es gibt keine Felder, nur öde, eisige Ebenen, hohe Gebirge und zugefrorene Flüsse. Eisberge, zwischen denen Schiffe zermahlen werden können, treiben im Yvorst Ome - und es gibt riesige Meerestiere, wie man sie in den blauen Wassern des Südens nicht kennt. Es ist in keiner Beziehung wie Nephane.«

»Bereust Du Deinen Entschluss?«, sinnierte Kurt.

»Es sind seltsame Breiten, in die wir segeln - aber es wäre schlimmer, Schande über Elas zu bringen. Ich denke, dass Haithen oder Thyrule immer noch besser sind als das Gesetz der Methi. Wahrscheinlich sogar besser als das Nephane der Methi... Aber wenn wir zum letzten Mal an der Küste Nephanes entlangsegeln, werde ich an Aimu und Bel denken und wünschen, dass ich etwas von ihnen hörte.
Das ist irgendwie das Schlimmste: Die Erkenntnis, dass ich nichts unternehmen kann, dass mir ›die Hände gebunden sind‹... Elas ist an Hilflosigkeit nicht gewöhnt.«

18 - Untergang der Tavi

En t'Siran, Kapitän der Rimaris, sprang auf das Deck des Kurierschiffes Kadese. Er war so in Eile, dass er sich nicht einmal Zeit nahm, mit dem Kapitän der Kadese eine Tasse Tee zu trinken, bevor er seine Nachricht übermittelte. Er nahm nur einen Höflichkeitsschluck, ohne sich zu setzen, gab die Tasse einem der Männer und verbeugte sich kurz vor dem ranghöheren Marine-Offizier.

»t'Siran«, eröffnete der Kapitän des Kurierschiffes, »Du scheinst überaus dringende Nachrichten zu haben..?!«

»Allerdings«, bestätigte t'Siran, »...eine Konfrontation zwischen einem Schiff von den Inseln und einem von Nephane.«

»Wirklich..?« Der Kapitän stellte jetzt auch seine Tasse ab und winkte einen Schreiber heran, der das Gespräch aufzeichnen sollte. »Was ist geschehen? Konntest Du eines der Schiffe identifizieren?«

»Das Schiff von den Inseln führte das Mond-Emblem von Acturi auf seinem Segel – es war einer von Gan t'Hnes' Söhnen, vermute ich. Das andere Schiff führte ein Segel, das mir unbekannt ist: dunkelgrün mit einem goldenen Drachen.«

»Oh... Ich kenne das Zeichen auch nicht...«, runzelte der Kapitän nachdenklich die Stirn. »Es muss eins von diesen Sufaki-Insignien sein.«

»Sicher«, stimmte t'Siran zu, weil der Drache Yr bei den Indras nicht als glückbringendes Symbol galt. »Vielleicht ein Schiff der Methi.«

»Eine Konfrontation, sagtest Du. Mit welchem Ausgang?«

»Ein gegenseitiges Belauern. Dann drehte das Schiff mit dem Drachensegel ab und lief auf die Küste von Sufak zu.«

»Und die Männer von Acturi?«

»Sind noch eine Weile auf Position geblieben. Später fuhren sie wieder zu den Inseln zurück. Wir lagen beigedreht, hatten keine Order, einen Konflikt mit den Inseln herbeizuführen.«

»Tatsächlich... Eine wichtige Information..!«

»Ich danke Ihnen«, antwortete En t'Siran auf die übliche Anerkennungsfloskel, mit welcher der Bericht eines Kurierkapitäns entgegengenommen wurde, und verließ das Schiff.

Der Kapitän der Kadese wartete nicht, bis die Rimaris das Segel aufgezogen hatte. Er rief seiner Mannschaft Befehle zu und nahm Kurs auf Indresul. Die Entwicklung, die man vorausgesehen hatte, schien sich zu verwirklichen. Nephane stand unmittelbar vor einer Spaltung. Die Methi von Indresul war an dieser Bestätigung ihrer Prognose persönlich interessiert, da sie die Politik Indresuls beeinflussen und Nephane seinem Untergang näherbringen konnte.
Von nun an, freute sich der Kadese-Offizier, würde die Methi Ylith auf ihre Kapitäne hören, die ihr schon immer gesagt hatten, dass sich eine so günstige Gelegenheit, Nephane zu unterwerfen, nie wieder bieten würde. Der Himmel war Indresul günstig gesonnen.
»Ruderer auf die Bänke«, befahl er seinem Zweiten, »Ablösung in kurzen Intervallen. An die Riemen.«

Mit vier Schichten Ruderern und hundertzehn Riemen war die Kadese eines der schnellsten Schiffe Indresuls. Der Wind wehte von achtern, und ihr rotes Segel blähte sich wie ein Ballon. Es gab kaum ein schnelleres Schiff als die Kadese diesseits und jenseits des Ome Sin...

*

Ein paar Wolken standen am Himmel; weiß mit grauen Rändern, und sie wurden nach Osten hin größer. Die Crew der Tavi beobachtete ständig das Firmament. Die Männer fürchteten, dass der Wind sich drehen und sie in diesen gefährlichen Gewässern festhalten könnte. Westlich voraus ragten die dunklen, kahlen Felsen der Thiaden aus der See. Die Sonne stand dicht über dem malvenfarbenen Horizont und kolorierte die Wolken dunkelrosa. Die Wellen klatschten an den Bug der Tavi, als das Schiff gefährlich nahe an einem Felsen vorbeiglitt, der kaum anderthalb Meter aus dem Wasser ragte. Auf der Steuerbordseite lag ein Eiland, ein langgestreckter, kahler Felsrücken. Es war die letzte der gefürchteten Thiaden.

»Wir sind durch!«, rief Mnek, als die Insel achteraus lag. »Jetzt liegt nichts mehr zwischen uns und dem Yvorst Ome.«

In dem Moment erschien ein Segel am dunklen Osthorizont. Val t'Ran fluchte nicht einmal, als ihm die Sichtung gemeldet wurde. Wortlos legte er das Ruder nach Backbord und drehte nach Westen ab. Ihr Schiff glitt gefährlich nahe an den nördlichen Ausläufern der Thiaden vorbei.
Punj lief zur Kajüte, um Qta zu benachrichtigen.
Qta eilte zum Heck. »Riemen besetzen!«, rief er sofort, und die Männer der Freiwache sprangen ins Ruderdeck. Er trat neben Val und gab ihm Order, den anliegenden Westkurs beizubehalten. »Tkel!«, winkte er dem Ausguck im Mast zu. »Kannst Du das Segel erkennen?«

»Nein, Lord Qta. Die Entfernung ist zu groß.«

»Wir wollen versuchen, sie zu halten«, knurrte Qta und warf einen misstrauischen Blick auf die kaum aus dem Wasser ragenden Klippen, die gefährlich nahe backbord voraus lagen.

»Lass die Tavi etwas nach Steuerbord abfallen«, sagte er zu Val. »Wir sind zu nahe an den Felsen.«

Val brachte das Schiff um etwa zehn Grad herum.

»Schiff hat Kurs auf uns genommen!«, ließ sich Tkel kurz darauf aus dem Mast vernehmen. »Wahrscheinlich glauben sie, dass wir von Indresul sind.«

»Der Junge scheint eine lebhafte Phantasie zu haben«, murmelte Val. »Obwohl..., möglicherweise hat er recht...«

»Ich werde mit der Decks-Crew arbeiten oder als Reserve auf der Ruderbank«, bot sich Kurt an.

»Du gehörst zu Elas«, gab Qta zu bedenken. »Es verunsichert meine Männer, wenn Du zu viel Eile oder Besorgnis zeigst. Aber gut..., wenn Du etwas brauchst, um Deine Nerven zu beruhigen, tu Dir keinen Zwang an.«
Qta hatte selbst Angst, und am liebsten hätte er sich auch auf die Ruderbank gesetzt oder in den Wanten gearbeitet; irgendetwas getan, um die Geschwindigkeit der Tavi zu erhöhen.

Kurt kannte den Nemet gut genug, um den Ausdruck seiner Augen richtig interpretieren zu können. Er brannte darauf, tätig zu werden. Sie hatten miteinander gefochten. Kurt verstand Qtas Ungeduld. Seine Ahnen, hatte er ihm einmal gesagt, waren Draufgänger gewesen. Das war der Grundcharakter von Elas.
Kurt saß auf einer der Ruderbänke, zog den schweren Riemen im Takt mit den anderen durch und blickte zu Qta hinauf, der reglos neben Val beim Ruder stand und zum Horizont hinüberstarrte.

Plötzlich schrie Tkel entsetzt aus dem Mast: »Segel Backbord voraus!«

Die Tavi korrigierte den Kurs entsprechend - sie schienen in die Zange genommen zu werden. Die Decks-Crew riss das Segel herum, die Riemen schlugen mit einer etwas schnelleren Kadenz ins Wasser, ohne dass jemand eine Weisung dazu gegeben hätte.

Kurts Hände brannten wie Feuer; die Muskeln schmerzten von der ungewohnten Anstrengung, und er rang nach Luft.

»Drei Segel! Sie sind zu dritt!«, meldete Tkel.

Es war bezeichnend für die Disziplin auf der Tavi, dass keiner der Männer seine Arbeit unterbrach, um selbst nach den Schiffen zu sehen.

Qta blickte eine ganze Weile zu den Segeln hinüber und trat dann an den Rand des Ruderdecks, sodass die Matrosen auf den Bänken ihn sehen konnten. »Wir liegen auf Nordkurs. Die Schiffe vor uns sind von Indresul. Wenn wir unsere jetzige Position halten können und sie sich für das andere Schiff interessieren, ist alles in Ordnung. Chal, nimm etwas Tempo zurück. Die Männer sollen ihre Kräfte schonen. Vielleicht werden sie diese sehr bald brauchen.«

Chal gab den Ruderern einen langsameren Schlag an. Qta schritt wieder zum Heck zurück und starrte zum Horizont. Was draußen geschah, ging die Männer auf den Ruderbänken nichts an. Sie zogen die langen Riemen durch, das Denken abgeschaltet - fixiert auf den schweißglänzenden Rücken ihres Vordermannes.

»Sie verfolgen uns«, grantelte Sten, der auf der letzten Bank der Backbordseite saß.

Gleichmäßig schlugen die Riemen ins Wasser.

»Es sind Triremen [1]«, informierte Qta seine Männer schließlich, »und sie halten auf *uns* zu. Wir können ihnen nicht davonlaufen. Hart Steuerbord. Wir müssen ans Ufer von Nephane zurück.«

Die Triremen hatten mindestens hundertzehn Riemen und doppelte Besegelung. Als die Tavi nach Steuerbord abdrehte, sah Kurt durch den Riemenschacht sekundenlang die Schiffe, welche auf sie zuhielten: Zweimastig, ein großes und ein kleineres Segel; drei Ruderdecks, von denen die Riemen ins Wasser getaucht und angehoben wurden wie die Schwingen eines flatternden Schwimmvogels.

Und mit jedem Ruderschlag kamen sie ein Stück näher...

Die Tavi *musste* den Wettlauf verlieren..! Sie hatte keine zweite Schicht, welche die ausgepumpten Männer auf den Ruderbänken ablösen könnte.

Kurt rang keuchend nach Luft, während er den schweren Riemen durchzog, und seine Umgebung verschwamm ihm vor den Augen.

»Wir müssen beidrehen!«, schrie Val, der am Ruder stand. »Wir müssen beidrehen und uns ergeben, Lord Qta!«

Qta warf einen Blick zurück. Eine der drei Triremen löste sich aus dem Verband. Ihre gold-weiße Takelage stand prall im Wind. Das Tempo der Riemen verdoppelte sich plötzlich.

»Schnellerer Schlag!«, rief Qta stattdem und Chal schrie die Order den Ruderern zu, die jetzt ihren Körpern die letzten Kraftreserven abverlangten.

Und dann schlief der Wind ein... Der Atem des Himmels erstarb, das Segel klatschte schlaff an den Mast. Die Trireme kam jetzt *noch schneller* heran.

»Halt!«, sah Qta nun die Sinnlosigkeit ihres Unterfangens ein und trat an den Rand des Ruderdecks. »Ruder einziehen!«

Der Rhythmus erstarb. Die Ruder polterten durch die Duchten. Die Männer hockten mit krummem Rücken völlig ausgelaugt auf den Bänken und rangen nach Luft. Ein paar von ihnen husteten keuchend.

»Punj! Tkel!«, winkte Qta in die Wanten hinauf. »Segel einholen!«

Zum ersten Mal zögerte seine Besatzung; schwankend zwischen dem gewohnten Gehorsam und innerem Widerstand gegen diesen Befehl.

»Bewegt euch!«, wiederholte Qta wütend. »Holt das Segel ein! Alle Ruderer an Deck! Verdammt, verderbt unsere Freundschaft nicht durch eine Meuterei! Heraus mit euch!«

Kurt taumelte mit den anderen Männern vom Ruderdeck herauf. Punj und Mnek warnten: »Aufpassen da unten!« Gleichzeitig ließen sie das Segel herunterrauschen.

Qta übernahm das Ruder selbst und legte es hart backbord, sodass die Tavi das bisschen Fahrt, welches sie noch hatte, verlor.
Die führende Trireme fiel ein wenig ab und hielt jetzt nicht mehr direkt auf sie zu. Die Spannung an Deck der Tavi verebbte. Von der hinteren Trireme blitzte indes ein Lichtsignal auf und das Führungsschiff änderte erneut seinen Kurs. Es war jetzt nahe genug heran, um die Männer auf seinem hohen Oberdeck erkennen zu können. Das Tempo der Ruderschläge verdoppelte sich, und die Blätter wirbelten das Wasser auf.

»Bei allen Göttern«, murmelte Val ungläubig, »sie wollen uns rammen!«

»Alles von Bord!«, orderte Qta hektisch an. »Los, Val, nun mach schon! Und Du, Kurt...«

Es war zu spät. Der bronzene Rammsteven der Trireme aus Indresul bohrte sich in die Backbordseite der Tavi. Planken zersplitterten; die Tavi legte sich hart nach Steuerbord über und wurde von dem breiten Bug der Trireme eingedrückt.
Kurt klammerte sich an der Steuerbordreling fest, gegen die er beim Anprall geschleudert worden war. Das Deck kam langsam wieder in die Horizontale, als die Ruderer der Trireme

rückwärts schlugen, um den Rammsteven ihres Schiffes von den Trümmern der Tavi zu befreien.

Tote lagen über das ganze Oberdeck verstreut. Verletzte Männer schrien. Blut und Wasser rannen über die zersplitterten Decksplanken.

»Spring, Kurt!«, brüllte Qta verzweifelt. »Spring!«

Kurt blickte den Nemet hilflos an. Er hatte genauso viel Angst vor der See, wie vor den Waffen der Feinde. Die zweite Trireme hielt jetzt auf die Steuerbordseite der Tavi zu, die mit schwerer Schlagseite langsam wegsackte. Ein paar von den Überlebenden, die ins Wasser gehechtet waren, wurden von den stobenden, wirbelnden Riemen einfach brutal erschlagen oder von dem breiten Bug der Trireme unter Wasser gedrückt. Kurt war entsetzt über diesen ganzen feigen Angriff und den Akt der Barbarei, denn er von den Nemet so nicht erwartet gehabt hätte. In dem Moment packte Qta ihn beim Arm und stieß ihn über die Reling. Kurt klatschte hart aufs Wasser und strampelte mit Armen und Beinen - eine instinktive Überlebensreaktion. Sein Kopf durchbrach die wild aufgewirbelten Wellen, er sog Luft in seine Lungen, sank wieder unter, schluckte Seewasser und griff nach etwas, an dem er sich festhalten konnte.

Dicht neben ihm tauchte spritzend ein schwerer Körper in das schäumende Inferno, und als er wieder an die Oberfläche kam, sah er Qta in unmittelbarer Nähe auf ihn zuschwimmen.

»Du musst Dich entspannen«, prustete Qta, als er ihm unter die Arme griff. »Ich kann Dich nur halten, wenn Du Dich nicht wehrst.«

Kurt gehorchte. Qta wechselte den Griff und fasste ihn unter das Kinn. Zwei Mal kam Kurts Kopf unter Wasser, und es kostete ihn alle Willenskraft, nicht panisch um sich zu schlagen. Wellen spülten über sein Gesicht hinweg; er schluckte die salzige Brühe und rang nach Luft. Erneut veränderte der Nemet seinen Griff und schob ihn jetzt auf ein großes Trümmerstück zu. Krampfhaft versuchte Kurt sich daran zu klammern und hustete gequält das eingeatmete Meerwasser aus seinen Lungenflügeln.

»Halt Dich gut fest!«, keuchte Qta, und Kurt schlang folgsam seine Arme um die zersplitterte Planke.
Der Wind frischte wieder auf, Regentropfen sprühten ihm ins Gesicht. Blitze zuckten über den dunklen Himmel. Donner grollte. Jetzt war auch die Galeere heran. Jemand an Deck deutete mit ausgestrecktem Arm auf sie.

»Hinter Dir, Qta«, zeigte Kurt nach oben. »Sie wollen etwas von uns...«

~~

Kurt stemmte sich japsend vom Deck der Trireme ab, hockte auf den Knien und blickte Qta an, der neben ihm lag. Der Nemet atmete noch. Blut floss aus einer klaffenden Kopfwunde und rann über das regennasse Deck.
Kurz darauf versuchte er, sich zu erheben. Kurt nahm ihn beim Arm und schielte zornig auf den Indras-Offizier, der zwischen seiner Mannschaft stand und die beiden Männer desinteressiert betrachtete.
Kurt half Qta auf die Knie. Sein Nemetfreund wischte sich das Blut aus dem Gesicht und hustete.

»Aufrichten!«, blaffte der Indras-Kapitän barsch.

Qta wollte sich nicht helfen lassen. Er mühte sich hoch und kam schwankend auf die Beine.

»Dein Name?«, fragte der Indras-Offizier.

»Warum habt ihr mein Schiff versenkt und meine Männer getötet? Wir hatten uns ergeben - das war völlig unnötig..!«

»Dein Name?!«, beharrte der Kapitän ungerührt.

»Qta t'Elas u Nym.«

»t'Elas...«, wiederholte der Mann mit einem zufriedenen Nicken. »Ich wusste doch, dass wir heute eine fette Beute machen würden!
Legt die beiden in Ketten. Und dann Kurs auf Indresul.«

Qta schaute Kurt niedergeschlagen an. Es gab keine andere Möglichkeit, als sich in das Schicksal zu fügen. Sie wurden in einen Kielraum geführt.
Die Trireme hatte unter Deck erheblich mehr Stauraum als die kleine Tavi. Es war unangenehm kühl und dunkel dort. Sie wurden in Eisenschellen gelegt, ohne daran zu denken, ihnen eine schützende Decke gegen die Nachtkälte zu gewähren.

»Was jetzt?«, presste Kurt die gefesselten Hände vor die Brust, um ein wenig Körperwärme festzuhalten.

»Ich weiß nicht...«, seufzte Qta tonlos. »Aber es wäre gewiss besser und ehrenhafter gewesen, wenn wir mit all den anderen ertrunken wären.«

19 - Im Indume Indresuls

Es stellte sich heraus, dass die gewaltsame Vernichtung und den Untergang der Tavi noch weitere sieben Seeleute überlebt hatten. Jene waren auf einer anderen der drei angreifenden Galeeren, beziehungsweise Galeassen, gefangengesetzt und nach Xa'Inam verbracht worden - über Namen der aus der See Geretteten wurden keine Verlautbarungen getroffen; ebensowenig über den Sinn und Zweck der Verschleppung nach der kleinen Hafenstadt an der mittleren Westküste des Ome Sin.

Nachfragen Qtas dieserhalb wurden geflissentlich überhört und fanden bewusst keine Beantwortung. So besehen, waren also mehr als vier Fünftel seiner Besatzung ein Opfer der kriegerischen Handlung Indresuls geworden – und da er nicht wusste, *wer* noch lebte und wer nicht, und was genau mit den Überlebenden geschah, rechneten sie folglich *alle* zu den Verlorenen, welche Qta zu beklagen hatte... [1]

*

Indresul, »die Strahlende«, lag am Rand einer weiten Bucht. Es war eine große und alte Stadt. Ihre weißen Häuser wirkten dauerhaft und sicher. Kriegs- und Handelsschiffe waren im Hafen vertäut. Die breiten Straßen zeigten sich im pulsierenden Leben einer Metropole. Im höher gelegenen Zentrum der Stadt - hinter der inneren Ringmauer - erhoben sich große Gebäude aus hellem, wertvollem Stein; ein riesiger Tempel-Festungs-Komplex, der »Indume« [2], Herzstück und »Nervenzentrum« Indresuls.

Der Tempel war der Schrein, den alle Nachkommen Indras als das Herdfeuer des Universums verehrten.

»Die Heimat meiner Ahnen«, stieß Qta leise hervor, als sie an Deck der Trireme standen und darauf warteten, dass ihre

Wachen sie abholten. »Unser Land, das wir in all unseren Gebeten anrufen. Ich bin froh, dass ich es sehen darf, aber ich glaube nicht, dass wir seinen Anblick lange genießen können, mein Freund.«

Kurt antwortete nicht. Worte würden ihre Lage auch nicht verbessern. Während der anderthalb Tage, die sie in Ketten unter Deck gelegen hatten, war genügend Zeit zu langen Gesprächen mit Qta gewesen; zu Dialogen, wie sie solche früher in Elas geführt hatten. Lange Unterhaltungen, teils ernsthaft, teils belanglos - ein paarmal sogar erheiternd. Aber ihr Lachen hatte einen bitteren Beigeschmack gehabt.
Ein Thema jedoch hatte Qta peinlich vermieden: Was mit Kurt geschehen würde. Er selbst würde wohl dem Hause Elas-in-Indresul überstellt werden. Qta ahnte wohl Kurts Schicksal, wollte jedoch nicht darüber reden...

*

Das Echo des zufallenden Portals rollte dumpf durch das Gewölbe der dreieckigen Halle; durch den Rauch von Lampen und Weihrauch sahen sie das Feuer der Phusmeba der Festung Indume. Kurt blieb unwillkürlich stehen, verwirrt von dem intensiven Lichtschein und den vielen Gesichtern. Aus einer Tür, die hinter dem Rauch und dem Feuer unsichtbar blieb, trat eine Frau - eine Gestalt in Brokat, flankiert von zwei bewaffneten Männern.
Die Wachen, die Qta und Kurt in die Festung gebracht hatten, stießen sie mit ihren Speerschäften vorwärts.
Die Frau stand reglos. Sie war groß und schlank, ihr blauschwarzes Haar wurde von einem helmartigen Kopfschmuck aus Goldketten gekrönt - eine Nemet von atemberaubender Schönheit: Ylith t'Erinas ev Tehal, Methi von Indresul.
Ihr Blick richtete sich auf die beiden Männer, und Qta fiel vor ihr auf die Knie. Die Methi zuckte nicht mit der Wimper. Dies

war die Ehrfurcht, die man ihr schuldete! Kurt ließ sich jetzt ebenfalls auf die Knie sinken und blickte auf die polierten Platten des Bodens.

»Nemet«, gebot die Methi, »sieh mich an!«

Qta hob den Kopf, stand aber nicht auf.

»Dein Name?« Ihre Stimme tönte klar und klangvoll.

»Methi, ich bin Qta t'Elas u Nym.«

»Elas... Elas von Nephane... Wie geht es Deinem Haus, t'Elas?«

»Vielleicht hat die Methi davon erfahren. Ich bin der Letzte.«

»Was? Elas ist gefallen..?!«

»So haben es der Himmel und die Methi von Nephane gewollt.«

»Ich verstehe. Und wie kommt es, dass ein Mann von Indras-Geblüt sich in Gesellschaft eines Menschen befindet?«

»Er gehört zu meinem Haus, Methi - und er ist mein Freund!«

»Du bist ein Ärgernis, t'Elas! Ein Affront für meine Augen und für das klare Licht des Himmels. Lasst t'Elas von dem Haus aburteilen, das er entehrt hat, und unterrichtet mich von seinem Spruch.« Sie klatschte in die Hände.

Die Wachen nötigten Qta auf die Beine. Kurt wollte ebenfalls aufstehen, hielt aber mitten in der Bewegung inne, als sich eine Speerspitze schmerzhaft in seine Seite bohrte. Qta blickte ihn mit dem Gesicht eines Mannes an, der weiß, dass sein Schicksal besiegelt ist, dann wurde er von den Wachen fortgeführt.

Kurt warf der Gestalt Yliths einen raschen, verstohlenen Blick zu, und eine kalte Wut stieg in ihm auf. Der Schlag eines Speerschafts in sein Genick warf ihn halb betäubt zu Boden und zurück in die Welt der Tatsachen - er erwartete, im nächsten Moment, von der Lanze durchbohrt zu werden. Aber der Stoß erfolgte nicht.

»Mensch.« Es lag nicht die geringste Sympathie in diesem Wort. »Setz Dich aufrecht.«

Kurt stemmte sich hoch. Einem der Wachen ging es nicht schnell genug - er packte ihn beim Arm und wuchtete ihn auf die Knie.

»Hast Du einen Namen, Mensch?«

»Mein Name«, antwortete er bewusst arrogant, »ist Kurt Liam t'Morgan u Patrick Edward.«

Ylith musterte ihn von Kopf bis Fuß und sah ihm schließlich ins Gesicht. »Morgan..., das ist sicher der Name Deines Hauses.«

Er antwortete nicht.

»Ich habe noch nie einen lebenden Menschen gesehen.« Majestätisch schritt Ylith langsam um ihn herum. »Dieser sieht intelligenter aus als die Tamurlin, nicht wahr, Lhe?«

»Ich glaube nicht, dass er ein Tamurlin ist, Methi«, sagte der schlanke Mann, der links von ihr stand als sie ihre ursprüngliche Position wieder bezogen hatte. »Aber er ist von ihrem Blut.«

Sie runzelte die Stirn. »Es ist eine Schändung der Natur. Man könnte ihn fast für einen Nemet halten, wenn er nicht diese ekelhaft blasse Hautfarbe hätte. [3] Er soll aufstehen. Ich möchte ihn mir genauer ansehen.«

Die Wachen ergriffen Kurts Arme und zerrten ihn auf die Füße. Er kochte vor Wut und Scham, aber wenn es etwas gab, welches das Schicksal von ganz Nephane, Freund oder Feind, besiegeln würde, so war es ein Angriff eines Freundes von Elas auf diese Frau. Er wandte den Kopf zur Seite, bis die Klinge einer Lanzenspitze gegen seine Wange schlug und sein Gesicht der Methi zuwandte.

»Hmm... Wie die Inim-Geborenen«, konstatierte die Methi trocken. »So etwa stellte man sie sich vor - die Kinder der Lüfte, irgendwie vogelartig, mit einem Anflug von Irrsinn in den Augen. Aber ich entdecke wohl auch eine gewisse Intelligenz... Lhe, ich möchte diesen Menschen noch eine Weile *aufbewahren* und ihn studieren.«

»Der Wille der Methi geschehe.«

»Haltet ihn in Gefangenschaft, bis ich die Zeit finde, mich mit ihm zu befassen.« Ylith wandte sich zum Gehen, blieb aber noch einmal stehen und musterte Kurt abermals von Kopf bis Fuß, als ob allein seine Existenz ihr unglaublich wäre. »Gewährt ihm einige Bequemlichkeit. Er ist in der Lage uns zu verstehen, also macht ihm klar, dass er weniger Komfort zu erwarten hat, falls er Schwierigkeiten machen sollte.«

*

»*Einige Bequemlichkeit*«, wie Lhe sie definierte, war das äußerste Maß an Bescheidenheit. Kurt saß gegen die Wand gelehnt auf einem Strohsack, der ihn nur notdürftig gegen die Kälte des Steinbodens schützte, und zitterte in dem Zugwind, welcher durch einen Spalt unter der Tür in seine Zelle wehte. Um sein rechtes Fußgelenk war eine Eisenmanschette geschraubt, deren Kette in der Wand festgeschmiedet war. Es war absolut unmöglich, sie aus ihrer Verankerung zu reißen. Und sinnlos. Wohin hätte er denn fliehen sollen?

Er streckte die Beine aus, sodass die Kettenglieder rasselten und legte sich auf den Strohsack, verschränkte seine frierenden Arme unter seinem Nacken. Nichts, was die Tamurlin mit ihm angestellt hatten, kam der Erniedrigung gleich, die er jetzt empfand. Die schlimmsten Schläge, die er erduldet hatte, waren nicht so entehrend wie der Blick, mit dem Ylith t'Erinas ihn gemustert hatte.

Sie hatten darauf bestanden, ihn zu waschen, was er gerne selbst getan hätte, weil er sich nach der Gefangenschaft im Kielraum des Schiffes schmutzig fühlte. Indes zwangen sie ihn mit vorgehaltenen Speeren, sich an die Wand zu stellen und die wenigen Fetzen, die er noch auf dem Leibe hatte, auszuziehen. Zunächst schrubbten die Bediensteten des Indume ihn mit einer streng riechenden Seife, dann gossen sie mehrere Eimer eiskalten Wassers über ihn. Sie gaben ihm nichts, womit er sich abtrocknen konnte, sondern warfen ihm nur eine Leinenhose zu. Die Hose, der Eisenring um sein Fußgelenk und ein Krug mit Wasser waren also weitere »Komfortzugaben«, die Lhe ihm einräumte.

Die Stunden vergingen und die Öllampe auf dem Sims erlosch. Nur durch das kleine, vergitterte Türfenster fiel jetzt noch etwas Licht von der Flurbeleuchtung herein. Es gelang ihm, ein wenig zu schlafen. Er warf sich von einer Seite auf die andere und wärmte abwechselnd seine frierenden nackten Arme. Plötzlich drangen mehrere bewaffnete Männer in die Zelle, wuchteten ihn hoch, lösten die Kette seiner Fußfessel von der Öse in der Wand und stießen ihn durch halbdunkle Korridore und Hallen.

Die lange Kette klirrte bei jedem Schritt. Sie brachten ihn die Treppe hinauf - in einen kleinen Raum irgendwo im Zentrum der Festung, dessen Decke von einem dreikantigen Pfeiler getragen wurde. In einem Kamin flackerte ein Feuer. Sie banden ihm die Hände auf den Rücken und befestigten die Kette der Fußfessel an dem Pfeiler, bevor sie gingen.

Fast eine Stunde lang war er allein, aber es machte ihm nichts aus. Der Raum war warm, und seine kältestarren Glieder tauten wieder auf. Er hockte sich neben die Säule, lehnte sich mit dem Rücken dagegen und schloss die Augen...

ooo

»Mensch!«

Er fuhr aus einem leichten Schlaf auf und blinzelte in das matte Licht. Ylith war eingetreten. Sie setzte sich auf den Sims des schmalen, hohen Fensters und blickte ihn prüfend an. Sie war jetzt ohne den Kopfschmuck, den sie am frühen Nachmittag getragen hatte. Ihr Haar war zu zwei dicken Zöpfen geflochten, welche beidseits ihres Gesichts auf die Brust hingen.

»Du bist einer der Begleiter dieser Menschen-Frau, den sie nicht getötet hat«, mutmaßte Ylith.

»Nein, falsch... Ich bin allein gekommen.«

»Du bist ein gebildeter Mensch, genau wie sie.«

»So gebildet, wie Sie es sind, Methi.«

Ylith blickte ihn verärgert an, dann erheiterte sich ihr Gesichtsausdruck.
»Aber Du bist kein *zivilisierter* Mensch und scheinst Dir auf Deinen Mangel an Manieren sogar noch etwas einzubilden.«

»Meine Zivilisation ist über neuntausend Jahre - das heißt dreizehneinhalb Jahrtausende eurer Zeitrechnung - alt«, sagte er, »und ich habe in dieser Stadt keine Spuren *Ihrer* Zivilisation entdecken können.«

Die Methi lachte amüsiert. »Noch nie hat jemand gewagt, mir solche Antworten zu geben. Du willst anscheinend, dass ich

Dich töten lasse, hmm..? Sieh mich an, Mensch! Sieh mich an!«

Er tat es.

»Es fällt mir schwer, mich an den Anblick Deiner Physiognomie zu gewöhnen«, ätzte Ylith. »Aber Du kannst denken - das habe ich erkannt... Woher stammen die Menschen? Weißt Du das?«

Es war eine religiös gefährliche Frage. »Wir sind«, erwiderte er nach einigem Überlegen, »Kinder eines Nachbarplaneten - der ›Erde‹.«

»Aber nicht lichtgeboren«, meinte Ylith abwertend, »also unheilig und gesetzlos. Sage mir eins, Mensch: Strahlt das Licht Phans auch auf euer Land?«

»Nein, einer der Brüder Phans scheint in unserer Welt.«

Sie hob die Brauen. »Wie? Eine zweite Sonne?«

Plötzlich sah er die Falle, in die er getappt war, als ihm einfiel, dass die Indras der Strahlenden Stadt nicht so tolerant und kosmopolitisch dachten wie jene des von einem Menschen beherrschten Nephane.

»Phan«, war ihre einzige Bemerkung hierzu, »hat keine Brüder.«

Er unterließ es, ihr zu widersprechen. Sie war nicht wütend. Der Blick, mit dem sie ihn musterte, wirkte eher verstört, bedrückt. Die Methi von Indresul war alles andere als naiv. Sie schien über das Problem ernsthaft nachzudenken und keine Antwort zu finden, welche sie leichthin akzeptieren konnte.
»Es scheint, dass Du Häresien anhängst, die für Nephane typisch sind. Die Sufaki glauben an solche Irrlehren.«

»Die Yhia ist jenseits jeden Verstehens«, wagte Kurt einen riskanten Vorstoß, »ist es nicht so, Methi? Und wenn ein Sterblicher versucht, sie zu verstehen, versucht er es innerhalb der Begrenzungen, die einem Sterblichen nun mal gesetzt sind. Er wird seine ›Wahrheit‹ in einfachen Begriffen finden - und unter dem Deckmantel ihm bekannter Worte, die seine Aufnahmefähigkeit jedoch nicht über das gewohnte Maß hinweg ausweiten. Wir alle – alle Sterblichen – denken in *Modellen; Schablonen* der Realität, werden Opfer der Simplifizierung.«

Es war eine These, die Nym ihm einmal bei einer Tasse Tee eröffnet hatte - in der ruhigen, friedlichen Atmosphäre des Rhmei von Elas, als sich ihr Gespräch ernsthaften Dingen zugewandt hatte; der Religion, der Humanität.

Sie hatten diskutiert, waren verschiedener Meinung gewesen, aber sie hatten gelächelt und sich an die Regeln der Logik gehalten. Die Nemet mochten intelligente Diskussionen. An jedem Nachmittag zur Teestunde wurde eine Frage zur Diskussion gestellt, wenn es keine dringenden oder geschäftlichen Angelegenheiten zu besprechen gab - und sie hatten das Problem erschöpfend behandelt.

»Du interessierst mich..., Du faszinierst mich...«, grübelte Ylith. »Ich glaube, ich werde Dich den Priestern übergeben, damit sie dieses Wunder mit eigenen Augen sehen können: Einen Menschen, der denken kann.«

»Wir sind eine denkende Rasse«, pflichtete Kurt ihr bei.

»Bist Du von derselben Art wie Djan-Methi?«

»In der Tat! Von derselben Art - aber nicht von derselben Denkweise und Ideologie.«

»So?«

»Wir haben große Meinungsverschiedenheiten gehabt.«

Ylith blickte ihn gebannt an. »Sag mir, ist es wahr, dass ihr Haar wie Metall glänzt?«

»Ja, so ist es«, nickte er.

»Du warst ihr Liebhaber.«

Er spürte, dass ihm das Blut ins Gesicht schoss. »Du bist sehr gut informiert«, grantelte er aggressiv. »Wo versteckst Du Deine Spione?«

»Hat Dich meine, als Feststellung getarnte, Frage schockiert?«, wechselte ihr Antlitz ins Schelmische. »Besitzen Menschen auch eine Art Schamgefühl?«

»Und auch noch viele andere Gefühle, wie sie die Nemet haben«, erwiderte er scharf. »Ich habe Dein Volk schätzen und lieben gelernt - und liebe es weiterhin. Ist das der Kern Deiner Philosophie - Menschen Gefühle und Intelligenz abzusprechen? Hasst Du mich, weil ich Dein begrenztes Weltbild störe..., weil Du mich nicht darin einordnen kannst?«

Solche Worte hätte er früher niemals außerhalb von Elas gebraucht. Die Nemet waren zu xenophobisch dazu. Nur mit Qta hätte er über so eine Frage sprechen können. Er fühlte sich müde und erschöpft. Es war spät in der Nacht. Er fühlte Tränen in seine Augen steigen und schämte sich dieser Schwäche.

Ylith legte den Kopf auf die Seite und runzelte eine Weile die breite Stirn. »Du bist wirklich ganz anders als alles, was ich über Menschen jemals gehört habe.« Sie glitt vom Fenstersims und ging zur Tür, hinter der ein alter Mann auf sie wartete; ein alter Mann, dessen weißes Haar bis auf seine Schultern reichte und dessen Ctan und Pel aus weißem, goldbesticktem Stoff gefertigt waren. Der Alte verneigte sich tief vor der Methi, kniete jedoch nicht nieder. Daraus schloss Kurt, dass Ylith ihn erwartet hatte.

»Priester«, deutete sie auf Kurt. »Blicke dieses Geschöpf an und sage mir, was Du siehst.«

Der Priester richtete sich auf und schaute Kurt mit seinen wässerigen Augen intensiv und durchdringend an. »Steh auf, erhebe Dich«, bat er mit einer knappen Handbewegung.

Kurt stemmte sich mit den gefesselten Händen gegen die Säule und kam schwerfällig auf die Füße. Plötzlich fasste er wieder Hoffnung. Er wusste nicht, warum gerade dieser Nemet-Priester sie in ihm erweckte, aber die Stimme des alten Mannes klang sanft, und in dem Blick der schwarzen Augen lag so etwas wie Güte.

»Priester..?«, drängte die Methi.

»Erhabene, huldvolle Methi«, eröffnete der Priester, »dies ist ein schwieriges, komplexes Thema... Ob dieses Wesen ein Kind der Schöpfung ist, so wie wir es verstehen, kann ich nicht sagen. Aber er ist kein Tamurlin! Es liegt in den Händen der Methi, das zu tun, was sie für richtig und gerecht hält, aber es ist durchaus möglich, dass wir es hier mit einem denkenden und fühlenden Geschöpf zu tun haben - auch wenn er nur ein Mensch ist.«

»Ist die Kreatur gut oder böse, Priester?«

»Was sind die Nemet, Große Methi?«

»Die Nemet«, grollte die Methi ungeduldig, »sind die Kinder Naes'. Wessen Kind aber ist **er**, Priester?«

»Das weiß ich nicht, Große Methi.«

Ylith senkte den Blick, sah Kurt verstohlen an und sagte: »Priester, ich beauftrage Dich, diese Frage im Priester-Kollegium zu klären und mir eine schlüssige Antwort zu präsentieren. Nimm den Menschen mit, wenn Du es für notwendig erachtest.«

»Methi, ich will das Kollegium konsultieren, und wir werden ihn holen lassen, falls seine Anwesenheit nötig werden sollte.«

»Gut. Dann bist Du jetzt entlassen.«

Der Priester ging und kurz nach ihm verließ auch die Methi den Raum. Kurt hockte sich wieder auf den Boden, verwirrt und todmüde. Er war allein - und froh darüber! Er lehnte sich an den Pfeiler, schloss die Augen und versuchte zu schlafen. Im Schlaf verging die Zeit. Im Schlaf brauchte er nicht zu denken. Im Schlaf erinnerte er sich aber manchmal auch an Mim und an Elas...

ooo

Türen krachten auf und wurden zugeworfen. Leute trampelten in den Saal und rissen ihn aus seinem Dämmerzustand.
Die Methi war zurückgekommen. Und sie brachten Qta.
Qta sah ihn, atmete erleichtert auf, konnte und durfte aber nicht reden.
Die Methi forderte seine Aufmerksamkeit. Qta kniete sich vor ihr auf den Boden und drückte seine Stirn auf den kalten Stein. Seine Bewegungen wirkten mühsam und angestrengt. Er schien sehr mitgenommen zu sein.

Ylith ignorierte ihn. Sie blickte - über ihn hinweg - einen hochgewachsenen, grauhaarigen Mann an, der sich steifbeinig auf den Boden kniete und sofort wieder aufstand.
»Vel t'Elas«, wandte sich Ylith an jenen, »was hat das Haus Elas-in-Indresul über diesen Mann, Qta, beschlossen?«

Qtas entfernter Verwandter verbeugte sich kurz. Er strahlte große Würde aus und erinnerte Kurt ein wenig an Nym. »Wir überantworten ihn der Gerechtigkeit der Methi. Sie möge über Leben oder Tod entscheiden.«

»Zu welchem Urteil seid *ihr* hinsichtlich seines Verhaltens gegenüber Elas gelangt?«

»Wir bitten um die Gnade der Methi. Er hat unsere Gesetze beachtet und verehrt unsere Ahnen. Wir haben ihm nur zweierlei vorzuwerfen: seine Beziehungen zu diesem Menschen und dass er aus Nephane stammt.«

»Qta t'Elas u Nym«, sprach Ylith ihn nun an.

Qta hob den Kopf und hockte sich auf die Fersen.

»Qta t'Elas - euer Volk hat eine Fremde zur Regentin gewählt. Warum?«

»Sie wurde vom Himmel auserwählt, Methi; nicht von unserem Volk. Und nach den Sprüchen unserer Orakel war es eine gute Wahl.«

»Die vom Upei und den Familien in aller Form bestätigt wurde?«

»Ja, Methi.«

»Dann«, sagte sie zu den Männern, die mit Qta in den Raum gekommen waren, »hat der Himmel entschieden, dass Nephane wieder uns gehören soll. Wo, Qta t'Elas, der Du Indras-geboren bist, liegt Deine Loyalität?«

»Im Lande meines Vaters, Ylith-Methi, und bei den Freunden meines Hauses.«

»Also fühlst Du keine Loyalität gegenüber diesem Haus von Elas, aus dem Deine Ahnen stammen?«

»Große Methi«, erwiderte Qta mit gebrochener Stimme, »ich verehre Dich und das Haus meiner Ahnen, aber meine Bindungen an Nephane sind genauso stark. Ich kann nicht mich und die Ahnen Elas' entehren, indem ich mich gegen die Stadt wende, die mich geboren hat. Elas-in-Indresul würde mich verachten, wenn ich es täte.«

292

»Wie ist der Name Deiner Mutter, Qta t'Elas? War sie Indras oder Sufaki?«

»Methi, sie war Lady Ptas t'Lei e Met sh'Nym.«

»Ein sehr gutes Haus, das Haus Lei. Dann bist Du also in beiden Linien Indras und sicher aus einem orthodoxen Haus. Trotzdem hast Du Dir Sufaki und Menschen zu Freunden gewählt. Ich finde das sehr schwer verständlich, Qta t'Elas.«

Qta verneigte sich, ohne verbal zu antworten.

»Vel t'Elas«, drehte sich die Methi zu dem Vertreter von Elas-in-Indresul um, »ist dieser Sohn eures Hauses ein Anhänger der Sufaki-Häretik?«

»Große Methi, Elas hat festgestellt, dass er Kenntnisse von fremdem Wissen und fremden Irrtümern besitzt, aber seine Erziehung war orthodox.«

»Qta t'Elas«, wollte die Methi von ihm wissen, »was meinst Du, ist der Ursprung der Menschen?«

»Das weiß ich nicht, Methi.«

»Würdest Du sagen, dass sie eine Seele besitzen und dass sie den Nemet gleich sind?«

Qta hob den Kopf. »Ja, Methi«, entschied er mit fester Stimme, »das glaube ich.«

»So, so...« Ylith runzelte die Stirn und stand auf. Dann blickte sie die Wachen an. »Lhe, bringe diese beiden Gefangenen in das obere Gefängnis und gib ihnen, was zu ihrem Wohlbefinden nötig ist. Aber bringe sie getrennt unter und sorge dafür, dass sie nicht in Kontakt miteinander treten können.«

»Jawohl, Methi.« Er verbeugte sich.

Sie blickte angewidert auf den halbnackten Kurt. »Und sorge dafür, dass er anständig gekleidet ist. Wenn er schon glaubt, mit den Nemet auf einer Stufe zu stehen, soll er auch so behandelt werden.«

*

Licht flammte auf. Kurt blinzelte, rieb sich die Augen, als das Öffnen der Tür, der Eintritt von Männern mit Fackeln, ihn aus dem Schlaf riss und in neue Panik stürzte. Gesichtslose Schatten traten auf ihn zu. Er warf die Decke ab und sprang aus dem Bett der neuen Zelle, die man ihm gegeben hatte.

»Du musst mitkommen«, orderte Lhes Stimme aus dem Fackelleuchten.

Kurt zwang sich zu einer höflichen Verbeugung und zog sich an. Als er fertig war, packten ihn zwei Wachen bei den Armen. »Lord Lhe«, empörte sich Kurt und blickte den Nemet vorwurfsvoll an.

Und tatsächlich... Der würdige, elegante Lhe war wirklich der Gentleman, für den Kurt ihn hielt; zu sehr Nemet und Indras, um die Regeln der Höflichkeit zu verletzen.
»Ich denke, er wird freiwillig mitkommen«, sagte er zu den Wachen; die ließen ihn widerwillig los.

»Danke«, verbeugte sich Kurt so knapp ihn die widrigen Umstände dies erlaubten. »Kannst Du mir mitteilen, warum...«

»Nein, Mensch«, schüttelte Lhe den Kopf. »Wir wissen es nicht. Wir sollen Dich in die Gerichtshalle bringen.«

»Finden bei euch die Gerichtsverhandlungen in der Nacht statt?«, fragte Kurt schockiert. Selbst in dem liberalen Nephane wurden keine Rechtsgeschäfte mehr erledigt, nachdem Phan das Land verlassen hatte.

»Du kannst nicht vor Gericht gestellt werden«, korrigierte Lhe. »Du bist ein Mensch.«

Irgendwie überraschte ihn diese Eröffnung nicht wirklich, aber er hatte sich bisher noch keine Gedanken über seinen legalen Status gemacht.

Anscheinend zeigte sich seine Unsicherheit auf seinem Gesicht, denn Lhe blickte ihn verlegen lächelnd an, hob die Schultern und machte eine hilflose Geste. »Du musst jetzt mitkommen.«

Kurt schritt mit ihnen durch mehrere Korridore; Treppen hinauf, bis sie eine Halle aus altem Mauerwerk erreichten. Die hohe Decke war im Licht der einzigen Fackel, die in einem Wandsockel steckte, kaum sichtbar. Die Einrichtung bestand nur aus einem langen Tisch für das Tribunal und den dazugehörigen Stühlen. Vor dem Richtertisch war ein schwerer Eisenring in den Boden eingelassen, an dem eine Kette befestigt war.
Lhe bat ihn höflich, sich neben die Kette zu stellen, die einer seiner Männer dann an Kurts Fußfessel befestigte.
Er starrte Lhe an - wütend, aggressiv, und dieser vermied die Konfrontation mit seinem Blick.

»Kommt nun«, winkte Lhe seinen Männern. »Wir werden hier nicht mehr gebraucht.« Und an Kurt gewandt: »Mensch, Du wirst durch Bescheidenheit mehr erreichen als durch Stolz.« Vielleicht hatte er das als guten Rat gemeint, vielleicht hatte er dabei auch innerlich gelacht.

Kurt stierte den Männern nach, als sie den Saal verließen; von Zorn und Angst geschüttelt. In einem plötzlichen Wutanfall stieß er einen gellenden Schrei aus und trat mit dem Fuß nach der Kette, trampelte auf ihr herum wie ein Rumpelstilzchen. Es war ihm egal, ob er sich den Fußknöchel brach oder nicht. Er erreichte indes nur, dass er dabei das Gleichgewicht verlor und hart zu Boden fiel. Die Kette war nicht lang genug für solche Eskapaden, und die Eisenschelle um seinen Knöchel scheuerte ihm die Haut auf. Er blieb ein paar Sekunden lang reglos liegen, halb betäubt von Schmerz und Hass auf die elende Situation. Dann stemmte er sich stöhnend auf Hände und Knie und ließ den Kopf hängen.

»Fühlst Du Dich jetzt wohler?«

Er wandte sich um und sah die Methi im engen Lichtkreis der Fackel stehen. Sie trug ein dunkelblaues Kleid, und ihr Haar fiel lose um ihre Schultern, wie eine nachtblaue Wolke. Sie trat an das linke Ende des langen Tisches und blickte Kurt mit einem leicht amüsierten Lächeln an. »Das ist nicht das Benehmen eines intelligenten Wesens.«

Kurt musste über diese fast humorige Groteske leise lachen. Dabei hockte er sich auf die Steinplatten und verschränkte die Hände in seinem Schoß - die korrekte Haltung für einen Besucher an einem fremden Herd. »Das ist auch nicht ein Willkommen, wie man es mir in Nephane bereitet hat«, antwortete er. »Es tut mir aufrichtig leid, dass ich Dein Missfallen erregt habe, Methi.«

»Dies ist nicht Nephane!«, zischte sie, »und ich bin nicht Djan.« Sie setzte sich auf den äußersten Stuhl hinter dem Richtertisch und verschränkte die Hände auf der Tischplatte. »Wenn Du einen meiner Männer schlagen solltest...«

Er verneigte sich leicht. »Du warst gütig zu mir. Ich habe nicht die Absicht, irgendjemanden zu schlagen.«

Sie blickte ihn beinahe verschmitzt lächelnd an. »Jetzt versuchst Du mich zu beeindrucken.«

»Ich gehöre zu Elas«, hoffte er damit Qta keine Schwierigkeiten zu bereiten. »Ich habe die Formen der

Höflichkeit gelernt. Man hat mir erklärt, dass der Ehre eines Hauses durch Höflichkeit am besten gedient wird.«

»Das ist eine recht gute Antwort.« Es war die erste Anerkennung, die er von ihr hörte.

»Warum hast Du mich hierher rufen lassen?«, fragte er nach einer kurzen Pause.

»Du hast meine Träume gestört. Also fand ich es nur gerecht, auch die Deinen zu unterbrechen.« Sie blickte ihn nachdenklich an. »Hmm... Hast Du eigentlich auch Träume?«

Das war kein Witz, erkannte er, sondern eine für einen Nemet ernsthafte, religiöse Frage. »Ja, und es ist erstaunlich, dass ich in den Deinen vorzukommen scheine.«

Sie dachte eine Weile darüber nach. »Die Priester können mir nicht sagen, was Du bist«, seufzte sie schließlich. »Ein paar von ihnen plädieren dafür, Dich einfach zu töten und damit das Paradoxon aus der Welt zu schaffen - andere drängen mich, Dich nach dem Ritus der Atia töten zu lassen. Weißt Du, was ›Atia‹ ist, t'Morgan?«

»Nein«, erkannte er, dass es eine Frage war und keine Drohung.

»Es bedeutet, dass sie Dich für eine Kreatur der Niederen Regionen halten, die auf irgendeine Weise von dort entkommen ist; und dass man Dich unter Flüchen, Verwünschungen und enormen Schmerzen zurückschicken sollte, damit nie wieder ein Wesen Deinesgleichen in unsere Region vorzustoßen und einzudringen wagt. So groß ist ihre Verwirrung über Deine Existenz. Atia ist seit Jahrhunderten nicht mehr angewandt worden, und man müsste in alten Dokumenten nachschlagen, um die korrekten Riten anzuwenden. Ich glaube, dass ein paar der Priester sich bereits damit befassen. Aber Qta t'Elas besteht auf der

Behauptung, dass Du eine Seele hast, obwohl er für diese Häresie seine eigene verlieren könnte.«

»Qta ist ein gütiger und religiöser Mann«, revidierte Kurt, trotz seiner aufkeimenden Furcht vor dem Allerärgsten, die Wendung seines majestätischen Gegenübers. »Er ist...«

»t'Morgan«, unterbrach ihn die Methi, »im Augenblick interessiere ich mich nur für *Dich*. Ich will wissen, was *Du* bist.«

»Du willst es nicht wirklich wissen«, murrte er bitter. »Du wirst mir so lange Fragen stellen, bis Du daraus eine Antwort konstruieren kannst, welche mit dem übereinstimmt, das Du hören willst; weil nicht sein kann, was - gemäß eurem religiösen Verständnis - nicht sein darf. Das ist alles.«

»Du hast das Aussehen eines Vogels«, grübelte sie, »eines Raubvogels... Die anderen Menschen, die ich gesehen habe, waren wie wilde Tiere. Ich habe allerdings noch nie einen von ihnen lebend angetroffen. Sage mir, wenn Du nicht an diese Kette gefesselt wärst, was würdest Du tun?«

»Ich würde gerne aufstehen. Der Boden ist kalt und hart.« Das war dreist und ungehörig, aber es schien sie zu belustigen. Ihr Lachen klang sogar ein wenig teilnehmend.

»Bei einem Nemet würde ich diese Antwort nicht durchgehen lassen! Aber ernsthaft, was denkst Du wirklich? Was würdest Du tun, wenn Du frei wärst?«

Er hob die Schultern und starrte zu Boden. »Ich... würde um Qtas Freilassung bitten. Wir würden Indresul verlassen und irgendwohin gehen, wo man uns aufnimmt.«

»Du hängst sehr an ihm«, stellte sie fest.

»Qta ist mein Freund. Ich gehöre zu Elas.«

»Du bist ein Mensch. Wie Djan. Wie die Tamurlin.«

»Nein! Ich bin anders als beide.«

»Und worin liegt der Unterschied?«

»Wir sind verschiedener Abstammung.«

»Du warst ihr Liebhaber, t'Morgan. Woher kommst Du?«

»Hmm... Die Ursprünge und Wege meiner Rasse haben sich mittlerweile in der Galaxis weit verstreut.«

»Du *kannst* oder *willst* es mir nicht sagen..?«

»Ich weiß nicht mehr, wer ich bin und wo meine Heimat ist.«

Sie blickte ihn nachdenklich an, wie ein abstraktes Kunstwerk, dessen Sinn sie nicht verstand. »Das Herdfeuer Deiner Art – vorausgesetzt, dass Du tatsächlich zivilisiert bist – liegt in weiter Ferne. Es müsste schrecklich sein, unter Fremden zu sterben; mit Riten, die nicht Deine eigenen sind, ohne Angehörige, die Dich der Obhut Deiner Ahnen anempfehlen können, in einem Grab, das nicht einmal Deinen richtigen Namen trägt.«

Kurt senkte den Kopf und sah plötzlich einen anderen halbdunklen Raum, in dem Mim vor dem Herdfeuer von Elas lag; Mim, die nicht unter ihrem richtigen Namen in Nephane begraben worden war - in einer fremden Welt, die von fremden Göttern beherrscht wurde. Und er erinnerte sich wieder an die Hilflosigkeit, die er damals empfand. Er verspürte plötzlich Angst, und Yliths Worte hatten seiner Angst einen Namen gegeben. Er dachte an seinen Tod, an ein Begräbnis unter Anrufung von Göttern und mit rituellen Anwendungen, die ihm fremd waren und die er nicht verstand. Er wünschte fast, sie würden ihn in die See werfen - zu den Fischen und zu Kalyts grünäugigen Töchtern.

»Habe ich eine wunde Stelle berührt?«, fragte Ylith behutsam und empathisch. »Haben die Hüter von Elas Anstoß an Dir genommen, oder hattest Du geglaubt, ein Nemet zu sein?«

»Elas war mein Zuhause«, seufzte er.

»Du hast dort geheiratet.«

Er blickte überrascht auf. »Wer..., woher weißt Du es?«

»Elas-in-Indresul hat mit Qta über Dein Leben in Elas gesprochen. War die Frau mit dieser Ehe einverstanden oder wurde sie dazu gezwungen?«

»Sie ist freiwillig zu mir gekommen.« Er schluckte seine Wut hinunter und beschloss um Mims willen höflich und bescheiden zu bleiben. »Methi, sie war eine Tochter Deines Volkes; in Indresul geboren. Ihr Name war Mim t'Nethim e Sel.«

Yliths Stirn zog sich verstört kraus. »Hast Du mit Lhe darüber gesprochen?«

»Wie bitte..?«

»Er ist aus dem Haus Nethim. Lhe t'Nethim u Kma, der zweite Sohn von Lord Kma. Nethim ist mit Elas verfeindet. t'Elas hat in seinem Verhör den Hausnamen Mims nicht erwähnt.«

»Er hat ihn nicht gekannt. Nur mir hat sie sich offenbart. Sie ist auch nicht unter ihrem richtigen Namen begraben worden. Es wäre eine große Güte, wenn Du Lord Kma von ihrem Tod benachrichtigen würdest, damit er für sie beten kann. Ich glaube nicht, dass es gut wäre, wenn ich ihm diese Nachricht selbst übermitteln würde.«

»Sie werden fragen, wer schuld an ihrem Tod ist.«

»Shan t'Tefur und Djan von Nephane.«

»Nicht Kurt t'Morgan?«

»Nein.« Die Erinnerungen an den Alptraum, die er bei Tageslicht aus seinem Gedächtnis verdrängen konnte, drängten sich jetzt wieder an die Oberfläche: Das Halbdunkel, das Feuer, Nym vor der Phusmeba stehend, die tote Mim zu seinen Füßen, als er die Ahnen von Elas anflehte, sie bei sich aufzunehmen. Nun, jetzt konnte er seine Bitte den Ahnen persönlich vortragen. Nym und Ptas und Hef... In jener Nacht hatten sie noch gelebt, und jetzt waren sie bei Mim. Im Reich der Schatten...

»Ich werde mit Kma t'Nethim und mit Lhe reden«, versprach die Methi.

»Vielleicht solltest Du ihnen nicht sagen, dass Mim mit einem Menschen verheiratet war«, sinnierte Kurt.

Ylith schwieg ein paar Sekunden lang. »Ich habe das Gefühl, dass Du sehr um sie trauerst... Unsere Gesetze legen fest, dass die Menschen keine Seele besitzen und dass Mim eine schwere Sünde auf sich geladen hat, als sie freiwillig die Ehe mit Dir einging.«

»Meine arme Frau ist tot. Lass sie in Frieden ruhen.«

»Wenn ich zugeben würde, dass es keine Sünde war«, zählte sie nach kurzem Überlegen auf, »dann wäre das ein Eingeständnis, dass viele weise Männer einem Irrtum erlegen sind, dass unsere Priester eine Irrlehre predigen, dass unser ganzes Staatswesen auf einem Irrtum beruht. Ich müsste zugeben, dass es in einem geordneten Universum Kreaturen gibt, die nicht in diese Ordnung passen. Ich müsste zugeben, dass diese Welt nicht die einzige ist; dass Phan nicht der einzige Gott ist. Ich müsste Dinge zugeben, für die man wegen Häresie zum Tode verurteilt wird. Sieh mich an, Mensch. Sieh mich an!«

Er tat es, und das blanke Entsetzen furchte sein Antlitz tief, weil er plötzlich die Tragweite ihrer Worte erkannte. Sie ahnte die Wahrheit. Es hatte keinen Sinn, mit ihr zu argumentieren. Es war aus politischen und religiösen Gründen nicht opportun, dass diese Wahrheit publik wurde.

»Du bestehst also darauf«, fuhr sie fort, »dass es zwei Universen gibt, das meine und das Deine, und dass Du auf irgendeine Weise von dort in das meine gekommen bist. Nach unseren Gesetzen bist Du ein Tier. Selbst ein Tier kann die Gaben des Sprechens und des aufrechten Gangs besitzen. Aber in anderen Dingen bist Du wie die Nemet. Ich habe geträumt, t'Morgan. Ich habe geträumt, und in meinem Traum warst Du tot. Ich habe in Dein Gesicht geblickt, und der Anblick hat mich verwirrt, sehr verwirrt, t'Morgan..! Ich dachte daran, dass Du eine Nemet geliebt hast und darum eine Seele besitzen musstest. Ich wachte auf und war noch immer verwirrt – und bedrückt.«

»Qta hat nichts weiter getan als das, was Du auch getan hast: Er war verwirrt und bedrückt. Deshalb hat er mir geholfen. Du solltest ihn freilassen.«

»Du verstehst mich nicht. Er ist Nemet. Er ist unseren Gesetzen unterworfen. Du... Du kannst gehalten werden wie ein Bhatan, ein Tier... Über ihn muss ich einen Urteilsspruch fällen. Wäre es Dir lieber, mit Qta zu sterben, als in Gefangenschaft zu leben? Man könnte Dir eine Reihe von Bequemlichkeiten einräumen. Es wäre kein allzu hartes Leben.«

Zu seiner eigenen Überraschung fiel ihm die Antwort absolut leicht, und in diesem Augenblick empfand er weder Angst, noch Reue. »Ich stehe in Qtas Schuld. Er hat niemals Anstoß an meinem Menschsein genommen, und das – sehe ich jetzt ein – ist bei einem Nemet ein seltenes Zeichen von wirklicher

Freundschaft. Er ist mein Freund; ich liebe ihn wie einen Bruder!«

Ylith schien ein wenig überrascht. »Nun«, stand sie auf und strich ihren Rock glatt, »dann will ich Dich jetzt weiterschlafen lassen, t'Morgan. Ich werde Deine Bitte erfüllen und Nethim von Mims Tod unterrichten, damit man für sie beten kann.«

»Ich danke Dir dafür, Methi.«

»Brauchst Du irgendetwas?«

»Ich muss mit Qta sprechen - das ist das Einzige, was ich im Moment möchte.«

»Das kann ich Dir leider nicht erlauben.«

20 - Das Haus Nethim

Schlüssel rasselten. Kurt schreckte aus der Lethargie langen Wartens auf.

Er erkannte, dass sie nicht gekommen waren, um sein Frühstück zu bringen - dazu waren zu viele Leute auf dem Korridor. Er hörte ihre Schritte, Fetzen leiser Gespräche, dann drehte sich der Schlüssel im Schloss. Wahrscheinlich wieder eine der Launen der Methi, dachte er. Oder es war sein Exekutionskommando, und er würde gleich über Qtas Schicksal hören.

Lhe war der Führer der kleinen Gruppe. Seine Augen waren dunkelumrandet; er wirkte müde, und sein sonst untadelig gekämmtes Haar lag strähnig, der gewohnten Fasson entbehrend. Ein Tai, ein Ypan-Lénor, das nemetische *kurze*, gebogene Schwert, steckte in seinem Gürtel.

»Wartet draußen«, wies er seine Begleiter an.

Sie zögerten. Er wiederholte seinen Befehl, diesmal schneidend, und sie flohen aus der Zelle.

Lhe schloss die Tür und trat Kurt gegenüber, die rechte Hand auf dem Knauf des Tai. »Ich bin t'Nethim«, zischte Lhe. »Mein Vater wird sich um Vel t'Elas kümmern. Ich kümmere mich um Dich. Mim hat mit Dir gelebt. Sie war meine Kusine.«

Kurt verneigte sich und zog es vor, den drohenden Ausdruck in Lhes Gesicht zu übersehen. »Ich habe sie verehrt.«

»Nein«, erwiderte Lhe, »das hast Du nicht..!«

»Bitte betet für sie.«

»Das haben wir schon getan und ihre Seele den Hütern unseres Hauses anempfohlen. Um ihretwillen haben wir zu unseren Ahnen zum ersten Mal Gutes über Elas gesagt; zum ersten Mal seit Jahrhunderten..! Weil sie Mim bei sich aufgenommen und unter ihren Schutz gestellt haben - auch wenn sie nicht wussten, dass sie eine t'Nethim war. Aber andere Dinge werden wir nicht vergeben. Es gibt keinen Frieden zwischen den Hütern Nethims und Dir, Mensch. Sie werden die Schande niemals verzeihen, die Du über unser Haus gebracht hast.«

»Mim hingegen war sich sicher, dass die Ahnen Nethims mit ihrer Wahl einverstanden seien«, korrigierte Kurt. »Friede war in ihrer Seele. Sie liebte Nethim, und sie liebte Elas.«

Das gefiel Lhe überhaupt nicht. Er presste seine Lippen zusammen und runzelte die Stirn. »Sie war mit der Ehe einverstanden?«, fragte er erstaunt. »Elas hat sie nicht dazu gezwungen und sie Dir gegeben?«

»O, nein, nein... Sie haben sich unserer Verbindung anfangs sogar widersetzt, und ich habe Mims Zustimmung eingeholt, bevor ich mit Nym und Ptas t'Elas gesprochen habe. Falls es Dich nicht beleidigt, es zu hören: Ich habe Mim geliebt und sie liebte mich.«

In Lhes Schläfe begann eine Ader zu pulsieren. Er schwieg eine Weile, als ob er sich erst wieder in seine Gewalt bekommen wollte, bevor er sprach. »Wir sind beleidigt worden. Aber ich weiß, dass sie Dir vertraute, da sie Dir im Haus unserer Feinde ihren wahren Namen verriet. Sie hat Dir mehr vertraut als Elas.«

»Das kann man so nicht stehenlassen... Sie wusste, dass ich ihr Geheimnis wahren würde, aber sie hat ihren Namen nicht aus Angst vor Elas verschwiegen. Sie hat Elas zu sehr geliebt, um es mit der Kenntnis ihres Hausnamens zu belasten.«

»Ich danke Dir, dass Du der Methi ihren wahren Namen genannt hast, damit wir für sie beten konnten. Ich habe es

305

niemals für möglich gehalten«, setzte er kühl hinzu, »dass ich einmal gezwungen sein würde, einem Menschen zu danken.«

»Ich weiß, dass es Dir sehr schwerfällt«, nickte Kurt und verbeugte sich leicht. Höflichkeit war ihm schon zur Gewohnheit geworden. Er warf einen eiligen Blick in Lhes Gesicht. Der Ausdruck von Härte hatte sich nicht gemildert.

Rasche Schritte näherten sich der Tür. Eine der Wachen klopfte vorsichtig an, öffnete die Türe einen Spalt breit und verbeugte sich entschuldigend. »Lord Lhe, die Methi wartet auf den Menschen. Bitte, Lord Lhe, sie hat t'Iren geschickt, um zu fragen, warum man ihn nicht bringt, warum es so lange dauert.«

»Raus!!«, blaffte Lhe.

Der Kopf wurde eilig zurückgezogen.

Lhe stand Kurt eine Weile schweigend gegenüber, die rechte Hand auf den Knauf des Tai gestützt. Plötzlich wies er auf die Tür. »Geh, Mensch. Mir steht es nicht zu, über Dich zu richten. Geh..!«

*

Diesmal brachten sie ihn in den Rhmei der Festung, in dem sich die Lords von Indresul versammelt hatten; schattenhafte Gestalten im flackernden Licht des Feuers.
Ylith stand direkt neben den lodernden Flammen. Sie trug wieder den Kopfschmuck aus Goldketten und ihr Kleid hatte die Farbe der Flammen.
Kurt fiel auf die Knie und verneigte sich bis auf den Boden, bevor man ihn dazu auffordern konnte. Trotzdem stieß ihm eine der Wachen den Speerschaft in den Rücken.

»Lass ihn sitzen«, erlaubte die Methi. »Er darf mich ansehen.«

Kurt hockte sich auf den Boden unter dem unwilligen Gemurmel der Lords von Indresul, die gegen die Gewährung dieser Gunst protestierten. In ihren Augen war er nicht würdig, der Methi gegenüberzutreten. Er verschränkte seine Hände im Schoß, wie es sich für einen Mann geziemte, dem man die Höflichkeitsform eines Willkommens verweigerte, und hielt den Kopf gesenkt - trotz der Erlaubnis der Methi, sie anblicken zu dürfen. Er wollte die Lords von Indresul nicht noch mehr herausfordern. Es gab keine Argumente gegen ihre Vorurteile. Für sie war er ein Bhatan, und weder Worte noch Taten würden sie vom Gegenteil überzeugen können.

»t'Morgan...«, stutzte Ylith leise.

Er jedoch hielt den Kopf gesenkt und weigerte sich, sie anzusehen. So ließ die Methi, wohl verstehend, ihn in Ruhe und befahl mit ruhiger Stimme, Qta herbeizuholen.
Es dauerte nicht lange. Qta kam ungefesselt in den Raum, kniete sich neben Kurt und verneigte sich tief vor der Methi. Kurt bemerkte, dass *ihn* der Ring der Fußfessel um seine Knöchel nicht mehr band, während man sie ihm (noch?) nicht abgenommen hatte. Wenn sie sterben müssten, dachte Kurt wütend, mit einem irrationalen Anflug von Neid, würde er darauf bestehen, dass man sie ihm ebenfalls abnahm. Er konnte nicht sagen, warum ihm das jetzt wichtig war, aber es war so; die Fessel verletzte seinen Stolz mehr, als alle anderen Demütigungen, denen er bisher ausgesetzt gewesen war und erinnerte Kurt daran, nur als eine Art »Tier« zu gelten.

»t'Elas«, eröffnete die Methi, »Du hattest einen ganzen Tag Zeit, Deinen Entschluss zu überdenken.«

»Große Methi«, erwiderte Qta mit leiser, aber fester Stimme, »ich habe Dir die einzige Antwort gegeben, die ich jemals geben werde.«

»Aus Treue und Loyalität gegenüber Nephane?«

»Ja.«

»Und aus Liebe zu der Frau, die Deinen Herd zerstört hat?«

»Nein. Nur aus Liebe zu Nephane.«

»Qta t'Elas«, meinte die Methi. »Ich habe lange mit Vel t'Elas gesprochen. Er ist bereit, Dich am Herd Deiner Ahnen aufzunehmen - und ich würde ihm die Erlaubnis dazu geben, wenn Du Dich daran erinnertest, dass Du ein Indras bist.«

Qta zögerte lange mit seiner Antwort. Kurt spürte seine Unentschlossenheit, wollte aber seine Würde nicht verletzen, indem er ihn zu einer Entscheidung drängte. »Ich gehöre zu Nephane«, sagte Qta schließlich.

»Du schlägst also mein Angebot aus, t'Elas, obwohl Du genau weißt, was diese Ablehnung für Dich bedeutet?«

»Methi«, flehte Qta, »lass mich in Frieden. Zwinge mich nicht, Dir zu antworten.«

»Du bist erzogen worden, die Gesetze Indras' zu achten, nicht wahr?«

»Ja, Methi.«

»Und Du gibst zu, dass ich das Recht habe, Deinen Gehorsam zu verlangen? Dass ich Dich von Herd und Stadt verfluchen, Dir alle heiligen Riten versagen kann, selbst die eines Begräbnisses? Dass ich die Macht habe, Deine unsterbliche Seele für alle Ewigkeit in die Verdammnis zu schicken?«

»Ja.« Qtas Stimme war kaum mehr als ein Hauchen in der tödlichen Stille.

»Dann, t'Elas, beschließe ich hiermit, Dich und den Menschen den Priestern zu überstellen. Denke nach, t'Elas, und überlege

Dir gründlich alle Antworten, die Du ihnen zu geben gedenkst.«

*

Der Tempel lag auf der anderen Seite eines weiten Hofes innerhalb der Mauern des Indume, eines Kubus aus weißem Marmor, riesenhaft und imposant. Allein das Tor hatte gigantische Ausmaße, und in dem dreieckigen Rhmei loderte das Feuer der Phusmeba, des größten Heiligtums der Nemet - das Herdfeuer des ganzen Planeten.

Qta blieb an der Schwelle des inneren Schreins stehen. Das flackernde Licht fiel auf sein schweißfeuchtes Gesicht und spiegelte sich in seinen Augen. Noch nie hatte Kurt ihn so ängstlich erlebt. Er konnte sich nicht dazu zwingen, weiterzugehen. Die Wachen packten ihn bei den Armen und schleppten ihn in den inneren Schrein, wobei das Prasseln des Feuers ihre Schritte übertönte.
Kurt wollte Qta folgen. Ein Speerschaft knallte ihm gegen den Bauch; ein brutal ausgeführter Hieb, welcher ihn einen gellenden Klagelaut ausstoßen und vor Schmerz zusammenkrümmen ließ. Als ihn die Wachen wieder hochstemmten, sah er Qta vor dem Feuer auf dem Boden liegen. Die Wachen verneigten sich vor dem heiligen Feuer und zogen sich zurück, als weißgekleidete Priester den inneren Schrein betraten.
Einer von ihnen war der alte Priester, der Kurt vor der Methi verteidigt hatte; der einzige, dem er vertraute, auf den er seine Hoffnung setzte.
Er riss sich los und rief nach dem Priester, doch sein Schrei ging im Knistern des riesigen Feuers so gut wie unter.
Qta hatte sich erhoben und stand vor den Geistlichen.
Die Wachen ergriffen Kurt grob und zogen ihn, mit aller ihnen zu Gebote stehenden Härte, zurück.

»Der Priester«, rief er immer wieder, »der weißhaarige Priester. Ich muss mit ihm sprechen. Warum lasst ihr mich nicht mit ihm sprechen?«

»Sei still im heiligen Bezirk«, forderte einer der Männer scharf. »Wir wissen nicht, welchen Priester Du meinst.«

»Den dort!«, zeigte Kurt erneut, befreite sich irgendwie, rempelte einen seiner Wächter zu Boden und lief in den Rhmei. Vor der riesigen Phusmeba warf er sich zu Boden, so nahe beim Feuer, dass es ihm fast die Haut versengte. Er wusste nicht, wie lange er dort lag. Er war fast bewusstlos vor Angst und Erschöpfung. Vor seinen Augen tanzten rote Ringe, und die Luft war fast zu heiß zum Atmen. Aber er hatte das Asyl des heiligen Feuers beansprucht - wie einst Mutter Isol, als Phan herunterkam, um alles Leben zu töten.

Weißrobige Priester standen um ihn herum, und schließlich streckte sich eine runzelige Hand nach ihm aus. Als er den Kopf hob, sah er das Gesicht, welches er zu sehen gehofft hatte. »Priester«, weinte er, da er nicht wusste, welche Anrede ihm gebührte, »bitte hilf uns.«

»Ein Mensch«, belehrte ihn der Greisenhafte, »darf sich nicht unter den Schutz des heiligen Feuers stellen. Das ist ungesetzlich. Du verunreinigst diese heiligen Steine. Gehörst Du unserer Religion an?«

»Nein«, schüttelte Kurt seinen Kopf.

Die Lippen des alten Mannes zitterten und seine wässerigen Augen wirkten furchterregend. »Wir müssen diesen Ort reinigen«, murmelte er.

»Wer wird der Methi davon berichten?«, fragte einer der jüngeren Priester ratlos.

»Bitte gewährt uns den Schutz des Tempels«, bat Kurt.

»Er meint Qta t'Elas«, staunte einer der anderen, als ob es etwas Außergewöhnliches wäre.

»Er ist ein Hausfreund von Elas«, erhellte ihm der Alte.

»Beim Licht des Himmels«, stöhnte ein weiterer. »Elas... und dies...«

»Nethim ist auch darin verwickelt«, setzte der alte Priester hinzu.

»Bei allen Göttern...« Sie hoben Kurt vom Boden auf und nahmen ihn mit sich, während sie erregt miteinander diskutierten. Dabei entfernten sie sich von dem ohrenbetäubenden Feuer, sodass man nun ihre Schritte von den Wänden widerhallen hörte.

***

Ylith wandte sich langsam um. Die Goldketten ihres Kopfschmucks glänzten im Licht der Lampen, welche den Raum erhellten. Ihr flackernder Schein warf tanzende Schatten gegen die Mauern. Nach einem Blick auf den alten Priester setzte sie sich auf ihren Stuhl, lehnte sich zurück und blickte auf Kurt hinab, der sich vor ihr zu Boden geworfen hatte.
»Priester, ich bin sicher, dass ihr nach drei Tagen zu einem Ergebnis gekommen seid.«

»Große Methi, das Priester-Kollegium ist geteilter Meinung.«

»Mit anderen Worten, auch nach *drei Tagen* ist es ihm nicht möglich, eine endgültige Schlussfolgerung zu ziehen..?«

»Es hat mehrere Möglichkeiten als wahrscheinlich in Betracht gezogen, aber...«

»Priester«, unterbrach die Methi irritiert, »ja oder nein?«

Der Alte verbeugte sich tief. »Methi, einige Mitglieder des Kollegiums sind der Ansicht, dass die Menschen Abkömmlinge der früheren Gott-Könige sind, die Kinder der großen Erdschlange Yr und des Zornes Phans, als er Monster zeugte, um die Welt zu vernichten.«

»Das ist eine sehr alte Theorie. Die Gott-Könige haben vor vielen Jahrtausenden gelebt und konnten mit den Sterblichen Nachkommen zeugen. Hat es jemals eine Vermischung von menschlichem Blut mit dem der Nemets gegeben?«

»Nein, große Methi; jedenfalls gibt es keinen Nachweis darüber. Aber wir kennen den Ursprung der Tamurlin nicht, und sie sind zweifellos von der gleichen Art. Du erwartest von uns, dass wir mit Beantwortung Deiner Frage auch das Tamurlin-Problem lösen - und wir verfügen nicht über genügend Wissen, um das zu können.«

»Ihr hattet ihn in eurem Gewahrsam. Ich habe ihn euch überlassen, damit ihr ihn gründlichst untersuchen und befragen konntet. Hat er euch nichts gesagt?«

»Das, was er uns erzählte, ist unannehmbar.«

»Lügt er? Einem Lügner kann man immer eine Falle stellen.«

»Wir haben es versucht, große Methi, aber er weicht von seinen Behauptungen nicht um ein Jota ab. Er spricht von einer anderen Welt und von einer anderen Sonne. Ich bin fast sicher, dass er wirklich daran glaubt.«

»Und glaubst Du auch daran, Priester?«

Der alte Mann neigte den Kopf und faltete seine runzeligen Hände. »Ich bitte um die Gnade der Methi, aber dies ist eine äußerst schwierige Frage, sonst hättest Du nicht das Kolleg konsultiert. Das Problem ist doch dieses: Wenn er kein Nemet ist, was ist sein Ursprung? Unsere Schiffe kreuzen auf allen

312

Meeren, aber noch nie haben sie eine ähnliche Kreatur gefunden! Die Menschen kommen, wie es ihnen beliebt, in unsere Welt und bringen Maschinen und Kräfte mit, die unser Wissen nicht versteht. So er also, mit an Sicherheit grenzender Wahrscheinlichkeit, nicht von einem Ort stammt, der innerhalb unseres Wissenskreises liegt, so muss er doch – bitte vergib die Simplifizierung – von *irgendwoher* stammen..! Er nennt es die ›Erde‹. Vielleicht ist es eine falsche Bezeichnung, da er unsere Sprache nicht völlig beherrscht, oder wir haben ihn missverstanden. Aber in welchem aller Länder, die wir kennen, könnte seine Heimat sein..?«

»Und wenn es wirklich eine andere Welt und eine andere Sonne gäbe, wie würde unsere Religion das interpretieren?«

Die wässerigen Augen des Priesters blickten Kurt an, der vor ihm und der Methi kniete. »Das weiß ich nicht«, sagte er.

»Ich verlange eine Antwort, Priester. Ich will, dass Du mir antwortest.«

»Ich... würde eher daran glauben, dass er sterblich ist, als ihn für unsterblich zu halten, und ich kann nicht wirklich glauben, dass er ein Tier ist. Vergib mir, Methi, was ich hier sage, mag Häresie sein, aber Phan war nicht der älteste Sohn von Ib. Es gab andere Wesen, deren Natur unklar ist. Vielleicht gab es wirklich Brüder Phans, Sonnen von seiner Art. Aber selbst, wenn es Tausende davon gäbe, schmälert das doch nicht die Wahrheit der Yhia.«

»Das **ist** Häresie, Priester.«

»Das stimmt...«, gab der alte Mann zu. »Aber anders gelange ich zu keiner Antwort.«

»Priester, wenn ich den Menschen anblicke, finde ich keine logische Erklärung für seine Existenz, und ich beginne Fragen

313

zu stellen, wo mir keine Fragen erlaubt sind. Wenn unsere Welt die Welt Phans ist und es daneben noch eine weitere geben sollte, was hat dieses... Eindringen... von Menschen in unsere Welt zu bedeuten? Es gibt eine Macht, die größer ist als die Phans, ja; aber wo liegt die Notwendigkeit dafür, die ganze Natur so völlig umzukrempeln? Wohin führen uns diese Ereignisse?«

»Ich weiß es nicht. Aber wenn wir uns gegen das Schicksal auflehnen, wird das Schicksal uns zermalmen.«

»Verlangt die Yhia nicht von uns, nur die Dinge zu akzeptieren, die wir mit unserem beschränkten Verstand erfassen können?«

»Es ist unmöglich, anders zu handeln, Methi.«

»Und fordert die Natur deshalb nicht von uns, gewisse Probleme ungelöst zu lassen?«

»So wird es ausgelegt, Methi, obwohl sich nicht alle Mitglieder des Kollegiums mit dieser Exegese einverstanden erklären.«

»Aber wenn wir uns gegen das Schicksal auflehnen, werden wir vernichtet?«

»Darüber besteht kein Zweifel, Methi.«

»Und eines Tages könnte es unser Schicksal sein, ausgelöscht, ausradiert, zu werden?«

»Das ist möglich, ja...«

Sie schlug vehement mit der Hand auf die Stuhllehne. »Ich weigere mich, eine solche Möglichkeit zu akzeptieren. Ich weigere mich, vernichtet zu werden, Priester, oder mein Volk in ein unaufhaltsames Verderben zu führen. Kurz gesagt: Das Kollegium hat keine Antwort finden können.«

»In der Tat, Methi, das müssen wir zugeben.«

»Ich besitze selbst eine gewisse geistliche Autorität.«

»Du bist die Vizekönigin Phans auf diesem Planeten.«

»Werden die Priester das respektieren?«

»Die Priester«, erwiderte der alte Mann, »sind nicht begierig darauf, dass dieses Problem in ihre Hände zurückgelangt. Sie werden Deine Entscheidung, bezüglich der Kontroverse des Ursprungs der Menschen, willkommen heißen.«

»Es ist gefährlich für das Volk, wenn solche Gedanken außerhalb dieses Saales erörtert werden«, beschloss Ylith. »Du wirst also nichts von dem wiedergeben, was wir innerhalb dieser Mauern besprochen haben. Du bürgst mir mit Deinem Leben, Priester - und mit Deiner Seele, dass nichts, was ich hier gesagt habe, weitergegeben wird.«

Der alte Priester wandte den Kopf und blickte Kurt bedrückt an. »Ich bitte die Methi um Gnade. Diese Kreatur hat nichts Unrechtes getan und deshalb keine Strafe verdient.«

»Der Mensch hat den heiligen Rhmei entweiht.«

»Er hat dort Asyl gesucht.«

»Hast Du es ihm gewährt?«

»Nein, unsere religiösen Vorschriften ließen dies nicht zu.«

»Dann ist es gut. Du bist entlassen, Priester.«

Der steinalte Nemet verneigte sich tief und zog sich zurück. Die schwere Tür wurde von waffenklirrenden Wachen aufgezogen und wieder geschlossen. Die Wachen blieben im Raum, nachdem der Priester gegangen war.
Kurt hörte sie und wusste, dass sie da waren, aber er zwang sich, nicht den Kopf nach ihnen zu wenden. Er wusste, dass

seine Zeit extrem knapp bemessen war - er wollte sie nicht noch mehr verkürzen.

Die Methi blickte noch immer auf ihn herab. Die dünnen Goldkettchen schwangen um ihren Kopf, ihr Gesicht war kühl und nachdenklich. »Du schaffst nur Schwierigkeiten, wohin Du auch hingehst«, seufzte sie leise.

»Wo ist Qta, Methi? Sie wollen es mir nicht sagen. Wo ist er?«

»Sie haben ihn gestern an uns zurückgegeben.«

»Ist er...«

»Ich habe mein Urteil über ihn noch nicht gesprochen«, unterbrach sie ihn mitten im Satz ohne den Blick von ihm zu wenden. »Ich möchte ihn nicht töten. Er könnte für mich sehr wertvoll sein. Und dass weiß er ebenfalls. Ich könnte ihn den verstreuten Kindern Indras' in Nephane vorweisen und ihnen sagen: ›Seht her, wir lassen Gnade vor Recht ergehen, wir vergeben die Sünden der Nephane-Indras, wir sind von gleichem Blut. Kämpft nicht gegen uns‹.«

Kurt blickte nun doch zu ihr auf, verlor sich sekundenlang in dem Glanz ihrer dunklen Augen und glaubte ihren Worten; wollte ihr glauben - was genau auch ihre Absicht war. Eine irrationale Hoffnung keimte in ihm auf. Es war der sanfte Ton ihrer Stimme; ihr Geschick, größte Hoffnungen zu wecken, die Ylith t'Erinas so anziehend machten - und so gefährlich... Gut oder böse, er konnte sich nicht entscheiden, was sie war. Ganz anders als Djan, die ein Mensch und deshalb für ihn verstehbar war; die ihre Macht mit der Rücksichtslosigkeit eines Generals gebrauchte.
Ylith war eine Methi, wie sie sein sollte: Eine »irdische« Göttin, welche mit der Einsicht einer Göttin handelte und mit einer amoralischen Moralität Wahrheiten schuf. Die Erkenntnisse so neu formulierte, wie sie sein sollten. Er fühlte eine Ehrfurcht vor ihr, welche er in dieser Intensität noch nie gegenüber

einem Sterblichen verspürt hatte. Kurt wusste, dass sie ihn und Qta so auslöschen konnte, als ob es sie nie gegeben hätte. Er war im Rhmei der Welt gewesen, hatte neben seinem Feuer gesessen – die Haut an seinen Armen brannte noch immer davon. Wenn Ylith zu ihm sprach, spürte er, wie die dröhnende Stille des Feuers ihn erstickte. Er fieberte, und er war zu Tode erschöpft. Er erkannte die Zeichen und hatte Angst vor seiner eigenen Schwäche.

»Qta könnte Dir tatsächlich sehr nützlich sein«, bestätigte er, »selbst gegen seinen Willen.«

Er hatte ein schlechtes Gewissen, als er diesen Gedanken äußerte. Kurt kannte Qtas unbeugsamen Stolz. »Elas ist das Opfer der Methi des Ostens geworden. Es würde die Familien Nephanes beeindrucken, wenn diejenige des Westens ihm Gnade erweisen würde.«

»Deine Worte haben wahrlich eine gewisse Logik..! Und was ist mit Dir? Was soll ich mit Dir tun?«

»Ich will leben.«

Sie schmunzelte ihn mit ihrem Göttinnenlächeln an. »Deine Existenz ist beunruhigend für uns. Aber wenn ich Dich töten lasse, würde ich das Problem damit nicht lösen. Du würdest trotzdem existiert haben. Was sollte ich über Deinen Tod schreiben? Dass wir an diesem Tag eine Kreatur vernichtet haben, die unmöglich existieren konnte, und damit die Ordnung des Universums wieder hergestellt wurde?«

»Einige drängen auf eine solche ›Lösung‹«, bestätigte er unumwunden.

Sie lehnte sich zurück und legte ihre ringgeschmückten Hände auf die Armlehnen. »Wenn wir dagegen zugäben, dass Du existierst... In welche ›Schublade‹ stecken wir Dich? Wir haben die Sufaki immer verachtet, weil sie Nemet und Menschen als eine Rasse akzeptieren. Damit begann die

Häresie, mit der sie die Reinheit der Religion pervertierten; und Häresien können wir nicht dulden.«

»Willst Du sie deshalb eliminieren? Das wird die Gegebenheiten nur kaschieren, nicht jedoch ändern.«

»Häresie darf es nicht geben! Punkt! Wenn wir dieses Gesetz nicht achten, würden wir unsere ganze Religion in Zweifel ziehen.«

»*Sie* sind noch nicht über das Meer gekommen und haben *euch* belästigt.«

Yliths Hand schlug hart auf die Armlehne. »Du bewegst Dich sehr nahe an der ›Roten Linie‹, der Grenze des Erträglichen, Mensch!«

Kurt senkte den Kopf.

»Du handelst aus Unkenntnis«, fauchte Ylith. »Ich habe gehört, dass Djan-Methi... gewissen Dingen gegenüber nicht abgeneigt ist. Ich habe Dich schon einmal gewarnt: Ich bin nicht wie sie.«

»Ich bitte Dich..., höre mir zu. Höre mir nur eine Minute zu.«

»Zuerst beweise mir, dass Du Dich in ›Nemet-Dingen‹ auskennst.«

Wieder verbeugte er sich, unwillig, mit ihr unnötig zu diskutieren.

»Was«, murrte sie nach einer kurzen Pause, »könntest *Du* mir sagen, das meine Zeit wert wäre? Ich höre Dir zu. Aber fasse Dich kurz.«

»Methi«, eröffnete er ruhig, »was ich Dir sagen möchte, sind Antworten auf Fragen, die Deine Priester mir zu stellen vergessen haben.

Meine Rasse ist sehr, sehr alt; Tausende und Abertausende von Jahren voller Fehler und Irrtümer liegen hinter uns, die ihr nicht zu machen braucht. Aber vielleicht irre ich mich. Vielleicht ist es das, was ihr ›Yhia‹ nennt, wenn ich hier eingedrungen bin in eine Welt, in der ich nichts zu suchen habe, und Du hörst nicht auf mich, weil Du nicht auf mich hören kannst; nicht sein kann, was, nach Deinem Verständnis, nicht sein darf... Indes - ich könnte Dir mehr enthüllen, als Du zu hören bereit bist. Ich könnte Dir die Zukunft voraussagen, Dir erklären, wohin Dich Dein kleinlicher Krieg gegen Nephane führen wird. Ich könnte Dir gestehen, dass meine Ursprungswelt nicht mehr existiert und auch Djans Welt nicht - und alles wegen eines Krieges, der solche Ausmaße angenommen und sich über so riesige Zeiträume erstreckt hat, dass ganze Welten darin zugrunde gegangen sind, so wie bei euch Schiffe auf den Meeresgrund geschickt werden.«

»Das ist ja Blasphemie des ungeheuerlichsten Ausmaßes..!«

Er hatte es begonnen und musste es nun auch zu Ende führen, bevor sie ihm das Wort verbot. Es war leicht zu erkennen, dass sie über das, was er ihr offenbarte, zutiefst erschrocken, ja, schockiert war. »Selbst wenn ihr den letzten Sufaki tötet, werdet ihr immer wieder Differenzen finden, über die ihr Kriege führen könnt. Ihr werdet vielleicht keine Leute mehr haben, um euch gegenseitig abzuschlachten und niederzumetzeln, aber die Differenzen werden euch nicht ausgehen.
Methi, hör mich an! Du weißt – wenn Du Verstand hast –, was ich Dir sagen will. Du kannst auf mich hören, oder Du kannst immer wieder Kriege führen - und die Nachkommen der Indras werden eines Tages da sitzen, wo ich jetzt sitze.«

Lhe packte ihn, riss ihn zurück und wollte ihn zwingen aufzustehen.

Ylith war aufgesprungen und stand neben ihrem Stuhl.

»Sei still!«, zischte Lhe ihm zu und bohrte seine Finger stählern in Kurts Arm.

»Bringt ihn hinaus!«, gebot Ylith bebend. »Sperrt ihn mit t'Elas zusammen. Sie sind beide verrückt! Sollen sie einander ihre Verrücktheiten erzählen.«

»Methi!«, begehrte Kurt auf.

Lhe und seine Männer jedoch zerrten Kurt hoch und schleppten ihn aus der Halle in einen Korridor. Dort endlich bekam er sich wieder in die Gewalt und hörte auf, sich zu wehren.

»Du warst so nahe daran, Dein Leben zu gewinnen«, knurrte Lhe.

Sie gingen eine Treppe hinauf zum oberen Gefängnis. Kurt kannte den Weg. Als sie vor der richtigen Tür angekommen waren, schickte Lhe seine Wachen außer Hörweite und sagte: »Du bist wirklich verrückt.« Er stieß den Schlüssel ins Schloss. »Ihr beide seid verrückt! Sie hat t'Elas Ehren angeboten. Er hat sie zurückgewiesen. Er hat einen Selbstmordversuch unternommen. Wir konnten ihn verhindern. Es war unsere Pflicht. Als er vom Tempel in seine Zelle zurückgebracht wurde, wollte er sich aus dem Fenster in den Tempelhof stürzen. Wir schleuderten ihn zurück, so dass er nur auf die Stufen fiel. Wir haben ihm Bequemlichkeiten angeboten, von denen er keinen Gebrauch machen will.«

Kurt hob den Kopf und blickte Lhe in die Augen. Er erkannte dort sowohl Zorn als auch Besorgnis. Lhe t'Nethim wollte ihn um etwas bitten, erkannte er; aber er wusste nicht, was es war. Dann fiel ihm ein, dass es der Methi nicht passen würde, wenn Qta sich ihrem Urteilsspruch entzog. Elas hatte schon einmal seine Ehre und seine Existenz aufs Spiel gesetzt und einen Gefangenen bei sich aufgenommen – und hatte verloren. Das Gesetz der Methi. Nethim war von der Angelegenheit betroffen. Der Priester hatte es gesagt. Die Ehre Nethims war in großer Gefahr. Sowohl Elas als auch die Methi hatten sie angerührt.

Die Tür öffnete sich; Lhe forderte ihn mit einer Handbewegung auf, einzutreten und verschloss das Gefängnis hinter ihm.

*

Zwei Pritschen standen in der Zelle und ein Tisch unter dem hohen, vergitterten Fenster. Qta lag völlig angekleidet auf einer der Bettstellen; Gesicht und Kleidung mit Schmutz und angetrocknetem Blut befleckt. Sie hatten ihn am Tag zuvor zurückgebracht und sich seitdem nicht mehr um ihn gekümmert - genauso wenig wie er selbst.

Kurt spürte eine unbezähmbare Wut auf alles, was Nemet war, selbst auf Qta.

»Qta.« Er beugte sich über ihn.

Qta starrte an die Decke, Leere im Blick. Kurt wusste, dass es in dem Zustand sinnlos war, ihn anzusprechen. Wortlos ging er zu dem kleinen Tisch, auf dem eine Waschschüssel und eine Kanne mit Wasser standen. Er fand auch saubere Tücher, neue Kleider und eine kleine Karaffe mit Telise.

Lhe hatte nicht gelogen. Es war Qtas freier Wille, die gebotenen Annehmlichkeiten zurückzuweisen. Kurt breitete die Utensilien neben Qtas Pritsche aus, öffnete die Karaffe mit dem Telise, hob Qtas Kopf ein wenig an und setzte ihm das Gefäß vorsichtig an die Lippen.

Qta schluckte etwas von dem scharfen Getränk, hustete und schluckte noch einmal. Kurt verschloss die Amphore wieder und stellte sie zur Seite. Dann tauchte er ein Tuch ins Wasser und begann, die Schmiere von Blut, Schweiß und Schmutz aus Qtas Gesicht zu wischen.

»Qta, was ist geschehen?«

»Nichts«, murmelte der Nemet und blickte ihn nicht einmal an. »Sie haben..., sie haben mich zurückgebracht...«

Kurt blickte ihn mitleidig an. »Höre, mein Freund, ich werde alles tun, was ich tun kann. Aber wenn Du ärztliche Hilfe brauchst, wenn etwas gebrochen sein sollte, musst Du es mir sagen. Dann werde ich sie um Hilfe bitten.«

»Es sind nur Kratzer.«

Die Drohung, dass Fremde mit hereingezogen werden sollten, schien Qta neue Kräfte zu verleihen. Er versuchte, sich aufzurichten und stützte sich auf seinen aufgeschrammten Ellbogen.
Kurt half ihm. Der Telise begann zu wirken.
Qta bewegte sich nicht wie jemand, der ernsthaft verletzt war. Kurt drückte ein zur Verfügung stehendes Kissen an die Wand, und Qta lehnte sich mit einem Seufzer dagegen. Er blickte auf seine aufgeschlagenen Knie und Schienbeine. »Ich bin gefallen...«

»Ohh... Ich habe davon gehört, *wie* Du gefallen bist...« Kurt tauchte das Tuch erneut ins Wasser und begann, Qtas verletzte Knie und Beine zu säubern. Er brauchte eine Weile, um die einen Tag alten Blessuren zu reinigen - und dies bereitete seinem »Patienten« offensichtliche Pein.
Kurt bestand darauf, dass Qta von Zeit zu Zeit einen Schluck Telise trank, obwohl der Nemet erst gegen Ende der Prozedur gepresst zum Ausdruck brachte, dass sie ihm Schmerzen bereitete.
Während der ganzen Zeit sprach er nur sehr wenig. Als seine Wunden versorgt waren und nichts weiter zu tun blieb, setzte sich Kurt auf den Rand der Pritsche und blickte Qta hilflos an. Qtas Gesicht wirkte müde, und es schien nicht nur vom

Schlafmangel und seinen Verletzungen zu kommen. Die Müdigkeit kam *von innen* und war tödlich!

Kurt half ihm, sich wieder flach auf den Rücken zu legen, schob dafür das Kissen nun unter den Kopf. Wenn er bedachte, dass auch er während der letzten drei Tage kaum zum Schlafen gekommen war, hielt er es für möglich, dass es bei Qta nur körperliche Erschöpfung sein könnte. Die Augen des Nemet indes starrten stumpf und leergefegt zur Decke hinauf.

»Qta...«

Er rührte sich nicht.

Kurt schüttelte ihn. Qta blinzelte nur. »Qta, Du hast mich gehört. Ich weiß, dass Du mich gehört hast. Lasse jetzt diesen Unsinn und sieh mich an. Wen willst Du eigentlich bestrafen? Mich..?«

Weil Qta nicht antwortete, wandte Kurt eine »medizinische« Notlösung an und schlug ihm ins Gesicht - nicht zu hart, aber doch fest genug, dass es weh tat.

Qtas Lippen zuckten, und Kurt tat es sofort leid, ihn geschlagen zu haben. Damit hatte er die Last, die der Nemet zu tragen hatte, noch vergrößert. Der bevorstehende Zusammenbruch machte ihm Angst.

Todmüde und fast unfähig die Augen offenzuhalten, hockte sich Kurt vor die Pritsche und blickte Qta hilflos an. Er hätte sich gern auf seine eigene Pritsche geworfen und geschlafen. Er war fast unfähig, noch einen klaren Gedanken zu fassen. Er wusste nur, dass Qta sterben *wollte*, und er konnte ihm nicht helfen.

»Kurt.« Die Stimme war so leise, dass Kurt ihn kaum verstand.

»Sag mir, wie ich Dir helfen kann.«

Qta blinzelte, und sein Verstand schien im Augenblick wieder klar zu sein. »Kurt, mein Freund, sie haben...«

»Was haben sie getan, Qta? Was haben sie getan?«

»Sie begehren meine Hilfe, und... wenn ich mich weigere... verliere ich mein Leben... und meine Seele! Sie wird mich in alle Ewigkeit verfluchen...«
Er schluckte und schloss die Augen, wurde aber wieder ruhiger. »Ich habe Angst, mein Freund, eine tödliche Angst. *Für alle Ewigkeit*... Aber wie kann ich tun, was sie von mir verlangt?«

»Was kann Deine Hilfe schon gegen Nephane ausrichten?«, fragte Kurt. »Djan hat genügend Waffen, Ylith hat genügend Schiffe. Sollen sie sich doch gegenseitig die Köpfe einschlagen. Was geht Dich ihr Krieg an? Sie hat Dir Dein Leben und die Freiheit angeboten, und das ist mehr, als Du von Djan bekommen hast.«

»Ich konnte Djan-Methis Bedingungen auch nicht akzeptieren.«

»Ist es die Sache wirklich wert, Qta? Sieh Dich doch an und sage mir, ob es das wert ist. Du kannst Dir wirklich keinen Vorwurf machen und andere auch nicht. Ganz Nephane weiß, wie Du dort behandelt worden bist. Wer könnte es Dir verübeln, wenn Du Dich für Indresul entscheidest?«

»Ich will Deine unehrenhaften Argumente nicht hören!«, schrie Qta.

»Sie sind *vernünftig*.« Kurt packte seinen Arm und hinderte ihn daran, sich wieder zur Wand zu drehen. »Es sind vernünftige Argumente, Qta, und das weißt Du sehr gut.«

»Ich verstehe die Vernunft nicht mehr«, verzweifelte Qta. »Der Tempel und die Methi wollen mich für das verdammen, was ich für richtig halte. Kurt, ich habe keine Angst vor dem Tod. Aber das... das ist keine Gerechtigkeit. Wie kann der Himmel einen Mann vor eine *solche* Wahl stellen?«

»Tue, was sie von Dir verlangen, Qta. Es schadet niemandem; und solange Du lebst, kannst Du Dir auch noch darüber Gedanken machen, ob es Kompromisse und Mittelwege zu finden gibt, die akzeptabler sind und der Gemengelage besser Rechnung tragen als irgendwelche Extreme.«

»Ich hätte mit meinem Schiff untergehen sollen«, murmelte der Nemet. »Dort habe ich meinen größten Fehler gemacht. Der Himmel gab mir die Chance, zu sterben: In Nephane, im Lager der Tamurlin, mit der Tavi. Ich hätte Frieden und Ehre, wenn ich gestorben wäre. Aber immer warst Du da. Du bist die Behinderung meines Schicksals. Oder sein Helfer. Du bist immer da, und das gibt den Ausschlag.«

Kurt stellte fest, dass seine Hände zitterten, als er Qtas Decke glattzog, um ihn zu beruhigen. »Bitte, Qta, Du musst jetzt schlafen...«

»Nicht Deine Schuld... Man muss logisch denken..., immer logisch denken..., damit man weiß...«

»Sei still, Qta...«

»Wenn ich in Nephane mit meinem Vater gestorben wäre«, insistierte Qta mit der irrlichternden Hartnäckigkeit eines Fiebernden, »hätten mich meine Freunde, meine Mannschaft gerächt. Ist es nicht so?«

»Ja«, bestätigte Kurt knapp und dachte an das feurige Temperament von Val und Tkel und ihren Kameraden. »Ja, sie hätten Shan t'Tefur getötet.«

»Und das hätte Nephane in ein Chaos gestürzt«, lamentierte Qta, »sie wären gestorben und wären zu Elas ins Reich der

Schatten gekommen. Jetzt *sind* sie, nur auf andere Weise, gestorben – aber ich lebe...«

»Sei still. Du musst Dich ausruhen...«

»Ich bin der letzte von Elas; anscheinend dazu bestimmt, das Schicksal von Nephane zu besiegeln. Wenn ich früher gestorben wäre, würde ich unschuldig sein an dem Blut, das in meiner Stadt vergossen werden wird - und mein Blut wäre an den Händen der Methi. Aber ich lebe – und dafür verdiene ich mein Schicksal.«

»Bitte, Qta, Du musst schlafen. Du hast zu viel Telise getrunken und nichts gegessen. Dein Geist ist verwirrt. Bitte schlafe jetzt.«

»Es ist wahr«, beharrte Qta, »ich bin geboren worden, um meiner Stadt Verderben zu bringen. Und dazu wollen sie mich jetzt zwingen.«

»Warum lastest Du nicht mir die Schuld an«, bog Kurt ab. »Das wäre mir lieber, als Deine krankhaften Selbstvorwürfe. Beschimpfe *mich*, zürne *mir* - oder gib zu, dass Du die Zukunft nicht voraussagen kannst.«

»Es ist logisch«, sagte Qta, »dass menschliches Schicksal Dich hierhergebracht hat, um in menschliches Schicksal einzugreifen.«

»Du bist betrunken, Qta.«

»Du bist wegen Djan-Methi hergekommen. Ihretwegen bist Du hier.« Qtas dunkle Augen schlossen sich.

Kurt stand auf und spürte einen harten Druck im Magen, ein Gefühl von Angst, von Furcht vor den Hütern und Ahnen Elas' und vor der Logik des Nemet.
Qta schlief endlich. Eine ganze Weile blickte Kurt auf sein Gesicht hinunter, dann ging er leise zu seiner Pritsche und ließ

sich ächzend auf die Matratze fallen. Aber er ruhte nur, er wagte nicht zu schlafen...

Er hatte Angst, Qta unbeobachtet zu lassen, aber irgendwann wurden seine Lider dann doch zu schwer - und er schloss die Augen...

ooo

Er fuhr hoch, aufgeschreckt durch ein Geräusch und die Erkenntnis, dass er, wider sämtliche Bemühungen, eingenickt war. Die Zelle befand sich fast völlig im Dunkel; nur durch das vergitterte Fenster fiel ein wenig Licht herein.

Qta war aufgestanden, trotz der Kühle war er splitternackt. Er hatte die Wasserkanne auf den Tisch gestellt und begann sich zu waschen. Kurt blickte zum Fenster und stellte überrascht fest, dass es bereits dämmerte. Qtas Interesse an seiner äußeren Erscheinung schien ihm ein gutes Zeichen. Methodisch wusch er sich von Kopf bis Fuß, und als er fertig war, hob er die Kanne über den Kopf und ließ das kalte Wasser über seinen Körper rinnen. Dann ging er zu seiner Pritsche zurück und wickelte sich in die Decke. Er setzte sich mit dem Rücken an die Wand, schloss die Augen und bewegte lautlos die Lippen im Gebet. Nach kurzer Zeit verfiel er in einen Trancezustand und saß völlig unbeweglich da.

Die ersten Strahlen der Morgensonne fielen durch das Gitterfenster auf sein Gesicht. Es sah entspannt und ruhig aus. Fast eine halbe Stunde lang blieb er so sitzen.

Das Licht des anbrechenden Tages flutete weinrot, und alsbald hellorange, in ihr Gefängnis.

Kurt stand auf und strich seine Kleidung glatt, die er im Schlaf zerdrückt hatte.

Qta erhob sich kurze Zeit später ebenfalls und zog seine verschmutzte, aufgerissene Kleidung an. Die von der Methi zur Verfügung gestellte Bekleidung ließ er unbeachtet. Er blickte zu Kurt hinüber und lächelte.

»Alles in Ordnung?«, fragte Kurt.

»Den Umständen entsprechend«, relativierte Qta. »Mir fällt ein, dass ich einiges gesagt habe, das besser ungesagt geblieben wäre.«

»Es war der Telise. Ich habe Dir zu viel davon eingeflößt. Was gesprochen wurde, habe ich sofort wieder vergessen..!«

»Ich verehre Dich wie einen Bruder«, sagte Qta.

»Ich Dich ebenso!« Er mutmaßte, dass Qta ihm diese Versicherung deshalb gegeben hatte, weil er rasche Schritte auf dem Korridor hörte, und er gab hastig seine Antwort aus Angst, dass diese wichtigen Worte vielleicht ungesagt bleiben könnten.
Er wollte, dass Qta ihn verstand.
Die Schritte verhielten vor ihrer Tür. Der Schlüssel drehte sich im Schloss.

21 - Über den Sund des Ome Sin

Heute war es nicht Lhe, der sie abholte, sondern ein anderer Mann, den sie nicht kannten. Und sie wurden nicht in den Rhmei gebracht, sondern verließen die Festung.
Als sie den Hof erreichten, gingen sie, in Richtung Außentor des Indume-Komplexes, am Tempel vorbei.

Qta warf Kurt einen besorgten Blick zu. »Wir gehen zum Hafen.«

»So lautet der Befehl«, sagte der Offizier, der ihre Wachmannschaft befehligte. »Die Methi ist dort, und die Flotte liegt bereit zum Auslaufen. Bewege Dich, t'Elas - oder ist es Dir lieber, wenn wir Dich in Ketten durch die Straßen schleifen?«

Qta hob den Kopf, und sekundenlang lag der herrische Blick von Nym t'Elas in seinen Augen. »Wie ist Dein Name?«

Der Offizier schien seine harten Worte zu bedauern. »Sprich keinen Fluch über mich aus, t'Elas. Ich wiederhole nur die Worte der Methi. Sie glaubte nicht, dass wir euch in Ketten legen müssten.«

»Nein«, unterstrich Qta, »das ist unnötig.« Er neigte leicht den Kopf und passte seinen Schritt dem ihrer Bewacher an.
Er war eine traurige, bemitleidenswerte Erscheinung im hellen Sonnenlicht. Seine Kleidung war schmutzig und zerrissen, er war unrasiert, und tiefe, dunkle Ringe umschatteten seine Augen. In den Straßen, wo die Leute stehenblieben und sie anstarrten, blickte er weder nach links noch nach rechts.
Kurt, der seinen Stolz kannte, konnte sein Gefühl der Erniedrigung ermessen; die Beschämung vor den Indresulern. Wahrscheinlich hätte er weniger Aufsehen hervorgerufen, wenn er nicht noch die zusätzliche Schande auf sich geladen

hätte, mit einem Menschen zusammen zu sein! Einige der Kommentare erreichten Kurts Ohren: ›Wie hässlich er ist – wie behaart –, wie kann sich ein Indras mit so etwas auf der Straße zeigen? Man sollte das Haus von Elas bedauern, dass einer seiner ausländischen Söhne sich in einem solchen Zustand und in solcher Gesellschaft befindet.‹

Die Planke der ersten Trireme an der Pier war ausgelegt, Männer der Mannschaft liefen hin und her, überprüften die Ausrüstung. Auf dem Achterdeck war ein blaues Sonnensegel aufgespannt, welches von goldbronzierten Stangen getragen wurde. In seinem Schatten saß Ylith, über Karten gebeugt, und sprach mit Lhe t'Nethim.
Sie blickte nicht auf, als Qta und Kurt auf sie zugeführt wurden. Als sie es endlich für richtig befand, die Gegenwart der beiden Männer, die vor ihr knieten, zu beachten, schickte sie Lhe mit einer Handbewegung fort und wandte sich ihnen zu.
Sie trug wieder den Kopfschmuck aus Goldketten, das Zeichen ihrer Würde, dazu Chatem und Pelan aus fahlgrüner Seide.
Ihre Augen maßen Qta - ruhig und ohne jede Emotion.

Qta verbeugte sich tief und drückte seine Stirn auf die Decksplanken. Widerwillig folgte Kurt seinem Beispiel.

Ylith schnippte mit den Fingern. »Ihr habt die Erlaubnis zu sitzen.« Sie blickte nachdenklich von einem zum anderen, dann konzentrierte sie sich auf Qta. »Nun, t'Elas, hast Du Deine Entscheidung getroffen? Bist Du hier, um mich um Gnade zu bitten?«

»Nein, Methi.«

»Qta!«, rief Kurt erschrocken. »Du darfst nicht...«

»Falls Du versuchen solltest, diesem Sohn von Elas zu raten, seinen Entschluss zu revidieren«, meinte Ylith, »wäre er gut beraten, auf Dich zu hören.«

»Methi«, sagte Qta, »ich habe nachgedacht. Aber ich kann mich nicht dazu bereitfinden, Deine Forderung zu erfüllen.«

Ylith blickte ihn an, und Verärgerung stand in ihren Augen. »Willst Du Dich hier in Pose setzen, obwohl Du auf meine Gnade hoffst? Oder lehren sie euch solchen Mangel an religiösem Respekt auf der anderen Seite der Trennenden See? Stehst Du bereits so weit im Lager sufakischer Häresien, dass Dir die dunklen Geister, die ich nicht nennen mag, vertrauter sind als unsere Götter?«

»Nein, Methi«, konterte Qta mit fester Stimme. »Wir von Elas sind ein frommes Haus, und doch erfahren wir keine Gerechtigkeit von Dir.«

»Behauptest Du, dass ich mich irre, t'Elas?«

Qta senkte den Kopf, hoffnungslos gefangen zwischen einem ›ja‹ und ›nein‹; zwischen dem Begehen einer Blasphemie und ihrem Eingeständnis.

»t'Elas«, versuchte Ylith es moderater, »ist es wirklich so schwer, unsere Wünsche zu erfüllen?«

»Ich habe der Methi meine Antwort darauf schon gegeben.«

»Und es vorgezogen, als Verfluchter zu sterben.« Die Methi wandte ihren Kopf und deutete auf die offene See hinaus. »Ein kaltes Grab, t'Elas, in den eisigen Armen von Kalyts grünäugigen Töchtern. Das Grab eines Gesetzlosen; die See, das Grab von Leuten, deren Leichnam kein Haus beansprucht, die ein so schandbares Leben geführt haben, dass niemand sie haben will, niemand um sie trauert, niemand sie zur Ruhe bettet. Dieses Schicksal ist für die Ungläubigen bestimmt, die sich dem Vater oder dem Upei widersetzen oder ihre eigenen Frauen entehren. Aber ich, t'Elas, stehe höher als der Upei. Wenn ich Dich verfluche, verfluche ich Deine Seele nicht nur von Deinem Herd und Deiner Stadt, sondern von der ganzen Welt. Nur die untersten Hallen des Todes stehen Dir noch offen: Yeknis, die dunkelste Hölle, wo die Schatten leben, die unnennbaren Erstgeborenen des Chaos. Oder lehrt man euch diese Dinge in Nephane nicht mehr?«

»Doch, Methi.«

»Das Chaos ist das gerechte Schicksal für einen Mann, der sich nicht dem Willen des Himmels unterwerfen will. Hältst Du mich für gerecht?«

»Methi«, intervenierte Qta, »ich glaube wohl, dass Du die Auserwählte des Himmels bist, und ich verehre Dich und das Haus meiner Ahnen in Indresul. Vielleicht hat Dich der Himmel geschickt, um mein Volk zu ruinieren und zu vernichten, aber wenn der Himmel auch meine Seele zerstören will, wenn ich mich weigere, Dir dabei zu helfen, dann sind die Gesetze des Himmels unglaublich hart. Ich verehre Dich, Methi. Ich glaube, dass Du - wie das Schicksal selbst - irgendwie gerecht sein musst. Deshalb will ich das tun, was ich für richtig halte, und Dir nicht helfen.«

Ylith blickte ihn wütend an und winkte mit einer knappen Geste nach den Wachen. »Unglücklicher, Du bist blind für die Notwendigkeiten und behaftet mit dem störrischen Stolz von Elas. Dieser Stolz hat mir bisher gut gedient, und es fällt mir schwer, etwas zu verdammen, welches ich bisher für eine der besten Qualitäten von Elas gehalten habe. Du dauerst mich, Qta t'Elas. Geh, und denke noch einmal gründlich nach, ob Dein Entschluss richtig ist. Die Götter gewähren uns einen Augenblick des Überlegens, eine Chance, nachzugeben, bevor man untergeht. Ich biete Dir, nach wie vor, Dein Leben zur Beute an. *Das* ist die Gerechtigkeit des Himmels.

Tryn...«, wandte sie sich an den Zweiten ihrer persönlichen Wache, »schließe beide unter Deck ein. Der Sohn Elas' und sein menschlicher Freund werden uns begleiten, wenn wir gegen Nephane segeln.«

*

Das Luk krachte auf und jemand kam die knarrenden Stufen herab in den Kielraum.

»t'Elas, t'Morgan.« Es war Lhe t'Nethim. »Habt ihr alles, was ihr braucht?«, erkundigte er sich und hockte sich außerhalb der Reichweite ihrer Ketten auf den Boden.

Qta wandte den Kopf ab. Kurt, der sich ein wenig in der Schuld dieses Mannes fühlte, nickte ihm kurz zu. »Danke. Wir haben alles, was wir brauchen.« Und das stimmte auch - unter den gegebenen Umständen.

Lhe kniff die Lippen aufeinander. »Ich bin nicht hergekommen, um mich an eurem Anblick zu weiden. Beide habt ihr..., habt ihr meinem Haus Freundlichkeiten erwiesen, und ich möchte euch helfen, soweit ich kann.«

»Du hast mir schon sehr geholfen«, sagte Kurt mit Rücksicht auf Qtas Empfindlichkeit, »das ist genug.«

»Elas und Nethim sind Feinde – das ist ein nur schwer verrückbarer Fakt! Aber, wenn Mim sich, aus freien Stücken, für Dich entschieden hat – obwohl Du ein Mensch bist –, so musst Du ein *außergewöhnlicher* Mensch sein!
Und, t'Elas«, wandte er sich an Qta, »Dir möchte ich danken, weil Du ihr Schutz, Heim und Herd geboten hast. Wir wissen von Elas-in-Indresul, dass sie als Sklavin bei den Tamurlin gelebt hat. Es ist eine bittere Geschichte. Allerdings...«, Lhes Gesicht wurde hart als ein bestimmter Verdacht in ihm aufkeimte, »hast *Du* sie Dir irgendwann, gegen ihren Willen, genommen..?!«

»Nein«, verwahrte sich Qta und blickte ihn an. »Sie ist vom Chan Elas' adoptiert worden. Kein Mitglied unseres Hauses ist ihr jemals zu nahegetreten und hat sie anders behandelt, denn als eine ehrbare Frau. Es war ihr eigener Wunsch, dass wir sie meinem Freund gaben, der von ganzem Herzen versucht hat, sie glücklich zu machen. Elas-in-Nephane ist tot. Bis zu unserer Selbstaufgabe haben wir sie verteidigt! Gewiss, wir wussten nicht, dass sie von Nethim stammte. Für uns war sie einfach unsere Mim – und sie gehörte zu unserem Haus, zu unserem Herd. Aber Elas würde sie auch verteidigt haben, wenn sie uns gesagt hätte, dass sie eine Nethim war.«

»Sie wurde von allen gemocht, ja, geliebt«, versicherte Kurt, als er den schmerzlichen Ausdruck in Lhes Gesicht sah, »und sie hatte keine Feinde in Nephane. Es waren *meine* Gegner, die sie töteten.«

»Sage mir, wie es geschehen ist.«

Kurt senkte den Blick, unwillig, darüber zu berichten. Aber Lhe war Nemet, er würde verschiedenes nicht verstehen, ohne die ganze Wahrheit zu kennen. »Feinde von mir haben sie entführt«, begann er deshalb, »und sie haben sie vergewaltigt. Die Methi von Nephane wollte sie demütigen. Sie ist von eigener Hand gestorben, t'Nethim. Ich spreche mich auch nicht frei von Schuld. Wenn ich Nemet wäre, hätte ich gewusst, dass sie sich nach dieser Schändung vielleicht das Leben nehmen würde, und hätte sie nicht allein gelassen. Die Methi Djan gebot mir noch im Afen bleiben zu müssen, als sie Mim weggesandt hatte - so kam ich für das, was dann geschah, zu spät...«

Lhes Gesicht entsprach in seiner Bitterkeit einem gemeißelten Stein. »Nein, Mim hat das Richtige getan! Wenn Du Nemet wärst, würdest Du das wissen. Es wäre ein Unrecht gewesen, sie daran zu hindern. Nenne mir die Namen der Männer, die ihr das angetan haben.«

»Das vermag ich nicht«, musste Kurt ihn enttäuschen. »Mim kannte die Täter nicht, auch hatten sie ihr einen Sack über den Kopf gestülpt.«

»Waren sie Indras?«

»Sufaki«, verneinte Kurt, »Männer von Shan t'Tefur.«

»Dann herrscht jetzt Blutfehde zwischen seinem Haus und Nethim. Mögen die Hüter Nethims über sie zu Gericht sitzen, so wie ich sie richten werde, wenn ich sie finde. Was ist das Emblem Tefurs?«

»Yr, die große Schlange«, schaltete sich nun auch Qta in den Dialog ein. »Gold auf Grün. Ich wünsche Dir Glück in dieser Blutfehde, t'Nethim. Du wirst mit Mim auch Elas rächen, da ich es nicht mehr kann.«

»Beuge Dich den Wünschen der Methi«, riet Lhe.

»Nein«, erwiderte Qta. »Aber Kurt kann tun, was er will.«

Lhe blickte Kurt an.

Kurt schwieg.

Lhe hob mit einer Geste der Verzweiflung die Arme. »Du musst zugeben, dass die Methi Dir jede nur mögliche Gelegenheit geboten hat. Es ist ein Wunder, dass Du jetzt nicht auf dem Meeresgrund liegst.«

»Nephane ist meine Stadt«, bekräftigte Qta. »Und was euren Krieg angeht, so wird eure Arbeit nicht beendet sein, bevor ihr auch mich erledigt habt. Also erwarte nicht, dass ich Deiner Methi gehorche. Es bleibt bei meinem ›Nein‹.«

»Wenn Du Deine Haltung nicht änderst«, verzweifelte Lhe schier, »werde ich wahrscheinlich Dein Henker sein müssen. Trotz der Fehde zwischen unseren Häusern würde ich es ungern tun - aber ich muss, und werde den Befehl der Methi ausführen.«

»Für einen Sohn Nethims bist Du ein sehr anständiger Mann«, zollte Qta ihm Anerkennung. »Ich hätte das nicht erwartet.«

»Für einen Sohn Elas' bist auch Du ein anständiger Mann«, gab Lhe freiweg zurück. »Und ich kann nicht einmal Schlechtes an Deinem Hausgast finden«, setzte er mit einem Seitenblick auf Kurt hinzu. »Ich will euch nicht töten. Du und dieser Mensch würden mich bis in meine Träume verfolgen.«

»Eure Priester«, meinte Kurt, »sind nicht sicher, ob ich eine Seele habe und Dich daher in Deinen Träumen verfolgen könnte.«

Lhe biss sich auf die Unterlippe. Er war einer Häresie gefährlich nahegekommen.

Kurt indes wurde t'Nethim immer sympathischer. Ihm war klar, dass er in seinen Augen nicht nur ein Tier war.

»t'Nethim«, wollte Qta in Kenntnis gesetzt sein, »hat die Methi Dich zu uns geschickt oder kamst Du aus eigenem Antrieb?«

»Nein, mein Rat kommt mir aus dem Herzen. Gib nach, t'Elas.«

»Sage Deiner Methi, dass ich mit ihr zu sprechen wünsche.«

»Willst Du sie um Gnade bitten? Das ist das Einzige, was sie von Dir hören möchte.«

»Frage sie, ob sie mit mir sprechen wird oder nicht. Die Entscheidung liegt bei ihr.«

Lhes Augen blickten angstvoll von Qta zu Kurt und wieder zurück. »Ich werde sie fragen«, zögerte er eine Weile, gab dann aber nach. »Ich riskiere bereits den Zorn meines Vaters. Der Zorn der Methi ist langsamer, aber ich fürchte ihn mehr. Wenn Du zu ihr gehst, dann in diesen Ketten. Ich werde nicht das Leben Nethims um Elas' willen riskieren.«

»Einverstanden«, stimmte Qta zu.

»Schwöre, dass Du keine Gewalt anwenden wirst.«

»Wir *beide* schwören es«, gelobte Qta, wozu er als Lord von Elas das Recht hatte.

»Das Wort eines Mannes, der vielleicht bald seine Seele verlieren wird, und eines Menschen, der vielleicht gar keine hat«, seufzte Lhe kopfschüttelnd. »Beim Lichte des Himmels, ich kann Nethim die Verantwortung für euch nicht aufladen.« Ohne die übliche Verbeugung wandte er sich um und floh aus dem Kielraum.

*

Ylith setzte sich bequem auf einen Stuhl, bevor sie von ihrer Anwesenheit Notiz nahm. Sie empfing sie in ihrer Kajüte, nicht auf dem windigen Achterdeck. Das gedämpfte Licht einer Öllampe, die pendelnd von der Decke hing, schuf eine warme, fast intime Atmosphäre.
»Ihr dürft sitzen«, erlaubte sie, als eine Chan ihr eine Tasse Tee reichte und sie den ersten Schluck nahm.
Für die beiden Männer gab es keinen Tee. Sie genossen nicht das Recht der Gastfreundschaft und durften nur reden, wenn sie angesprochen wurden.
Ylith nippte an ihrem heißen Getränk und blickte von einem zum anderen - ein Ritual, das der Nervenberuhigung und der Konzentration vor Inangriffnahme eines schwierigen Themas diente. Schließlich hatte sie die Tasse leergetrunken und reichte sie der Chan.

»t'Elas und t'Morgan. Ich weiß wirklich nicht, warum ich diese Geduld mit euch aufbringe und meine Zeit an euch verschwende, während meine eigenen - gesetzestreuen - Bürger oft tagelang auf eine Audienz warten müssen. Aber andererseits ist eure Zukunft sehr wahrscheinlich weitaus kürzer als die ihre bemessen... Überzeugt mich, dass ich meine Zeit und Kraft nicht unnütz vergeude.«

»Methi«, eröffnete Qta, »ich bin gekommen, um für meine Stadt zu bitten.«

»Dann raubst Du mir doch tatsächlich schamlos meine Zeit, t'Elas..! Du solltest sie lieber dazu verwenden, um *Dein Leben* zu bitten.«

»Methi, bitte höre mich an. Du bist dabei, eine große Zahl Deiner eigenen Leute zu opfern. Das ist nicht nötig.«

»Was soll das? Was willst Du mir damit sagen?«

»Ich wende mich an Deine Vernunft.«

»An meine Vernunft..?!«, echote Ylith. »Du liebst Nephane. Das ist verständlich. Aber Nephane hat Dich ausgestoßen, Dein Haus ruiniert und ermordet. Ich dagegen würde Dich als einen der meinen aufnehmen. Handle ich wie ein Feind, t'Elas?«

»Du bist ein Feind meines Volkes.«

»Nephane muss mit Wahnsinn geschlagen sein«, zischte Ylith leise, »wenn es so einen Mann ausstößt, der es liebt und sogar denen die Treue hält, die das Volk gegeneinander aufbringen. Ich *will* diese Stadt nicht zerstören, ich bin dazu *gezwungen*. Wegen der Zustände, die dort herrschen: Krieg und die Gesetze der Menschen. Ich darf nicht zulassen, dass diese Infektion sich weiter ausbreitet wie Gangrän.«

Sie wandte den Kopf, blickte die Chan an und entließ sie mit einem Kopfnicken.

Dann kehrte sie ihre Aufmerksamkeit wieder den beiden Männern zu. »Nephane befindet sich bereits im Krieg! Ich will ihn lediglich beenden.«

»Was..? Krieg..?«, stammelte Qta verwirrt.

Kurt ahnte jetzt, was geschehen sein musste - und er war sicher, dass auch Qta es ahnte. Die Eröffnung der Methi war keine völlige Überraschung.

»Bürgerkrieg«, löste die Methi das leicht zu erratende Rätsel. »Der unvermeidliche Konflikt - und wir werden auf der Seite der Nachkommen Indras' eingreifen.«

»Du hast nicht die Absicht, den Familien zu helfen«, knurrte Qta bitter. »Du wirst sie behandeln, wie Du uns behandelst.«

»Ich werde sie so behandeln, wie ich euch zu behandeln versuche. Ich würde Dich als Indras bei uns willkommen heißen, Qta t'Elas. Ich würde Elas-in-Nephane wieder zu seiner alten Macht zurück verhelfen - vereinigt mit Elas-in-Indresul.«

»Meine Schwester ist mit einem Lord der Sufaki verheiratet. Mein Freund ist ein Mensch. Viele der Hausfreunde von Elas-in-Nephane haben Sufaki-Blut. Wirst Du Elas-in-Indresul befehlen, unsere Verpflichtungen zu achten?«

»Eine Methi darf in den Angelegenheiten eines Hauses keine Befehle erteilen«, bedeutete Ylith. Es war die legal korrekte Antwort. »Ich könnte Dir das Leben dieser Leute garantieren«, fuhr sie fort. »Eine Methi hat immer das Recht, auf der Seite des Lebens einzuschreiten.«

»Aber Du kannst es nicht *befehlen*.«

»Nein.«

»Nephane«, erinnerte Qta sie, »ist Indras und Sufaki und Menschen.«

»Wenn ich dort fertig bin, ist dieses Problem gelöst«, winkte Ylith ab.

»Wenn Du sie angreifst«, war Qta durchaus anderer Meinung, »werden sie sich gegen Dich vereinigen.«

»Was? Die Sufaki mit den Indras?«

»Jenes ist schon einmal passiert«, erinnerte Qta, »als Indresul versuchte, uns zu erobern.«

»Das war eine ganz andere Gemengelage. Damals waren die Familien stark und mächtig, verlangten mehr Freiheiten von der Mutter der Städte. Jetzt hat man den Familien ihre Macht *genommen* - aber ich bin bereit, sie allen zurückzugeben, die der Sufaki-Häresie abschwören. Ich habe nicht die Absicht, Indras zu töten.«

Qta verneigte sich kurz. »Methi, lass die Schiffe umkehren, und ich stehe Dir uneingeschränkt zur Verfügung.«

Sie legte ihre Arme auf die Stuhllehnen. »Treibe es nicht zu weit, t'Elas.« Ylith blickte Kurt an. »Du, t'Morgan, bist als Mensch geboren, stehst aber weit über den anderen Mitgliedern dieser Spezies. Ich könnte Dich fast lieben für Deine Anstrengungen, Nemet zu werden. Und deshalb verstehe ich die Sufaki nicht, die als Nemet geboren wurden und trotzdem die Wahrheit verleugnen; die alles entweihen, was uns heilig ist. Und noch weniger verstehe ich, wie ein Indras-Geborener wie Du, t'Elas«, setzte sie in schärferem Ton nach, »sich dafür einsetzt, eine Lebensart zu retten, welche sich die Vernichtung der Indras auf die Fahnen geschrieben hat.«

»Sie wollen uns nicht vernichten.«

»Vielleicht wirst Du mir auch noch erzählen, dass die Wiedererweckung der alten Bräuche durch die Sufaki nur ein Gerücht ist, dass sie nicht wieder den ›Jafikn‹ und die gestreiften Roben tragen, dass im Upei von Nephane nicht Gebete gesprochen werden, welche die Namen der Verdammten nennen und unsere Religion beleidigen. Mor t'Uset ul Orm hat diese Dinge höchstpersönlich erlebt. Er war dabei, als Nym t'Elas im Upei aufstand und gegen t'Tefur und seine Blasphemien seine Stimme erhob. Hast Du weniger Mut als Dein Vater, oder willst Du seine Wünsche entehren, t'Elas?«

Kurt warf Qta einen raschen Blick zu. Er wusste, dass diese Worte einen empfindlichen Nerv in ihm trafen, und war fast bereit, ihn festzuhalten, falls er etwas Unüberlegtes tun sollte. Aber Qta neigte nur den Kopf und ballte die Fäuste zusammen, sodass die Knöchel weiß hervortraten.

»t'Elas?«, hakte Ylith nach, verlangte eine Reaktion ihres Gegenübers.

»Verlass Dich darauf«, hob Qta den Kopf wieder, »dass ich die Wünsche meines Vaters kenne. Es ist unser Glaube, dass wir nicht die Weisheit des Himmels in Frage stellen dürfen, die zwei Völker an den Ufern des Ome Sin angesiedelt hat; also haben wir nie versucht, die Sufaki zu vernichten. Ich bin Indras. Ich glaube, dass der Wille des Himmels siegen wird - trotz aller Aktionen der Völker, und deshalb lebe ich in Frieden mit meinen Sufaki-Nachbarn. Ich will nicht über sie *herrschen*, Methi.«

Sekundenlang flammte Wut in Yliths Augen auf, wich dann einem fast traurigen Ausdruck. »Nein«, sagte sie, »nein, t'Elas.«

»Methi.« Qta verbeugte sich abermals vor ihr und richtete sich wieder auf.

Tiefe Trauer legte sich über ihr Antlitz. »t'Morgan, willst Du trotz allem bei diesem Mann bleiben? Du bist nur ein armer Fremder unter uns. Du bist nicht gebunden, wie er.«

»Siehst Du denn nicht«, drängte Kurt in ihr Gewissen, »dass er verzweifelt nach einer Möglichkeit sucht, Dir zu dienen, Methi?« Er wusste, dass er Qta mit diesen Worten beschämte, aber letzten Endes stand hier Qtas Leben auf dem Spiel. Wahrscheinlich hatte er eben, sagte er sich, das seine ebenfalls verwirkt.

Ylith sah für ein paar Sekunden mehr wie eine Frau als eine Göttin aus - traurig und wütend zugleich. »Ich habe diesen Krieg, diese ultimative Irrationalität, nicht gewollt. Meine Generäle und Admirale haben mich seit langem dazu gedrängt, aber ich habe ihn immer abgelehnt, beziehungsweise hinausgezögert. Doch ich sah, dass die Zeichen der Gefahr sich ständig mehrten: Die Rückkehr der Menschen; die Sufaki begannen, ihre alten Bräuche wiederaufleben zu lassen und die Menschen ermunterten sie dazu, bis zu dem Punkt, wo die Familien, die Nephanes Identität als Stadt der Indras bewahrten, völlig entmachtet wurden. Ich tue nur, was getan werden muss! Djan allein ist schon eine gefährliche Bedrohung des Friedens, aber sie bildet noch eine zusätzliche Gefahr, weil sie die eigene Dominanz ausweitet, indem sie die Macht der Indras beschneidet. Und ein Sufaki-Nephane, ausgerüstet mit menschlichen Waffen, ist eine Gefahr, die nicht geduldet werden kann.«

»Nicht alle Sufaki bedrohen Dich«, revidierte Kurt, der sie ansonsten gut verstand. »Es ist nur ein einziger Mann. Du willst einen Krieg führen, *um die eine* ›Gallionsfigur‹ zu vernichten, die stellvertretend für die Revolte steht und einzig die wirkliche Gefahr darstellt.«

»Ich kenne Shan t'Tefur und seinen verstorbenen Vater. Ach, das habt ihr sicher noch nicht gehört: Tlefek t'Tefur ist tot - ein Opfer des Bürgerkrieges.«

»Wer?«, fragte Qta sofort. »Wer hat ihn getötet?«

»Ein gewisser t'Osanef.«

»Oh, ihr Götter«, flüsterte Qta und wurde blass. »Welcher t'Osanef?«

»Han t'Osanef«, antwortete die Methi. »Ich verstehe Dich, t'Elas. Wenn meine Schwester mit einem t'Osanef verheiratet wäre, würde ich mir jetzt auch Sorgen machen. Sage mir: Warum sollte ein Sufaki einen anderen Sufaki töten? Ist es ein Machtkampf? Eine persönliche Fehde?«

»Eine Auseinandersetzung zwischen Sufakis, die Nephane lieben, wie Osanef, und solchen, die seinen Untergang herbeiführen wollen, wie t'Tefur. Und Du bist Shan t'Tefur eine große Hilfe, Methi. Wenn es kein Nephane mehr gibt – was nach diesem Krieg sehr wahrscheinlich ist –, wird es ein neues Chteftikan geben und einen Krieg, dessen Ende nicht abzusehen ist. Es gibt viele Sufaki, die gelernt haben, mit den Indras zu leben. Aber von denen wird keiner übrigbleiben, wenn Du den Angriff auf Nephane wirklich durchführst.«

Ylith legte ihre Hände gegeneinander und dachte eine Weile nach. Dann blickte sie wieder auf. »Lhe t'Nethim wird euch wieder unter Deck bringen... Ich habe euch alle Zeit gegeben, die ich opfern konnte. Du bist ein tapferer Mann, Qta t'Elas; aber leider hast Du jeden Bezug zur Realität verloren. Und Du, Kurt t'Morgan, bist bewundernswert in Deiner Loyalität zu diesem Verrückten. Irgendjemand muss ja zu ihm halten. Es ehrt Dich, dass Du ihn nicht im Stich lässt.«

22 - Verhandlungen

»Kurt!«

Kurt erwachte, als Qta ihn bei der Schulter packte und hart rüttelte. Über sich hörte er das Trampeln von Füßen auf den oberen Decks. Er blinzelte verwirrt.

Jemand rief: »Klar Schiff zum Gefecht!«

»Es sind Segel in Sicht«, erhellte Qta. »Die Flotte von Nephane.«

Kurt rieb sich die Augen und versuchte ein paar der Worte zu verstehen, die oben geschrien wurden. »Wie hoch sind die Chancen, dass Nephane diese Flotte aufhalten kann?«

Qta lachte bitter. »Wenn die Berichte der Methi stimmen, gleich Null! Wenn in Nephane Bürgerkrieg herrscht, hat die Flotte praktisch aufgehört zu existieren. Ohne die Sufaki können die Familien nicht einmal die größeren Schiffe aus dem Hafen bringen. Es wird ein Massaker geben.«

Sie hörten, wie auf den Ruderdecks die Riemen ausgefahren wurden. Ein Kommando ertönte, und sie klatschten ins Wasser. Das Schiff wurde schneller.

»Wir greifen an«, murmelte Kurt entsetzt und versuchte, seine Panik zu unterdrücken. Sie konnten nichts tun, als den Ausgang des Kampfes abzuwarten und vielleicht mit dem Schiff der Methi unterzugehen, an das sie gekettet waren. Im Weltraum oder auf dem Deck der Tavi hatte er vor Beginn eines Kampfes auch Angst kennengelernt, aber niemals ein Gefühl absoluter Hilflosigkeit.

»Setz Dich zurück«, riet ihm Qta, presste seinen Rücken gegen die Schiffswand und nahm die schwergliedrige

Metallkette, mit der seine Fußfessel am Kiel befestigt war, in beide Hände. »Wenn wir rammen, wird es vermutlich einen ziemlich heftigen Stoß geben. Stütz Dich ab und nimm die Kette in die Hände. Es wäre schlimm, wenn wir uns bei allem Unglück auch noch die Knochen brächen.«

Kurt folgte seinem Beispiel und warf einen besorgten Blick auf die Massen der Ausrüstungsgegenstände, welche sich im hinteren Teil des Kielraums gestapelt befanden. Wenn sie nicht richtig festgelascht waren, könnte ein Aufprall die, in ihrer beschleunigten Vorwärtsbewegung abrupt gestoppte, tonnenschwere Last auf sie schleudern - und *dagegen* konnten sie sich unmöglich schützen!
Das Poltern der einhundertfünfzig Riemen wurde schneller. Kein Mann konnte ein solches Tempo für längere Zeit durchhalten. Selbst in dem dunklen Kielraum spürten sie jetzt die Geschwindigkeit des Schiffes, hörten das Schlagen der Ruder und das Rauschen des Wassers am Schiffsrumpf. Kurt drückte seinen Leib fester gegen die Planken. Man benötigte keine besonders ausgeprägte Phantasie dazu, sich vorzustellen, was passieren würde, wenn die Trireme ihrerseits von einem Schiff Nephanes gerammt würde und ein kupferbelegter Rammsteven sich durch die Planken bohrte. Er erinnerte sich an den Untergang der Tavi, an die Männer, die bei dem Rammstoß zu Brei zermalmt wurden, und versuchte, nicht daran zu denken, wie dick wohl die Planken sein mochten, gegen die er seine Schultern stemmte.
Das Schlagen der Riemen verstummte; sie wurden donnernd eingeholt. Ein paar Sekunden lang glitt das Schiff unter seiner eigenen Schwerkraft vorwärts. Dann: Holz splitterte krachend, das Schiff erschauerte unter einem harten Stoß - in den nächsten Sekunden dominierte das Geräusch brechender, splitternder Planken.
Kurt und Qta wurden zu Boden geschleudert und versuchten, sich irgendwo festzukrallen, als immer wieder harte Schockwellen durch den Schiffsrumpf liefen. Von den oberen

Decks hörten sie Rufe und Befehle und aus größerer Entfernung die Schmerzens- und Angstschreie anderer Männer, die von einem harten Poltern übertönt wurden, als die Ruderer ihre Riemen wieder ausfuhren.

Die Kadenz der Ruderschläge begann aufs Neue - die Trireme nahm erneut Fahrt auf. Man hörte nichts mehr als das Poltern und Knarren der Paddel; dazwischen die lauten Befehle von Offizieren.

Plötzlich wurden die Riemen wieder aus dem Wasser gehoben. Die Stille war so absolut und gespenstisch, dass die beiden Gefangenen im Kielraum ihre eigenen Atemzüge hörten, das Knarren der Ruder in ihren Duchten, das Knarzen der Schiffsplanken und weit entfernten Kampfeslärm.

»Dies ist das Schiff der Methi«, beantwortete Qta Kurts fragenden Blick. »Es ist ohne Zweifel aus dem Verband ausgeschert und wartet jetzt, dass die anderen aufholen. Sie werden nichts riskieren und dieses Schiff unnötig opfern.«

Bange Minuten hockten sie gegen die Schiffswand gelehnt, starrten ins Dunkel und lauschten auf jedes Geräusch, welches von oben in den Kielraum drang. Neue Befehle ertönten. Männer liefen über das Deck, aber das Schiff lag, nach wie vor, fast ohne Fahrt. Dann krachte das Luk auf, und Lhe t'Nethim stieg herein, gefolgt von drei Bewaffneten.

»Brauchst Du neuerdings Waffen, um uns abzuholen?«, fragte Qta.

»t'Elas«, sagte Lhe, ohne auf Qtas Bemerkung weiter einzugehen, »Du sollst an Deck kommen.«

Qta erhob sich. Einer der Waffenträger löste die Kette von seiner Fußfessel.

»Nimm mich auch mit«, bat Kurt und stand ebenfalls auf.

»Dazu habe ich keine Weisung erhalten.«

»t'Nethim«, insistierte Kurt bittend.

Lhe überlegte ein paar Sekunden lang. Dann gab er seinen Männern einen Wink. »Dein Wort, dass Du nicht gewalttätig wirst«, warnte er Kurt.

»Mein Wort.«

»Nehmt ihn auch mit!«, befahl Lhe.

Kurt folgte Qta die Treppen hinauf ans Tageslicht. Nach dem langen Aufenthalt im Dunkel des Kielraums war es so blendend grell, dass er kaum etwas sehen konnte und auf der obersten Stufe des Aufgangs stolperte. An Deck eilten Männer hin und her.
Die Wachen mussten sie wie Halbblinde zum Achterdeck des Schiffes führen. Ylith saß unter dem blauen Sonnensegel. Kurts Augen hatten sich inzwischen an das helle Licht gewöhnt. Qta fiel auf die Knie. Kurt folgte seinem Beispiel. Er begann Qta zu verstehen, wenn er auch in einem solchen Moment – *gerade* in einem solchen Moment – auf die Formen der Höflichkeit achtete: Qta tat es mit selbstverständlicher Grazie, zeigte seinen Respekt wie ein Gentleman, unberührt davon, dass er unter einer schweren Bedrohung stand. Seine Haltung wirkte ansteckend.

»Ihr dürft sitzen«, erlaubte die Methi leise. »t'Elas, blicke nach Steuerbord, dann wirst Du erkennen, warum wir Dich gerufen haben.«

Qta wandte den Kopf und Kurt ebenfalls. Ein Schiff hielt auf sie zu. Es kam langsam, da nur noch ein Teil seiner Riemen intakt war. Das schwarze Segel trug das weiße Vogelemblem des Hauses Ilev, und der rote Immunitätsstander wehte an seinem Mast.

»Wie Du siehst«, sagte die Methi, »haben wir den Familien von Nephane die Möglichkeit zu einem Gespräch geboten, bevor wir sie auf den Grund des Meeres schicken. Ich habe außerdem meiner Flotte befohlen, alle Überlebenden aus der See zu fischen; ohne Rücksicht auf ihre Volkszugehörigkeit – sogar die Sufaki, falls es welche darunter geben sollte. Wenn es Deiner Überredungskunst jetzt gelänge, sie zur Aufgabe zu bewegen, kannst Du ihnen das Leben retten.«

»Dazu habe ich mich nicht bereiterklärt«, entgegnete Qta wütend.

»Dies ist Deine Chance, t'Elas«, blieb Ylith ruhig und gefasst. »Nenn ihnen meine Bedingungen und überzeuge sie davon, dass jeder weitere Widerstand zweck- und sinnlos ist – oder schweige und sieh zu, wenn diese letzten Schiffe uns aufzuhalten versuchen.«

»Was sind Deine Bedingungen?«, fragte Qta.

»Nephane wird wieder Teil des Imperiums, oder Nephane wird brennen. Falls eure Sufaki damit einverstanden sind, zum Imperium zu gehören...; nun, ich werde mich mit dem Wunder befassen, wenn es soweit ist. Ich gebe zu, noch nie einen Sufaki getroffen zu haben, so wie ich bisher auch noch keinem Menschen begegnet bin. Es würde mich interessieren, einige von ihnen kennenzulernen – unter *meinen* Bedingungen. Also, t'Elas, überzeuge sie, dass es besser ist, sich nicht gegen mich zu stellen, und rette ihnen das Leben.«

»Schwöre mir, dass Du sie am Leben lassen wirst«, forderte Qta.

Die Wachen der Methi begannen unwillig zu murmeln. Hände griffen an die Knäufe der Schwerter. Qta rührte sich nicht. Bescheiden kniete er vor der Methi.

»Schwöre mir«, wiederholte er, »dass Du den Männern der Flotte ihr Leben und ihre Freiheit lässt, wenn sie Deine Bedingungen annehmen. Ich weiß, dass Deine Worte Waffen sind, zweischneidig und scharf. Aber Deinem Eid würde ich vertrauen.«

Eine kaum merkliche Geste hielt ihre Männer davon zurück, die Waffen zu zücken und die Frechheit auf der Stelle zu ahnden. Sie blickte Qta mit einem seltsamen Ausdruck von Zufriedenheit an. »Sie haben unsere Stärke im Kampf versucht, t'Elas und Du versuchst meine Geduld. Sieh Dir doch die zerschlagenen Wracks an, die dort noch herumdümpeln, und allein die Tatsache, dass Du noch am Leben bist, nachdem Du mich immer wieder herausgefordert hast, sollte Dir eigentlich genügen.«

»Du nimmst Dir einfach«, bebte Qta, »was ich Dir nicht geben wollte.«

Ylith senkte den Blick, sah ihn dann wieder an. »Du bist zu vernünftig«, säuselte sie mit einem Anflug von Arroganz, »um diese Männer Deinem eigenen Stolz zu opfern. Du wirst versuchen, sie zu retten.«

»Und weil auch die Methi vernünftig ist«, knurrte Qta, »wird sie mir erlauben, an Bord dieses Schiffes zu gehen. Ich kann dort mehr erreichen als hier. Sie würden sich durch Deine Gegenwart gehemmt fühlen.«

Sie überlegte ein paar Sekunden lang, dann nickte sie. »Nehmt ihm die Fesseln ab. Dem Menschen auch. Wenn sie Dich töten sollten, t'Elas, werden wir Dich rächen.« Und etwas leiser setzte sie hinzu: »Im Ernst, t'Elas, ich möchte es vermeiden, diese Männer töten zu müssen. Überzeuge sie davon, oder werde mitschuldig an ihrem Untergang.«

*

Das Langschiff des Hauses Ilev trug die Spuren von Kampf und Feuer; es war so stark beschädigt, dass es dem Steuerruder kaum noch gehorchte. Zerbrochene Riemen hingen aus den Duchten. Das Schanzkleid war zersplittert. Das Schiff sah bemitleidenswert aus, als es auf die Trireme der Methi zukroch; eine Nussschale neben dem riesigen Gegner.

Qta nickte Kurt zu, als das Langschiff festmachte. Die beiden Männer stiegen die Jakobsleiter hinab, die jemand von der Reling der Trireme herunterließ. Sie landeten nacheinander auf den Decksplanken des Schiffes aus Nephane - dabei sahen sie nicht weniger mitgenommen und angeschlagen aus; verschmutzt und unrasiert.

Bekannte Gesichter starrten sie betroffen an. Es waren Männer von Irain und Isulan; einer von ihnen war der Kapitän des Schiffes - Ian t'Ilev.

Qta verneigte sich vor ihm.

t'Ilev zögerte etwas, bevor er den Gruß erwiderte. »Bei allen Göttern«, murmelte er dann, »Du bist in seltsamer Gesellschaft, Qta.«

»Die Tavi ist nördlich der Thiaden versenkt worden«, informierte Qta sein Gegenüber. »Kurt und ich wurden aus dem Wasser gefischt. Wir sind, bis auf ein paar andere, deren Namen mir nicht genannt wurden und die nach Xa'Inam verbracht worden sind, die einzigen Überlebenden. Seit dieser Zeit waren wir Gefangene der Methi von Indresul. Hast Du das Kommando auf diesem Schiff, Ian?«

»Mein Vater ist tot. Seitdem bin ich der Kapitän.«

»Mögen die Hüter Deines Hauses ihn gnädig bei sich aufnehmen.«

»Heute hat sich die Zahl der Ahnen vieler Häuser beträchtlich erhöht.« Ein Muskel zuckte in Ian t'Ilevs Wange. Er gab seinen Männern einen Wink, sich etwas zurückzuziehen, damit sie ihre Gespräche nicht mithören konnten und wandte sich dann wieder Qta zu. »Wenn ich richtig verstanden habe, will die

350

Methi, dass wir uns kampflos ergeben, damit sie Nephane angreifen kann; und Du bist anscheinend von ihr beauftragt worden, uns dazu zu überreden. Ist es so?«

»Ich habe erfahren, dass in Nephane Bürgerkrieg herrscht und ein effektiver Widerstand unmöglich ist«, meinte Qta. »Stimmt das, Ian?«

»Die Methi soll ihre Fragen selbst stellen«, knurrte, nach anfänglichem Schweigen, t'Irain grimmig wie ein Cachin hütender Tilof. »Wir waren bereit, zu ihr an Bord zu gehen.« Auch die anderen Männer machten unwillige Bemerkungen.

Qta blickte von einem zum anderen. Sein Gesicht war ausdruckslos. In diesem Augenblick sah er aus wie sein Vater Nym, obwohl seine Kleidung verschmutzt war und sein sonst ordentliches Haar ihm in Strähnen um das Gesicht hing. In seinen Augen glänzten Tränen. »Ich habe mein Schiff nicht aufgegeben«, sagte er, »obwohl ich dazu bereit war. Eine tote Mannschaft ist ein hoher Preis von dem Stolz des Hauses; ein Preis, den ich lieber nicht bezahlt haben wollte.«
Er schaute von einem Mann zum anderen. »Ich sehe keine Sufaki unter euch.«

Das unwillige Gemurmel wurde stärker.
»Ruhe«, intervenierte t'Ilev brüsk. »Wollt ihr, dass die Männer von Indresul sehen, wie wir uns streiten? Qta, sage mir, was Du mir im Auftrag der Methi sagen sollst, dann könnt ihr beide wieder gehen.«

»Ian, wir sind seit unserer Kindheit Freunde gewesen. Du musst Deine Entscheidung selbst treffen und tun, was Du für richtig hältst. Aber wenn ich richtig informiert bin, herrscht in Nephane Bürgerkrieg, und ihr habt keine Chance gegen Flotte und Armee der Methi von Indresul. Ich halte es für richtiger, ihre Bedingungen zu hören, als dass ihr euch sinnlos opfert.«

»Was veranlasst sie zu diesem Großmut? Liebe zu den verlorenen Söhnen von Nephane? Vertrauen in Dich, ihren ›Emissär‹? Warum hat sie ausgerechnet *Dich* zu uns geschickt?«

»Ich glaube«, reagierte Qta unsicher, »ich *glaube* – ich weiß es nicht –, dass sie uns bessere Bedingungen bieten wird, als wir sie von Shan t'Tefur erwarten können. Und ich glaube, sie ist zu Konzessionen bereit, weil Gespräche billiger sind als Kriege - selbst für Indresul. Es ist auf jeden Fall einen Versuch wert, Ian, sonst hätte ich mich nicht dazu bereit erklärt, mit euch zu sprechen.«

»Wir sind hier, um Zeit zu gewinnen, das solltest Du wissen. Auch für uns – bei dem Zustand unserer Schiffe – sind Gespräche billiger als ein Kampf, aber wir sind nach wie vor bereit, uns im Kampf zu stellen. Selbst die Aufgabe, unsere angeschlagenen Schiffe endgültig zu vernichten, wird sie eine Weile aufhalten. Und was die Zustände in Nephane angeht...«

Es entstand ein Geraune - verschiedene Männer rieten ihm zu schweigen.
Ian blickte sie nur an, und sie verstummten. »t'Elas hat schließlich Augen im Kopf«, sagte er. »Die Sufaki sind nicht hier. Sie haben das Kommando über die Flotte verlangt. Ein paar von ihnen – mögen ihre Ahnen sie gnädig bei sich aufnehmen – haben versucht, Shan t'Tefurs Männer zur Vernunft zu bringen. Beim Licht des Himmels, wir mussten die Flotte *stehlen* und bei Nacht auslaufen, um unsere Stadt zu verteidigen. t'Tefur hofft auf unsere Vernichtung. Kennst Du die Bedingungen, welche die Methi uns stellen wird?«

Es war still an Deck. Die Männer warteten gespannt, ohne Hoffnung und ohne Erregung.

»Ian«, erwiderte Qta, »ich kenne ihre Bedingungen nur im Ansatz. Ich werde aus Ylith-Methi nicht klug. Aber ich glaube, dass sie das, was sie einmal in der Hand hat, nicht wieder hergibt. Trotzdem hoffe ich, dass sie fair und anständig ist. Sie ist schließlich Indra.«

Die Stille hielt an. Man hörte nur das Knacken der Planken und das Scheuern des Langschiffes gegen die Bordwand der Trireme.

»Er hat recht«, stimmte Lu t'Isulan nach einer Weile zögerlich zu.

»Du bist sein Hausfreund«, murrte ein Mann von Fechis über diese Aussage. »Qta wollte Deine Kusine heiraten.«

»Das macht mich nicht blind gegenüber der Wahrheit«, rechtfertigte sich t'Isulan. »Ich glaube, dass er richtig liegt in seiner Einschätzung der Lage. Ich habe diesen t'Tefur und die Drohungen seiner Banditen endgültig satt.«

»Genau..!«, pflichtete sein Bruder Toj ihm bei. »Wir mussten unsere Häuser fast ohne Verteidiger zurücklassen, um genügend Männer für die Flotte zusammenzubringen. Ich bin der Ansicht, dass im Moment die Bedrohung durch unsere Sufaki-Nachbarn größer ist als die Gefahr durch die Flotte Indresuls. Macht doch eure Augen auf«, setzte er scharf nach. »Isulan hat fünf Männer seines Hauptherdes in den Kampf geschickt und fünfzig von den kleineren Herden des Hauses; und ein Drittel von ihnen sind tot. Nur die Söhne des Chan sind noch da, um das Tor von Isulan gegen die Briganten t'Tefurs zu verteidigen. Ich habe keine Lust, auch noch den Rest meiner Brüder und Vettern, einer leeren Geste wegen, zu verlieren. Wir werden nicht sterben, wenn wir uns die Bedingungen der Methi anhören - und wenn sie ehrenhaft sind, bin ich dafür, sie zu akzeptieren.«

*

353

Ylith lehnte sich zurück und blickte auf die kleine Gruppe von Männern hinab, die zu ihren Füßen kniete. »Ihr dürft euch erheben«, sagte sie - eine großzügige Geste gegenüber einem geschlagenen Gegner. »t'Elas, t'Morgan, ich bin froh, dass ihr heil und unversehrt zurückgekehrt seid. Wer führt diese Delegation?«

t'Ilev verneigte sich leicht. »Ian t'Ilev uv Ulmar«, stellte er sich vor, »Lord von Ilev.« Seine Stimme klang bitter, als er seinen Titel nannte, der erst wenige Stunden alt war. »Ich bin nicht der Älteste von uns, aber die Flotte hat mich, aus Respekt gegenüber meinem gefallenen Vater, zum Führer dieser Abordnung ernannt.«

»Bittest Du mich, euch meine Bedingungen zu nennen?«, fragte Ylith.

»Wir werden sie anhören.«

»Ich will mich kurz fassen«, eröffnete Ylith. »Wir werden in Nephane landen - mit oder ohne eure Zustimmung. Ich werde diese Djan nicht an der Macht lassen. Ich werde weder mit ihr noch mit ihren Beauftragten verhandeln. Ich werde in Nephane Recht und Gesetz wiederherstellen und eine Regierung einsetzen, in die ich Vertrauen habe. Die Stadt wird danach in ständiger Verbindung mit Indresul, der Mutter der Städte, bleiben. Hast Du Fragen dazu, t'Ilev?«

»Wir sind die Flotte, Methi, nicht der Upei; und wir können über nichts anderes verhandeln als über unsere eigenen Aktionen. Aber ich weiß, dass die Familien keine Lösung des Konflikts akzeptieren werden, die uns nicht unsere grundsätzlichen Freiheiten garantiert.«

»Und das werden auch die Sufaki verlangen«, fügte Qta unaufgefordert hinzu.

Ylith blickte ihn schweigend an.

Lhe t'Nethim, der hinter ihr stand, griff nervös nach dem Knauf seines Ypan.

Kurt ballte die Fäuste und hoffte, dass Qta nicht vor allen anderen gedemütigt werden würde. Doch plötzlich begriff er, was für ein »Spiel« Qta - unter Einsatz seines Lebens - spielte, und sein Magen krampfte sich zusammen. Die Methi befand sich in Gegenwart von Zeugen - und jeder Fehler, den sie begehen mochte, konnte eine Wiederaufnahme der Seeschlacht bedeuten, einen blutigen und für die Flotte der Methi ehrenlosen Kampf.

Sie schmunzelte und musterte Qta von Kopf bis Fuß. »Ich habe Deine Stadt studiert, t'Elas«, suchte sie seinen direkten Augenkontakt. »Ich habe Informationen aus den für Dich unwahrscheinlichsten Quellen zusammengetragen; sogar über Dich und den Menschen t'Morgan.«

»Und welche Schlüsse ziehst Du daraus?«, lauerte Qta leise.

»Dass ein kluger Mann sich nicht gegen die Realitäten stellen sollte. Die Sufaki – sind eine Realität! Ihre Vernichtung ist also kaum praktikabel, da sie die ganze Küste von Sufak bevölkern. t'Morgan hat mir eine Fabel von den Kriegen der Menschen erzählt. Ich habe mir das Land mit ausgestorbenen Dörfern und verwüsteten Feldern vorgestellt, und diese Aussicht erschien mir ganz und gar nicht reizvoll. Deshalb habe ich mich dazu entschlossen – obwohl ich überzeugt bin, dass die Söhne des Ostens für uns immer einen Unruheherd darstellen werden –, die Dinge so zu belassen, wie sie sind. Weil die Sufaki in Nephane und in ihren Dörfern weniger gefährlich sind, als wenn sie untertauchen oder in Horden durch das Land ziehen und mit Pfeilen auf meine Besatzungsarmee schießen. Was religiöse Fragen betrifft, so werde ich keinen Fußbreit zurückweichen. Aber mir ist eine Stadt lieber als ein Trümmerhaufen und eine ertragreiche Provinz wertvoller als eine Wüste.

Wenn ihr euch überlegt, dass es sich dabei um *eure* Stadt und um *euer* Land handelt, werdet ihr mir sicher zustimmen.«

»Vielleicht«, schwankte Ian t'Ilev nach kurzem Überlegen, »wenn Du nicht den Ausdruck ›Besatzungsarmee‹ gebraucht hättest! Die Familien herrschen in Nephane.«

»Und nicht auch die Sufaki? Außerdem solltest Du doch die Gesetze kennen, t'Ilev. Die Macht einer Methi reicht nicht in die Familien hinein. Die Präzedenzfrage müsste zwischen euren Herden und denen von Indresul entschieden werden. *Wie* ihr sie löst, ist allein eure Angelegenheit. Ich besitze da keinerlei Befugnis zum Eingreifen. Ich kann mir jedoch nicht vorstellen, dass Ilev-in-Indresul über das Meer segeln und sich in die Angelegenheiten von Ilev-in-Nephane einzumischen gedenkt.

Also gut... Ich glaube deshalb nicht, dass sich eine ›Besetzung‹ Nephanes als notwendig erweisen wird, die diese Bezeichnung wirklich verdient«, lenkte sie in diesem entscheidenden Punkt ein.

»Dein Wort darauf?«, forderte Qta.

Die Methi inspizierte ihn lange mit einem leicht ironischen Lächeln, dann hob sie beide Arme und streckte ihre Handflächen dem Himmel entgegen. »Beim heiligen Licht Phans: Ich habe die Wahrheit gesprochen.« Sie lehnte sich zurück, ihr Gesicht kühl und geschäftsmäßig. »Meine Bedingungen«, zählte sie auf: »Absetzung von Djan, Auflösung von t'Tefurs Partei, der Tod t'Tefurs selbst, die Treue der Familien gegenüber Indresul und mir. Das ist alles, was ich verlange.«

»Und die Flotte?«, fragte t'Ilev.

»Ihr könnt Nephane in etwa einem Tag erreichen«, schätzte Ylith. »Ich gebe euch einen weiteren Tag, um das, was ich eben verlangt habe, *selbst* durchzuführen. Nach Ablauf dieser Frist werden wir - übermorgen - in Nephane landen.«

»Du willst, dass wir Nephane für Dich erobern?«, zeigte sich t'Ilev erschüttert. »Beim Licht des Himmels: Niemals!«

»Friede und Herrschaft über eure eigene Stadt – oder Krieg. Wenn wir Nephane selbst erobern, sind wir nicht an unsere Vereinbarungen gebunden.«

»Gib mir ein wenig Zeit«, bat t'Ilev. »Ich muss Deine Bedingungen mit den anderen Familien besprechen. Ich kann darüber nicht allein entscheiden.«

»Tu das, t'Ilev. Wie immer eure Entscheidung ausfallen mag, wir geben euch einen Tag Vorsprung nach Nephane. Wenn ihr diese Frist dazu benutzen solltet, die Stadt zum Widerstand gegen uns zu rüsten, werden wir erst wieder auf den Ruinen der Stadt zu unserer nächsten Unterhaltung zusammentreffen. Wir sind nicht zweimal großzügig, t'Ilev.«

Die Männer verbeugten sich und wandten sich zum Gehen.

»Methi«, machte Qta auf sich aufmerksam.

»Möchtest Du mit ihnen nach Nephane segeln?«

»Mit Deiner Erlaubnis, Methi.«

»Sie ist gewährt. Bring sie zur Vernunft, t'Elas. Du hast die Möglichkeiten dazu. Du hast einen Tag Zeit, um dafür zu sorgen, dass Deine Stadt überlebt. Ich wünsche Dir Erfolg. Es täte mir leid, wenn diese Mission Dir misslingen sollte.
Möchtest Du mit ihm gehen, t'Morgan? Ich würde es mittlerweile fast schon aufrichtig bedauern, wenn wir uns trennen müssten.«

»Ja«, ergriff Kurt die Gelegenheit. »Mit Deiner Erlaubnis.«

»Sieh mich an«, forderte sie ihn auf. Und als er den Kopf hob, studierte sie ihn wie eine Kuriosität, die sie vielleicht nie wieder sehen würde. In ihren Augen stand eine faszinierte Furcht. »Du bist wie Djan-Methi.«

»Wir sind von einer Rasse.«

»Bring mir Djan - aber nicht als Methi von Nephane.« Sie zelebrierte eine verabschiedende Geste.

Da trat Lhe t'Nethim vor, warf sich auf die Knie und verbeugte sich vor der Methi. »Methi«, bat er, als sie ihn aufforderte, sich zu erheben, »lass mich mit diesem Schiff nach Nephane segeln. Ich habe dort etwas Dringendes zu erledigen. Mit t'Tefur.«

»Ich bräuchte Dich hier, Lhe«, wollte sie ihn nur ungern ziehen lassen.

»Methi, dies ist eine Angelegenheit meines Herdes. Du musst mir diesen Wunsch erfüllen.«

»Ich ›muss‹..? Eine gewagte Wortwahl, Lhe. Sie werden Dich töten, bevor Du Nephane zu Gesicht bekommst - und wie willst Du dann Deine Schuld einfordern? Was soll ich Deinem Vater erzählen, t'Nethim, wenn ich seinen Sohn in sein Verderben gehen lasse?«

»Es geht um die Ehre der Familie.«

Die Methi biss sich auf die Unterlippe. »Wenn sie Dich töten, dann wissen wir, wie sie zu unseren Vereinbarungen stehen. t'Elas, Du bist Zeuge. Behandelt ihn ehrenhaft, ganz egal, wie eure Entscheidungen ausfallen sollten, ob ihr ihn tötet oder am Leben lasst. Du bist mir dafür verantwortlich.«

Lhe t'Nethim verbeugte sich dankbar vor der Methi. Zusammen mit Qta und Kurt ging er zur Reling der Trireme, wo Ian t'Ilev und seine Männer gewartet hatten, um den Ausgang des Gesprächs abzuwarten.

»Irgendjemand wird ihm den Hals durchschneiden«, zischte t'Ilev Qta zu, als sie sich über die Reling schwangen. »Wieso bestand er darauf, mitzukommen?«

»Er ist Mims Vetter«, enthüllte ihm Qta.

»Beim Licht des Himmels. Seit wann stehst Du schon auf der Seite Indresuls?«

»Vertraue mir. Oder lass uns wenigstens dieses Deck verlassen, bevor Du mit mir streitest, Ian.«

t'Ilevs Kiefer mahlten und er begann die Jakobsleiter hinabzusteigen. »Die Götter mögen uns beistehen«, murmelte er. »Mögen die Götter uns gnädig sein, ich werde nicht mehr darüber sprechen. Aber lade mir nicht noch mehr auf, Qta.« Er sprang von den letzten Sprossen der Jakobsleiter auf das Deck des Langschiffes, wo seine Crew gespannt auf ihn wartete.

*

Ilevs Schiff glitt auf die anderen Galeeren der angeschlagenen Flotte zu. Neben der roten Standarte wehte jetzt auch die Signalflagge, welche alle anderen Kapitäne an Bord des Langschiffes rief.
Sie beeilten sich, längsseits zu kommen und überzusteigen: Eta t'Fechis, Pan t'Ranek, Camit t'Ilev, ein Vetter Ians, und andere, zumeist junge Männer, deren Kapitänsposition ein Symptom der Tragödien war, die sich auf See oder in Nephane abgespielt hatten.

»Ist das alles?«, echauffierte sich Eta t'Fechis, als t'Ilev den anderen das Ergebnis seiner Unterredung mit der Methi von Indresul mitgeteilt hatte. »Bei allen Göttern, t'Ilev, hast Du etwa in unser aller Namen entschieden? Oder hast Du das Kommando Elas und seinen Begleitern überlassen?« Er blickte Qta mit wütend gerunzelter Stirn an. »An Elas, der uns durch seinen menschlichen Hausfreund überhaupt erst ins Unglück gestürzt hat. Und jetzt bringt er uns auch noch einen Hausgast aus Indresul!«

»Darüber können wir uns später unterhalten«, verwahrte sich Qta. »Jetzt geht es vor allem darum, ob ihr gegen Indresul kämpfen oder nach Nephane zurücksegeln wollt. Wenn ihr euch entschließt, den Bürgerkrieg in Nephane zu beenden und die Forderungen der Methi zu erfüllen, ist jede Minute kostbar.«

»Männer unserer Besatzungen treiben noch in der See«, schaltete sich t'Ranek ein, »und die Indresuler hindern uns daran, sie aufzufischen.«

»Sie kümmern sich selbst darum«, sagte Ian. »Und die Schiffe von Indresul machen das schneller, als wir es könnten. Qta hat recht. Segelt nach Nephane zurück.«

»Schickt der Methi ihre Leute zurück«, brummte t'Fechis, »alle drei - t'Elas, den Menschen und den Fremden.«

t'Nethims Gesicht war blass, aber er stand hoch aufgerichtet. Erregtes Stimmengewirr brandete auf. Hände griffen zu den Knäufen der Waffen. Schließlich brachte Ian die Sache zu Ende, indem er seiner Mannschaft den Befehl gab, die Flottenstandarte zu setzen und nach Nephane zurückzusegeln.

>

Sie waren unterwegs, und die Schiffe der Methi blieben hinter ihnen zurück. Die Tatsache, dass die Methi Wort hielt und sie nicht verfolgte, gab den meisten Männern starken Auftrieb und brachte andere zum Schweigen, die Rache forderten.

»Warum sollte sie uns denn verfolgen?«, grollte t'Fechis sarkastisch. »Wir nehmen ihr schließlich die Arbeit ab. Bei allen Göttern, was ist dies für eine Welt..!«

Und wieder sprachen einige der Männer davon, den drei Emissären der Methi die Kehle durchzuschneiden und sie über Bord zu werfen, bis t'Ilev und seine Crew sich schützend vor sie stellten, die Waffen griffbereit. »Hört auf mit dem Unsinn!« Obwohl Ian t'Ilev jünger war als seine Opponenten, legte er eine solche Autorität in seine Worte, dass die anderen sofort schwiegen.

»Es ist eine Schande«, sagte Lu t'Isulan, »wie wir uns vor diesem Fremden aus Indresul aufführen und gebärden. Bringt Tee. Es ist eine lange Fahrt bis nach Nephane. Wenn wir bis bei unserer Ankunft nicht zu einer wohlüberlegten Entscheidung gekommen sind, verdienen wir unser Unglück. Lasst uns Frieden bewahren und nachdenken.«

»Wir werden nicht Feuer und Tee mit einem Mann aus Indresul teilen«, widersprach t'Fechis hart. »Legt ihn in Ketten.«

t'Nethim trat ein paar Schritte zurück. »Ich werde Abstand von euch halten.« Es waren die ersten Worte, die er an Bord des Schiffes sprach. »Ich werde mich nicht in eure Angelegenheiten einmischen.« Er verneigte sich und ging zum Bug; ein einsamer Mann unter so vielen Feinden seiner Stadt.

»Wenn ihr wollt, werde ich mich auch absetzen«, bot Kurt an.

»Du bist von Elas«, gebot Qta scharf. »Du bleibst hier!«

Einige der Männer murmelten unwillig und blickten Qta und Kurt feindselig an. Kurt sah ein, dass Elas mit der Tavi mehr verloren hatte als nur ein Schiff. Auch die zuverlässigen Freunde des Hauses waren mit ihm untergegangen. Von den anderen Familien hielten nur Ilev, Isulan und Irain wirklich zu

Elas. Und selbst bei denen gab es einige, die Menschen hassten. Dazu gehörte sogar Ian t'Ilev. Kurt bemerkte bei ihm einen kleinen Schauder des Ekels, wann immer er mit ihm zusammentraf.

Nur Lu und Toj t'Isulan, Hausfreunde von Elas, fanden sich bereit, mit Qta zusammenzusitzen, als der Tee gebracht wurde. Sie saßen links von Qta, Kurt auf seiner rechten Seite. Kurt nahm die Tasse dankbar in die Hand und nahm kleine Schlucke von dem heißen, süßen Tee. Es rief Erinnerungen an Elas wach; an eine Zeit, in der Friede und Vernunft herrschten und sie glaubten, dass es keiner Macht der Welt gelingen würde, diese Oase der Ruhe zu stören. Doch jetzt war alles, ihr Leben und Nephane selbst, so zerbrechlich wie die Porzellantasse, die er in den Fingern hielt.

Die erste Runde Tee wurde schweigend getrunken, und auch die zweite. Es war, wie die Nemet es ausdrückten, ein »Problem der dritten Runde«; eine so ernste Angelegenheit, dass niemand zu sprechen wagte, bevor nicht die dritte Tasse Tee eingeschenkt worden war.

»Ich bin sicher«, sagte Ian schließlich, »dass die Methi Ylith zu ihrem Wort steht. Bis jetzt hat sie es jedenfalls getan. Wir werden nicht verfolgt. Wir sollten uns immer vor Augen halten, dass sie die Methi unseres eigenen Volkes ist, und deshalb halte ich es für undenkbar, dass sie uns belügen könnte oder hintergehen wollte.«

»Der Meinung bin ich auch«, stimmte t'Fechis zu. »Aber was bringt uns das?«

»Das Überleben von Nephane«, antwortete Qta leise. »Und ich liebe diese Stadt, t'Fechis. Selbst wenn Du mich hasst, das kannst Du mir glauben.«

»Ich glaube Dir schon..., halte es aber für möglich, dass Du auch die Vorteile liebst, welche die Methi Dir versprochen haben mag«, argwöhnte t'Fechis.

362

»Sie hat ihm nichts versprochen«, verteidigte Ian den so Beschuldigten. »Mein Wort darauf.«

»Vielleicht hast Du recht«, gab t'Fechis zu, warf aber einen verstohlenen Blick auf Kurt, als ob ein Nemet, der sich mit einem Menschen einließ, von vornherein suspekt wäre.

»Wie schlimm steht es um Nephane wirklich?«, wollte Qta in Kenntnis gesetzt werden.

»t'Elas«, erhob der jüngere Sohn von Uset das Wort, »wir haben damals das Unglück von Elas zutiefst bedauert. Aber das war nur der Anfang... In mehreren Häusern – in Fechis und Ranek – sind Männer gestorben. Ypai-Sulim sind gezogen worden. Du musst ihnen einiges nachsehen.«
Die Ypai-Sulim, die »Großen Waffen«, wurden nur zum Töten gezogen und nicht wieder in die Scheide zurückgesteckt, bevor sie ein Leben ausgelöscht hatten, wie Kurt sich noch gut erinnerte.

Qta verbeugte sich vor t'Fechis und t'Ranek. Die beiden Männer erwiderten die Geste. Eine Weile herrschte Schweigen, aber die Atmosphäre war leichter geworden. »Dann«, grübelte Qta schließlich, »stellt sich die Frage, ob es überhaupt noch eine Stadt gibt, die wir retten können. Ich habe ein Gerücht über Osanef gehört. Kann jemand mir darüber Näheres berichten?«

»Das ist eine schlechte Nachricht, Qta«, räusperte sich Ian. »Han t'Osanef hat Tlefek t'Tefur getötet. Reaktiv wurde das Haus Osanef daraufhin bis auf die Grundmauern abgefackelt - als Warnung für andere Sufaki, sich nicht auf die Seite der Indras zu stellen. Sie haben während der Nacht zugeschlagen, als die Familie schlief; sind in das Haus eingedrungen und haben die Phusmeba mitsamt dem Feuer umgestürzt, um das Haus in Brand zu setzen. Lady Ia, Hans Frau, ist in dem Feuer umgekommen.«

»Und Aimu?«, unterbrach Qta. »Was ist mit Bel und meiner Schwester passiert?«

»Bel ist zusammengeschlagen worden. Deine Schwester wurde vom Chan der Osanef in Sicherheit gebracht. Wie wir vernahmen, leben Bel und Aimu jetzt bei Egat t'Irain, im Hause des Ehemannes der Schwester Deines Vaters.«

»Wie ist Han gestorben?«

»Er hat sich selbst getötet, nachdem er Lady Ia gerächt hatte. Während seines Begräbnisses hat es Unruhen und viele Tote gegeben... Es tut mir leid, Qta.«

Qtas Gesicht war blass geworden.

»Das ist leider noch nicht alles«, seufzte Toj t'Isulan. »Jeden Tag gibt es solche Begräbnisse. Han und seine Lady waren nicht die ersten und nicht die letzten, die durch t'Tefurs Banditen starben.«

»Er ist wahnsinnig«, knurrte t'Fechis. »Er hat gedroht, die Flotte zu verbrennen – die Flotte zu verbrennen! –, bevor er sie unter dem Kommando von Indras-Kapitänen auslaufen lassen würde..! Die Sufaki sprechen davon, Nephane selbst in Brand zu stecken und sich in die Berge zurückzuziehen, in denen früher ihre Hauptstadt Chteftikan stand.«

»Das stimmt«, nickte der junge t'Irain, ein Neffe Egats, welcher den Aufenthalt Aimus und Bels, im Hause seines Onkels und seiner Tante, etwas brummig bestätigt hatte. »Nun..., bestünde wirklich eine leidige, aber reelle Wahl: Dann lieber Indresul als t'Tefur!«

Diese Ansicht wurde von den anderen durch zustimmendes Gemurmel unterstützt.
t'Fechis runzelte die Stirn, aber selbst er schien diesen Standpunkt nicht ganz abzulehnen.

»Und was hat Djan-Methi unternommen?«, fragte Kurt und beteiligte sich mit dieser Frage zum ersten Mal an der Diskussion. »Hat *sie* irgendetwas getan – *kann* sie irgendetwas tun –, um die Ordnung in der Stadt wiederherzustellen?«

»Sie hat die Macht dazu«, sagte t'Ranek. »Aber sie weigert sich, t'Tefur unter Kontrolle zu halten. Dieser Krieg ist ihr Werk. Sie wusste, dass wir uns niemals um Hilfe an Indresul wenden würden, also glaubte sie, es riskieren zu können, die Macht in die Hände derjenigen zu legen, die ihre ehrgeizigen Pläne unterstützen.«

»Ich möchte gerne wissen«, maulte der jüngere t'Fechis, »warum wir überhaupt Fragen eines Landsmannes der Methi beantworten.«

Qta wollte aufspringen, und wenn der ältere t'Fechis seinen Vetter nicht mit einer herrischen Geste zur Ordnung gerufen hätte, wäre es zu einer heftigen Auseinandersetzung gekommen.

»Ich entschuldige mich«, kaute t'Fechis mühsam herunter und schien an seinen Worten zu ersticken.

»Ich kann verstehen«, kam Kurt den Zweifeln und Vorbehalten der meisten entgegen, »dass sich Menschen in Nephane nicht gerade beliebt gemacht haben. Aber hört mich trotzdem an. Ich habe euch einiges zu sagen.«

»Sprich«, erlaubte t'Fechis. »Dieses Recht werden wir Dir nicht verweigern.«

»Ich würde euch raten, von der Methi entschiedene Aktionen zu fordern und Konzessionen für die Sufaki, die sich nicht Shan t'Tefur angeschlossen haben.«

»Du scheinst etwas für sie übrig zu haben«, erwiderte t'Ranek, »und eine Menge Vertrauen in sie zu setzen. Ich fürchte, wir haben einen Fehler begangen, als wir damals beim Tod von Mim h'Elas Mitleid mit Dir hatten.«

Kurt legte die Hand auf Qtas Arm, um ihn am Aufspringen zu hindern. Der Blick, mit dem er t'Ranek durchbohrte, war so eisig, dass alle Nemet verstummten.

»Meine Frau«, korrigierte Kurt, »war genauso ein Opfer von euch wie von der Djan-Methi. Ich schwöre, dass ich mich bemüht habe, Loyalität gegenüber den Familien zu empfinden, seit ich zu Elas gehöre. Ich bin ein Mensch. Ich war nicht willkommen, und das habt ihr mich spüren lassen - genauso wie ihr es Djan-Methi habt spüren lassen und vor ihr die Sufaki. Wenn diese Schismen nicht gewesen wären, würde meine Frau heute noch leben.«

Bevor ihn jemand hindern konnte, federte er empor und ging zu t'Nethim zum Schiffsbug. Lhe blickte ihn fragend an, und in seinem Blick lag sogar ein wenig Mitleid.

Kurz darauf – wie Kurt es vorausgeahnt hatte – hörte er näherkommende Schritte. Qta schickte jemanden, um ihn zu überreden, zu den anderen zurückzukehren. Er hörte die Schritte näherkommen, wandte sich jedoch nicht um, bis jemand seinen Namen rief.

Er lehnte sich mit dem Rücken an die Reling und sah, dass t'Ranek selbst gekommen war.

»Qta t'Elas hat mir Blutfehde angedroht. Bitte akzeptiere meine Entschuldigung, t'Morgan. Ich bin kein Freund Elas', aber ich will keinen Kampf; und ich sehe ein, dass ich Dir Unrecht getan habe.«

»Qta wollte deswegen kämpfen?«, fragte Kurt ungläubig.

»Es geht um seine Ehre. Er unterstreicht, dass Du zu Elas gehörst und hat auch t'Nethim gebeten, zurückzukommen.«

Mit einem scheuen Blick auf den Mann aus Indresul setzte er nach: »Er hat uns einiges über Dich, Mensch, und die Lady Mim h'Elas erklärt. Bitte akzeptiere meine Entschuldigung, Kurt t'Morgan.« Es fiel t'Ranek nicht leicht.

Kurt quittierte seine Entschuldigung mit einer steifen Verbeugung und blickte Lhe t'Nethim an. Lhe nickte, und die drei Männer kehrten schweigend zu den anderen zurück. Kurt setzte sich wieder neben Qta; t'Ranek neben seinen Bruder. Lhe stand unsicher in ihrer Mitte, bis Qta ihn mit einer ungeduldigen Geste aufforderte, sich zu setzen. Lhe hockte sich schräg hinter Qta auf den Boden, die Lippen zusammengepresst, den Blick zu Boden gerichtet.

»Wir haben unter uns«, unterbrach Kurt die betroffen wirkende Stille, »meinen Bruder Qta und Lhe t'Nethim, der unter dem Schutz von Elas steht.«

Die Männer verneigten sich leicht und etwas hölzern, wie es schien. »Ich möchte euch nur noch eines bedeuten«, Kurt musterte die Männer einen nach dem anderen, »und dann werde ich euch nicht mehr behelligen und schweigen: Es sind Waffen im Afen. Waffen der Menschen. Wenn Djan-Methi sie nicht einsetzt, so deshalb, weil sie jene nicht gegen euch einsetzen *will*. Wenn ihr sie bedroht oder unter Druck setzt, besteht die Gefahr, dass sie diese doch noch gebrauchen wird. Mit solchen Waffen könnte sie nicht nur ganz Nephane dem Erdboden gleich machen, sondern auch die Seeflotte Indresuls vollkommen ausradieren, ...wenn sie das wollte. Ihr spielt mit eurem Leben, wenn ihr diese Gefahr unterschätzt.«

Stille. Niemand sprach ein Wort. Aber es war nicht mehr ein Schweigen des Hasses, es war ein Schweigen der Angst. Selbst Qta blickte ihn an, wie einen Fremden.

»Ich sage die Wahrheit.« Er schaute Qta offen an.

»t'Morgan«, hüstelte t'Ilev fast schüchtern. »Kannst Du uns vorschlagen, was wir tun sollen?«

Es war eine Bitte, in bescheidenem Ton vorgetragen; aber zu seiner Schande wusste Kurt nicht, wie er sie beantworten sollte. »Ich weiß nur eines«, meinte er nach kurzem Überlegen, »sollte Djan-Methi noch über den Afen herrschen, wenn Ylith-Methis Schiffe am Horizont Nephanes auftauchen, würden sie sämtlich lichterloh brennen, noch bevor sie den Hafen eurer Stadt überhaupt erreicht hätten. Ihre Strahlenkanonen operieren präzise, effizient und schnell wie das Licht! Noch schlimmer wäre es, wenn es Shan t'Tefur gelingen sollte, sie in *seinen* Besitz zu bringen. Sie will ihm jene nicht geben, sonst hätte sie es längst getan; indes wäre es möglich, dass sie nicht mehr die Macht besitzt, sie ihm vorzuenthalten – oder diese Macht verloren hat. Ich würde euch raten, dass ihr unter allen Umständen Frieden mit den Sufakis schließt, die den Frieden wollen. Macht jede nur mögliche Konzession, um das zu erreichen. Vor allem aber müsst ihr Djan-Methi die Herrschaft über den Afen nehmen. Ihr und Shan t'Tefur..!«

»Der Afen«, protestierte t'Ranek, »ist bisher nur durch Verrat gefallen, niemals durch einen militärischen Zugriff der Nemet. Haichema-Tleke [1] ist zu hoch, die Straßen zu eng und zu steil; und außerdem würden die Waffen der Menschen jede Attacke von vornherein zum Scheitern verurteilen.«

»Die einzige Alternative wäre, mit der ganzen Flotte in die nördliche See zu segeln, um wenigstens das eigene Leben zu retten«, meinte Qta halbherzig. »Und ich glaube, *das* hat nun wirklich keiner von uns vor.«

»Nein«, bekräftigte t'Fechis. »Wahrlich nicht..!«

»Dann greifen wir den Afen an.«

23 - Vom Bürgerkrieg zerrissen

Die Rauchfahne, welche über Nephane stand, war schon aus mehreren Meilen Entfernung zu sehen. Die Wolke stieg senkrecht empor, bis sie vom Westwind erfasst und über die ganze Stadt gebreitet wurde, ähnlich den häufigen Seenebeln - nur schwärzer und dichter.

Der Rauch verdunkelte den Morgenhimmel und lag wie eine finstere Vorahnung über dem Hafen. Die Männer, die am Bug des Langschiffes standen, als es, vor den anderen Schiffen der Flotte, an der Mole vorbei, auf die Landungsstege und die Kaianlage zusteuerte, blickten schweigend in Richtung der Stadt. Der Qualm kam von irgendwo auf dem Berg - aber niemand wagte zu spekulieren, *was* da genau nun brannte...

Schließlich wandte Qta den Blick von dem Bild der Zerstörung ab. »Kurt, halte Dich nahe bei mir. Die Götter allein mögen wissen, was uns bevorsteht.«

Ruderschläge trieben das Langschiff an die Pier. Ein paar Männer von t'Ilevs Mannschaft sprangen von Bord, um die Taue festzumachen. Kurz hintereinander liefen auch die anderen Schiffe ein. Eine stetig dichter werdende Menge drängte sich durch das Tor und versammelte sich auf den Kaimauern. Es waren fast ausnahmslos Sufaki - nicht wenige von ihnen in gestreiften Roben, jung und drohend.
Gewiss, es waren auch ältere Leute darunter, sowie Frauen mit Kindern, die nach Angehörigen fragten und entsetzt auf die beschädigten Schiffe starrten. Sufaki-Seeleute, die nicht mit hinausgefahren waren, liefen zu ihren Indras-Kameraden und begannen, aus Gram über die zerschlagenen Schiffe, zu fluchen und die Götter anzurufen. Sie fragten nach Freunden und Bekannten.

Unter den Leuten verbreitete sich rasch das Gerücht, dass die Flotte die Schiffe Indresuls geschlagen hätte.

Ian t'Ilev und die anderen Kapitäne gaben Order, Planken und Laufstege auszulegen. Während der ganzen Überfahrt waren die akzeptierten und ausgearbeiteten Pläne von den Kapitänen den Mannschaften eingedrillt worden, soweit es der beengte Raum an Bord der Schiffe zuließ. Deshalb bewegten sich die Männer jetzt mit einer solchen Sicherheit und Entschlossenheit, dass die Sufaki, irritiert von dem Gerücht des Sieges über die Flotte Indresuls, zurückwichen.

Ein junger Revolutionär sprang vorwärts, schrie den Männern Schmähworte zu und versuchte das umstehende Volk aufzuwiegeln. Aber die Disziplin der Indras hielt, obwohl er einen der t'Fechis-Brüder zu Boden schlug.

Plötzlich wandte sich der Rebell um und rannte fort, weil niemand sich ihm angeschlossen hatte.

Die Mannschaften der Schiffe ließen die Schwerter in den Scheiden und drangen zügig, in moderatem Tempo, vor, so wie die zurückweichende Rotte der Nemet es ihnen zuließ. Sie versuchten nicht, durch das Nadelöhr des Tores zu gelangen, sondern besetzten nur die Pier; t'Isulan, der die lauteste Stimme hatte, hob die Arme und forderte Ruhe. Die Bewohner hungerten nach Informationen, und nun, da sie ihnen angeboten wurden, mahnten sie sich gegenseitig zur Stille, um sie zur Kenntnis nehmen zu können.

»Wir haben sie eine Weile aufgehalten«, rief t'Isulan. »Wir sind jedoch noch immer in Gefahr. Wo können wir die Methi finden? Ist sie noch im Afen?«

Manche der Leute wollten dies bejahen, aber die Antworten und Fragen verschmolzen zu einem unverständlichen Gekreische. Frauen begannen zu weinen, und alles redete wild durcheinander.

»Hört zu!«, machte t'Isulan wieder lautstark auf sich aufmerksam, um das lärmende Gewirr der Stimmen zu übertönen. »Geht zurück in die Stadt und besetzt die Mauern! Bringt eure Frauen in die Häuser und verbarrikadiert die Tore, besonders die zur Seeseite!«

Der Tumult begann erneut aufzuflammen und Qta, der sich im Brennpunkt der ersten Linie der Indras befand, nahm Kurt beim Arm, als sie sich in Bewegung setzten. t'Nethim hielt sich an ihrer Seite. Kurt hatte den Kragen seines Ctan hochgeschlagen. Zwischen den vielen Verwundeten wirkte das nicht auffällig; zudem hatte die grelle Sonne auf dem Meer seine Haut so gebräunt, dass sie fast die Farbe der Nemet aufwies. Trotzdem befürchtete er, dass der Anblick eines Menschen ihren auf See gefassten Plan zum Scheitern verurteilen und er in die Hände des Mobs fallen könnte.
Man hatte ernsthaft erwogen, ihn auf dem Schiff zurückzulassen, aber Qta hatte sich dagegen ausgesprochen. Sie passierten das Tor des äußeren Walles in lockerer Formation, als ob sie nichts anderes vorhätten, als nach der langen Seereise möglichst rasch zu ihren Häusern zurückzugelangen - ein verwegener Bluff, eine Idee t'Isulans, durch den sie hofften, aufständische Sufaki aus ihrem Weg fernzuhalten.
Es gelang nicht ganz... Am Tor der Innenmauer warteten die Rebellen. Sie johlten und fluchten; hatten Dolche in den Händen. Steine flogen durch die Luft. Zwei der Matrosen stürzten zu Boden, wurden jedoch sofort von ihren Begleitern aufgehoben. t'Nethim taumelte, als er von einem Stein getroffen wurde. Qta packte den Indresuler und schleppte ihn weiter. Die Spitze der Kolonne brach das Tor auf, allein durch die Masse der Männer und durch ihre Entschlossenheit. Es war vereinbart worden, dass sie die Waffen erst ziehen würden, wenn es unvermeidlich werden sollte.
Das Kopfsteinpflaster und die Bohlen des Tors waren blutbesudelt, aber die Indras ließen keinen der ihren zurück. So erreichten sie die gewundenen Straßen, an denen die

Häuser der Familien standen. Die Rebellen gerieten in Not und stoben in allen Richtungen auseinander.

Jetzt sahen sie die Ursache der Rauchwolken, die über der Stadt hingen. Zwei Häuser dicht unterhalb des Afens standen in Flammen. Sufaki drängten sich auf den Straßen. Frauen nahmen ihre schreienden Kinder und wichen zurück, eingekeilt zwischen den brennenden Häusern, den fliehenden Revolutionären und den vordringenden Indras.

Eine junge Mutter presste ihre beiden Kinder an sich und schluchzte vor Angst, als der Tross an ihr vorbeizog. Sie befanden sich in dem Viertel, in dem die Häuser der reichsten Sufaki-Familien neben denen der Indras standen und wo die Straße ihre letzte Biegung vor dem Afen beschrieb.

Zwei Sufaki-Häuser, Rachik und Pamchen, standen in Flammen - und mit dicker Farbe aufgeschmierte Dreiecke, Zeichen Phans, verrieten den religiösen Hass, der sich hier entladen und ausgetobt hatte. Dutzende von Sufaki flüchteten durch die dichten Rauchschwaden vor den herannahenden Indras.

»In Linie vorrücken!«, bellte t'Isulan und gab den Männern ein Zeichen, die Straße abzuriegeln. »Von allen Seiten sperren und sichern!«

Ein gefiederter Pfeil bohrte sich in die Rippen des Mannes, der neben ihm stand. Tis t'Fechis fiel zu Boden. Ein roter Fleck bildete sich um den Pfeil, der ihm tief in die Brust gedrungen war. Zwei weitere Pfeile schwirrten auf sie zu. Einer traf einen Indras, der andere einen Sufaki, der zufällig in die Schusslinie geraten war.

»Da oben!«, deutete Qta auf das Dach eines Hauses. »Hol den Mann herunter, t'Ranek! Die anderen in Deckung. Beeilt euch! Hier herüber!«

Der Ansturm der Indras versetzte die Sufaki in Panik, die ebenfalls auf der rechten Straßenseite Deckung gesucht hatten. Aber die Indras vertrieben keinen von ihnen. Ein verängstigter Junge wollte auf die Straße laufen. Ein Indras packte ihn und übergab ihn seinen Angehörigen.

»Nachbarn!«, rief Qta zum brennenden Haus von Rachik hinüber. »Wir sind nicht gekommen, um euch anzugreifen. Im Namen des Himmels, Lady Shu t'Vohan, Hüterin des Herdes Rachik, bring die Kinder zurück in die Gasse. Halte Dich dicht an der Wand.«

Ein paar der Männer grinsten, denn Lady Shu, mit ihrer Schar, wirkte wie ein verängstigter Cachin. Ein halbes Dutzend Kinder klammerte sich an ihren Rock. Weitere Angehörige der Rachiks tauchten ebenfalls auf; sowohl Frauen, als auch Männer - unter ihnen ein schwerfälliger Greis. Sie waren allesamt offensichtlich erleichtert, aus der gefährlichen Gegend zu entkommen - besagter alter t'Rachik machte sogar eine flüchtige Verbeugung, um Qta zu danken. Obwohl sein Haus brannte, waren er und seine Familie jetzt doch in unverhoffter Sicherheit.

»Sucht euch Deckung in der Nähe von Elas«, ermunterte Qta die Flüchtenden. »Kein Indras wird euch etwas antun. Sage auch den Pamchens Bescheid, Gyon t'Rachik«, wandte er sich explizit an Shus Gatten, welcher sich als ruhender Pol in dem Durcheinander bemühte.

Ein gellender Schrei schallte vom Dach des Hauses herunter. Im nächsten Moment flog ein Körper über die Balustrade auf einen Balkon und klatschte von dort auf das Kopfsteinpflaster der Straße. Der tote Sufaki-Bogenschütze lag zerschmettert inmitten seiner verstreuten Pfeile.
Ein Mädchen schrie hysterisch auf.

»Sperrt den ganzen Block ab«, befahl Qta den Männern. »Ian! Camit! Ihr übernehmt die Mauerstraße beim Haus von Irain und stellt dort Wachen auf.

Sufaki-Bürger«, wandte er sich dann an die Leute, welche sich noch immer in die Deckung der Hauswand drückten, »bringt das Feuer unter Kontrolle! Holt Eimer und Äxte, schnell! Du, t'Hsnet, hilfst t'Ranek, Du und alle Deine Vettern.«

Männer liefen nach allen Richtungen, um seine Order auszuführen. Aber die Sufaki, die zurückblieben, zumeist ältere Leute und Kinder, drängten sich, vor wie nach, verängstigt zusammen, zu eingeschüchtert, um sich von der Hauswand fortzuwagen. Von den Gebäuden, die etwas weiter oben an der Straße lagen, kamen Indras und ihre Chani, die zurückgeblieben waren, um die Besitzungen zu bewachen, als die Flotte ausgelaufen war.
Sufaki-Frauen schrien angstvoll auf, als sie die, mit dem tödlichen Ypan bewaffnete, Indras-Rotte heranrücken sahen.

Qta trat ein paar Schritte von der Wand fort und setzte sich damit der Gefahr aus, von Sufaki-Bogenschützen getroffen zu werden, da seine Männer noch nicht in Position waren. Er hob die Hand, um die heranstürmenden Indras aufzuhalten.
»Halt!«, wehrte er sie ab. »Wir haben hier alles unter Kontrolle. Diesen Bürgern ist kein Vorwurf zu machen. Helft uns, das Gebiet zu sichern, und löscht die Feuer.«

»Die Sufaki haben die Brände in Häusern der Sufaki gelegt«, knurrte ein alter Chan vom Herde Despún. »Sollen die Sufaki sie doch auch löschen.«

»Es kommt jetzt doch nicht darauf an, *wer* die Brände gelegt hat!«, blaffte Qta wütend. »Helft sie zu löschen! Die Feuer müssen gelöscht werden, sonst besteht Gefahr, dass sie auf unsere Häuser übergreifen.«

Der Chan schien plötzlich zu erkennen, *wem* er widersprochen hatte. Er starrte Qta mit offenem Mund an, und ein anderer Mann schrie: »Qta t'Elas! Qta t'Elas! Qta t'Elas ist zurück!«

»Ja, ich lebe noch, t'Wajs«, bestätigte Qta besänftigt. »Helft uns, die Feuer zu löschen.«

»Diese Leute«, sagte t'Wajs, als er keuchend auf Qta zutrabte, »verdienen keine Milde. Sie haben t'Tefurs Männer gedeckt, selbst als ihre eigenen Häuser brannten.«

»Ganz Nephane hat den Verstand verloren«, fasste sich Qta entsetzt an die Stirn, »doch jetzt haben wir keine Zeit, darüber zu streiten, *wer* daran schuld ist. Helft uns oder geht aus dem Weg. Die Flotte von Indresul wird in einem Tag hier sein. Entweder wir bringen unsere Angelegenheiten bis dahin selbst in Ordnung, oder Nephane ist dem Untergang geweiht.«

»Bei allen Göttern«, murmelte t'Wajs. »Dann ist die Flotte...«

»...Geschlagen«, nickte Qta bitter. »Wir müssen die Stadt wieder formieren - als Einheit präsentieren.«

»Das ist unmöglich, Qta. Keiner dieser Leute ist vernünftigen Argumenten zugänglich. Wir sind in unseren eigenen Häusern belagert worden.«

»Qta!«, unterbrach Kurt.

Ein Mann kam die Straße entlanggestürmt. Es war Bel t'Osanef. Einer der Indras versperrte ihm mit gezogenen Ypan den Weg und hätte ihn beinahe erstochen.
t'Osanef wich dem Stoß mit einer geschmeidigen Bewegung aus.

»Beim Licht des Himmels!«, herrschte Qta den Mann an. »Bist Du von Sinnen?! Lass ihn passieren - es ist mein Schwager!«

Der Indras blickte ihn betroffen an, und Bel eilte auf sie zu. »Qta! Bei allen Göttern! Qta!«, keuchte er, außer Atem von dem schnellen Lauf. »Ich habe nicht mehr gehofft...«

»Du bist verrückt, jetzt auf der Straße zu sein«, sorgte sich Qta. »Wo ist Aimu?«

»In Sicherheit. Wir haben bei Irain Obdach gefunden...«

»Ich habe es gehört, mein Freund, ich habe es gehört.«

»Bitte, Qta, diese Leute..., sie haben mit der Brandstiftung nichts zu tun. Ich weiß, dass ihr uns alle für schuldig haltet..., aber das stimmt nicht, glaube mir.«

»Beruhige Dich, Bel. Bitte übernimm das Kommando hier. Die Bewohner sollen beim Löschen der Brände helfen oder aus diesem Gebiet verschwinden. Die Flotte von Indresul ist im Anmarsch, und uns bleibt nur wenig Zeit, die Ordnung wiederherzustellen und uns vorzubereiten.«

»Ich werde es versuchen«, bemühte sich Bel um die notwendige Contenance, warf einen verzweifelten Blick auf die verängstigten Nephaniten, die unentschlossen hin und her liefen. Dann sah er den toten Bogenschützen auf dem Pflaster liegen, kniete sich neben ihn und berührte sein Gesicht. Mit einem Kopfschütteln richtete er sich wieder auf.
Eine junge Frau – es war die Frau, welche zuvor aufgeschrien hatte – rannte auf den Toten zu, kniete sich neben ihm nieder und begann verzweifelt zu schluchzen.
Bel sagte der haltlos Weinenden ein paar tröstende Worte, die niemand außer ihr hören konnte, obwohl es totenstill war und man nur das Knacken und Prasseln der Feuer aus den brennenden Häusern hörte. Er nahm den Toten auf die Arme und trug ihn zu einer Hauswand, wo er ihn zu Boden legte.
»Wir werden unsere Toten beklagen, wenn wir Zeit dazu haben«, beschwichtigte er die Umstehenden. »Jetzt brauche ich die Hilfe aller Männer, um die Feuer zu löschen.«

»Die Indras haben sie gelegt!«, keifte eine der jungen Frauen.

»Udafi t'Kafurtin«, bebte Bel, »bei dem Chaos, in das wir Nephane gestürzt haben, kann man unmöglich sagen, *wer was* getan hat; was Aktion, Reaktion und nachfolgende Gegenreaktion war..! Unsere einzigen identifizierbaren Feinde sind diejenigen unter euch, die nicht helfen, die Brände zu löschen!

Qta, Qta! Deine Männer sollen ihre Waffen wegstecken. Wir haben genug von Waffen, von Gewalt und von Bedrohungen in dieser Stadt. Meine Leute sind nicht bewaffnet, also brauchen auch die Deinen keine.«

»Deine Leute haben aus dem Hinterhalt auf uns geschossen!«, verteidigte sich einer der Indras wütend.

»Tut, was er verlangt. Wir müssen deeskalieren, wo es geht, um den Irrsinn in seine Schranken zu weisen.« Qta blickte die Männer so drohend an, dass sie wortlos gehorchten.

Als dies geregelt war, trat er auf t'Fechis zu, der den Tod eines Vetters zu beklagen hatte, verbeugte sich tief vor ihm und bot ihm seine Hilfe an.

Kurt erschauerte innerlich und erwartete einen Ausbruch von Wut und Hass von dem trauernden t'Fechis. Aber in einem solchen Ausnahmezustand war t'Fechis durch und durch Indras und ein Gentleman.

Er erwiderte Qtas Geste und blieb ruhig: »Kümmere Dich um das, was Du zu tun hast, Qta t'Elas. Wir werden ihn nach Hause bringen. Sowie wir ihn, fürs Erste, auf einem Totenbett würdig zur Ruhe gebettet haben, kommen wir wieder zurück.«

*

Gegen Mittag waren die Feuer gelöscht, und die Sufaki, welche bei ihrer Bekämpfung geholfen hatten, gingen nach Hause und verriegelten ihre Türen, um den Ausgang der

Ereignisse abzuwarten. Es war wieder Ruhe in der Straße der Familien eingekehrt.

Bewaffnete Männer der Flotte riegelten sie an beiden Enden ab und standen auf den Hausdächern, von wo aus sie die ganze Länge der Straße überwachen konnten.

Jetzt wurden die Narben sichtbar, die der Bürgerkrieg hinterlassen hatte: Ausgebrannte Gemäuer, Berge von Schutt.

>>

Kurt verließ Lhe t'Nethim in der Halle von Elas. Entgegen dem ursprünglichen Dekret der Methi, war der Wohnsitz der einst so stolzen, gewichtigen Familie *nicht* enteignet worden. Der Lord aus Indresul wirkte verstört und niedergedrückt, weil er seinen Fuß über die Schwelle eines verfeindeten Herdes gesetzt hatte.

Er fand Qta vor dem Haus - am Straßenrand.

Qtas Gesicht war, wie auch sein eigenes, mit einer dicken Schicht Ruß und Schweiß bedeckt. »Sie haben t'Fechis aufgebahrt und werden ihn heute Abend noch bestatten«, brütete er dumpf, ohne Kurt anzublicken.

Sie waren schon so lange beisammen, dass sie die Gegenwart des anderen *fühlten* - auch wenn sie sich nicht sahen. Ohne Qtas Antlitz dazu sehen zu müssen, wusste Kurt, dass es müde, abgespannt und erschöpft aussah, gepaart mit einem Ausdruck von Schmerz und Trauer.

»Geh bitte von der Straße«, riet Kurt besorgt. »Du bist eine Zielscheibe für Bogenschützen.«

»t'Ranek steht auf dem Dach. Es sollte eigentlich keine Gefahr bestehen. Mehr als die Hälfte von Nephane befindet sich jetzt in unserer Hand - den Göttern sei Dank.«

»Du hast genug getan«, ermunterte Kurt seinen deprimierten Freund. »Geh zu Irain. Aimu wird sicher schon lange und sehnlichst auf Dich warten..!«

»Ich will nicht zu Irain gehen«, wehrte Qta müde ab. »Bel ist dort, und ich habe keine Lust, ihn zu sehen.«

»Das wirst Du aber früher oder später.«

»Was soll ich ihm sagen? Was soll ich ihm antworten, wenn er mich fragt, wie es weitergeht? Soll ich ihm sagen: ›Vergib mir, mein Bruder, aber ich habe einen Pakt mit Indresul geschlossen?‹ Früher hätte ich geschworen, dass so etwas unmöglich sei. Soll ich ihm sagen: ›Vergib mir, mein Bruder, aber ich habe Dein Heim meinen ausländischen Vettern ausgeliefert. Vergib mir, aber ich habe Dich in die Sklaverei verkauft - zu Deiner eigenen Rettung‹..?«

»Zumindest«, verstand Kurt finster, »werden die Sufaki dieselben Chancen haben, die ein Mensch unter den Indras hat, und das ist besser als der Tod, Qta - um sehr vieles besser als der Tod.«

»Ich hoffe, dass Bel die Dinge auch so sieht. Ich habe Angst vor der Nacht in dieser Stadt. Es hat zu wenig Widerstand gegeben. Sie halten irgendetwas zurück...; vielleicht einen ›Trumpf im Ärmel‹, der uns verborgen und nicht bekannt ist... Und ich habe gehört, dass t'Tefur im Afen sein soll.«

Kurt atmete langsam aus und blickte zum Tor der Zitadelle hinauf. »Wenn wir Glück haben, gelingt es Djan, die Waffen unter Verschluss zu halten.«

»Du scheinst fest darauf zu vertrauen, dass sie so edel ist und ihm die Waffen nicht überlassen wird.«

»Nicht freiwillig«, meinte Kurt. »Ich kann mich natürlich irren, aber ich glaube, Djans Charakter und Denkweise gut genug zu kennen. Es müsste schon sehr viel passieren, bevor sie diese Todesmaschinen gegen Nemet einsetzt.«

Qta wandte den Kopf und sah ihn an, die Brauen ärgerlich zusammengezogen. »Sie ist zu allem möglichen fähig, aber das scheinst Du vergessen zu haben. Dein Mensch-sein macht Dich blind, mein Freund - und ich fürchte, Du hast Mim tiefer begraben als die Last der kalten Erde, die ihren Leichnam bedeckt. Ich verstehe das nicht. Oder vielleicht doch..?«

»Deine Gedanken vollziehen einen hier nicht angebrachten Sprung, und... - Du kennst mich eben leider noch nicht richtig«, verspürte Kurt einen unangenehm eisigen Schauer über seinen Rücken rinnen. Er begab sich enttäuscht wieder ins Haus, schritt an t'Nethim vorbei, ohne ihn zu beachten, und trat in den Rhmei, dessen Feuer erloschen war, kniete sich auf eins der weißen Felle, wie er es an so vielen Abenden getan hatte, und starrte ins Halbdunkel.
Lhe t'Nethim folgte ihm kurz darauf mit kaum hörbaren Schritten. Dies war ein forscher und mutiger Akt für einen orthodoxen Indras. Er verbeugte sich respektvoll vor der toten Feuerschale und kniete sich auf die nackten Steine. Lhe wartete, so wie er immer gewartet hatte, seit er bei ihnen war.

»Was willst Du von mir?«, fragte Kurt ihn nach einer Weile irritiert.

»Ich stehe in Deiner Schuld, wegen Deiner Gebete für Mims Seele. Ich bin gekommen, weil ich den Herd sehen wollte, den sie verehrt hat. Wenn ich sie gerächt habe, werde ich wieder frei sein.«

Das war verständlich. Kurt konnte sich vorstellen, dass Qta sich genauso für Aimu einsetzen würde. Sogar für ihn. Er hatte Qta verletzt, sah er ein. Auch wenn seine harten Worte gerechtfertigt waren, taten sie ihm jetzt leid. Er war froh, als er Qtas Schritte in der Halle vernahm. Sie waren etwas, das zu Elas gehörte und das Haus aus seiner Totenstarre erlöste.

Auch der Lord von Elas kam in das Herzstück des Hauses, kniete sich leise und bedächtig neben Kurt auf eins der Felle.

»Ich war ungerecht«, wirkte Kurt zerknirscht. »Ich schulde Dir eine Erklärung.«

»Nein«, winkte Qta voller Empathie ab. »Die Worte haben mich nicht getroffen. Du bist manchmal noch immer ein Fremder, und Du hast keine Yhia gefunden, seit Du Mim verloren hast. Sie steht für Dich noch immer im Mittelpunkt aller Dinge. Ein Mann ohne Yhia, der einen so großen Verlust erlitten hat, kann sich nicht richtig erinnern, kann nicht richtig überlegen. Er ist eine Gefahr für seine ganze Umgebung. Ich habe Angst vor Dir. Sogar Du selbst weißt nicht, was Du zu tun fähig bist.« Er schwieg eine lange Weile.
Kurt unterbrach die Stille nicht.
»Wir wollen uns waschen«, meinte Qta schließlich. »Und wenn ich meine Hände vom Blut gereinigt habe, werde ich den Herd Elas' wieder anzünden, um neues Leben in diese Hallen zu hauchen. Falls Du Dich scheust, in Dein, das heißt euer ehemaliges Zimmer zu gehen, benutze das meine.«

»Danke für Dein Angebot, lieber Freund«, erhob sich Kurt, »aber ich denke, ich schaffe das schon und werde nach oben gehen.«

24 - Elas' Wiedererweckung

Das Zimmer, in dem er und Mim gelebt hatten, war fast unverändert. Der blutgetränkte Teppich war natürlich verschwunden, aber sonst war alles so wie früher: Das Bett, die heilige Phusa, vor der sie gekniet und gebetet hatte. Er hatte befürchtet, dass es ihn arg bedrücken würde, diesen Raum zu betreten, in dem alles an Mim erinnerte, aber nun konnte er sich kaum noch ihre Stimme vergegenwärtigen... Diese Erinnerung schien als erstes ins Reich der Vergangenheit zu sinken. Die dauerhafteste war ihr regloser Körper vor dem lodernden Herdfeuer - und Nym, der mit erhobenen Armen die Rache der Götter beschwor.
Sein Blick fiel auf den Toilettentisch, auf dem noch immer die Haarnadeln und Kämme lagen, die Mim gebraucht hatte. Als er die Schublade öffnete, sah er ihre Schals und roch den süßen Duft von Aluel. Zum ersten Mal nach langer Zeit stiegen bei hellem Tageslicht lebhafte Bilder an sie auf - an ihre sanfte Berührung, an das Licht in ihren Augen, wenn sie lachte; in seinem Geist und Herzen hörte er ihre Stimme, wenn sie ihm einen »Guten Morgen« wünschte...
Kurt ließ einen Schal durch seine schwielige Hand gleiten, faltete ihn zusammen und legte ihn wieder in die Schublade zurück. Tränen traten ihm in die Augen, Tränen der Trauer um Mim und Tränen der Freude, wieder in Elas zu sein. Elas war wieder sein Heim, er konnte hier leben und an sie denken; versuchen, nicht mehr um sie zu trauern.

t'Nethim, sein »Schatten«, stand unsicher auf dem Treppenabsatz. Kurt bemerkte ihn und bat ihn, ins Zimmer zu kommen. Der Indras trat unsicher herein und verneigte sich vor der erloschenen Phusa.

»Hier ist neue Kleidung«, bot Kurt ihm an und öffnete den Schrank. »Nimm Dir, was Du willst.« Er zog seine eigenen schmutzigen Sachen aus, ging ins Bad, wusch und rasierte sich mit kaltem Wasser und zog saubere Wäsche an.

Lhe t'Nethim tat dasselbe.

Kurt stellte fest, dass er sich sehr verändert hatte. Er war sonnengebräunt und magerer als früher. Über seine Rippen liefen mehrere Narben, die noch immer empfindlich waren, wenn er sie berührte. Aber die Ereignisse, die sie verursacht hatten, lagen - gefühlt - schon weit zurück; ausgelöscht von den freundlichen Wänden dieses Hauses. Nur t'Nethim erinnerte ihn daran, dass sie sich weiterhin offiziell im Krieg befanden.

Als beide fertig waren, gingen sie wieder nach unten und wollten in den Rhmei.

Qta hatte das heilige Feuer wieder entzündet, sein warmes Licht verscheuchte die Schatten in den dunklen Ecken der Halle. Elas war erneut zum Leben erwacht.

t'Nethim hatte jetzt eine Scheu, den Rhmei abermals zu betreten, jetzt, da die Phusmeba entzündet war. Er schlich daher in die Eingangshalle zurück und hockte sich hinter die Tür, das Schwert in Griffnähe - wie ein selbsternannter Wachtposten.

Kurt ging, in dem wieder geheiligten Raum, auf Qta zu und wurde Zeuge, wie Qta seine Arme hob und die Hüter von Elas um ihren Segen anflehte.

»Geister meiner Ahnen«, beendete er sein Gebet, »Geister von Elas, Geist meines Vaters..., das Schicksal hat mich in die Ferne entführt, und das Schicksal hat mich wieder in die Heimat gebracht. Mein Vater, meine Mutter, meine Freunde im Reich der Schatten - noch ist kein Friede in Elas. Helft mir, ihn zu finden. Empfangt uns in unserem Haus, heißt uns willkommen und ertragt auch die Anwesenheit von Lhe t'Nethim u Kma, der an unserer Tür sitzt. Schatten Mims, einer der Deinen ist gekommen.«

Ein paar Sekunden lang blieb er reglos stehen - mit erhobenen Armen, die offenen Handflächen dem entfachten Feuer zugewandt, dann ließ er die Arme sinken und blickte Kurt an. »Ich fühle mich besser«, bemerkte er ruhig. »Aber es liegt eine Schwere in der Luft, etwas Drückendes. Spürst Du es auch, Kurt?«

Kurt erschauderte, und der menschliche Teil von ihm analysierte, dass es vielleicht Zugluft sein könnte, welche die Wärme des Feuers in ihre Richtung wehte. Aber plötzlich wusste er, was Qta meinte. Ein Feind des Hauses saß auf seiner Schwelle; Spross einer Familie, mit der schon die Ahnen verfeindet waren. Unruhe lag in der Luft, nistete in den dunklen Nischen des Rhmei.
t'Nethim war da. t'Nethim wartete in einer Stadt, in die er nicht hätte kommen dürfen, in einem Haus, das seinen Feinden gehörte. Ein Stück der Yhia war aus dem Gleichgewicht geraten – prüfend, verharrend...

›Wir wollen ihn bitten, in einem anderen Haus zu warten‹, hätte Kurt beinahe vorgeschlagen, aber es war ihm dann doch zu peinlich. Außerdem war **er** es ja, an den sich t'Nethim gehängt hatte, dem er an den Fersen klebte...

Jemand hämmerte an die Tür.
Sie liefen in die Eingangshalle, nahmen ihre Waffen auf, welche sie vor Betreten des Rhmei abgelegt hatten und nickten Lhe t'Nethim zu, der sie fragend ansah. Lhe schob den Riegel zurück und öffnete. Ein Mann und eine Frau standen draußen: Bel und Aimu t'Osanef.
Aimu verschränkte die Arme vor ihrer Brust und verneigte sich. Qta erwiderte den Gruß. Als sie sich wieder aufrichtete, flossen Tränen über ihre Wangen.

»Aimu«, freute sich Qta, »Bel. Seid willkommen.«

»Bin ich wirklich willkommen?«, zögerte Aimu. »Mein Bruder - ich habe den ganzen Nachmittag auf Dich gewartet, aber Du bist nicht nach Irain gekommen.«

»Aber, Aimu – Du warst mein erster Gedanke, als ich nach Nephane kam. Wie könnte es auch anders sein, meine Schwester? Du bist doch alles, was Kurt und mir geblieben ist. Wie kannst Du nur denken, dass ich mich nicht um Dich kümmern würde?«

Aimu sah ihm ins Gesicht, ihre Tränen versiegten, und ein bedrückter, fast rehhafter Ausdruck trat in ihr Antlitz, als ob sie in Qta etwas entdeckte, vor dem sie sich gefürchtet hatte. »Lieber Bruder, es ist keine Frau in diesem Haus. Nimm uns als Deine Gäste auf, und ich werde aus diesem Haus ein Heim für Dich machen.«

»Das wäre mir sehr lieb«, freute er sich, »sehr lieb, meine Schwester.«

Sie verneigte sich leicht und ging in den Teil des Hauses, der den Frauen vorbehalten war.
Qta blickte Bel an, und die Augen des Sufaki gaben den Blick zurück - schweigend, fragend.

»Bel«, wiederholte Qta, »dieses Haus heißt Dich willkommen. Ob es noch immer ein Willkommen ist, das Du annimmst..?«

»Das musst *Du* von mir gerade wissen wollen, Qta...«

»Ich werde den Streit zwischen uns und t'Tefur beenden, Bel.« Qta blickte Lhe t'Nethim eine Sekunde lang schweigend an, sodass der Indras spürte, dass seine Gesellschaft nicht erwünscht war.

Lhe zog sich in die Schatten der Vorhalle zurück. Er wagte noch immer nicht, den, nach Langem, wieder zum Leben erweckten Rhmei zu betreten.

»Wer ist der Fremde?«, fragte Bel. »Ist er von den Inseln?«

»Er ist aus Indresul«, gab Qta zu. »Beachte ihn nicht, Bel. Komm in den Rhmei. Dort wollen wir reden.«

»Das können wir auch hier tun«, zeigte Bel sich noch knapp angebunden. »Ich will wissen, was Du vorhast. Rache an t'Tefur..? Dabei will ich Dir gerne helfen. Ich habe dort ebenfalls eine Blutschuld zu begleichen. Aber warum sind die Straßen noch immer abgesperrt? Warum hast Du uns nicht in Irain aufgesucht?«

»Bel, bitte bedränge mich nicht. Ich werde Dir alles erklären.«

»Du hast ein privates Abkommen mit Indresul getroffen, das ist die einzig logische Erklärung für Dein Verhalten. Sage es mir, wenn ich unrecht haben sollte. Ich will wissen, wie es kommt, dass Du mit der Flotte zurückgekehrt bist, wer dieser Fremde in Deinem Haus ist und eine ganze Reihe anderer Dinge.«

»Bel, die Flotte ist geschlagen worden! Wir haben Zeit gekauft.«

»Wie?«

»Bel, wenn Du aus diesem Haus gehst und Deine sufakischen Landsleute gegen uns aufhetzt, lädst Du eine Blutschuld auf Dich. Wir haben die Schlacht verloren. Die Methi Ylith hat versprochen, Nephane nicht zu zerstören, wenn wir ihre Bedingungen erfüllen.«

Bel wandte sich wortlos und zutiefst enttäuscht um und ging zur Tür.

»Geh hinaus, wenn Du willst; brich das Vertrauen, dann kommen die Toten Deines Volkes auf Dein Gewissen, Bel.«

Bel blieb stehen, die Hand auf dem Türknauf. »Was willst Du tun, um mich daran zu hindern?«

»Nichts. Ich würde Dich gehen lassen. Aber die Deinen würden sterben, wenn sie kämpfen, und sie würden alles wegwerfen, was wir für sie gewonnen haben. Ylith-Methi will die Sufaki nicht vernichten, Bel. Dazu hätten wir niemals unser Einverständnis gegeben. Ich rang mit ihr um eure Freiheit, mein Freund. Und ich glaube, dass ich diesen Kampf gewinnen werde, wenn die Sufaki mir nicht in den Rücken fallen.«

Bels Blick war kühl. An seinem Unterkiefer mahlte ein Muskel. »Du hast aufgegeben«, resümierte er nach einer Weile. »Hast Du mir nicht selbst einmal gesagt, dass die Nachkommen Indras' bis zum letzten Blutstropfen kämpfen würden, bevor sie zuließen, dass Fremde Nephane eroberten? Hältst Du so die Versprechen, die Du einmal gegeben hast? Ist das der Wert Deiner Ehre?«

»Ich will, dass Nephane lebt, Bel.«

»Ich kenne Dich, mein Lieber... Qta t'Elas hat sich alles gut überlegt und tut nur, was ehrenhaft ist. Aber wenn die Indras von Ehre sprechen, sind die Sufaki immer die Leidtragenden.«

»Ich verstehe Deine Bitterkeit, ich mache Dir keine Vorwürfe. Aber Du kannst mir glauben, dass ich alles gewonnen habe, was ich gewinnen konnte.«

»Ich weiß«, lenkte Bel ein. »Ich weiß, dass es die Wahrheit ist. Wenn ich das nicht glaubte, würde ich ihnen helfen, t'Tefur Deinen Kopf zu bringen. Bei allen Göttern, mein Schwager, von all unseren Feinden musstest ausgerechnet *Du* es sein, der mir erklärt, dass er uns verkauft hat - und das um der Freundschaft willen... Ehrenhaft... Weil das Schicksal es so wollte. Bei allen Göttern, Qta...«

»Es tut mir so leid..!«

Bel lachte kurz auf, und es klang wie ein Schluchzen. »Sie haben mein Haus vernichtet, weil wir zu Elas hielten. Meine Leute... ich habe versucht, sie zur Vernunft zu bringen, den ›goldenen Mittelweg‹ zu nehmen. Ich habe wie ein Redner im Upei zu ihnen gesprochen und... ja, mein Freund, ...und die ganze Zeit über habe ich gewusst – zumindest als ich hörte, dass die Flotte zurückgekehrt sei –, *was* die Indras getan haben mussten, um so bald wieder zurückzukehren. Es war eine verständliche Lösung, nicht wahr, die logische, praktische, konservative Lösung. Aber erst als Du Dich nicht in Irain blicken ließest, gab es keinen Zweifel mehr, dass Du es warst, der uns das angetan hat.«

»t'Osanef«, wurde Qta ein Stückweit förmlich, »die Zeiten ändern sich, selbst in Indresul..! Kein Mensch hätte sich je dem Zugriff der früheren Methis lebend entwunden. Kurt ist freigelassen worden.«

»Du hast der Ylith-Methi von Angesicht zu Angesicht gegenübergestanden?«, stutzte Bel.

»Ja, das habe ich«, nickte Kurt, »zu mehreren Malen.«

Bel blickte ihn noch unsicherer an. »Bei allen Göttern..., ich könnte fast glauben... Bist Du von hier aus direkt nach Indresul gesegelt? Hat t'Tefur am Ende doch recht gehabt?«

»Ist dies das Gerücht in der Stadt?«

»Ein Gerücht, das ich bis jetzt zurückgewiesen habe.«

»Shan t'Tefur weiß genau, *wo* wir waren«, schaltete Kurt sich in den tiefergehenden Dialog ein. »Er hat uns in der Nähe der Inseln zu versenken versucht. Kurz darauf sind wir von den Indras gefangengenommen worden. Das ist die Wahrheit. Qta hat für euch sein Leben riskiert, für euch gestritten, t'Osanef. Zumindest solltest Du ihm dafür in Ruhe zuhören.«

Bel überlegte ein paar Sekunden lang. »Ja, das kann ich tun. ...Etwas anderes bleibt mir wohl auch gar nicht übrig, nicht wahr?«

*

»Darf ich Tee nachschenken?«, fragte Aimu, als das Schweigen anhielt.

»Nein, danke«, gab ihr Bel seine leere Tasse zurück. Er blickte Qta und Kurt an. »Qta, jetzt habe ich endlich alles verstanden. Es tut mir leid, dass Du so viel leiden musstest.«

»Du sagst, was Dein Verstand Dir diktierte«, meinte Qta mitfühlend, »aber nicht, was in Deinem Herzen ist.«

»Ich habe Dir zugehört. Ich mache Dir keine Vorwürfe. Was hättest Du denn tun sollen? Du bist ein Indras. Du hast das Überleben Deines Volkes gewählt und die Vernichtung des meinen. Ist das nicht nachvollziehbar..?«

»Ich würde nie zulassen, dass den Sufaki ein Leid geschieht«, korrigierte Qta entschieden.

Bel blickte ihn an. Hinter dem harten Ausdruck seiner Augen verbarg sich Trauer. »Würdest Du Dich für uns gegen Ylith-Methi stellen, so wie Du Dich gegen Djan-Methi gestellt hast?«, fragte er mit heiserer Stimme.

»Ja, das würde ich tun«, schwor Qta. »Und das weißt Du auch.«

»Ja, weil die Indras einen verrückten Ehre-Komplex haben«, seufzte Bel. »Du würdest für mich sterben. Das würde Dein Gewissen zufriedenstellen. Aber jetzt hast Du schon die entscheidende Wahl getroffen. Beim Lichte des Himmels, Qta, ich liebe Dich wie einen Bruder. Ich verstehe Dich! Und deshalb tut es so weh...«

»Es schmerzt auch mich, weil ich weiß, dass es Dich persönlich trifft. Aber ich tue, was ich tun kann, um ein unnötiges Blutvergießen unter Deinen Leuten zu verhindern. Ich bitte Dich nicht um Deine aktive Kooperation, sondern nur um Dein momentanes Schweigen, respektive Deine Passivität...«

»Das kann ich nicht versprechen.«

»Bel«, hielt Kurt ihn mit einem scharfen Ton zurück, als t'Osanef aufstehen wollte, »höre mich an. Solange ein Volk lebt, kann es hoffen; selbst das meine, welches bekanntlich in dieser Welt so tief gesunken ist. Ihr werdet es überstehen.«

»Überleben..? Als Sklaven? So wie früher..?«

»Trotzdem werden die Sufakis, ihre Kultur und ihre Lebensart, unbeschadet aus allem hervorgehen - und wenn das geschehen ist, könnt ihr eure Rechte zurückgewinnen. Wenn Du jetzt kämpfst und Blut vergießt, vielleicht im Kampf fällst, wäre am Ende das Resultat nur, dass die Art der Sufaki von den Indras absorbiert würde - das muss, und soll, aber so nicht passieren..! Beuge Dich den Notwendigkeiten, die entstanden sind – und der Vernunft. Habe Geduld...«

»Meine Leute werden mich als Verräter verfluchen«, stöhnte Bel bitter.

»Es ist zu spät, etwas anderes zu tun«, erwiderte Kurt.

»Sind die Familien einverstanden?«, schaute Bel auf.

»Wir haben auf See abgestimmt«, antwortete Qta. »Es waren genügend Vertreter der Familien bei der Flotte, um die Entscheidung, auch stellvertretend für alle anderen, bindend zu machen. Eine nachgelieferte Resolution im Upei wäre nur eine Formalität.«

»Hmm... Das wäre nicht ungewöhnlich«, murrte Bel und blickte Aimu an, die bei ihnen saß und alles mit angehört hatte - bedrückt und schweigend. »Aimu, kannst Du mir einen Rat geben?«

»Nein. Ich kann Dir keinen Rat geben. Du musst tun, was Du für richtig hältst. Wenn Dein verehrter Vater hier wäre, könnte er Dich sicher beraten, da auch er Sufaki war und älter. Aber was könnte *ich* Dir empfehlen?«

Bel senkte den Kopf, dachte eine Weile nach und entäußerte dann eine Geste der Resignation. »Das war eine gute Antwort, Aimu, aber ich fürchte mich vor der Entscheidung. Heute Nacht – heute Nacht, wenn man sich wieder auf den Straßen bewegen kann, ohne befürchten zu müssen, dass einer Deiner Männer mir die Kehle durchschneidet, mein Bruder Qta – werde ich versuchen, mit allen Sufakibewohnern Nephanes zu reden, die ich überzeugen zu können glaube. t'Tefur überlasse ich Dir. Ich will keinen Landsmann töten müssen. Ich nehme an, dass Du den Afen stürmen willst?«

Qta zögerte, und Bel wusste, auch ohne seine Worte, mit bitter herabgezogenen Mundwinkeln, Bescheid.

»Ja«, nickte Qta schließlich.

»Dann werden wir also heute Nacht getrennte Wege gehen. Ich hoffe, dass Deine Männer klug genug sind, sich nicht in der Hafengegend blicken zu lassen. Oder plant Indresul einen Nachtangriff?«

»Falls solches geschehen sollte, wüsstest Du, dass man uns hintergangen hätte..! Ich sage die Wahrheit, Bel - ich erwarte *keinen* nächtlichen Angriff!«

*

Als es dämmerte, kamen immer wieder Männer an die Tür von Elas; Vertreter der anderen Häuser, die über Entscheidungen berichteten und Handeln forderten. Ian t'Ilev erschien und meldete, dass die Straße vor dem Tor des Afen endlich vollständig unter Kontrolle gebracht worden sei. Er brachte jedoch auch die unerfreuliche Nachricht, dass Res t'Benit bei einem Überfall im unteren Teil dieser Straße verletzt wurde - ein böses Omen für das, was ihnen bevorstand, wenn die Nacht die Positionen der Familien verwundbar machte.

»Wo ist es passiert?«, fragte Qta.

»Bei Imas«, antwortete Ian. Das war das Haus, welches an der Grenze des Sufaki-Bezirks lag. »Aber die Attentäter flohen, und wir konnten ihnen nicht folgen, denn...« Er brach erschrocken ab, als er Bel t'Osanef im Eingang, mit dem dreieckig zulaufenden Sturz, des Rhmei stehen sah.

Bel trat auf ihn zu. »Hältst Du mich für einen Feind, Ian t'Ilev?«

»t'Osanef.« Ian tarnte seine Verwirrung mit einer förmlichen Verbeugung. »Nein. Ich war nur überrascht, Dich hier zu sehen.«

»Das ist eigenartig... Die meisten *meiner* Leute wären darüber - zu meinem Leidwesen - überhaupt nicht überrascht.«

»Bel!«, wies Qta ihn zurecht.

»Du und ich wissen, wie die Dinge liegen«, entgegnete Bel gereizt. »Und jetzt müsst ihr mich bitte entschuldigen. Ich sehe, dass ihr geschäftlich zu reden habt, und die Sonne ist schon fast untergegangen. Ich denke, es wird Zeit, dass ich gehe.«

»Sei vorsichtig, Bel. Warte doch, bis es ganz finster geworden ist, damit Dich niemand zur Zielscheibe machen kann.«

»Ich werde vorsichtig sein«, versprach er, und in seiner Stimme schwang wieder etwas von der gewohnten Wärme. »Gib auf Aimu Acht, Qta.«

»Willst Du etwa *sofort* gehen?«, zeigte sich Qta betroffen. »Was soll ich ihr sagen..?«

»Ich habe Aimu alles eröffnet, was notwendig ist.« Bel blieb noch einen Augenblick stehen, die Hand auf dem Türgriff. »Sie wäre Dein stärkstes Argument gewesen. Ich bin Dir dankbar, dass Du keinen Gebrauch davon gemacht hast. Ich möchte es unterlassen, Dir Erfolg zu wünschen, Qta. Und wundere Dich nicht, wenn einige meiner Leute lieber sterben werden, als sich Deinen Plänen zu fügen. Ich werde nicht einmal für den Tod t'Tefurs beten, weil es heute vielleicht der letzte Tag ist, an dem uns die Welt so sieht, wie wir waren. Der Name meines Volkes, mein Indras-Freund, war ›Chtelek‹, nicht ›Sufak‹. Aber darauf wird es sicher nach dieser Nacht nicht mehr ankommen.«

»Nimm wenigstens eine Waffe mit.«

»Gegen wen soll ich sie gebrauchen? Gegen Deine Männer – oder gegen die meinen? Danke, nein. Ich werde Dich im Hafen wiedersehen oder irgendwann morgen, wie es das Schicksal will.«

Die schwere Tür schloss sich hinter ihm, und Qta blickte Ian mit einem resignierten Ausdruck an.

»Du vertraust ihm sehr«, stellte t'Ilev fest.

»Keine Aktionen gegen die Sufaki unterhalb des Hauses von Imas«, forderte Qta. »Ich bestehe darauf, Ian.«

»Bleibt alles so, wie wir es abgesprochen haben?«, wollte t'Ilev wissen.

»Ich werde dort sein, so wie die Dämmerung der vollständigen Dunkelheit gewichen ist. Um eins möchte ich Dich noch bitten: Nimm Aimu mit und bringe sie in ein Haus, das verteidigt werden kann. In Elas ist sie heute Nacht nicht sicher.«

»In meinem Haus ist sie in Sicherheit«, meinte Ian. »Wir lassen alle Männer zurück, die wir entbehren können. Usets Frauen werden auch dort sein.«

»Das ist eine große Beruhigung für mich«, seufzte Qta.

*

Aimu weinte, als sie ging. Bevor sie das Haus verließ, trat sie an die Phusmeba und warf ihren seidenen Schal in die heilige Flamme. Dann erhob sie ihre Hände zu einem kurzen Gebet, bevor sie sich zu Ian t'Ilev schickte.
Kurt tat sie ausgesprochen leid, und er konnte sich nicht denken, dass Qta sie ohne irgendeine Abschiedsgeste gehen lassen würde, doch er verbeugte sich nur kurz vor ihr, und sie erwiderte die Geste.
»Der Himmel schütze Dich, mein Bruder.«

»Die Hüter Elas' mögen ihre Hände über Dich halten, meine kleine Schwester, die einst zu diesem Haus gehörte.«

Das war alles. Ian öffnete die Tür und warf einen raschen Blick nach links und rechts. Dann trat er wieder ins Haus, nahm Aimus Arm und führte sie hinaus. Qta spähte zum Dach des gegenüberliegenden Hauses hinauf, wo noch immer ein bewaffneter Posten stand, bevor er die Tür schloss.

»Wie lange müssen wir noch warten?«, fragte Kurt. »Es ist fast dunkel. Shan t'Tefur wird die Zeit nicht ungenutzt verstreichen lassen.«

»Wir werden gleich gehen.«

t'Nethim trat schweigend aus dem Schatten der Vorhalle.

Qta bedeutete dem Indresuler zu ihm zu kommen. »Bleibe bei der Tür«, wies er ihn an, »und verhalte Dich ruhig. Was ich jetzt noch zu tun habe, betrifft Dich nicht. Ich verbiete Dir, in diesem Haus Deine Ahnen anzurufen.«

t'Nethim schaute verunsichert, verneigte sich jedoch und bezog seinen Posten bei der Tür. Sein Schwert griffbereit an der Seite.

Qta und Kurt begaben sich in den vom Feuer erleuchteten Rhmei, und Kurt erkannte, warum Qta t'Nethim zur Tür verwiesen und vor der Anrufung seiner Ahnen gewarnt hatte. Qta ging zur linken Wand des Rhmei, wo »Isthain«, das Schwert Elas', hing. Das Ypan-Sul hatte seit neun Generationen unverändert an seinem Platz gehangen; niemand hatte es berührt, seit die Nemet die Menschen aus Nephane vertrieben hatten. Die Ypai-Sulim, die »Großen Waffen«, gehörten zu ihren Häusern, waren ein Teil von ihnen und ihrer Geschichte. Isthain, vor fast tausend Jahren geschmiedet – damals war Nephane noch eine Kolonie Indresuls gewesen –, war mit dem Blut von Sufaki-Gefangenen geweiht worden und hatte elf Männer von Elas in den Kampf begleitet. Qtas Hand zögerte, als sie nach dem altersdunklen Knauf griff, doch dann nahm er das Schwert herunter, ohne es aus der Scheide zu ziehen, und trat mit ihm zum Herdfeuer. Dort kniete er sich auf den Boden, legte das Schwert vor sich und streckte seine Hände dem heiligen Feuer entgegen.

»Hüter von Elas«, intonierte er, »erwacht und hört mich an, all ihr Geister, die mich jemals gekannt oder dieses Schwert geschwungen haben. Ich, Qta t'Elas u Nym, der letzte dieses Hauses, rufe euch an. Blickt auf mich herab und auf Kurt Liam t'Morgan u Patrick Edward, den Freund dieses Hauses. Wisset, dass Lhe t'Nethim u Kma auf der Schwelle dieses Hauses sitzt, und tut ihm nichts an. Wir nehmen Isthain gegen Shan t'Tefur, und der Grund dafür ist euch wohlbekannt. Und Du, Isthain, Du sollst heute das Blut Shan t'Tefurs verkosten – oder das meine. Richte Deinen Zorn gegen t'Tefur, und nicht gegen andere. Lange hast Du ungestört geschlafen, und ich kenne den Tribut, den Du forderst, wenn man Dich aus dem Schlafe erweckt. Er wird bezahlt sein, ehe es hell wird, und dann sollst Du wieder schlafen. Seht mich an, ihr Hüter von Elas, und urteilt über mich. Wenn meine Sache gerecht ist, gebt mir Kraft. Tragt wieder Frieden nach Elas - durch den Tod t'Tefurs oder seiner Anhänger…, oder den meinen.«

Mit seinen letzten Worten nahm er das Schwert und zog es aus der Scheide. Das rötliche Licht des heiligen Feuers spiegelte sich auf der Klinge, in die das Blitzemblem des Hauses eingraviert war. Er hielt die Klinge mit beiden Händen in das Licht der Flammen, stand auf, streckte das Schwert zur Decke empor und ließ es langsam sinken. Dann steckte er es in die Scheide zurück und befestigte es an seinem Gürtel.
»Es ist getan«, sagte er zu Kurt. »Nimm Dich ab jetzt vor mir in Acht. Deine menschliche Seele glaubt zwar nicht an diese geheimen Kräfte, aber Isthain hat zuletzt menschliches Blut getrunken und ist eine wilde Bestie; schwer wieder zum Schlafen zu bewegen, wenn man sie einmal geweckt hat. Es ist das älteste aller Sulim von Nephane und hat einen eigenen Willen.«

Kurt nickte und schwieg. Ob das Schwert nun einen eigenen Willen besaß oder nicht, er kannte das Temperament Qtas - und das derjenigen, die diesen Ypan mitschwangen und belebten. Der stille, freundliche Qta hatte sich innerlich darauf vorbereitet zu töten, und, ehrlich gesagt, er hatte nicht die Absicht, ihm zu nahe zu kommen.

Als sie zum Ausgang schritten, wo t'Nethim auf sie wartete, verneigte Lhe sich tief, so dass seine Stirn die Steinfliesen des Bodens berührte, und ließ Qta aus der Türe treten, bevor er sich wieder erhob.

Indem Kurt stehenblieb, um sie zu schließen und zu sichern, trat t'Nethim zögernd aus dem Haus. In seinem Gesicht stand ein Ausdruck, als ob er eben einem schrecklichen Wesen, einem unheimlichen Dämon begegnet wäre, welcher ihm nach dem Leben trachtete.

»Er hat auch für Deine Sicherheit gebetet«, beruhigte ihn Kurt.

»Manchmal«, raunte Lhe t'Nethim, »ist das nicht genug. Geh nur voraus, t'Morgan - aber sei in seiner Nähe vorsichtig! Es sind die Toten von Elas, die in dem Schwert leben. Auch Mim, meine Kusine...« Er brach ab und begann zu zittern.

Kurt fühlte ebenfalls einen kalten Schauder über den Rücken rinnen - aus Entsetzen darüber, dass der Name Mims irgendwie bald mit der blutigen Geschichte des Schwertes Isthain verbunden sein würde.

Er lief, um Qta einzuholen, und wusste, dass sich t'Nethim in sicherem Abstand hinter ihnen hielt.

25 - t'Tefurs Tod und Djans Ende

»Dort«, deutete Ian t'Ilev auf die Eisentore des Afen. »Sie haben mehrere Bogenschützen im Hof postiert. Wir werden einige Männer durch Pfeile verlieren. Du und Kurt müsst euch besonders in Acht nehmen. Ihr stürmt direkt auf sie zu.«

Qta überprüfte die Situation von der Türe des Irain-Hauses aus. Es war finster, und man konnte nur vage, schattenhafte Umrisse erkennen. Die Mauer und der Afen erschienen wie eine dunkle Masse. »Das lässt sich nicht ändern«, knurrte er. »Los!«

Ian t'Ilev verbeugte sich kurz, sprang aus der Deckung und lief über die Gasse. Ein lauter Schrei hallte durch die Nacht, und aus der Einmündung der Straße ergoss sich eine Masse von Männern, die prompt entzündete Fackeln und Schwerter in ihren Händen hielten.
Die Indras unternahmen einen Frontalangriff auf das Tor des Afen und schleppten einen Rammbalken in ihren Reihen mit. Grellweißes Licht stach in den Hof der Zitadelle. Das Krachen der Ramme gegen die Gittertore vibrierte dröhnend durch den Festungskomplex.
Kurt und Qta hielten sich etwas zurück, während die Männer von Isulan an ihnen vorbeistürmten. Dann lief Qta ebenfalls auf die Wand zu und tauchte in ihrem Schatten unter. Kurt und mehrere andere Männer folgten ihm. Stangen wurden an die Mauer gelegt. Der erste Mann, der an ihnen hinaufkletterte, nahm ein Seil mit, an dem sie sich, auf der Innenseite, herabhangeln konnten. Er erreichte die Mauerkrone und ließ sich auf der anderen Seite zu Boden fallen. Das Seil straffte sich in den Händen der Nemet, welche sein Ende an der Außenseite festhielten.
Der nächste Mann verschwand hinter der Mauerkrone, und dann war Kurt an der Reihe. Der blendende Lichtkegel eines

Scheinwerfers erfasste sie und Pfeile schwirrten in ihre Richtung.

Einer zischte bedrohlich dicht über Kurts Kopf hinweg. Er hakte ein Bein über die Mauerkrone, packte die Leine und ließ sich hinabgleiten. Das raue Hanfseil schürfte ihm die Haut von den Händen. Der Folgende schaffte es ebenfalls, aber ein weiterer verlor den Halt, stürzte zu Boden und erfasste dabei auch seinen Hintermann.

Sie hatten keine Zeit, den beiden zu helfen.

Qta landete neben Kurt und zog Isthain aus der Scheide. Kurt zückte seinen eigenen Ypan, während sie über den Hof liefen und versuchten, dem grellen Strahl der nach ihnen tastenden Lichtfinger zu entrinnen. An der Außenwand des Afens selbst fanden sie Deckung und warteten auf die anderen. Von den vierundzwanzig, mit denen sie den Angriff begonnen hatten, fehlten nunmehr sechs. t'Nethim war der letzte, der die Deckung erreichte. Nummer Neunzehn...

Qta zeigte auf das Tor des Afen. Sofort eilten sie, dicht am Gemäuer entlang, darauf zu - den Wachen der Methi entgegen.

Die Indras kannten jene Männer - aber ihre Pfeile hatten kein Erbarmen erwiesen und schon ein großes Loch in ihre Reihen geschmolzen.

Das Außentor musste aufgebrochen werden. Krachend sprang es, unter den rhythmischen Schlägen des Rammbocks, auf, und die Männer Ian t'Ilevs stürmten in einem Frontalangriff auf die Tür des Afen zu.

Sufaki-Bogenschützen schossen stehend und kniend so schnell sie konnten.

Qtas kleine Gruppe stieß aus der Flanke auf sie vor und gewann kostbare Sekunden der Verwirrung. Isthain schlug ohne Erbarmen zu; auch Kurt schwang seine kleinere Klinge - mit weniger Geschick, aber genauso viel Entschlossenheit und kaum geringerer Effizienz.

Die Bogenschützen, welche sich unerwartet zu einem Nahkampf gezwungen sahen, zückten ihre Dolche - aber gegen die Ypan hatten sie nicht die geringste Chance. Sie wurden niedergemetzelt und überrannt. Die Wucht ihres Angriffs trug die Indras bis an die Afenpforte. Über die Leichen der gefallenen Sufaki hinweg, brachten sie die Ramme heran und ließen sie gegen die dicke, bronzebeschlagene Tür donnern.

Von innen hörte Kurt, durch das Dröhnen und Schreien, ein pfeifendes Geräusch. Kurt erkannte, was es war, und sein Herz setzte einen Schlag lang aus. Er packte Qta bei der Schulter, zerrte ihn zurück und schrie den anderen zu, sich zu ducken. Aber nur wenige hörten ihn in dem lärmenden Tumult.

Das Tor des Afen verwandelte sich, in Sekundenbruchteilen, in eine grelle Stichflamme, welche die Ramme, samt den Männern, die sie hielten, zu Asche vaporisierte. Die Indras, die noch auf den Beinen waren, befanden sich, vor Entsetzen, völlig paralysiert und konnten nicht einmal fliehen.

Ein leises Klicken - und dann wieder der ansteigende Pfeifton, als die Laserwaffe in der Eingangshalle des Afen sich für einen neuen Feuerstoß auflud. [1]

Kurt rannte durch die qualmenden Reste der Tür und hechtete aus der Schusslinie. Die Männer, welche die Waffe bedienten, schwangen sie auf ihrer dreibeinigen Lafette herum und richteten sie auf ihn. Er ließ sich, mit einem Sprung, auf die Steinplatten gleiten und rollte sich blitzschnell zur Seite. Der tödliche Strahl fuhr über ihn hinweg. Er hörte das Knacken der gespannten Energie und fühlte die Hitze der Feuerzunge, die über ihn hinwegzischte. Die Wand stürzte zusammen, die Stützbalken wurden zerfetzt, respektive atomisiert, insoweit sie im Zentrum des Lasers gelegen hatten.

Kurt kam wieder in die Höhe und stürmte, mit einem, von animalischer Wut getragenem, Schrei auf das Strahlengewehr los, bevor es sich wieder aufladen konnte. Er enthauptete den Mann, der die Waffe bediente, mit einem mächtigen Streich seines Ypan. Seine Ohren dröhnten von dem wilden Pfeifton akkumulierender Energie.

Ein dadurch aus der Reserve gelockter Wachposten eilte herzu und wollte die Laserkanone auf die Indras richten, welche jetzt durch die offene Tür eindrangen. Kurt stieß ihm die Klinge in die Brust. In dieser, aus der Not geborenen, hektischen Aktion übersah er einen dritten Mann, der mit einem Speer nach ihm schlug. Der scharfe Stahl fuhr ihm über den Rücken. Er stürzte und rutschte in Deckung. Der Sufaki stand über ihm und richtete die Speerspitze auf sein Herz. Verzweifelt schlug er sie mit dem Ypan zur Seite, sodass sie nur die Haut über seinem Schlüsselbein aufschlitzte und dann gegen den Steinboden der Halle klirrte. Im nächsten Augenblick durchbohrte Isthain den Brustkorb des Sufaki.

Qta streckte Kurt die Hand entgegen und half ihm auf die Füße. »Geh zurück, da bist Du sicherer.«

»Es geht schon. Ich bin nicht..., halt..! Nein!«, schrie er aus Leibeskräften, als er sah, dass die Indras die aufgeladene Laserkanone umstürzen wollten.

Kurt taumelte auf die Waffe zu, in der die gespannte Energie leise summte, schwang sie herum und richtete sie auf die nächste Tür, welche die Indras vergebens mit ihren Schultern und Schwertern zu zerschmettern versuchten. Hinter ihm bröckelten noch immer Steine, verkohlte Holzteile und Putz von der zerstörten Mauer herab; erinnerten daran, dass sie möglicherweise bald zusammenbrechen würde.

Sie mussten dieserhalb behutsam vorgehen. Er kalibrierte die Energiewaffe auf ein kleineres Level, zur Erzeugung eines schwächeren Laserstrahles, und justierte die, von den Sufaki nur laienhaft bediente, Zieleinstellung neu.

»Sei vorsichtig«, meinte Qta skeptisch. »Ich traue dem Ding nicht.«

»Die Männer sollen die Tür freimachen«, instruierte Kurt nur knapp.

Qta rief ihnen den entsprechenden Befehl zu. Im Moment, als sie erkannten, was Kurt vorhatte, folgten sie der Order hurtig. Kurt drückte ab. Die Tür zerstob, beziehungsweise löste sich auf - ihre Reste hingen angesengt und verkohlt im Rahmen. Er schaltete den Energiesammler der Waffe aus, während die Indras durch die Türöffnung stürmten. Jetzt lag der innere Afen offen vor ihnen.

Die unteren Hallen waren leer - das heißt ohne Verteidiger... An ihrem Ende sah Kurt die Treppe, die zu den Räumen der Methi hinaufführte, welche zweifellos von ähnlichen Waffen gesichert wurden.
»Sie hat ihre Waffen den Sufaki übergeben. Man kann nicht wissen, wie es oben aussieht. Wir müssen die höher liegenden Stockwerke einnehmen. Helft mir. Wir brauchen dieses Lasergewehr.«

»Ich mache das schon«, erbot sich Ben t'Irain, ein kräftiger, untersetzter Mann, der ein Hausfreund von Elas war. Er hob die schwere Waffe auf seine Schultern und winkte einem seiner Vettern, mit anzupacken. Kurt stieß die Dreibein-Lafette zur Seite. »Wenn wir auf Widerstand stoßen, geh in die Knie und richte die Waffe auf das Ziel. Alles andere kannst Du mir überlassen.«

»Ich verstehe«, erwiderte der Mann stoisch ruhig.

Kurt nickte ihm anerkennend zu. Für einen Nemet, die Maschinen hassten, gehörte außerordentlicher Mut dazu, diese Aufgabe zu übernehmen. Er ging auf die Treppe zu und winkte den anderen Männern, ihm zu folgen. Rasch und dennoch achtsam stiegen sie die Stufen hinauf, jederzeit auf einen Hinterhalt gefasst. Kurt befürchtete Minen oder andere Sprengkörper - aber er sagte niemandem etwas davon.

Die Tür am oberen Ende der Treppe war verriegelt, genauso, wie Kurt es erwartet hatte.

Ben kniete sich auf den Boden und richtete die Waffe auf die Tür. Kurt drückte ab. Das Holz löste sich in seine atomaren Bestandteile und pulverfeine Asche auf. Der Energiestoß kopierte die Umrisse der Marmoreinfassung der Tür auf die gegenüberliegende Wand. Der Laser begann erneut Energie zu speichern. Das ansteigende Pfeifen ertönte und Kurt legte eine kurze Pause ein. Es war zu gefährlich, die sich aufladende Waffe zu bewegen. Sie durchquerten die Halle und mussten jetzt nur noch die Tür überwinden, die zu Djans persönlichen Gemächern führte.

Kurt hob die Hand, um die anderen zur Vorsicht zu gemahnen. Hier zumindest *mussten* sie zwangsläufig auf erbitterten Widerstand stoßen!

Er wartete. Qta blickte ihn ungeduldig an.

Djan durfte man nicht unterschätzen, das machte Kurt sich klar... Es könnte für sie alle tödlich sein. »Ben«, sagte er zu t'Irain, »jetzt setzen wir wahrscheinlich beide unser Leben aufs Spiel.«

»Und?«, reagierte Ben t'Irain unaufgeregt, »das war ja bezüglich unserer Mission im Afen von vornherein gewiss...«

Kurt deutete wortlos auf die Tür. Ben t'Irain ging etwas näher heran und hockte sich auf die Knie. Kurt richtete die Waffe genau auf das Zentrum der Tür und drückte ab. Die Tür explodierte in einer grellen Stichflamme.

In der qualmenden Öffnung sahen sie verbogenes, zusammengeschmolzenes Metall; an der gegenüberliegenden Wand zwei helle Schatten - die vagen Umrisse von zwei Männern, welche die Energie ihrer Waffe zermalmt hatte.

Kurt spürte eine Bewegung zu seiner Rechten...

Ein greller Lichtfinger fuhr durch das Halbdunkel. Ben t'Irain stöhnte auf und brach unter der schweren Waffe zusammen.

Shan t'Tefur!

Der Sufaki zuckte die Pistole herum und zielte auf Kurt. Kurt ließ sich fallen, und der Energiestrahl fuhr an der Stelle, an welcher er eben noch gestanden hatte, in die Wand. Im gleichen Augenblick stürzten sich zwei Indras auf den Sufaki-Führer. Einer brach, von dem Laser getroffen, im Sprung zusammen. Qta, der andere, wurde von dem zweiten, hektisch abgefeuerten, Schuss nur gestreift. Er schwang sich über einen Tisch, der ihn von dem Sufaki trennte - Isthain zischte rächend herab und spaltete Shan den Schädel.

Im Fallen löste sich noch ein unkontrollierter, ungezielter, dritter Schuss. Der gebündelte, rote Photonenstrahl streifte Qtas Bein, sodass dieser stolperte, doch fing er sich schnell wieder. Auf sein Schwert gestützt wandte er den Kopf und inspizierte besorgt die Situation seiner Begleiter.

Kurt hob die Laserpistole auf, die dem toten t'Tefur aus der Hand gefallen war und schaltete den Energie-Sammler ab. Daraufhin kniete er sich neben t'Irain und fühlte nach seinem Puls.

Allein - Ben t'Irain war tot. Shan t'Tefurs erster Schuss hatte ihn voll erwischt und ihm ein Loch durch die Brust gebrannt. Kurts Beine zitterten, als er sich aufrichtete. Er lehnte sich gegen den verkohlten Türrahmen. Die Hitze ließ ihn sofort wieder zurückfahren, und er stolperte auf Qta zu, vorbei an dem leblosen Körper Ian t'Ilevs. Er war der zweite Mann, den t'Tefur niedergestreckt hatte.

Qta hatte sich weiter nicht gerührt. Er stand noch immer neben dem toten t'Tefur, beide Hände auf den Knauf Isthains gestützt.

Kurt blickte den Toten an und empfand nicht die geringste Befriedigung; kein gestilltes Rachegefühl für Mim oder die anderen, die t'Tefur vor seinem Tod ins Reich der Schatten befördert hatte. Es war eine Tradition, die nun erledigt vor ihnen lag - Shan war der letzte seines Hauses gewesen. Auch die Indras schwiegen.

Eine kleine, dunkle Gestalt brach hinter einer Couch hervor und lief auf die offene Tür zu. t'Ranek hielt sie auf.

»Es ist die Chan der Methi«, beschwichtigte ihn Qta, sodass ihr niemand etwas zuleide tat.

Es war wirklich das Mädchen Pai t'Urefe, eine Sufaki. Als t'Ranek sie losließ, fiel sie auf die Steinfliesen; eine winzige, zitternde Gestalt unter den bewaffneten Männern.

»Wo ist die Methi?«, fragte Qta schneidend.

Pai hatte sich wieder etwas gefasst. Sie kniete mit erhobenem Kopf und kniff die Lippen zusammen. Einer der Männer packte sie hart bei der Schulter und zerrte die Chan an den langen, schwarzen Haaren, sodass sie schmerzerfüllt den Kopf nach hinten überstreckte und laut aufschrie.

»Nein, nein, nicht *so* bitte...«, intervenierte Kurt gegen die grobe Vorgehensweise. Er hockte sich vor Pai auf ein Knie und blickte sie an.
»Pai«, drängte er, »Du musst es uns sagen. Du kannst ihr vielleicht das Leben retten, wenn Du uns sagst, wo sie ist.«

Pais dunkle Augen blickten ihn flehend an. »Tut ihr nichts an«, weinte sie leise.

»Wo ist sie?«

»Im Tempel...«

Als er sich emporwand, sprang sie ebenfalls auf die Füße und ergriff ihn am Arm. »Lord Kurt. Shan t'Tefur wollte ihre größeren Waffen. Sie hat ihm diese *nicht* gegeben! Lord Kurt, Lord Kurt, tötet sie nicht.«

»Die Chan lügt wahrscheinlich«, zweifelte t'Ranek, »um der Methi Zeit zu schinden, damit sie uns einen noch schlimmeren, effizienteren Empfang bereiten kann.«

»Ich lüge nicht..!«, schluchzte Pai laut auf und klammerte sich, wie eine Ertrinkende, weiter fest an Kurts Arm. »Lord Kurt, *Du* kennst sie doch. Ich lüge nicht.«

»Komm!« Kurt griff sie sich am Ellenbogen - einer für Nemets absolut untypischen Geste, die das Mädchen aber klaglos hinnahm, zweifellos der sie arg bedrängenden Situation geschuldet - und blickte seine Mitstreiter an; besonders Qta, dessen Gesicht bleich und verzerrt war. Die Laser-Wunde begann brennend zu schmerzen.
»Bleibt hier«, bat er Qta. »Ich gehe in den Tempel und regele das.«

»Das wäre glatter Selbstmord«, gab Qta zu bedenken. »Du darfst den Tempel nicht betreten. Selbst wir würden es nicht wagen, sie dorthin zu verfolgen. Kein Indras...«

»Pai ist Sufaki, und ich bin ein Mensch...«, stellte Kurt nüchtern fest, »und wir verunreinigen den Tempel nicht mehr, als Djan selbst. Haltet den Afen. Ihr habt gesiegt! Jetzt dürft ihr euren Sieg nicht verschenken.«

»Dann nimm mich mit«, flehte Qta, sein treuer Freund, fast.

Kurt musste in dieser Angelegenheit allerdings entschieden verneinen, schüttelte schweigend den Kopf.

»Kurt, Elas will Dich wiedersehen..!«

»Ich werde mich daran erinnern.« Er zog Pai mit sich, an t'Irains Leiche vorbei - durch die zerstörte Tür, die Außenhalle und die Treppe hinab... Er hielt ihren Arm mit der linken Hand umspannt, in der rechten hielt er die Pistole des toten Shan t'Tefur. Er zwang das Mädchen mit sanfter Gewalt zu einem Tempo, dass ihr fast die Luft ausging. Pai schluchzte und stolperte immer wieder über ihren langen Rock, obwohl sie ihn mit einer Hand raffte. Er schüttelte sie, als sie die untere Halle erreicht hatten.

»Wenn die anderen sie zuerst finden«, drängte er, »werden sie Djan töten, Pai. Wenn Du sie wirklich liebst, bewege Dich etwas schneller.«

Daraufhin trippelten ihre kleinen Füße rascher, und sie schluckte ihre Tränen hinunter. Beide durchquerten die Haupthalle des Afen, in dem sich der Rest der Indras versammelt hatte. Die Männer starrten Kurt und das Mädchen überrascht an, aber niemand hielt sie auf oder unternahm etwas. Jeder kannte Elas' Menschen.

Pai fixierte die bewaffneten Männer verängstigt.

Kurt zerrte sie recht unbeeindruckt zwischen den Glotzenden hindurch, über die Trümmer des Außentors hinweg und zwischen den Toten hindurch, mit denen der Platz vor dem Tor übersät war.

Der Nachtwind war kühl und erfrischend, nach dem Gestank von verkohltem Holz und verbranntem Fleisch, der sich im Afen eingenistet hatte. Auf der anderen Seite des Hofes erhob sich die dunkle Silhouette des Haichema-Tleke, darunter die Mauer mit der kleinen Pforte, die in den Hof des Tempels führte. Sie rannten quer über den von Scheinwerfern erhellten Platz, trotz ihrer Angst, dass sich noch irgendwo Bogenschützen versteckt halten könnten, und erreichten atemlos ihr Ziel.

»Hoffentlich hast Du die Wahrheit gesagt«, keuchte Kurt.

»Es *ist* die Wahrheit«, bekräftigte Pai. Ihre Augen, die über seine Schulter blickten, weiteten sich plötzlich. »Lord Kurt! Da kommt jemand!«

»Weiter.« Mit der Laser-Pistole sprengte er das Pfortenschloss. »Beeil Dich bitte!«

Das Tor des Tempels stand einen Spalt breit offen. Der goldene Schein von Nephanes Herdfeuer fiel heraus und färbte die Marmorstufen des Tempels golden. Kurt atmete einmal tief durch, dann lief er die Stufen hinauf - Pai an seiner Seite. Das Mädchen war jetzt so erschöpft, dass sie immer wieder strauchelte und er sie fast tragen musste. Aber er wollte sie nicht einfach zurücklassen. Er wusste nicht, wer sie verfolgte und was das für die zierliche Sufaki bedeuten mochte.

Vom Haupttor hörte er lautes Rufen - wiederaufflammenden Kampfeslärm... Er wollte nicht wissen, was da genau vor sich ging. Sie liefen in die Halle des Tempels und blieben atemlos schnaufend stehen.

In der riesigen Bronzeschale loderte das Große Feuer.

Kurt hielt Pais Arm weiterhin fest umspannt, als er vorsichtig weiterging, eng an die Wand gepresst. Das Brausen der gewaltigen, lodernden Flammen machte seine Schritte unhörbar; darüber hinaus verdeckten sie alles, was auf der anderen Seite der Tempelhalle sein mochte. Das erste Anzeichen von Djans Hiersein konnte ein Feuerstrahl sein, der tödlicher war als das Feuer, welches zu Ehren Phans brannte.

»Umanu..! Mensch..!«

Pai schrie erschrocken auf, als Kurt herumfuhr und sie zur Seite stieß. Er hielt die Laser-Pistole noch immer in der Hand, den Finger am Abzug. Der alte Priester, der ihn einmal fast zum Tod verurteilt hatte, stand in einer Seitenhalle, seinen Stab in der Hand - hinter ihm erschienen weitere Priester.

Kurt zog sich unsicher zurück und warf argwöhnische Blicke in die Schatten der Ecken und Nischen der Tempelhalle.

»Kurt!« Es war Djans Stimme, welche aus dem Zwielicht sprach. Er wandte sich nach ihr um, sehr langsam - er wusste, dass sie eine Waffe haben würde. Sie trat einen Schritt ins Licht der Flammen. Ihr blondes Haar schimmerte kupfern - wie die Helme der Männer, welche Kurt jetzt hinter ihr sah. Sie hielt natürlich eine Pistole in der Hand, wie er es erwartet hatte. Djan trug ihre Hanan-Offiziersuniform – er hatte sie nie zuvor darin gesehen – aus einem grünlich schimmernden Synthetikmaterial, das in dieser Zeit und an diesem Ort surreal wirkte.

»Ich wusste, dass Du zurückkommen würdest«, sagte sie.

Er legte seine Waffe auf die Steinfliesen und hob die Hände, um zu zeigen, dass er nichts Übles im Schilde führte. »Ich will Dich hier herausholen - die Lage ist aussichtslos für Dich. Es ist zu spät, um noch etwas retten zu können. Gib auf, Djan. Es ist schon zu viel Blut geflossen. Komm mit mir.«

»Was? Hast Du mir vergeben?«

»Vergebung ist größer, als Vergeltung, Djan... Du hast Mim nicht physisch umgebracht. Systeme und Kulturen prallen hier aufeinander...«

»Hat **Elas** mir vergeben? Sie haben Dich vorgeschickt, weil sie selbst nicht kommen wollen. Sie fürchten diesen Ort. Und Pai..., schäme Dich, Pai.«

»Methi«, schluchzte Pai, die vor ihr auf die Knie gesunken war. »Methi, es tut mir leid...«

»Nun gut. Ich mache Dir keine Vorwürfe. Ich habe ihn seit Tagen erwartet...« Sie fragte ihn auf Nechai, sodass Pai mithören konnte: »Und Shan t'Tefur?«

»Er ist tot.«

Sie zeigte keine Trauer, zuckte nur ein wenig zusammen. »Ich konnte nicht mehr vernünftig mit ihm reden. Er sah Dinge, die gar nicht existierten, die niemals existiert haben. Also haben andere ihre eigenen Lösungen gefunden, wurde mir gesagt.
Übrigens, ich habe erfahren, dass die Familien zu Ylith von Indresul übergelaufen sind.«

»Um die Stadt vor dem Untergang zu bewahren.«

»Und..., wird es gelingen?«

»Zumindest besteht die Möglichkeit dazu.«

»Ich wollte sie zwingen, mich anzuhören«, zischte sie verärgert. »Ich verfüge über die Feuerkraft, um meinen Willen durchzusetzen. Verfügte...«, verbesserte Djan.

»Ich bin Dir dankbar, dass Du es nicht getan hast.«

»Du hast diesen Angriff im Vertrauen darauf durchgeführt.«

»Du hast ein zu großes Verantwortungsbewusstsein, um die Männer zu töten, die Dich verteidigen. Ich möchte Dir helfen, von hier fortzukommen - in die Berge. Dort, in den Dörfern, findest Du Leute, Sufaki, die zu Dir halten. Du kannst später Deinen Frieden mit Ylith-Methi machen.«

Sie lächelte traurig. »Mit einer ganzen Welt zwischen uns? Wie haben wir das nur geschafft? Ylith wird keine Ruhe geben..! Und Qta t'Elas auch nicht.«

»Ich möchte Dir helfen. Es werden sich Lösungen finden... Selbst für die seit dreihundert Jahren verrohten Tamurlin. Vielleicht lassen sich befreite, verwahrloste Kinder resozialisieren... Überhaupt - es können nicht *alle*, per se, schlecht geworden sein. Es wird - muss - Ausnahmen geben! Es ist mein Wunsch, später nach solchen Gutwilligen und Andersdenkenden zu fahnden, sie in die Indraskultur zu integrieren, zum wahren Menschsein zurückzuführen...
Es gibt vage, fast haltlos erscheinende, Gerüchte über eine Zufluchtsstätte, solch von den Gangs und Banden Verfolgter, im südwestlichen Tamur-Dschungel...« [2]

Djan senkte die Pistole, die sie noch immer auf ihn gerichtet hielt, und schaltete die Energie mit einem Daumendruck ab. »Geht«, befahl sie ihren beiden Begleitern. »Bringt Pai in Sicherheit.«

»Methi«, protestierte einer der beiden. Es war t'Senife. »Wir werden Dich nicht mit ihm allein lassen.«

»Geht«, wiederholte sie matt, und als sie der Aufforderung nicht folgten, trat sie einfach auf Kurt zu, streckte ihm die Hand entgegen und ging mit ihm auf die Tür zu. Die Priester in ihren weißen Roben wichen zurück, um ihr den Weg freizugeben.

Ein Schatten sprang aus dem zwielichtigen Hinterhalt einer Säule auf sie zu. Lhe t'Nethim! Seine Klinge blitzte im Licht des heiligen Feuers. Kurt erstarrte, als er sah, wie Djan ihre Laserpistole wieder entsicherte.

»Nicht!«, schrie er beiden zu.

Indes, völlig aussichtslos der Ehrenrache des Nemet damit Einhalt zu gebieten, fuhr der Ypan schon herab.
Kurt wollte t'Nethim packen und wurde zu Boden gerissen, als die Sufaki-Wachen sich auf ihn stürzten. Klingen wurden gekreuzt, schwangen zur tödlichen Ernte. t'Nethim fiel auf die Treppe, rollte die Stufen hinab und hinterließ eine breite Blutspur.
Kurt stemmte sich auf die Knie, sah Djans klaffende Schulter und wusste, dass keine Hoffnung mehr für sie bestand, obwohl sie noch lebte. Die Klinge war tief in ihre Brust gedrungen. Sein Magen krampfte sich zusammen. Ihre Augen blickten ihn an, und ein Ausdruck von Mitleid stand in ihnen zu lesen.

»Vielleicht ist es besser so, Kurt... Ich wäre wiedergekommen, wie ein Napoleon von Elba wieder zurückkehrte. Mein Wunsch zu regieren, dem Staat zu dienen, anzuführen..., mein angeborener Wille... zu herrschen...«
Dann brach ihr Blick. Die Reflexe des Feuers spiegelten sich in den starr gewordenen Augen.

Als er Djan auf die Arme hob, war sie schlaff wie eine zerbrochene Puppe. Ihr Blut lief ihm über die Hände.

»Übergib sie uns..!«, rief jemand.

Er ging unbeeindruckt weiter; es war ihm, in diesem finsteren Augenblick, egal, ob sich im nächsten Moment ein Sufaki-Dolch in seinen Rücken bohren würde. Er drückte den toten Körper Djans an sich, hörte das hysterische Schluchzen Pais. Er hatte keine Tränen - sie waren verschüttet unter dem inneren Terror, der ihn erfüllte.
Ein ohrenbetäubendes Dröhnen erfüllte plötzlich die Tempelhalle.
Der tiefe Bronzeton der »Inta« vibrierte durch die Nacht. Immer wieder dröhnten Schläge auf den riesigen sonnenrunden Gong - jene schienen geradezu die Zeit anzuhalten.
Kurt kniete sich auf den Boden und presste den toten Körper Djans an seine Brust.

Ein junger Priester erschien, ließ sich vor ihm nieder und streckte seine Arme nach der toten Methi aus. »Mensch, bitte lass sie mich aus diesem heiligen Bezirk tragen.«

»Verunreinigt sie nun euren Schrein?«, brüllte er, zitternd vor Wut. »Sie hätte alles Leben an den Küsten des Ome Sin auslöschen können, aber sie hat es nicht getan.«

»Mensch«, bat t'Senife, zu Kurt heruntergebeugt, »Umanu, übergib sie den Priestern..! Sie werden sie ehrenvoll behandeln.«

Kurt blickte in die schmalen Sufaki-Augen und entdeckte eine tiefe Trauer in ihnen. Die Priester nahmen ihm seine Bürde von den Armen, und er richtete sich auf. Seine Kleidung war mit Djans Blut durchtränkt. Er zitterte so arg, dass er fast gefallen wäre, und starrte mit blicklosen Augen über den

Tempelplatz, auf dem eine lange Reihe von Indras-Wachen Aufstellung bezogen hatte.

Und immer noch dröhnte die Inta - ließ die Luft von ihrem tiefen, tremolierenden Ton vibrieren. Kleine Gruppen von Männern traten auf den Tempelplatz und kamen langsam auf das Sanktum zu. Sie waren Sufaki. Er merkte, dass er plötzlich auf allen Seiten von Sufaki umgeben war - bis auf die Reihe bewaffneter Indras, die den Zugang zum Tempel sperrten.

Er wandte sich um und blickte zurück. Sie hatten Djan fortgetragen - den einzigen Menschen seines eigenen, klein gewordenen Universums; der einzige Mensch, dem er vielleicht in seinem restlichen Leben jemals begegnen würde, war für immer aus seinem Dasein verschwunden...

Eine furchtbare Trauer und Schwere erfüllte sein Herz.

Er hörte das verzweifelte Schluchzen Pais. Mit einer mechanischen, fast unbewussten Bewegung hob er sie auf die Füße und übergab sie t'Senife.

»Kommt mit mir«, murmelte er zu jenem. »Bitte. Die Indras werden euch nicht angreifen. Ich werde euch beide in Sicherheit bringen. Der Kampf ist vorbei.«

t'Senife nickte und gab seinem Kameraden ein Zeichen, Kurt und ihm zu folgen.

Sie stiegen die breite Freitreppe vor dem Tempel hinab. Indras wandten sich ihnen zu und wollten die drei Sufaki, das heißt die beiden Männer und die Chan, festnehmen.

Kurt trat ihnen in den Weg und hob die Hand. »Nein«, gebot er. »Das ist nicht nötig. Wir haben t'Nethim verloren, sie ihre Methi. Sie ist tot. Lasst sie in Ruhe.«

Einer der Indras war t'Fechis, der Kurts Nachricht schweigend entgegennahm und dann den anderen befahl, sie ungehindert passieren zu lassen.

»Wenn Du Qta t'Elas suchst«, meinte t'Fechis an Kurt gewandt, »er muss in der Nähe der Mauer sein.«

»Geht eures Weges«, bot Kurt den beiden Sufaki-Wachen der Methi an, »oder bleibt bei mir, wenn ihr wollt.«

»Ich werde bei Dir bleiben«, brummte t'Senife, »bis ich weiß, was die Indras mit Nephane vorhaben.« Der Zynismus, der in seiner Stimme troff, verdeckte kaum die Angst, die er empfand. So begleiteten ihn alle drei, als er den Absperrkordon der Indras hinter sich ließ und sich auf die Suche nach Qta machte. Er fand ihn bei den Männern von Isulan. Sein rechtes Bein war bandagiert, und Isthain steckte wieder in seiner Scheide.
Qta blickte überrascht auf; doch seine Freude, Kurt wiederzusehen, schien von Furcht überschattet.

Kurt blickte auf seine blutverschmierten Hände und stellte fest, dass sie immer noch zitterten. »Djan ist tot...«

»Bist Du unverletzt?«, fragte Qta, anbetrachts der blutüberströmten Kleidung seines menschlichen Freundes.

»Ja«, deutete Kurt dann mit einer Kopfbewegung auf die Sufaki. »Sie waren ihre Leibwache. Sie verdienen Respekt für ihren Mut.«

Qta blickte sie ein paar Sekunden lang prüfend an, dann neigte er kurz den Kopf. »t'Senife, hilf uns. Stehe für einige Zeit auf unserer Seite, damit Deine Leute erkennen, dass wir ihnen nichts tun wollen. Unser Streit muss endlich ein Ende haben.«

Das Gerücht vom Tod der Methi verbreitete sich rasch unter den Bewohnern Nephanes. Noch immer vibrierte das mächtige Dröhnen der Inta durch die Straßen der Stadt. Die Menge auf dem Tempelplatz wuchs ständig an.

»Da kommt Bel t'Osanef«, sagte Toj t'Isulan.

Es war wirklich Bel, der sich durch die Menge drängte, hier und da stehenblieb, um mit jemandem ein paar Worte zu wechseln. Bei einigen Sufaki rief sein Erscheinen unwilliges Gemurmel und böse Blicke hervor. Aber er war nicht allein. In seiner Begleitung befanden sich Männer, deren Anblick die anderen respektvoll zurückweichen ließ: Die Ältesten der Sufaki-Familien.

Qta hob die Hand, um Bel auf sich aufmerksam zu machen. Kurt fiel ein, dass sie hier, wo aller Augen auf sie gerichtet waren, wunderbare Zielscheiben abgaben.

»Qta«, fragte Bel, als er zu ihnen trat, »ist es wahr, dass die Methi tot ist?«

»Leider kam es so...«, wandte er sich bestätigend an die Ältesten der Sufakis, unter denen die Nachricht betroffenes Murmeln auslöste. »Das war nicht geplant. Bitte kommt mit mir in den Afen. Ich garantiere für eure Sicherheit.«

»Das habe ich ihnen auch geschworen«, unterstrich Bel. »Sie werden Dich anhören. Wir Sufaki sind daran gewöhnt, zuzuhören, genau wie ihr Indras gewohnt seid, Gesetze zu machen. Dieses Mal aber muss die Entscheidung zu unser *beider* Gunsten ausfallen, mein Freund, oder wir werden Deinem Rat nicht folgen.«

»Wir würden bestimmten Kreisen in Indresul eine Freude machen, wenn wir euch versklavten. Aber das werden wir **nicht** tun! Wir werden der Ylith-Methi als eine einige Stadt gegenübertreten.«

»Wenn wir uns vereinigen, um uns zu ergeben«, murrte einer der Sufaki-Ältesten, »dann können wir auch kämpfen.«

Plötzlich schoss ein Gedanke durch Kurts Hirn: Die restlichen Waffen der Menschen in der Zitadelle!

Er fuhr herum und lief unvermittelt los. Qta starrte ihm verblüfft nach, und einer der Posten am Tor des Afen hätte ihn beinahe durchbohrt, bevor er ihn erkannte. Aber Elas' Mensch hatte das Vorrecht, sich überall frei bewegen zu dürfen.

Zielstrebig lief Kurt über das Schlachtfeld auf dem Innenhof des Afen, durch die Haupthalle, die Treppe hinauf und in den oberen Teil der Festung. Selbst die Wachen in der Halle der Methi hielten ihn nicht auf.

Er schickte sie vielmehr mit scharfen Worten hinaus und zog seinen Ypan, um seinem Befehl Nachdruck zu verleihen.

»Ruft t'Elas«, rief einer von ihnen den anderen zu. »Der wird mit diesem Verrückten fertig.«

Im Raum warf Kurt die Tür zu, verriegelte sie und schleppte Tische und andere Möbelstücke heran, die er zu einer Barrikade übereinanderstapelte. Draußen begannen sie an die Türe zu hämmern - aber es bestand keine Gefahr, dass sie aufbrechen konnte.

Er sank zu Boden, nach Luft japsend und völlig entkräftet; unfähig, sich zu bewegen. Kurze Zeit später hörte er die Stimmen von Qta, Bel und sogar Pai, die ihn anflehten, die Tür zu öffnen.

»Was machst Du dort?«, rief Qta. »Mein Freund, was hast Du vor?«

Indes war es die Stimme eines Sufakis – nicht die Bels –, welche ihn in seinem Vorsatz bestärkte. »Du hast dort Waffen, welche die Flotte von Indresul vernichten und unsere Stadt befreien könnten. Ich verfluche Dich, wenn Du uns nicht hilfst!«

Kurt jedoch rief nur immer wieder monoton dasselbe zurück: »Geht fort. Lasst mich in Ruhe. Ich bleibe hier.«

Nach einer Weile gingen sie wirklich, und er entspannte sich etwas. Bis er ein leises Geräusch auf der anderen Seite seines aufgetürmten Walles hörte. »Wer ist da?«

»Lord Kurt«, antwortete die ängstliche Stimme Pais. »Lord Kurt, Du wirst diese Waffen nicht benutzen, nicht wahr?«

»Nein, bestimmt nicht, liebe Pai.«

»Sie wollen Dich dazu zwingen. Nicht Qta; nicht Bel. Aber einige der anderen könnten Dich dazu nötigen. Sie beabsichtigen die Flotte Indresuls anzugreifen und zu vernichten. Lord Qta hat sie überredet, fortzugehen. Bitte, darf ich hereinkommen?«

»Das geht nicht, Pai. Ich habe das gesamte Mobiliar des Zimmers hinter die Tür gewuchtet.«

»Dann werde ich hier draußen wachen und aufpassen, Lord Kurt. Ich werde Dir Bescheid geben, wenn sie zurückkommen.«

»Du machst mir keine Vorwürfe, weil ich nicht tue, was sie von mir verlangen?«

Sie zögerte eine Weile. »Lady Djan hat es auch nicht getan«, sagte sie schließlich. »Ich habe sie verehrt. Ich werde für Dich wachen, Lord Kurt. Ruhe Dich aus. Ich werde nicht schlafen.«

Die treue Pai! Das Mädchen wurde ihm zunehmend sympathischer und erinnerte ihn mehr und mehr an Mim und seine verlorene Liebe. Er setzte sich auf den einzigen Stuhl, den er nicht für seine Barrikade verwendet hatte, und lehnte den Kopf zurück. Obwohl er nicht schlafen wollte, nickte er doch für kurze Perioden immer wieder ein. Ab und zu fragte er Pai, ob sie schliefe, aber stets antwortete sie ihm sofort mit klarer, ruhiger Stimme.

*

Durch die Fenster fiel das erste Morgenlicht.

Als er sich erhob, auf die Terrasse hinaustrat und herunterblickte, sah er eine große Flotte von Kriegsschiffen, welche teils dreihundert Meter vor der Küste ankerten, teils in den Hafen steuerten. Yliths Flotte war eingetroffen.

Er wartete, bis die Schiffe an den Piers festgemacht hatten. Kurt konnte keine Anzeichen von Kämpfen erkennen – alles schien, wie von der Ylith-Methi versprochen, friedlich abzulaufen... Schließlich schickte er Pai nach unten, sich erkundigend, was vor sich ging, um die Lage - indirekt - noch besser einschätzen zu können.

»Es sind Indras-Lords in der unteren Halle«, berichtete sie, »Fremde. Man hat ihnen gesagt, dass Du hier bist. Sie versuchen sich zu entscheiden, ob sie die Tür aufbrechen sollen oder nicht. Lord Kurt, ich habe Angst.«

»Geh jetzt von der Tür«, sagte er. Aber sie tat es nicht. Immer noch hörte er leise Geräusche, die ihre Anwesenheit verrieten. Kurt machte einen Rundgang durch die anderen Räume von Djans Wohnung, bis er in einer Kammer die Waffen entdeckte. Sofort begann er, sie systematisch unbrauchbar zu machen, indem er ihre empfindlichen Sensoren und Schaltkreise zerstörte.

»Was tust Du?«, rief Pai, als sie die Geräusche vernahm.

Er unterließ es zu antworten, demontierte stattdem weiter planvoll die Maschinen; unter anderem drei fahrbare Geschütze, respektive Haubitzen, welche er entdeckte - alles, was die Menschen mit auf diesen Planeten gebracht hatten. Als er sein Abrüstungswerk beendet hatte, baute Kurt die Barrikade vor der Tür wieder zurück.

Pai starrte ihn an, als er heraustrat. In ihren Augen standen Angst und Verwirrung – und etwas wie ein Schock –, weil er schmutzig und blutverschmiert war, sowie auch vor Erschöpfung taumelte.

»Sie haben Dir nicht gedroht?«, erkundigte er sich.

Sie senkte den Kopf. »Nein, Lord Kurt. Sie hatten Angst, Dich wütend zu machen. Sie kennen die Macht der Waffen.«

»Lass uns nach Elas gehen.«

»Ich bin Chan der Methi. Ich darf den Afen nicht verlassen.«

»Ich habe Sorge um Dich, liebe, gute, treue Pai..! Solange noch kein wirklicher Friede in Nephane herrscht, komme bitte mit mir nach Elas.«

Sie verneigte sich tief vor ihm, richtete sich auf und ging an seiner Seite, als er die Halle durchquerte und die Treppe hinunterschritt. Sein unerwartetes Auftauchen schien die Männer von Indresul fast zu paralysieren, die sich dort mit einigen Indras aus Nephane unterhielten. Die Anwesenheit von Mitgliedern der hiesigen Familien übte einen beruhigenden Einfluss auf ihn aus.
»Die Waffen sind vernichtet«, eröffnete er. »Das Gleichgewicht der Kräfte ist wieder hergestellt; selbst ich wäre nicht mehr in der Lage, sie zu reparieren. Ich bin in Elas, falls ich gebraucht werden sollte.«

Zu seiner eigenen Überraschung ließen sie ihn unbehelligt und anstandslos passieren; die sprachlosen Wachen in der Straße der Familien ebenfalls. Ein Mann aus Indresul folgte ihnen in einigem Abstand - zweifellos mit der Instruktion, sie zu beschützen.
»Es darf Dir nichts geschehen«, bestätigte ihm der Mann schließlich, als sie die Tür von Elas erreichten. »Befehl der Methi Ylith.«

*

Kein Hef stand an der Tür, um ihnen zu öffnen.

Kurt stieß sie selbst auf und trat, gefolgt von Pai, in die dämmerige Halle. Auf der Schwelle des Rhmei blieb er stehen. Er hatte sich nach Beendigung der Kämpfe nicht gewaschen und wollte den heiligen Zentralraum des Hauses nicht unnötig verunreinigen.

Qta, der auf dem Platz von Nym saß, erhob sich.

Tiefe Erleichterung erfüllte ihn, als er Kurt unversehrt auf der Schwelle des Rhmei stehen sah. Zu seinen Seiten saßen Bel, Aimu, Älteste der Sufaki und Vel t'Elas, den er nur einmal kurz, im Indume Indresuls, aus den Augenwinkeln heraus, gesehen hatte.

Kurt verneigte sich und erkannte, dass er Zeuge eines historischen Ereignisses war: Ein Indras aus der Strahlenden Stadt saß an diesem Herd.

»Ich habe im Afen alles erledigt«, erklärte Kurt. »Es gibt keine Waffen der Menschen mehr, die euren Frieden bedrohen könnten. Sag dies Deiner Methi, Vel t'Elas.«

»Ich habe der Ylith-Methi bereits versichert, dass Du das vorhast«, freute sich Qta und hatte Mühe, das leichte Zittern seiner Stimme zu unterdrücken. »Ist das Pai t'Urefe, die bei Dir ist?«

»Sie braucht vorübergehend ein Obdach«, nickte Kurt. »Ich hoffe, dass Elas sie als Gast aufnehmen wird.«

»Gewiss, ja..! Elas ist geehrt«, murmelte Qta. »Wasche Dich bitte und setze Dich dann zu uns, mein Freund Kurt. Wir sind mitten in einer wichtigen Besprechung.«

Als Kurt zur Treppe ging, kam Qta ihm hinkend hinterher. »Mein Freund, mein Bruder Kurt, Du hast ein gutes Werk getan! Geh jetzt, reinige Dich. Wir warten solange. Wir sind dabei, die Probleme zu lösen. Es sind schwierige Themen mit Konfliktpotential anzuschneiden - aber die Methi hat versprochen, dass sie und die Flotte in Nephane bleiben, bis wir eine Lösung gefunden haben. Wir werden uns hier beraten und dann zu ihr in den Hafen gehen und ihr unsere Beschlüsse mitteilen. Es sind noch andere unserer Vettern aus Indresul in den Häusern ihrer Familien, und jede Indras-Familie hat Sufaki aufgenommen; gewährt ihnen den Schutz ihres Herdes, bis alle Fragen geklärt worden sind. Nicht *einem* Sufaki wird auch nur ein ›Haar gekrümmt‹, wenn er die Gesetze der Hausfreundschaft achtet - und den Frieden des Rhmei.«

»Sind alle gekommen, die ihr eingeladen habt?«

»Nein, nicht alle - das war auch kaum zu erwarten... Die Radikalen sind wahrscheinlich in die Berge geflohen, oder sie trauen uns noch nicht und zeigen sich erst wieder, wenn sie sicher sind, dass wir es aufrichtig meinen. Aber an jedem Haus eines Sufaki hat eine Indras-Familie ihr Siegel befestigt; es wird keine Plünderungen geben. Und an jedem Herd sitzen Sufaki-Hausfreunde. Das alles haben wir getan, während Du Dich im Afen verschanzt hast.«

Kurt lächelte. »Ich habe viel erreicht, Qta. Bin ich hier noch immer willkommen?«

»Du *gehörst* zu Elas«, zeigte sich Qta empört. »Du bist *von* diesem Herd und nicht nur ein Gast *neben* ihm..! Gehe nun nach oben...«

»Ich muss noch t'Nethims Familie suchen«, grübelte Kurt.

»Das ist auch erledigt. Ich brauche Dich«, drängte Qta. »Elas braucht Dich. Wenn Ylith-Methi erfährt, was Du getan hast – und es besteht kein Zweifel, dass sie es erfahren wird –, wird sie Dich sprechen wollen. Du kannst nicht *so* zu ihr gehen, wie Du jetzt aussiehst - und Du kannst nicht mit ihr sprechen, ohne die Angelegenheiten Deines Herdes zu kennen.

Ach, übrigens«, flog ihm ein Grinsen über die Lippen, bevor er sich wieder zu seinen Gästen umwandte, »scheint die Methi von Indresul gerade eine ungeahnte Metamorphose zu durchlaufen - zur Befürworterin, dass Menschen gleichrangige Wesen mit einer Seele sind. Für Dich, im Speziellen, hat sie offensichtlich ein besonderes Faible entwickelt.«

Kurt nickte nur müde und griff nach dem Geländer.

»Qta«, meinte Bel mitfühlend, »kümmere Dich ruhig um ihn, wenn Du willst. Wir halten den Frieden Deines Herdes, bis ihr zurückkehrt. Vielleicht finden der Lord aus Indresul und ich sogar ein gemeinsames Interessengebiet, über das wir, in angenehmer Weise, diskutieren können, wenn meine Frau und Pai uns noch eine Runde Tee einschenken.«

Qta blickte von einem der beiden Männer zum anderen - von dem ernsten, alten Vel zu dem jungen Sufaki Bel. Dann verneigte er sich dankbar vor ihnen und führte Kurt die Treppe hinauf: »Komm, Du bist zu Hause, mein Freund.«

Die Systeme Phan und Sol im Vergleich

Phan:

Spektralklasse: K3V
Durchmesser: 1,26 Millionen Kilometer
Oberflächentemperatur: 4.950° K [5.220° C]
System: 6 entdeckte Planeten
Mittlere Entfernung zum Planeten Thael'Aíz: 110 Millionen Kilometer

Thael'Aíz:

Durchmesser: 13.102 Kilometer
Achsneigung: 11,9°
Anziehungskraft am Boden: 1,04 g (10,22 m / s²)
Tagesrotation: 26 Stunden, 18 Minuten - nach terranischem Standard
Umlaufzeit um Phan: 236 Erdtage, entsprechend 215,4 Thael'Aíz-Tagen
81 % mit Wasser bedeckt, 19 % Land

Mond Aémur:

Rötlich, marsähnlich, hauchdünne Atmosphäre. Rotation gebrochen an Thael'Aíz gebunden; führt, im Verlaufe von vier Umrundungen während eines Planetenjahres, sechs Achsrotationen aus
Durchmesser: 4.528 Kilometer
Mittlerer Abstand zum Planeten: 517.000 Kilometer

Sol:

Spektralklasse: G2V
Durchmesser: 1,39 Millionen Kilometer
Oberflächentemperatur: 5.500° K [5.770° C]
System: 8 Planeten innerhalb des Kuiper-Gürtels
Mittlere Entfernung zur Erde: 150 Millionen Kilometer

Terra/Erde:

Durchmesser: 12.756 Kilometer
Achsneigung: 23,5°
Anziehungskraft am Boden: 1 *g* (9,81 m / s²)
Tagesrotation: 23 Stunden, 56 Minuten - nach terranischem Standard
Umlaufzeit um Sol: 365,24 Tage
71 % mit Wasser bedeckt, 29 % Land

Mond Luna:

Keine Atmosphäre. Rotation an den Planeten gebunden; führt, im Verlaufe eines Planetenjahres, 13,4 Umrundungen/Achsrotationen aus (siderische Monate)
Durchmesser: 3.476 Kilometer
Mittlerer Abstand zum Planeten: 384.000 Kilometer

Anmerkungen des Überarbeiters

Anm. zu Kapitel 1:

[1] Bzgl. »Qta«: Der Name lautet im Original ursprünglich »Kta« - ich habe ihn, wegen der relativ großen Ähnlichkeit mit dem Namen der zweiten Hauptfigur des Romans (Kurt), mit einem anderen Anfangsbuchstaben geschrieben, welcher lautsprachlich denselben Klang hat, um die klare Unterscheidung zwischen den beiden Akteuren zu erleichtern.

Anm. zur Karte:

[1]   13.102 km x 3,1416 (Pi) / 360° = 114,3 km.

Anm. zu Kapitel 2:

[1]   Angabe in Erdjahren; »304 Jahre« entsprechen, umgerechnet, »470 Jahren« auf dem Planeten der Nemet (304 x 365 / 236 = 470,2).

Anm. zu Kapitel 3:

[1] Der im 1. Kapitel schon mal verwendete Titel »Ifhan« erhellt sich nun deutlicher - heißt also vermutlich »Ehrenwert(er)« / »Ehrenhaft(er)«.

[2]   D.h. der Himmelsrichtung der untergehenden Sonne entsprechend; ähnlich, wie die alten Ägypter ihre Nekropolen, die Gedenkstätten der irdisch Toten, am *westlichen* Nilufer anlegten.

[3] Angabe in Erdjahren; »über 30« entspricht, umgerechnet, »über 46 Jahren« auf dem Planeten der Nemet (30 x 365 / 236 = 46,4).

[4]   Nemetisch für »Menschen« (Mz.); »Umanu« = »Mensch« (Ez.).

[5]   Ein *Cachin* ist ein dem irdischen Schaf ähnliches Tier.

[6]   Im amerikanischen Original steht »über 6 Fuß groß«, d.h. über 1,83 Meter.

[7]   Eine analoge Anspielung auf 1. Mose 2 : 21, 22 (Adam -> Eva).

Anm. zu Kapitel 5:

[1]   Angabe in Erdjahren; »13, bzw. 3 Jahre« entsprechen etwa »20, bzw. 4½ Jahren« auf dem Planeten der Nemet (13 x 365 / 236 = 20,1; 3 x 365 / 236 = 4,6).

[2]   Angabe in Erdjahren; »5 Jahre« entsprechen etwa »7½ Jahren« auf dem Planeten der Nemet (5 x 365 / 236 = 7,7).

[3]   Angabe in Thael'Aíz-Jahren; »6 Jahre« entsprechen etwa »4 Erdjahren« (6 / 365 x 236 = 3,9).

Anm. zu Kapitel 8:

[1]   »Zweiruderer«; antikes Kriegsschiff mit zwei übereinander-liegenden Ruderbänken.

[2]   Angabe in Erdjahren; »über 60 Jahre alt« entspricht etwa »über 93 (~95/fast 100) Jahre alt« auf dem Planeten der Nemet (60 x 365 / 236 = 92,8).

[3]   Angabe in Erdjahren; »17 Jahre alt« entspricht etwa »26 Jahre alt« auf dem Planeten der Nemet (17 x 365 / 236 = 26,3).

Anm. zu Kapitel 10:

[1]   Angabe in Erdjahren; »11, bzw. 12 Jahre alt« entspricht etwa »17, bzw. 18½ Jahre alt« auf dem Planeten der Nemet (11 x 365 / 236 = 17,1; 12 x 365 / 236 = 18,6).

Anm. zu Kapitel 14:

[1]   Verschiedene Passagen habe ich einfügen und fabulieren müssen, um im ursprünglichen Text vorhandene, holprige Sprünge zu überbrücken und zu glätten, die einem mitdenkenden Leser sonst unangenehm aufgefallen wären.

[2]   Die Zeitangabe »über 2 Wochen« habe ich verbessernd verwendet; der nachfolgende Absatz wurde von mir entsprechend frei erfunden und hinzugefügt. Die von der Autorin erwähnten »2 Tage Wanderung« waren absolut unlogisch, da die Tavi von der Rettungskapsel bis nach Nephane, bei passablen Windverhältnissen, etwas über drei Tage benötigt hatte, sodass die Entfernung zwischen beiden Orten, bei einer geschätzten, für Segler üblichen, Durchschnittsgeschwindigkeit mindestens um die 600 Kilometer betragen haben muss.
Die Eintragungen auf der Karte (S. 30) habe ich diesem Umstand entsprechend vorgenommen (5½ Breitengrade entsprächen etwa 625 Kilometern).

Anm. zu Kapitel 17:

[1]   Die Anzahl der Tage habe ich an die Erwägungen im Kapitel 14 angepasst; vgl. Anm. [2] zum besagten Kapitel.

Anm. zu Kapitel 18:

[1]   »Dreiruderer«; antikes Kriegsschiff mit drei übereinanderliegenden Ruderbänken.

Anm. zu Kapitel 19:

[1]   Um die Brutalität der Tavi-Versenkung zu mildern und die etwas unlogisch erscheinende, billige Tötung ihrer **gesamten** (des Schwimmens mächtigen) Crew (außer Qta und Kurt) abzufedern, habe ich diesen glättenden Zusatz geschaffen.

[2]   Offensichtlich ist der Indume das entsprechende Pendant zum nephanitischen Afen.

[3]   Eine interessante Wendung der Autorin, denn auf Erden gelten rassische Vorwürfe zumeist gegenüber farbigen, d.h. dunkelhäutigen Menschen.

Anm. zu Kapitel 22:

[1]   Offenbar der Name des Berges, auf welchem der Afen thront.

Anm. zu Kapitel 25:

[1]   Die 1976 von der Autorin kreierte »futuristische« Waffentechnik erscheint schon knapp 50 Jahre später irgendwie so altmodisch und überholt wie eine »Laser-Muskete« (Energiesammler; braucht extrem lange zum Nachladen) - trotzdem habe ich hier keine Veränderung vorgenommen, sondern das Vorgefundene so stehen lassen.

[2]   Es handelt sich hier um eine eingefügte Passage meinerseits, welche, sich entfernend von klischeehafter Schwarz-Weiß-Malerei, einem (sehr berechtigten) Hoffnungsfunken Nahrung bieten möchte. Diese Zufluchtsstätte wird im angestrebten Sci-Fi-Roman »Thael'Aíz, Planet der Nemet« »Zalem« genannt.

(SF/F) Paperback, Hardcover und E-Book

Alan Dean Foster

»Midworld« -
das grüne Inferno...

Science-Fiction / Fantasy

**Deutsche Übersetzung
neu bearbeitet und verbessert**

»Midworld« - 445 AA (after Alliance):

Vor Generationen landete ein menschliches Siedlungsschiff, wegen eines Navigationsfehlers, an einer falschen Zielkoordinate; einer Welt, die einer grünen Hölle glich.

Eine unvorstellbar üppige Flora und gefährlich-räuberische Fauna dezimierte die Kolonisten schnell. Die Überlebenden mussten sich ihrer erzwungenen neuen Heimat anpassen.

Jahrhunderte später bekommt der grüne Globus erneut Besuch von - allerdings illegalen - Vertretern des »Homanx-Commonwealths« (einem Bündnis von **Hom**o sapiens und den insektoiden Thr**anx**); diesmal *beabsichtigt*, und mit dem Willen, den Planeten auf Ressourcen zur Herstellung von Drogen, sowie hochwirksamen Medikamenten zu untersuchen und auszubeuten.

Die meisten Ökologien wären ihrer Zerstörung schutzlos ausgeliefert - doch diese Welt wehrt sich und schlägt erbarmungslos zurück...

336 Seiten

(SF/F) Paperback, Hardcover und E-Book

Uwe Laubach

Thael'Aíz,
Planet der Nemet

Science-Fiction / Fantasy

Der Bord-Seelsorger Thargad VanJeem und die fast blinde Telepathin Yoolij Ngáru, die beiden »Religiösen« einer ansonsten zuvorderst militärisch ausgerichteten Unternehmung, überleben die Raumschlacht zwischen dem Menschen-Sternenschiff von Pylos - *Endymion* - und ihrem Hanan-Kampfkreuzer, der *Shichuan*, in einer Tarnkappen-Fluchtkapsel.

Ihre endgültige Rettung verheißt ein erdähnlicher Himmelskörper zu werden, der, als zweiter Planet, um eine gelborange-leuchtende Sonne der Spektralklasse K3V kreist.

Wegen eines Schadens in der Steuerung, notlanden sie in einer Wüstenregion. Nachdem sie zunächst um ihr Überleben kämpfen müssen, bekommen sie bald Kontakt zur ganz menschenähnlichen Bevölkerung - anfangs harmonisch, später auch konfliktbeladen, denn sie sind nicht die ersten außer-»irdischen« Ankömmlinge auf dieser Welt!

Es eröffnet sich den beiden friedliebenden Mitgliedern der *Shichuan*-Forschungsabteilung ein neuer Horizont zu einem ungeahnten, faszinierenden Lebensabenteuer...

*

Eine Science-Fiction-Erzählung, die auf den 1976 erschienenen Roman Caroline Janice Cherryhs »Brothers of Earth« (deutsch, 1979: »Brüder der Erde«) - in Form einer parallelen, später zum Teil auch zusammenlaufenden, Geschichte - basiert.

462 Seiten